A DAMA E O
Monstro

SÉRIE BASTARDOS IMPIEDOSOS – 2

SARAH MACLEAN

Tradução: A C Reis

GUTENBERG

Copyright © 2021 Sarah MacLean

Título original: *Brazen and the Beast*

Todos os direitos reservados pela Editora Gutenberg. Nenhuma parte desta publicação poderá ser reproduzida, seja por meios mecânicos, eletrônicos, seja via cópia xerográfica, sem a autorização prévia da Editora.

EDITORA RESPONSÁVEL
Flavia Lago

EDITORA ASSISTENTE
Natália Chagas Máximo

PREPARAÇÃO DE TEXTO
Helô Beraldo

REVISÃO
Natália Chagas Máximo

CAPA
Larissa Carvalho Mazzoni (sobre imagem de Viorel Sima e Lev Kropotov / Shutterstock)

DIAGRAMAÇÃO
Larissa Carvalho Mazzoni

Dados Internacionais de Catalogação na Publicação (CIP)
Câmara Brasileira do Livro, SP, Brasil

MacLean, Sarah
  A dama e o monstro / Sarah Maclean ; tradução A.C. Reis. -- 1. ed. -- São Paulo : Gutenberg, 2021. -- (Série Bastardos Impiedosos ; 2.)

Título original: Brazen and the Beast.
ISBN 978-65-86553-91-8

1. Ficção inglesa I. Título II. Série.

21-75320   CDD-823

Índices para catálogo sistemático:
1. Ficção : Literatura inglesa 823

Aline Graziele Benitez - Bibliotecária - CRB-1/3129

A **GUTENBERG** É UMA EDITORA DO **GRUPO AUTÊNTICA**

São Paulo
Av. Paulista, 2.073, Conjunto Nacional
Horsa I . Sala 309 . Cerqueira César
01311-940 . São Paulo . SP
Tel.: (55 11) 3034 4468

Belo Horizonte
Rua Carlos Turner, 420
Silveira . 31140-520
Belo Horizonte . MG
Tel.: (55 31) 3465 4500

www.editoragutenberg.com.br
SAC: atendimentoleitor@grupoautentica.com.br

*Para V.
Você é minha pessoa favorita.*

Capítulo Um

Setembro, 1837
Mayfair

Lady Henrietta Sedley gostava de pensar que, em 28 anos e 364 dias, tinha aprendido algumas coisas.

Por exemplo, tinha aprendido que, se uma lady não pudesse usar calças (uma triste realidade para a filha de um conde, mesmo que este tivesse começado a vida sem título nem fortuna), deveria garantir que suas saias tivessem bolsos. Uma mulher nunca sabe quando precisará de uma corda ou de uma faca para cortá-la.

Ela também tinha aprendido que qualquer fuga decente de sua casa, em Mayfair, exigia o manto da escuridão e uma carruagem conduzida por uma aliada. Cocheiros costumavam ser discretos, guardavam segredos, mas, no fim, acabavam sendo fiéis a quem lhes pagava o salário. Um importante adendo a essa lição em particular: a melhor das aliadas é, com frequência, a melhor amiga.

E, em primeiro lugar nessa lista de lições que aprendeu em sua vida, sentia-se como se desse um nó de marinheiro. Ela sempre soube como dar tal nó.

Com tal coleção incomum e obscura de conhecimentos, alguém poderia imaginar que Henrietta Sedley saberia exatamente o que fazer se um dia encontrasse um homem amarrado e inconsciente em sua carruagem.

Pois esse alguém estaria errado.

A verdade é que Henrietta Sedley jamais teria descrito tal situação como uma possibilidade. É verdade que ela podia se sentir mais à vontade nas docas de Londres do que em salões de festas, mas à impressionante experiência de vida de Hattie faltava qualquer elemento criminoso.

E, no entanto, lá estava ela, com os bolsos cheios e a melhor amiga ao seu lado, parada na escuridão da véspera de seu 29º aniversário, prestes a fugir de Mayfair para uma noite muito bem planejada e...

Lady Eleonora Madewell sussurrou, de modo baixo e indigno para uma lady, na orelha de Hattie. Filha de um duque e da atriz irlandesa que o pai amava a ponto de fazer dela uma duquesa, Nora possuía o tipo de ousadia que era permitida às pessoas com títulos sólidos e montanhas de dinheiro.

– Tem um sujeito na carruagem, Hattie.

Hattie não desviou os olhos do sujeito em questão.

– É, estou vendo.

– Não tinha um sujeito aí quando nós atrelamos os cavalos.

– Não, não tinha. – Elas tinham deixado a carruagem (vazia) com os animais na ruela escura nos fundos da Casa Sedley há menos de 45 minutos, antes de subirem ao quarto para trocar os vestidos com que atrelaram os cavalos por roupas mais adequadas aos seus planos para a noite.

Em algum momento, enquanto se vestiam e se maquiavam, alguém tinha lhes deixado um pacote extraordinariamente indesejável.

– Acredito que nós teríamos notado um sujeito na carruagem – Nora observou.

– Eu também acredito que teríamos notado – foi a resposta distraída de Hattie. – O momento não é nada oportuno.

Nora olhou de lado para ela:

– Existe um *bom* momento para aparecer um homem amarrado na carruagem de alguém?

Hattie imaginou que não, mas...

– Ele poderia ter escolhido uma noite diferente. Que presente de aniversário horrível! – Ela apertou os olhos e fitou o interior escuro da carruagem. – Você acha que ele está morto?

Por favor, que não esteja morto.

Silêncio. Então, pensativa:

– Alguém guarda mortos em carruagens? – Nora esticou-se para a frente, o casaco do seu cocheiro apertado ao redor de seus ombros, e cutucou o morto em questão. Ele não se mexeu. – Ele não está se mexendo – ela acrescentou, dando de ombros. – Pode estar morto.

Hattie suspirou, tirou uma luva e inclinou-se para dentro da carruagem, colocando dois dedos no pescoço do homem.

– Tenho certeza de que ele não está morto.

– O que está fazendo? – Nora sussurrou, aflita. – Se não está morto, você vai acordá-lo!

– Não seria a pior coisa do mundo – Hattie observou. – Então, nós poderíamos pedir que ele fizesse a gentileza de sair do nosso veículo e seguiríamos nosso caminho.

– Ah, sim! Esse bruto parece mesmo ser o tipo de homem que nos obedeceria num instante e não buscaria vingança. Sem dúvida, ele até tiraria o chapéu para nos desejar boa-noite.

– Ele não está usando chapéu – disse Hattie, incapaz de refutar o resto da avaliação que a amiga fez daquele homem misterioso e possivelmente morto. Ele era muito grande, muito sólido e, mesmo na escuridão, dava para ver que não era o tipo de homem com quem se podia rodopiar por um salão de festas.

Mas era o tipo de homem que saqueava um salão de festas.

– O que está sentindo? – Nora perguntou.

– Nada de pulso. – Embora ela não soubesse exatamente onde encontrar o pulso. – Mas ele está...

Quente.

Mortos não permaneciam quentes e o homem estava muito quente. Como uma fogueira no inverno. O tipo de calor que fazia alguém perceber como estava com frio.

Ignorando o pensamento tolo, Hattie moveu os dedos pelo pescoço dele, chegando ao lugar onde desaparecia no colarinho da camisa, onde a saliência da clavícula e a descida do... resto dele... se encontravam numa reentrância fascinante.

– Achou alguma coisa?

– Silêncio. – Hattie prendeu a respiração. Nada. Ela meneou a cabeça.

– Cristo! – Não era uma oração.

Hattie concordou. E, então...

Ali. Uma palpitação. Ela pressionou o dedo com mais força. A palpitação tornou-se firme. Lenta. Regular.

– Estou sentindo. Ele está vivo. Ele está vivo – ela repetiu e soltou o ar devagar, aliviada. – Ele não está morto.

– Excelente. Mas isso não muda o fato de que está inconsciente na nossa carruagem e você precisa ir a um lugar. – Ela fez uma pausa. – É melhor nós o deixarmos aí e pegarmos o cabriolé.

Hattie vinha planejando aquela excursão em particular, nessa noite em particular, por três meses inteiros. Essa era a noite em que ela ia começar seu 29º ano. O ano em que sua vida se tornaria realmente sua. O ano em que *ela* se tornaria realmente dela. E Hattie tinha um plano muito específico, para um local muito específico, em uma hora muito específica, para o qual tinha vestido uma roupa muito específica. Ainda assim, ao observar aquele homem na carruagem, todas essas coisas específicas não pareciam tão importantes.

O que parecia importante era ver o rosto dele.

Pendurando-se no apoio da porta, Hattie pegou a lamparina no canto superior traseiro da carruagem antes de se voltar para encarar Nora, cujo olhar voltou-se no mesmo instante para a lamparina apagada. Ela inclinou a cabeça.

– Hattie. Deixe-o aí. Vamos pegar o cabriolé.

– Só uma olhadinha – Hattie respondeu.

A inclinação da cabeça de Nora transformou-se num meneio lento.

– Se você olhar, vai se arrepender.

– Eu tenho que olhar – Hattie insistiu, tentando encontrar uma razão decente, ignorando o estranho fato de não conseguir contar a verdade para a amiga. – Eu tenho que desamarrá-lo.

– Não necessariamente – Nora observou. – Alguém pensou que era melhor deixá-lo amarrado. Quem somos nós para discordar? – Hattie já estava pegando um acendedor no compartimento da porta. – E os seus planos?

Havia tempo de sobra para aqueles planos.

– Só uma olhadinha – Hattie repetiu enquanto o óleo da lamparina pegava fogo. Ela fechou a portinhola e se virou para a carruagem, levantando a lamparina, que jogou uma linda luz dourada em...

– Minha nossa!

Nora soltou uma risada abafada.

– Até que não é um presente tão ruim, afinal.

O rosto do homem era o mais lindo que Hattie já tinha visto. O rosto mais lindo que *qualquer um* já tinha visto. Ela se aproximou mais, admirando a pele quente, bronzeada, as maçãs do rosto altas, o nariz comprido e reto, as sobrancelhas escuras e os cílios longos que descansavam como penas nas pálpebras inferiores.

– Que tipo de homem... – Ela não soube continuar. Apenas meneou a cabeça.

Que tipo de homem tinha aquela aparência?

Que tipo de homem tinha aquela aparência e, de algum modo, foi parar na carruagem de Hattie Sedley – uma mulher que não costumava conviver com homens com aquela aparência?

– Você está envergonhando a si mesma – Nora disse. – Está encarando esse homem com a boca escancarada.

Hattie fechou a boca, mas não parou de encará-lo.

– Hattie. Nós temos que ir. – Uma pausa. Então: – A menos que tenha mudado de ideia.

Aquela pergunta simples trouxe Hattie de volta ao momento. Ao seu plano. Ela sacudiu a cabeça. Baixou a lamparina.

– Não mudei.

Nora suspirou e pôs as mãos nos quadris, seu olhar passando por Hattie e parando na carruagem.

– Você o pega por baixo e eu por cima, então? – Ela olhou para o espaço escuro atrás de si. – Ele pode recobrar a consciência ali.

O coração de Hattie bateu mais forte.

– Não podemos deixá-lo aí.

– Não podemos?

– Não.

Nora olhou torto para a amiga.

– Hattie, nós não podemos levá-lo conosco só porque ele parece uma estátua romana.

Hattie ficou corada.

– Eu não tinha reparado.

– Você perdeu o dom da fala.

Hattie pigarreou.

– Nós não podemos levá-lo porque *Augie* o deixou aqui.

Nora apertou os lábios, formando uma linha reta perfeita.

– Você não sabe se foi isso.

– Eu sei – disse Hattie, segurando a lamparina perto do nó nos punhos dele e, depois, aproximando-a da corda nos tornozelos. – Porque August Sedley não consegue dar um nó de marinheiro que preste e receio que se deixarmos este homem aqui, ele vai conseguir se soltar e vai atrás do meu irmão inútil.

Aconteceria isso ou, se o estranho não se soltasse, ninguém sequer adivinharia o que Augie faria com ele. O irmão dela era tão inconsequente quanto miolo mole – uma combinação que, com frequência, exigia a intervenção de Hattie e era uma razão importante para ela ter decidido tornar seu 29º ano como realmente dela. Ainda assim, lá estava seu irmão infernal arruinando tudo.

– Inconsciente ou não... – Nora começou, sem saber no que Hattie estava pensando – ...ele não parece ser o tipo de homem que perde uma briga.

O eufemismo não passou despercebido para Hattie. Ela suspirou, esticando-se e pendurando a lamparina agora acesa no suporte, e aproveitou para lançar um demorado olhar para o homem em sua carruagem.

Hattie Sedley tinha aprendido algo mais em seus 28 anos, 364 dias: se uma mulher tinha um problema, era melhor ela mesma resolver.

Hattie subiu na carruagem, passando com cuidado por cima do homem no chão. Depois, olhou para Nora, que estava com os olhos arregalados.

– Vamos, então. Nós o largamos no caminho.

Capítulo Dois

A última coisa de que ele se lembrava era da pancada na cabeça. Ele estava esperando a emboscada. Por isso, vinha conduzindo o veículo puxado por seis cavalos fortes: uma imensa carruagem de aço carregada de bebida, baralhos e tabaco com destino a Mayfair. Tinha acabado de cruzar a Rua Oxford quando ouviu o tiro, seguido por um grito de dor de um dos batedores.

Então, parou para verificar como estavam seus homens. Para protegê-los. Para punir quem os colocava em perigo.

Havia um corpo no chão. Sangue na rua. Tinha acabado de mandar o segundo batedor buscar ajuda quando ouviu os passos às suas costas. Ele se virou com a faca na mão. Atirou-a. E ouviu o grito na escuridão quando a faca atingiu seu alvo.

Então, o golpe na cabeça.

Depois, mais nada.

Nada até uns tapinhas insistentes em seu rosto o trazerem de volta à consciência. Tapinhas suaves demais para causar dor, mas firmes o bastante para irritá-lo.

Ele não abriu os olhos. Anos de prática permitiram-lhe fingir que dormia enquanto se situava. Seus pés estavam amarrados. As mãos também, atrás das costas. As amarras esticavam os músculos de seu peito o suficiente para ele perceber que estava sem suas facas, oito lâminas de aço com cabo de ônix. Roubadas com o suporte que as mantinha presas junto ao peito. Ele resistiu ao impulso de ficar tenso. De ceder à raiva.

Mas Saviour Whittington, conhecido nas ruas mais tenebrosas de Londres como Beast, não sentia raiva; ele punia. Devastadora e rapidamente. Sem piedade.

E se tiraram a vida de um de seus homens, de alguém sob sua proteção, nunca mais teriam paz.

Mas, primeiro, a liberdade.

Saviour estava no chão de uma carruagem em movimento. Um veículo refinado, se a almofada macia debaixo do seu rosto servia de parâmetro, em uma vizinhança que parecia ser decente, pelo ritmo suave das rodas sobre os paralelepípedos.

Que horas seriam?

Ele refletiu sobre o que fazer em seguida, imaginando como incapacitaria quem o guardava apesar das amarras. Ele imaginou quebrar um nariz usando sua testa como arma. E nocautear o sujeito usando as pernas amarradas.

Os tapinhas em sua bochecha recomeçaram. Depois, um "Senhor" sussurrado.

Whit arregalou os olhos.

Seu captor não era um homem.

A luz dourada na carruagem brincava com ele e não vinham da lamparina que balançava suavemente no canto, mas sim de uma mulher.

Sentada no banco acima dele, não se parecia em nada com o tipo de inimigo que nocautearia um homem e depois o deixaria amarrado numa carruagem. Na verdade, ela parecia estar a caminho de um baile. Arrumada, penteada e maquiada com perfeição, a pele lisa, os olhos delineados, os lábios cheios e pintados apenas o suficiente para fazer um homem prestar atenção. E isso foi antes de ele olhar para o vestido azul da cor de um céu de verão, perfeitamente ajustado ao corpo dela.

Não que ele devesse estar reparando em nada disso, considerando que ela o tinha amarrado numa carruagem. Whit não devia estar reparando nas curvas dela, macias e acolhedoras na cintura e no decote do corpete. Ele não devia estar reparando no brilho da pele dourada e lisa no ombro arredondado à luz da lamparina. E também não devia estar reparando na suavidade do rosto dela ou nos lábios carnudos pintados de vermelho.

Ela não devia ser notada.

Ele apertou os olhos para ela e os olhos dela – era possível que fossem violeta? Que tipo de pessoa possuía olhos violeta? – se arregalaram.

– Bem – ela começou. – Se *esse* olhar é indicativo do seu temperamento, não é de admirar que o tenham amarrado. – Ela inclinou a cabeça para o lado. – Quem amarrou você?

Whit não respondeu. Ele não acreditou que ela não soubesse a resposta.

– *Por que* o amarraram?

De novo, silêncio.

Ela apertou os lábios numa linha reta e murmurou algo que soou como *inútil*. Então, continuou, mais alto, com mais firmeza.

– O fato é que você foi muito inconveniente, pois eu preciso da carruagem esta noite.

– Inconveniente. – Ele não pretendia responder e a palavra surpreendeu ambos.

– De fato. – Ela anuiu. – Este é o Ano da Hattie.

– O quê?

Ela fez um gesto com a mão, como se para dispensar a pergunta. Como se não fosse importante. Só que Whit imaginou que fosse. Ela continuou.

– É meu aniversário. Fiz planos para mim. Planos que não incluem... o que quer que isto seja. – O silêncio se estendeu entre eles, até que: – A maioria das pessoas me desejaria feliz aniversário neste momento.

Whit não mordeu a isca.

Ela arqueou as sobrancelhas.

– E aqui estava eu, pronta para ajudá-lo.

– Não preciso da sua ajuda.

– Você é bem grosseiro, sabia?

Ele resistiu ao instinto indesejado de ficar boquiaberto.

– Fui nocauteado e amarrado numa carruagem de estranhos.

– Sim, mas você tem que admitir que a companhia é divertida, não? – Ela sorriu, surgindo uma covinha impossível de ignorar na bochecha direita.

Como ele não respondeu, ela continuou:

– Tudo bem, então. Mas me parece que o senhor está num aperto. – Ela fez uma pausa e depois acrescentou: – Viu como sou divertida? Num aperto?

Ele trabalhou a corda em seus punhos. Apertada, mas já começava a ceder. Dava para escapar.

– Eu vi como você é imprudente.

– As pessoas me acham encantadora.

– Eu não vejo nada de encantador – ele retrucou, continuando a trabalhar a corda, imaginando o que o tinha possuído para dar trela àquela tagarela.

– Que pena... – Ela soou como se estivesse realmente aborrecida, mas antes que ele pudesse pensar no que dizer, ela continuou. – Não importa. Mesmo que você não admita, precisa de ajuda e, como está amarrado e eu sou sua companheira de viagem, receio que vá ter que me aturar. – Ela se abaixou junto aos pés dele, como se estivesse muito acostumada a desamarrar cordas com gestos suaves e hábeis. – Você tem sorte por eu ser boa em desatar nós.

Whit soltou um grunhido de aprovação e esticou as pernas no espaço apertado quando ela o libertou.

– E por você ter outros planos para seu aniversário.

Ela hesitou, suas faces corando com as palavras.

– Isso mesmo.

– Que planos? – Whit nunca entenderia o que o fez continuar a conversa.

Aqueles olhos ridículos, de uma cor impossível e grandes demais para o rosto dela, se fecharam.

– Planos que certamente não incluem arrumar a bagunça em que você se meteu.

– Da próxima vez que eu for nocauteado, vou me esforçar para que isso aconteça num lugar que não a atrapalhe, milady.

Ela sorriu, a covinha surgindo como um gracejo particular.

– Por favor. – Antes que ele pudesse responder, ela continuou. – Mas me parece que isso não será um problema no futuro. É evidente que não frequentamos os mesmos círculos.

– Esta noite frequentamos.

O sorriso dela se abriu devagar e Whit não conseguiu não se demorar nele. A carruagem diminuiu de marcha e ela espiou pela janela.

– Estamos quase lá – disse em voz baixa. – Está na hora de ir embora, meu senhor. Estou certa de que concorda que nenhum de nós dois tem qualquer interesse que você seja descoberto.

– Minhas mãos – ele disse, mesmo com a corda afrouxando.

Ela meneou a cabeça.

– Não posso arriscar que você se vingue.

Ele a fitou sem hesitação.

– Minha vingança não é um risco. É uma certeza.

– Não tenho dúvida disso. Mas não posso me arriscar que você se vingue em mim. Não esta noite. – Esticando-se sobre Whit, ela alcançou a maçaneta da porta, falando à sua orelha, a algazarra de rodas e cavalos na rua. – Como eu já disse...

– Você tem planos – Whit completou para ela, virando-se em sua direção, incapaz de resistir ao aroma de biscoitos de amêndoa, doce tentação.

– Sim. – Ela o encarou.

– Conte-me seus planos e eu a deixarei ir. – Ele a encontraria.

Aquele sorriso de novo.

– O senhor é muito arrogante. Devo lembrá-lo de que sou eu que o está deixando ir?

– Conte-me. – A ordem foi áspera.

Ele viu a mudança nela. Viu a hesitação transformar-se em curiosidade. Em coragem. E, então, como um presente, ela sussurrou:

– Talvez seja melhor eu lhe mostrar.

Cristo. *Sim.*

Ela o beijou, colando seus lábios aos dele, macios e doces e inexperientes, com gosto de vinho, tentadores como o diabo. Ele se esforçou mais para soltar as mãos. Para mostrar àquela mulher estranha e incomum o quanto estava disposto a ver quais eram os planos dela.

Porém, ela o soltou primeiro. Whit sentiu um puxão nos punhos e a corda caiu um instante antes de ela tirar seus lábios dele. Whit abriu os olhos e viu o cintilar de um canivete em sua mão. Hattie tinha mudado de ideia e o soltou.

Para que a pegasse. Para retomar o beijo.

Como havia avisado, contudo, tinha outros planos.

Antes que conseguisse tocá-la, a carruagem diminuiu para fazer uma curva e ela abriu a porta às suas costas.

– Adeus.

O instinto fez Whit se curvar ao cair, baixando o queixo, protegendo a cabeça, rolando de lado enquanto um único pensamento o sacudia.

Ela está escapando.

Ele parou ao trombar na parede de uma taverna próxima, fazendo os homens do lado de fora se espalharem.

– Ei! – Um deles gritou, aproximando-se. – Está bem, irmão?

Whit se levantou, sacudiu os braços e rolou os ombros, inclinou-se para a frente e para trás, testando seus músculos e ossos para garantir que tudo estava bem. Depois, tirou dois relógios do bolso para ver a hora. *Nove e meia.*

– Diacho! Eu nunca vi alguém se recuperar tão rápido depois de uma dessas – o homem disse, esticando a mão para dar um tapinha no ombro de Whit. Contudo, a mão parou antes do contato, quando os olhos ficaram fixos no rosto de Whit e se arregalaram ao reconhecê-lo. A cordialidade se transformou em medo e o homem recuou um passo. – *Beast.*

Whit ergueu o queixo ao ouvir o nome, enquanto retomava a consciência. Se aquele homem o conhecia e sabia seu nome...

Ele se virou, apurando o olhar na rua escura de paralelepípedos onde a carruagem tinha desaparecido com sua passageira, no labirinto de ruas emaranhadas que marcava Covent Garden.

Satisfação borbulhou dentro dele.

Ela não ia conseguir escapar, afinal.

Capítulo Três

— Você *jogou* ele para fora? — O espanto de Nora era evidente ao olhar para dentro da carruagem vazia após Hattie apear. — Nós queríamos que ele morresse?

Hattie passou os dedos pela seda da máscara, a qual tinha colocado antes de sair da carruagem.

— Ele não morreu.

Ela ficou pendurada na porta da carruagem tempo suficiente para ter certeza — tempo suficiente para se maravilhar com o modo como ele se lançou num rolamento antes de pular de pé, como se lhe fosse frequente ser jogado de carruagens.

Ela imaginou que, como o tinha descoberto amarrado em sua carruagem naquela noite, ele devia pular de carruagens regularmente. Ficou observando-o mesmo assim, prendendo a respiração até ele se levantar ileso.

— Ele acordou, então? — Nora perguntou.

Hattie aquiesceu, levando os dedos aos lábios, a sensação do beijo firme e suave ainda estava ali, acompanhada do sabor de algo... Limão?

— E?

— E o quê? — Ela olhou para a amiga.

Nora revirou os olhos.

— Quem é ele?

— Ele não disse.

Uma pausa.

— Não — anuiu Nora. — Imagino mesmo que ele não diria, não é?

Não. Não que eu não desse um braço para saber.

– Você pode perguntar para Augie. – Os olhos de Hattie voaram para a amiga. Será que tinha pensado alto? Nora sorriu. – Você se esquece de que consigo ler seus pensamentos como se fossem meus?

Nora e Hattie eram amigas a vida toda – antes, até, dessa vida, costumava dizer a mãe de Nora ao observar as duas brincando debaixo da mesa, contando segredos, no seu jardim dos fundos. Elisabeth Madewell, Duquesa de Holymoor, e a mãe de Hattie eram amigas que viviam às margens da aristocracia. Nenhuma das duas foi bem recebida quando o destino interveio para transformar uma atriz e uma vendedora de Bristol em duquesa e condessa, respectivamente. Elas estavam destinadas a ser amigas muito antes de o pai de Hattie receber seu título vitalício, duas almas inseparáveis que fizeram tudo juntas, inclusive planejaram os nascimentos das filhas – Nora e Hattie nasceram com uma diferença de semanas e foram criadas como irmãs, então, não havia outra opção a não ser se amarem dessa forma.

– Vou dizer duas coisas – Nora começou.

– Só duas?

– Duas *por enquanto*. Vou me reservar o direito de dizer mais – Nora acrescentou. – Primeiro, é melhor que você esteja certa de que nós não assassinamos acidentalmente aquele homem.

– Não assassinamos – Hattie disse.

– E, *segundo*... – Nora continuou sem fazer uma pausa. – Da próxima vez que eu sugerir deixarmos o homem inconsciente na carruagem e pegarmos meu cabriolé, nós vamos pegar a droga do meu cabriolé.

– Se tivéssemos pegado o cabriolé, *nós* poderíamos estar mortas – Hattie bufou. – Você dirige aquela coisa rápido demais.

– Eu permaneço no controle o tempo todo.

Quando as mães delas morreram com uma diferença de meses – irmãs até nisso –, Nora não encontrou consolo no pai e no irmão mais velho, homens aristocráticos demais para ficar de luto. Mas os Sedley, nascidos plebeus e aristocratas não reconhecidos como tal, não tiveram esse problema. Eles abriram espaço para Nora em sua casa e à sua mesa, e não demorou para que ela passasse mais noites na Casa Sedley do que na sua própria, algo que o pai e o irmão pareceram não notar. Assim como pareceram não notar quando ela começou a gastar sua mesada em carruagens e cabriolés que não deviam nada aos veículos dos dândis mais ostentadores da sociedade.

Uma mulher no comando de seu próprio transporte é uma mulher no comando de seu próprio destino, Nora gostava de dizer.

Hattie não tinha absoluta certeza disso, mas não negava que valia a pena ter uma amiga com habilidade na condução de carruagens.

Principalmente nas noites em que não desejava que os cocheiros falassem. E qualquer cocheiro falaria após deixar duas jovens aristocratas solteiras no número 72 da Rua Shelton, mesmo que esse endereço não parecesse, à primeira vista, ser o de um bordel.

O nome ainda era bordel se fosse um estabelecimento para mulheres?

Hattie imaginou que isso também não importava. Mas o edifício elegante não devia se parecer em nada com o que, ela imaginava, era sua versão masculina. O local parecia acolhedor e caloroso, brilhando como um farol, as janelas transbordando luz dourada, as floreiras explodindo com as cores outonais dos dois lados da porta e, acima, debaixo de cada peitoril.

Ela não deixou de reparar, contudo, que as janelas estavam cobertas, o que lhe pareceu razoável, dado que os acontecimentos internos eram, com certeza, de natureza privada. Levou a mão ao rosto e verificou mais uma vez a posição da máscara.

— Se tivéssemos vindo de cabriolé, teríamos sido vistas.

— Acho que você tem razão. — Nora encolheu um ombro e sorriu para Hattie. — Muito bem, então, fora com ele dessa carruagem!

Hattie riu.

— Eu não devia ter feito aquilo.

— Bem, nós não vamos voltar para nos desculpar. — Nora disse, apontando a mão para a porta. — E então? Você vai entrar?

Hattie inspirou fundo. Era isso. Ela se virou para a amiga.

— Você acha loucura?

— Com certeza — respondeu Nora.

— Nora!

— É uma loucura do melhor tipo. Você tem planos, Hattie. E é assim que vai executá-los. Depois que isso acabar, não tem volta. E, sinceramente, você merece.

A dúvida sussurrou no ouvido dela, quase inaudível, mas ainda assim presente.

— Você também tem planos, mas não fez nada parecido com isso.

Uma pausa e Nora deu de ombros.

— Eu não precisei. — O universo tinha concedido fortuna e privilégio a Nora, e uma família que parecia não se importar se ela usava as duas coisas para pegar a vida à unha.

Hattie não teve tanta sorte. Ela não era o tipo de mulher de quem se esperava pegar a vida à unha. Mas, depois dessa noite, ela pretendia mostrar ao mundo que faria exatamente isso.

Mas, primeiro, precisava se livrar da única coisa que a impedia de fazer isso.

E, assim, ali estava ela.

– Você tem certeza de que isso... – Ela começou, voltando-se para Nora, mas a aproximação de uma carruagem a interrompeu, o tropel dos cavalos e das rodas ribombando em seus ouvidos até o veículo parar. Um trio de mulheres desceu, rindo. Elas usavam lindos vestidos de seda, que cintilavam como joias, e máscaras de arlequim quase idênticas à de Hattie. Com seus pescoços longos, suas cinturas finas e seus sorrisos largos, era fácil perceber a beleza delas.

Hattie não era bela.

Ela recuou um passo e encostou na lateral da carruagem.

– Bem, agora tenho *certeza* de que este é o lugar – disse Nora.

Hattie encarou a amiga.

– Mas por que *elas* precisariam...

– Por que você precisaria?

– Elas poderiam ter... – *Quem elas quisessem.*

– Você também poderia – disse Nora, arqueando uma sobrancelha.

Não era verdade, claro. Os homens não ficavam atrás de Hattie. Oh, eles gostavam dela! Afinal, Hattie gostava de barcos e cavalos, tinha boa cabeça para os negócios e era inteligente o bastante para entretê-los em um jantar ou baile. Mas quando uma mulher tinha a aparência e o cérebro dela, os homens ficavam muito mais propensos a lhe dar um tapinha no ombro do que a puxá-la para uma abraço passional. A boa e velha Hattie, mesmo em sua primeira temporada, quando não tinha nada de velha. Mas Hattie não falou nada disso e Nora preencheu o silêncio.

– Talvez elas também estejam à procura de algo sem compromisso. – As duas amigas observaram as mulheres baterem na porta do número 72 da Rua Shelton, uma portinhola abrindo e fechando antes que a porta fizesse o mesmo, deixando a rua em silêncio mais uma vez. – Quem sabe elas também queiram ser as donas de seus destinos.

Um rouxinol gorjeou acima delas e foi respondido por outro à distância, quase no mesmo instante.

O Ano da Hattie.

– Está bem, então. – Ela aquiesceu.

Sua amiga sorriu.

– Está bem, então.

– Tem certeza de que não quer entrar?

– E fazer o quê? – Nora perguntou com uma risada. – Não tem nada para mim lá dentro. Pensei em dar uma volta, ver se consigo superar meu tempo ao redor do Parque Hyde.

– Ótimo. – Mesmo a melhor parte de Covent Garden era um dos piores locais de Londres. – Duas horas?

– Estarei aqui. – Nora tocou seu chapéu de cocheiro e sorriu para Hattie. – Divirta-se, milady.

Afinal, esse tinha sido o plano de Hattie, não é mesmo? Divertir-se com isso, a primeira noite do resto de sua vida, quando fecharia a porta para o passado e tomaria o futuro em suas mãos. Com um aceno de cabeça para a amiga, ela se aproximou do edifício, os olhos fixos na grande porta de aço e na portinhola que se abriu no momento em que ela bateu, revelando um par de olhos delineados e inquisitivos.

– Senha?

– Regina – respondeu Hattie.

A portinhola foi fechada e a porta se abriu. E Hattie entrou.

Demorou um instante para seus olhos se ajustarem ao interior escuro da casa, uma mudança tão chocante do exterior feericamente iluminado que ela, por instinto, levou a mão à máscara.

– Se você a tirar, não pode ficar – veio o aviso da mulher que lhe abriu a porta. Alta, esguia e linda, tinha o cabelo e os olhos escuros, e a pele mais clara que Hattie já tinha visto. Hattie baixou a mão da máscara.

– Eu sou...

– Nós sabemos quem você é, milady – a mulher a interrompeu, sorrindo. – Nomes não são necessários. Seu anonimato é prioritário.

Hattie pensou que aquela talvez fosse a primeira vez que alguém lhe dizia que era prioritária de algum modo. Ela gostou bastante disso.

– Oh – Hattie respondeu, sem saber o que dizer. – Que gentileza.

A mulher se virou, passando por uma cortina grossa para chegar ao salão principal. As três mulheres que Hattie tinha visto do lado de fora pararam de conversar para estudá-la. Ela pensou em ir até um sofá vazio, mas sua anfitriã a deteve, conduzindo-a até outra porta.

– Por aqui, milady.

Hattie a seguiu.

– Mas aquelas mulheres chegaram antes de mim.

Outro sorriso contido naqueles lindos lábios carnudos.

– Elas não têm hora marcada.

A ideia de que alguém pudesse aparecer casualmente num lugar desses agitou Hattie. Afinal, isso significava que essa pessoa *frequentava* o local, o que significava ser uma mulher que não só tinha acesso a um lugar desses, mas que também desfrutava dele com regularidade. Significava que essa mulher *se divertia* ali.

Ela vibrava de empolgação quando entraram na próxima sala, grande e oval, decorada finamente em seda num tom profundo de vermelho, com brocados dourados, veludo azul e bandejas de prata com chocolates e *petits fours*. O estômago de Hattie roncou. Ela não tinha comido nada durante o dia, de tão nervosa que estava.

Sua linda anfitriã se voltou para ela.

– Você gostaria de um lanche?

– Não. Quero acabar logo com isso. – Hattie arregalou os olhos. – Quer dizer, eu gostaria...

– Eu entendo. – A mulher sorriu. – Siga-me.

Ela seguiu através de um labirinto de corredores pelo prédio, que, do lado de fora, parecia enganosamente pequeno. Elas subiram uma escada larga e Hattie não resistiu passar os dedos pelo revestimento das paredes, cobertas de seda cor de safira com vinhas gravadas em prata. O lugar todo esbanjava luxo, o que não deveria ser uma surpresa, afinal, Hattie tinha pagado uma fortuna pelo privilégio de um atendimento. Ela pensou que estivesse pagando pelo segredo, não pela extravagância. Mas parecia que estava pagando pelas duas coisas.

Hattie olhou para sua anfitriã quando chegaram ao alto da escada e viraram num corredor bem iluminado, repleto de portas fechadas.

– Você que é a Dahlia?

O número 72 da Rua Shelton era propriedade de uma mulher misteriosa, conhecida pelas ladies da aristocracia apenas como Dahlia. Foi com Dahlia que Hattie se correspondeu para marcar seu compromisso naquela noite, e a mulher tinha lhe feito algumas perguntas sobre desejos e preferências, perguntas que Hattie mal tinha conseguido responder e que a deixaram com as faces queimando. Afinal, era raro que a mulheres como Hattie fosse dada a oportunidade de explorar desejos ou ter preferências.

Hattie tinha preferências agora.

O pensamento chegou ilustrado: o homem na carruagem, lindo, dormindo e, depois de acordado, inegavelmente lindo. Aqueles olhos de âmbar que a avaliaram, que pareceram ir diretamente ao âmago dela. A ondulação de seus músculos enquanto lutava com as amarras. E seu beijo...

Ela o tinha beijado.

O que Hattie tinha na cabeça?

Nada.

Ainda assim, ficou grata pela lembrança, pelo eco da inspiração aguda dele quando Hattie colou seus lábios aos dele, pelo grunhido suave que se seguiu, um som que se acumulou dentro dela, uma pontuação quando ele se entregou ao beijo. Quando ele se entregou ao desejo dela. Quando se tornou uma preferência de Hattie.

Suas faces ficaram quentes mais uma vez. Ela pigarreou e olhou para sua acompanhante, cujos lábios carnudos se curvaram num sorriso secreto.

— Meu nome é Zeva, milady. Dahlia não está na casa esta noite, mas não se preocupe. Nós nos preparamos para você na ausência dela – a linda mulher continuou. – Acreditamos que tudo estará ao seu gosto.

Zeva abriu a porta, permitindo que Hattie entrasse.

O coração de Hattie começou a bater forte quando passou os olhos pelo aposento. Ela engoliu o nó que sentia na garganta, recusando-se a transparecer o nervosismo. Sua ideia maluca estava se tornando uma possibilidade concreta.

Aquele não era um aposento comum. Era um quarto.

Um quarto decorado de maneira primorosa, com sedas, cetins e uma colcha de veludo azul que brilhava em contraste com os pilares entalhados do móvel principal do quarto, uma cama de ébano.

O fato de que as camas em geral são os móveis principais dos quartos pareceu, de repente, algo irrelevante, e Hattie teve certeza de que nunca, em toda a sua vida, tinha visto uma cama. O que explicava por que ela não conseguia parar de olhar para a peça.

Foi impossível ignorar a diversão na voz de Zeva quando ela falou.

— Algum problema, milady?

— Não! – Hattie exclamou, mal reconhecendo a palavra que veio num tom reservado apenas aos cachorros. Pigarreou e, de repente, sentiu o corpete de seu vestido apertado demais. Levou a mão ao corpete. – Não. Não. Tudo está perfeito. Tudo muito esperado. Como planejado. – Ela pigarreou de novo, ainda transfixada pela cama. – Obrigada.

— Talvez milady deseje um momento de tranquilidade antes de Nélson entrar?

Nélson. Hattie se virou para a outra mulher ao ouvir o nome.

— Nélson? Como o herói de guerra?

— Isso mesmo. Um dos nossos melhores.

— E por melhor você quer dizer...

A outra arqueou as sobrancelhas.

— Além das qualidades que milady solicitou, ele é encantador, culto e *extremamente* minucioso.

Extremamente minucioso na cama, *ela quis dizer.*
Hattie engasgou-se com a areia que parecia preencher sua garganta.
– Entendo. Bem, o que mais alguém pode querer?
Os lábios de Zeva se torceram.
– Por que não tira alguns minutos para se ambientar com o quarto...
Com a cama, *ela quer dizer.*
Zeva apontou um cordão na parede.
– ...e toque a campainha quando estiver pronta.
Pronta para a cama, *ela quer dizer.*
– Sim – Hattie anuiu. – Parece ótimo.
Zeva flutuou para fora do quarto, o *clique* suave da porta era a única evidência de que tinha estado ali.

Hattie soltou um longo suspiro e se virou para o quarto vazio. Sozinha, pôde observar o cintilante papel de parede dourado, os lindos ladrilhos da lareira e as grandes janelas que, de dia, sem dúvida, revelariam o labirinto formado pelos telhados de Covent Garden, mas, agora, à noite, eram espelhos na escuridão, refletindo a luz das velas do quarto, com Hattie em seu centro.

Hattie. Pronta para recomeçar sua vida.

Ela se aproximou de uma das grandes janelas, fazendo o seu melhor para ignorar o próprio reflexo, focando na escuridão que a rodeava, ilimitada como seus planos. Seus desejos. A decisão de parar de esperar que seu pai percebesse seu potencial e, assim, fazer o que desejava. Provar-se forte o bastante, inteligente o bastante, livre o bastante.

E, talvez, só um pouquinho imprudente.

Essa imprudência a desqualificaria como candidata a esposa de qualquer homem decente e tornaria impossível para seu pai recusar o que de fato ela queria.

Seu próprio negócio. Sua própria vida. Seu próprio futuro.

Ela inspirou fundo e se voltou para uma mesa próxima, abastecida com o suficiente para alimentar um exército: sanduíches, canapés e *petits fours*. Uma garrafa de champanhe e duas taças aguardavam ao lado da comida. Ela não devia estar surpresa. A pesquisa sobre suas preferências para essa noite tinha sido minuciosa, e Hattie tinha requisitado tudo aquilo, menos porque gostasse de champanhe e boa comida – e quem não gosta? –, mais porque parecia ser o tipo de coisa que uma mulher com experiência ofereceria numa ocasião dessas.

E, assim, a mesa aguardava um conviva, como se esse lugar fosse uma estalagem da Grande Estrada do Norte e o quarto estivesse arrumado para recém-casados. Hattie fez uma careta diante do pensamento tolo, romântico. Mas era esse isso que o número 72 da Rua Shelton vendia, não era? Romance, de acordo com as preferências, pago e embrulhado.

Champanhe, *petits fours* e uma cama com dossel.

Repentinamente, *muito* ridículo.

Ela deu uma risadinha nervosa. De modo algum iria comer canapés ou *petits fours*. Não sem ejetá-los de seu estômago agitado. Mas champanhe... talvez champanhe fosse bem do que ela precisava.

Ela se serviu uma taça e bebeu como se fosse limonada. O calor se espalhou por ela mais depressa do que esperava. Calor e coragem suficientes para se lançar através do quarto e puxar o cordão da campainha. Para invocar Nélson. Extremamente minucioso como o herói de guerra.

Hattie imaginou que deviam existir nomes piores para o homem que ia livrá-la de sua virgindade.

Ela acionou a campainha, que continuou silenciosa no quarto, mas tocou em algum lugar distante do edifício misterioso, onde, Hattie imaginou, um bando de homens lindos aguardava para oferecer minúcias extremas, como cavalos antes de começar uma corrida. Ela sorriu diante da imagem louca de um Nélson sem rosto, vestindo um uniforme de almirante completo, com chapéu, na falta de algo mais criativo, e colocando-se em movimento ao ouvir o som, correndo na direção dela, suas pernas longas subindo dois degraus de cada vez, talvez três, bufando ao correr em sua direção.

Como ela deveria estar quando ele chegasse? Deveria estar à janela? Ele gostaria de vê-la em pé? Para avaliar a situação? Hattie não ficou muito entusiasmada com essa ideia.

Então, restava a opção de sentar-se na cadeira junto à lareira ou na cama.

Hattie duvidava muito que ele fosse querer conversar com ela. Na verdade, ela mesma não sabia se queria que conversassem com ela. Afinal, aquilo era um meio para um fim.

Então. Decidido. A cama.

Ela deveria se deitar? Isso lhe pareceu muito ousado, embora a verdade fosse que ela já tinha sido ousada ao procurar a Rua Shelton, 72, meses atrás, e ao atrelar os cavalos à carruagem naquela noite. E tinha ultrapassado os limites da ousadia quando beijou um homem em sua carruagem.

Por um momento louco, não foi um almirante sem rosto que corria na direção dela. Foi um tipo totalmente diferente de homem. Com o rosto lindo. Feições perfeitas, olhos de âmbar, sobrancelhas escuras e lábios que eram mais macios do que jamais imaginou que lábios pudessem ser.

Hattie pigarreou e afastou o pensamento, voltando-se à questão do momento. Esperá-lo deitada parecia errado, assim como sentada, na cama, com as pernas cruzadas. Talvez houvesse um meio-termo? Recostada de um modo sedutor, talvez?

Ah! Hattie não sabia ser sedutora.

Ela se sentou no canto menos iluminado da cama e inclinou o tronco para trás, passando um braço ao redor do pilar do dossel para se equilibrar, apoiando-se nele, desejando parecer o tipo de mulher que faz isso o tempo todo. Uma sedutora que sabia quais eram seus desejos e preferências. Alguém que entendia expressões como *extremamente minucioso*.

E, então, a porta começou a ser aberta e seu coração disparou. Uma figura grande e obscura entrava. Ele não estava vestindo uniforme ou chapéu de almirante. Nem nada remotamente elegante. Ele vestia preto. Uma imensa quantidade de preto.

Ele terminou de entrar e a luz banhou seu rosto perfeito com um brilho quente, dourado.

O coração dela parou e Hattie se endireitou, desequilibrando-se ao mudar de posição e quase caindo da cama.

Ele se movia com uma elegância única, como se não tivesse estado inconsciente na carruagem dela há cerca de uma hora. Como se ela não o tivesse jogado do veículo. Ela passou os olhos por ele, procurando arranhões, hematomas ou dores relacionadas à queda. Nada.

Hattie engoliu em seco, grata pela luz tênue.

— Você não é Nélson.

Ele não respondeu. Apenas fechou a porta atrás de si.

E os dois ficaram a sós.

Capítulo Quatro

Ela queria ser uma agulha num palheiro.
Ela queria ter desaparecido.

Ela queria ser uma mulher em mil, em mil carruagens, correndo pelos cantos escuros de Londres como escorpiões, invisível aos homens comuns do mundo ao redor.

E ela poderia ser isso, só que Whit não era um homem comum. Ele era um Bastardo Impiedoso, um rei das sombras de Londres, com dezenas de espiões a postos na escuridão, e nada acontecia em seu território sem que ele soubesse. Foi ridiculamente fácil para sua extensa rede de vigias encontrar a carruagem preta que adentrava na noite.

Eles a seguiam antes de Whit chegar aos telhados. Encontraram sua localização assim que receberam notícia da informação que ele queria. O carregamento que ele conduzia tinha sumido; os batedores que foram atacados estavam vivos, mas seus agressores desapareceram. Sem serem identificados.

Mas não por muito tempo.

A mulher o levaria ao inimigo. A um inimigo que os Bastardos Impiedosos procuravam há meses.

Se Whit estava certo, era um inimigo que eles conheciam há anos.

Seus vigias estavam sempre de olho nas entradas do bordel. Um irmão deve proteger sua irmã, afinal, mesmo quando a irmã em questão é poderosa o bastante para colocar a cidade de joelhos. Mesmo quando essa irmã se esconde de algo que pode lhe tirar esse poder.

Foi fácil para Whit entrar no edifício e passar por Zeva, parando apenas para descobrir onde estava a mulher cujo nome Zeva não revelou. Ele sabia que ela não lhe diria. Shelton 72 era bem-sucedido devido à sua discrição inviolável e os segredos eram guardados de todos, inclusive dos Bastardos Impiedosos.

Por causa disso, ele não insistiu com Zeva. Apenas passou por ela, ignorando o modo como suas sobrancelhas escuras arquearam-se em surpresa silenciosa. Silenciosa apenas no momento. Zeva era a melhor tenente que havia e guardava segredos de todos, exceto de sua chefe. E quando Grace, conhecida em toda Londres como Dahlia, retornasse ao seu posto de comandante da casa, ela saberia o que tinha acontecido. E não hesitaria em questionar os responsáveis.

Não existe curiosidade mais implacável que a de uma irmã.

Mas, por enquanto, Grace não estava por perto para incomodá-lo. Havia apenas a mulher misteriosa da carruagem, carregada de informações, a peça final do mecanismo que ele estava esperando para colocar em movimento. A mola que esperava para ser comprimida. Ela sabia os nomes dos homens que tinham disparado em seu carregamento. Disparado em seus rapazes. Os nomes dos homens que estavam roubando os Bastardos.

Os nomes dos homens que trabalhavam com seu irmão. E ali estava ela, num edifício que pertencia à sua irmã, no território que pertencia ao próprio Whit.

Esperando por um homem para lhe dar prazer.

Ele ignorou a agitação que correu por seu corpo ao pensar nisso e ao fio de irritação que se seguiu. Ele estava ali pelos negócios, não pelo prazer.

E estava na hora de fazer negócio.

Ele a viu assim que entrou, seus olhos encontrando-a sentada na beira da cama, no escuro, agarrada num pilar. Ao deixar a porta se fechar atrás de si, ele foi consumido por um pensamento singular. Sentada ali, em um dos bordéis mais extravagantes da cidade, feito para mulheres de gosto exigente, prometendo absoluta discrição, a jovem não teria como parecer mais deslocada.

Ela deveria estar parecendo em casa, considerando o modo como o acordou, como conduziu uma conversa com ele como se fosse algo absolutamente natural, e como o jogou de uma carruagem em movimento.

Depois de beijá-lo.

O fato de ela estar a caminho do bordel parecia se encaixar no restante de sua noite louca.

Mas alguma coisa estava errada.

Não era o vestido, com suas saias sedosas explodindo na escuridão em tons vivos de turquesa que sugeriam uma modista de habilidade superior. Não eram os sapatos, cujas pontas apareciam por baixo da bainha.

Não era o modo como o corpete cintilava no escuro, abraçando a curva de seu torso e exibindo os lindos montes na parte de cima. Não, essa parte era perfeita para a Rua Shelton.

Também não era a sombra em seu rosto, difícil de reconhecer no escuro, mas visível o bastante para revelar a mandíbula, caída de surpresa, a boca aberta. Outro homem poderia achar ridícula aquela boca aberta, mas Whit sabia a verdade. Ele sabia qual era seu sabor. Sabia como aqueles lábios carnudos eram macios e convidativos. E não havia nada de deslocado neles.

O número 72 da Rua Shelton era mais do que acolhedor a corpo e lábios carnudos, e a mulheres que sabiam como usá-los.

Mas essa mulher não sabia usar seu charme. Ela estava dura como pedra agarrada ao pilar com uma das mãos, as juntas estavam até brancas, e segurava uma tulipa de champanhe com a outra mão, mantendo-se num ângulo estranho, parecendo totalmente deslocada.

Ainda mais quando tentou se endireitar de um modo impossível antes de falar.

– Perdão, meu senhor, mas estou esperando alguém.

– Humm – ele fez, recostando-se na porta e cruzando os braços sobre o peito enquanto desejava que ela não estivesse na sombra. – Nélson.

Ela aquiesceu com a cabeça, o movimento parecendo mecânico.

– Isso. E você não é ele...

– Como sabe que não sou?

Silêncio. Whit resistiu ao impulso de sorrir. Ele quase podia ouvir o pânico dela. Ela estava a ponto de desmoronar, o que o deixaria numa posição de força. Ele extrairia a informação que queria em minutos, como o doce de uma criança.

Só que ela falou.

– Você não atende à minha lista de qualificações.

Que diabos?! Qualificações?

De algum modo, por milagre, ele evitou fazer a pergunta. A tagarela forneceu mais informações mesmo assim.

– Especificamente, eu solicitei alguém menos...

Ela perdeu a voz e Whit se viu disposto a quase qualquer coisa para ouvir o resto da frase. Quando ela acenou a mão na direção dele, Whit não conseguiu se conter.

– Menos?

Ela fez uma careta.

– Isso mesmo. Menos.

Algo parecido com orgulho explodiu em seu peito, mas Whit afastou a sensação, deixando o silêncio se impor.

— Você não é menos — ela disse. — É mais. Você é *demais*. Por isso que o joguei da carruagem antes. A propósito, peço desculpas por aquilo. Espero que não tenha se machucado muito na queda.

Ele ignorou as desculpas.

— Demais o quê?

Ela abanou de novo a mão.

— Demais tudo. — Ela enfiou a mão no tecido volumoso da saia e extraiu um pedaço de papel, que consultou. — Altura média. Corpo médio. — Ela levantou o olhar, avaliando-o. — Você não é nada disso.

Ela não precisava parecer tão decepcionada quanto a isso. O que mais havia naquele papel?

— Eu não tinha notado como você era alto em nosso encontro na carruagem.

— É assim que você chama? Um encontro?

Ela inclinou a cabeça para o lado, pensativa.

— Você tem um termo mais preciso?

— Um ataque.

Ela arregalou os olhos atrás da máscara e se levantou, revelando uma altura que ele não tinha imaginado na carruagem.

— Eu não ataquei você!

Ela estava enganada, claro. Tudo nela era uma agressão. As curvas voluptuosas, o brilho de seus olhos, o cintilar de seu vestido, o aroma de amêndoas que emanava, como se tivesse acabado de sair de uma cozinha cheia de bolos.

A mulher lhe pareceu um ataque desde o momento em que ele abriu os olhos na carruagem e a encontrou ali, falando como uma tempestade sobre aniversários e planos e o Ano da Hattie.

— Hattie. — Ele não pretendia dizer o nome. Com certeza não pretendia ter *gostado* de dizê-lo.

Os olhos ficaram impossivelmente mais arregalados atrás da máscara.

— Como você sabe o meu nome? — Ela perguntou, empertigando-se. Pânico e afronta transbordavam dela. — Pensei que este lugar fosse o máximo da discrição.

— O que é o Ano da Hattie?

Então, veio a lembrança de ter revelado seu nome mais cedo.

— Por que você se importa? — Ela perguntou, depois de uma pausa.

Ele não sabia muito bem a resposta, então, não tentou inventar uma.

Hattie preencheu o silêncio, pois, como Whit estava descobrindo, era seu hábito.

— Imagino que você não vá me dizer seu nome? Eu sei que não é Nélson.

— Porque eu sou demais para ser Nélson.

— Porque você não atende às minhas exigências. Você tem ombros largos demais e pernas compridas demais. *Não é charmoso e, com certeza, não é nada afável.*

— Você fez uma lista de exigências para um cachorro, não para uma trepada.

De novo, os olhos dela ficaram grandes como pires, mas Hattie não mordeu a isca.

— E tudo isso antes mesmo de levar em consideração seu rosto.

Que diabo havia de errado com o rosto dele? Em 31 anos, ele nunca tinha ouvido uma reclamação e essa louca ia mudar isso?

— Meu rosto.

— Isso — ela disse, a palavra saindo como uma carruagem em disparada. — Eu solicitei um rosto que não fosse tão...

Whit ficou vidrado na reticência. *Agora* essa mulher decide parar de falar?

Ela meneou a cabeça e resistiu ao impulso de xingar.

— Deixe para lá! A questão é que eu não solicitei você e não o *ataquei*. Não tive nada a ver com você aparecer inconsciente na minha carruagem. Mas, para ser honesta, você está começando a me parecer o tipo de homem que pode muito bem merecer uma bordoada na cabeça.

— Eu não acho que você tenha tomado parte no ataque.

— Ótimo. Porque não tomei.

— Quem foi?

Um instante.

— Não sei.

Mentira.

Ela estava protegendo alguém. A carruagem pertencia a alguém que ela confiava ou não a teria usado para ir até o bordel. *O pai?* Não. Impossível. Nem mesmo essa maluca usaria o cocheiro do pai para levá-la a um bordel no meio de Covent Garden. Cocheiros falam.

Amante? Por um momento fugaz ele considerou a possibilidade de ela não apenas estar trabalhando com seu inimigo, mas dormindo com ele. Whit não gostou do sabor amargo que veio com essa ideia antes que a razão prevalecesse.

Não. Não um amante. Ela não estaria num bordel se tivesse um amante. Ela não teria beijado Whit se tivesse um amante.

E ela o tinha beijado inexperiente, doce e suavemente.

Não havia amante.

Ainda assim, ela era leal ao inimigo.

– Acho que você sabe quem me amarrou naquela carruagem, Hattie – ele disse com delicadeza, aproximando-se dela, uma vibração agitando-o quando percebeu que ela era quase da sua altura e que o peito dela subia e descia num ritmo entrecortado acima do decote, que os músculos de seu pescoço trabalhavam enquanto ela ouvia. – E acho que você sabe que não vou embora sem um nome.

Ela apertou os olhos para ele na luz tênue.

– É uma ameaça? – Ele não respondeu e, com o silêncio, Hattie pareceu se acalmar, normalizando sua respiração e endireitando os ombros. – Não gosto de ameaças. Esta é a segunda vez que o senhor interrompe meus planos. E lhe faria muito bem se lembrar de que eu salvei sua pele mais cedo.

A mudança na atitude dela era notável.

– Você quase me matou.

– Por favor! – Ela bufou. – Você é ágil o bastante. Eu vi a maneira que rolou para fora da carruagem, como se não fosse a primeira vez que é jogado para fora de uma. – Ela fez uma pausa. – E não foi, não é?

– Isso não significa que eu pretenda tornar isso um hábito.

– A questão é que, sem mim, você poderia estar morto numa vala. Um cavalheiro sensato me agradeceria gentilmente e iria embora agora mesmo.

– O seu azar é que não sou isso.

– Sensato?

– Um cavalheiro.

Ela deu uma risadinha, surpresa ao ouvir a resposta.

– Bem, como no momento estamos em um bordel, acho que nenhum de nós dois parece muito distinto.

– Distinção não estava na sua lista de exigências?

– Ah, estava – ela respondeu. – Mas eu esperava mais uma imitação de distinção do que a coisa verdadeira. A questão é que eu tenho planos, que se danem as imitações, e não vou deixar que você os arruíne.

– Os planos de que você estava falando antes de me jogar para fora da carruagem.

– Eu não joguei você. – Como ele não retrucou, ela admitiu. – Tudo bem, eu joguei. Mas você se saiu bem.

– Não graças a você.

– Não tenho a informação que deseja.
– Não acredito em você.
Ela abriu a boca. Fechou-a.
– Quanta indelicadeza!
– Tire sua máscara.
– Não.
Ele torceu os lábios diante da resposta firme.
– O que é o Ano da Hattie?

Ela levantou o queixo, desafiadora, mas permaneceu em silêncio. Whit soltou um grunhido e atravessou o quarto até a champanhe, voltando para encher a taça dela. Ao terminar, devolveu a garrafa ao seu lugar, se recostou no parapeito da janela e ficou observando-a se remexer.

Ela estava sempre em movimento, alisando as saias ou mexendo nas mangas. Ele admirou o desenho do vestido, o modo como envolvia as curvas rebeldes dela e fazia promessas que um homem desejava serem cumpridas. A luz das velas tocava sua pele, dourando-a. Essa não era uma mulher que tomava chá. Era uma mulher que tomava o sol.

Hattie tinha dinheiro, era óbvio. E poder. Uma mulher precisava ter as duas coisas para entrar na Rua Shelton, 72. Só para saber que o lugar existia tinha de ter uma rede de contatos que não se conseguia com facilidade. Havia milhares de motivos pelos quais uma mulher desejava acesso ao lugar e Whit já tinha ouvido todos. Tédio, insatisfação, ousadia. Mas ele não via nada disso em Hattie. Ela não era uma garota impetuosa. Tinha idade o bastante para saber o que queria e fazer suas escolhas. Ela também não era tola nem imatura.

Whit andou na direção dela. Lenta e deliberadamente.
Ela ficou rígida, apertando o papel que segurava.
– Não vou ser intimidada.
– Ele roubou algo meu e quero tudo de volta.
Mas isso não era tudo.
Ele chegou perto o bastante para tocá-la. Perto o bastante para medir a altura que tinha reparado antes, quase igual à sua. Perto o bastante para ver os olhos dela, escuros atrás da máscara, fixos nele. Perto o bastante para ser envolto pelo aroma de amêndoas.

– O que quer que seja – ela disse, endireitando os ombros –, vou cuidar para que seja devolvido.

Quatro carregamentos. Três batedores baleados. E, nesta noite, as facas de Whit, que ele valorizava mais que qualquer coisa. E, se ele estava certo, mais do que jamais poderiam lhe reembolsar.

– Não é possível! – Ele sacudiu a cabeça. – Preciso de um nome.
Ela ficou rígida diante da resposta.
– Perdão! Não costumo faltar com a minha palavra.
Outro homem poderia achar graça naquelas palavras. Mas Whit percebeu que eram sinceras. Como ela teria se envolvido naquilo?
– O que é o Ano da Hattie? – Ele não conseguiu evitar a insistência.
– Se eu lhe disser, vai me deixar em paz?
Não. Mas ele não disse isso.
Ela inspirou fundo no silêncio, parecendo ponderar suas opções. Então...
– É exatamente isso. Este é meu ano. O ano que me reivindico para mim mesma.
– Como?
– É um plano de quatro pontos para eu ser dona do meu destino.
– Quatro pontos? – Ele arqueou as sobrancelhas.
Ela levantou uma das mãos, enumerando as respostas com os longos dedos enluvados.
– Negócios. Lar. Fortuna. Futuro. – Ela fez uma pausa. – Agora, se você me disser exatamente o que lhe foi roubado, vou cuidar para que seja devolvido e nós poderemos continuar com nossa vida sem incomodar mais um ao outro.
– Negócios. Lar. Fortuna. Futuro. – Ele refletiu sobre o plano. – Nessa ordem?
– Provavelmente. – Ela inclinou a cabeça para o lado.
– Que tipo de negócios? – Whit tinha dinheiro de sobra e poderia ajudá-la no negócio que ela quisesse em troca da informação de que ele precisava.
Ela estreitou os olhos e permaneceu em silêncio. Era provável que tivesse aspirações a costureira ou chapeleira, duas profissões que lhe garantiriam o sustento, mas nenhuma delas lhe traria fortuna. Não seria mais adequado a ela um futuro como esposa e mãe em alguma propriedade rural?
Nenhum dos quatro pontos que ela expôs faziam sentido no contexto do bordel na Rua Shelton. Ele apontou para o papel que Hattie segurava.
– O que você esperava conseguir de Nélson, um investimento?
Ela soltou uma risadinha diante da pergunta.
– Um tipo.
– Que tipo? – Foi a vez de Whit apertar os olhos.
– Existe um quinto ponto – ela disse.
Um relógio badalou no corredor, alto e grave, e Whit pegou seus relógios sem pensar, consultando a hora antes de guardá-los.

– E qual é? – Ele perguntou.
Ela acompanhou os movimentos dele com o olhar.
– Sabe me dizer as horas? – Disse Hattie.
Ele percebeu a provocação na pergunta.
– Onze.
– Nos dois relógios? – Ela insistiu.
– O quinto ponto?
Uma onda vermelha banhou o rosto dela com a pergunta e a curiosidade de Whit sobre essa estranha mulher tornou-se quase insuportável.
– Corpo – ela disse em alto e bom som, como o relógio no corredor.
Quando Whit tinha 17 anos, ele saiu cambaleante do ringue após uma luta com um oponente grande demais e que tinha demorado demais. O rugido da plateia, empolgada pelos golpes pesados que ele tinha suportado, continuou ecoando em seus ouvidos. Ele acabou caído numa viela nos fundos de um armazém, onde puxava ar frio em seus pulmões e se imaginava em qualquer lugar que não ali, num clube da luta de Covent Garden.
A porta atrás dele foi aberta e fechada, e uma mulher se aproximou com um pano na mão. Ela se ofereceu para limpar o sangue de seu rosto. As palavras suaves e o toque delicado marcaram o máximo de prazer que ele tinha sentido em toda a sua vida.
Até o momento que ouviu Hattie falar a palavra *corpo*.
No silêncio que se arrastou entre eles, ela soltou uma risadinha nervosa.
– Imagino que esse seja, na verdade, o primeiro ponto, considerando que é essencial para os outros.
Corpo.
– Explique. – A palavra saiu num grunhido.
Ela pareceu considerar a possibilidade de não explicar, como se ele fosse lhe permitir ir embora dali sem fazê-lo. Ela deve ter percebido isso, porque finalmente se explicou.
– Existem duas razões – Hattie disse.
Ele aguardou.
– Algumas mulheres passam a vida toda querendo se casar.
– E você não?
Ela sacudiu a cabeça.
– Talvez em algum momento eu tenha querido. – Ela foi parando de falar e Whit prendeu a respiração à espera das próximas palavras. Ela deu de ombros. – Amanhã, eu faço 29 anos. A essa altura, sou apenas um dote e nada mais.

Whit não acreditou nisso nem por um momento.
– Eu não quero ser um dote. – Ela olhou para ele. – Eu não quero ser uma coisa. Quero ser minha. Fazer minhas próprias escolhas.
– Negócios. Lar. Fortuna. Futuro – ele disse.
Ela deu um sorriso amplo e encantador. Aquelas malditas covinhas apareceram e ele não pôde resistir a fitar aqueles lábios, de cujo gosto ele se lembrava. Ela moveu os lábios de novo.
– Só existe um modo de garantir que me permitam fazer minhas escolhas. – Hattie fez uma pausa. – Eu acabar com a única coisa em mim que é valorizada. Eu reivindico a mim mesma. E venço.
– E você veio aqui para... – Ele parou de falar, sabendo a resposta. Queria ouvi-la falar o motivo.
Queria ouvir o motivo.
Aquele rubor de novo. Então, magnífica:
– Para perder minha virgindade.
As palavras ribombaram nos ouvidos dele.
E, de algum modo, essa mulher *riu*.
– Bem, eu não posso *perder* minha virgindade, é óbvio. É um tipo de metáfora. Nélson devia tirá-la.
Ele deixou o silêncio reinar por um momento enquanto organizava os pensamentos tumultuados.
– Você se livra da virgindade e se torna livre para viver sua vida.
– Isso mesmo! – Ela disse, como se estivesse encantada por alguém compreendê-la.
– E qual é a segunda razão? – Ele grunhiu.
Aquele rubor de novo. Quem era aquela mulher, ao mesmo tempo ousada e envergonhada?
– Eu acho... – Ela se deteve. Então, pigarreou. – Acho que eu quero experimentar.
Cristo!
Ela podia ter dito mil coisas que ele esperava. Coisas que o teriam mantido quieto, impassível. Porém, ela disse algo tão brutalmente honesto que Whit não teve escolha senão ficar agitado.
E agir.
Mas Whit se deteve antes de começar, contendo seu desejo, enfiando no bolso a mão que ia na direção dela e pegando um saco de papel, de onde retirou uma bala. Ele colocou o doce na boca, limão e mel explodindo em sua língua.
Qualquer coisa para distraí-lo das palavras dela.

Eu quero experimentar.
Hattie olhou para o saco de papel.
— Aí tem balas?
Ele baixou os olhos para a mão. Confirmou com um grunhido.
Ela inclinou a cabeça para o lado.
— Você não devia consumir gostosuras se não está disposto a dividir, sabia?
Outro grunhido. Ele estendeu o saco na direção dela.
— Não, obrigada — ela disse com um sorriso.
— Então, por que me pediu uma?
Outro sorriso.
— Eu não pedi uma bala. Eu pedi que você me *oferecesse* uma, o que é uma coisa muito diferente.
Ela era incrivelmente frustrante. E fascinante. Mas Whit não tinha tempo para ficar fascinado por ela.
Ele guardou as balas no bolso, tentando se concentrar no limão, um prazer agridoce, um dos poucos que se permitia. Tentando não se concentrar no fato de que não era limão o que ele desejava naquele momento.
Tentando não pensar em amêndoas.
Ele precisava do conhecimento daquela mulher. E era isso. Ela sabia quem estava atacando seus homens. Quem estava roubando sua carga. Ela podia confirmar a identidade de seu inimigo. E ele faria o que fosse necessário para fazê-la falar.
— Você não vai me dizer que estou errada? — Ela perguntou.
— Errada em quê?
— Errada em querer... — Ela perdeu a fala por um momento e um medo gelado passou por Whit enquanto ele pensava na possibilidade de ela repetir *aquilo*. Quando essa mulher falava *aquilo*, um homem desejava substituir essa palavra por um monte de coisas pecaminosas. — ...me descobrir.
Bom Jesus! Isso era pior!
— Não vou lhe dizer que está errada.
— Por que não?
Whit não sabia por que tinha dito aquilo. Ele não deveria ter dito. Deveria tê-la deixado naquele quarto, para depois segui-la até sua casa e descobrir o que ela sabia. Pois Hattie não sabia guardar segredos. Era honesta demais. Honesta o bastante para ser um problema.
Mas ele disse mesmo assim.
— Porque você deve se descobrir. Cada centímetro de si mesma, cada centímetro do seu prazer e determinar o rumo do seu futuro. — Seus lábios

continuaram se abrindo e fechando, e ele falou uma sequência de palavras maior do que já tinha falado em décadas. Em uma vida.

Ele se aproximou dela, levantando as mãos devagar, deixando-a ver que estava chegando. Dando-lhe tempo para detê-lo. Como Hattie não fez nada, ele tirou a máscara dela, o que revelou seus olhos grandes e delineados.

– Mas você não deve contratar o Nélson.

O que ele estava fazendo?

Era a única opção.

Mentir.

Ela pegou a máscara com a mão livre, baixando-a. Remexendo nela, seus dedos tocando-o no processo. Queimando-o.

– Vai ser difícil encontrar outro homem para me ajudar sem que haja consequências.

– Garanto para você que não – ele disse, baixando a voz.

Ela engoliu em seco.

– Você pretende encontrar outro homem para mim?

– Não.

Ela franziu a testa e ele passou o polegar pelo vinco que surgiu ali. Uma vez, duas, até alisá-lo. Ele passou o dedo pelas linhas do rosto dela, pela curva das maçãs, pela linha suave do maxilar. O carnudo lábio inferior, tão macio quanto ele lembrava.

– Eu pretendo ser esse homem.

Capítulo Cinco

Quando chegou à Rua Shelton, 72, com a intenção de ser arruinada, Hattie devia ter considerado a possibilidade de que esse negócio de perder a virgindade pudesse ser prazeroso.

Ela nunca pensou nisso dessa forma. Na verdade, tinha pensado nisso como algo prático. Uma missão a ser cumprida. O tipo de coisa que era um meio para um fim.

Mas quando aquele homem misterioso, bonito e desconcertante, e mais bem-vindo do que ela gostaria de admitir, a tocou, ela não conseguiu pensar em nada além do meio.

Um meio muito prazeroso.

Um meio muito prazeroso que se apossou de Hattie quando ele sugeriu que podia ser o homem que a ajudaria a perder sua virgindade.

Mas a combinação do grunhido baixo e do deslizar lento de seu polegar pelo lábio inferior de Hattie a fez pensar que ele podia fazer mais do que isso. Hattie pensou que ele poderia incendiá-la. Pensou que ela poderia permitir, dane-se o incêndio.

E, então, Hattie pensou muito pouco.

Muito pouco além de *sim*, é isso.

Tinha chegado ali, naquela noite, com a promessa de que seria atendida por um homem *extremamente minucioso*, que se mostraria um assistente maravilhoso. Mas *este* homem, com seus olhos de âmbar que viam tudo, com seu toque que compreendia tudo, com sua voz que preenchia as reentrâncias secretas dela, era mais do que um assistente.

Este homem era uma autoridade do tipo que Hattie não imaginava, mas que agora não conseguia *não* imaginar.

E ele estava se oferecendo para tornar real tudo o que Hattie tinha imaginado.
Sim.
Ele estava tão perto. Era impossível de tão grande e grande o bastante para fazer Hattie se sentir pequena. Era impossível de tão lindo e lindo o bastante para fazê-la pensar numa outra noite, menos maluca. E impossível de tão quente naquele quarto tão frio.
E, com todas aquelas impossibilidades, ele ia beijá-la.
Não porque Hattie o estava pagando. Mas porque ele queria.
Impossível.
Ninguém nunca...
A mão dele entrando em seu cabelo afastou o pensamento antes que este terminasse.
– Você vai...
Silêncio.
– ...me ajudar...
Os dedos dele ficaram tensos.
– ...com... – Ele a mantinha refém com seu toque e seu silêncio. Ele a estava fazendo terminar o pensamento, droga! A frase. *Qual era o pensamento?* – ...isso?
Ele recebeu a palavra com um grunhido, um ronco que ela não teria compreendido se não estivesse tão arrebatada. Se não estivesse tão ansiosa por aquilo.
– Com tudo isso.
Os olhos dela se fecharam devagar. Como um homem conseguia transformar tão poucas palavras em tanto prazer? Com certeza ele a beijaria. Foi assim que começou, não foi? Mas ele não estava se mexendo. Por que ele não se mexia? Ele devia se mexer, não é mesmo?
Ela abriu os olhos de novo e o encontrou ali, tão perto, observando-a. Olhando para ela. *Vendo-a*. Quando foi a última vez que alguém a viu? Hattie tinha passado a vida tornando-se boa em se esconder. Ela nunca era vista.
Mas aquele homem... ele a via.
E ela descobriu que odiava isso tanto quanto gostava disso.
Não. Ela odiava mais. Ela não queria que ele a visse. Não o queria catalogando sua multidão de defeitos. Suas bochechas redondas, a testa larga demais e o nariz grande demais. Sua boca, que outro homem descreveu como sendo cavalar, como se estivesse lhe fazendo um favor. Se este homem visse tudo isso, talvez mudasse de ideia.

E isso a fez ser ousada o bastante para sugerir.

– Podemos começar, agora?

Um rugido baixo de concordância prenunciou o beijo, um som tão glorioso quanto o toque dos lábios dele nos seus, dando-lhe exatamente o que ela queria. Mais até. Ela não deveria ter se surpreendido com a sensação de tê-lo junto a si. Ela o tinha beijado de modo bem ousado na carruagem, antes de jogá-lo para fora, mas o beijo tinha sido *dela*.

Este era *deles*.

Ele a puxou para si, inclinando-se, ajeitando-se, até ficarem perfeitamente alinhados, até sua boca linda estar ajustada à dela. Então, a outra mão dele veio acompanhar a primeira para aninhar o rosto dela, o polegar acariciando-lhe a face enquanto ele tomava sua boca com pequenos beijos, um após o outro, de novo e de novo. Até ele capturar o lábio inferior de Hattie e lamber, a língua quente e áspera com gosto de limão açucarado e fazendo-a se sentir...

Faminta.

Foi essa a sensação. Como se ela nunca tivesse comido e ali estava o alimento nutritivo, bem-vindo e todo para ela.

Aquelas lambidas a deixaram louca. Ela não sabia como enfrentá-las. Como controlá-las. Tudo que ela sabia era que não desejava que ele parasse.

Ela o pegou, segurando seu casaco e puxando-o para perto, encostando-se nele, querendo seu toque em cada centímetro de sua pele. Querendo rastejar para dentro dele. Ela soltou um suspiro de frustração e ele entendeu, passando os braços de aço ao redor dela, erguendo-a, obrigando-a a se entregar para ele. As mãos de Hattie deslizaram pelos ombros imensos e ao redor do pescoço dele, onde todos os músculos estavam retesados e *tão quentes*.

Ela exclamou ao sentir o calor dele e Whit recuou. Ele estava parando? Por que estava parando?

– Não!

Bom Deus! Ela disse isso em voz alta?

– Eu... – Seu rosto ficou vermelho no mesmo instante. – Isto é...

Ele levantou uma sobrancelha com uma pergunta silenciosa.

– Eu preferia... – Ela começou.

– Eu sei o que você preferia – disse, então, aquele homem-fera silencioso. – E vou lhe dar. Mas primeiro...

Hattie prendeu a respiração. Primeiro o quê?

Ele pegou a mão dela que segurava seu ombro, a representação do medo de que ele pudesse parar antes mesmo que tivessem a chance de começar. Ele afastou a mão, forçando-a a largá-lo, mas sem tirar sua própria mão dela.

O que ele estava fazendo? Ele virou o punho dela e levou os dedos à fileira de botões do lado interno do braço. Ela o observou por um momento.

– Você gosta mesmo de botões.

Ele soltou um grunhido enquanto trabalhava.

– Você nem tem um gancho de botões – ela disse, desejando poder cancelar as palavras antes mesmo de terem saído de sua boca tola.

Ele tirou a luva da mão dela, revelando seu punho coberto de manchas de tinta, da tarde no escritório debruçada sobre os livros de embarque. Ela tentou girar o braço para esconder as marcas desagradáveis, mas ele não deixou. Whit estudou-as por um momento, seu polegar massageando as manchas como uma chama antes de recolocar a mão dela sobre seu ombro. Os dedos, agora nus, procuraram o lugar em que o colarinho dele encontrava a pele quente do pescoço, desesperados por um toque honesto, e ele soltou um ronco de prazer quando a pele encontrou pele e a tinta foi esquecida.

– Primeiro isso – ele disse.

Outra pessoa deve ter respondido, porque, com certeza, não foi Hattie que enfiou os dedos no cabelo preto ondulado na nuca dele, puxando-o para si enquanto dizia:

– E agora você vai me dar o que eu quero?

Mas foi Hattie quem recebeu o beijo possessivo de Whit, que baixou a mão para puxá-la para si, para levantar a coxa dela e passá-la por seu quadril, para pressioná-la contra o grosso pilar de ébano da cama às suas costas.

Ela se agarrou nele, cuja língua acariciava e penetrava, e o acompanhou, voraz, respondendo aos movimentos dele com os seus, aprendendo-o. Aprendendo isso. Hattie deve ter se saído bem, porque ele grunhiu de novo, o som do triunfo dela, e pressionou o corpo no dela, duro e perfeito, na junção das coxas, chamando a atenção de Hattie para a dor que havia ali, uma dor que, ela teve certeza, ele poderia curar. Se apenas ele...

Whit desgrudou seus lábios dos de Hattie com um palavrão, uma palavra que a sacudiu, fazendo-a se sentir perversa, maravilhosa e imensamente poderosa. Uma palavra que não a fez querer parar o que estava fazendo. E, então, ela não parou, levando seu quadril até o dele de novo, aumentando a pressão, querendo que suas saias sumissem.

Ele colocou o polegar no queixo dela, levantando-o enquanto a acompanhava nos movimentos de quadril, beijando a pele macia ali, mordiscando o lado de baixo da mandíbula até chegar à orelha, onde sussurrou:

– Aqui?

Sim.

Ele desceu até o pescoço. Uma descida gloriosa. Um chupão delicioso.

– Humm. Aqui?

Sim.

– Mais?

Mais. Ela apertou mais o corpo nele. O ganido foi dela?

– Pobrezinha – ele murmurou, levantando-a mais, fazendo seus pés deixarem o chão. Como ele tinha tanta força? Hattie não se importava. Ele estava no limite de seu decote, o tecido apertado demais. Fechado demais. Repressor demais. – Isso parece desconfortável. – Ele passou a língua pela elevação quente e volumosa dos seios, tornando-os impossivelmente mais quentes. Mais volumosos. Ela arfou em busca de ar.

– Vá em frente – falou de novo a não-Hattie.

Ele não hesitou em obedecer, colocando-a na borda da cama alta, seus dedos poderosos parando no limite do corpete. Ela abriu os olhos e os baixou, vendo as mãos fortes contra a seda cintilante.

A sanidade voltou. Decerto ele não era forte o bastante para...

O vestido se desfez como papel nas mãos dele. O ar frio afugentou seu choque e, então...

Fogo.

Lábios. Língua.

Prazer.

Ela não conseguia parar de olhar. Hattie nunca tinha visto algo assim. O homem mais lindo que já tinha visto totalmente dedicado ao seu prazer. Seu pulmão ficou sem ar enquanto ela assistia, sem saber se gostava mais de vê-lo ou de senti-lo...

Ver suas mãos no cabelo dele, segurando-o junto a si.

A sensação de guiá-lo ao seu prazer.

O som da concordância dele, do *desejo* dele.

Era mais do que qualquer coisa que tinha imaginado. Aquele homem era mais do que qualquer coisa que tinha imaginado. Ao pensar nisso, ela o puxou para cima de novo, seus dedos firmes no cabelo dele, puxando-o para si até se beijarem de novo. Dessa vez, porém, foi *ela* que lambeu os lábios carnudos dele. Foi *ele* que abriu a boca para ela. Foi *Hattie* quem atacou. *Ele* que se rendeu.

E foi *magnífico*.

As mãos dele desceram sobre os seios, os polegares acariciando os bicos duros, massageando, beliscando, até ela arfar e se contorcer contra ele, perdida nele.

E ela nem sabia o nome dele.

Hattie congelou, o pensamento como gelo na chama dele.

Ela nem sabia o nome dele.

– *Espere.* – Ela se afastou dele, arrependendo-se no mesmo instante da decisão quando ele a soltou sem hesitar, o toque desaparecendo como se nunca tivesse acontecido. Ele recuou um passo.

Ela fechou o corpete sobre os seios, que protestaram, e cruzou os braços, sua fome voltando com uma grande dor difusa em todos os lugares que ele tinha tocado. Seus lábios começaram a formigar. O beijo dele era um fantasma ali. Ela os lambeu e o olhar de âmbar baixou para sua boca.

Ele parecia faminto, também, ao observar as palavras que derramavam dela.

– Eu não sei seu nome.

– Beast. – Para variar, ele não se demorou a responder.

Ela devia ter ouvido mal. Com certeza.

– Perdão?

– Me chamam de Beast.

Ela meneou a cabeça.

– Isso é... – Hattie tentou encontrar a palavra. – ...ridículo.

– Por quê?

– Porque você é o homem mais lindo que eu já vi. – Uma pausa. Então: – Você é o homem mais lindo que qualquer um já viu. Empiricamente.

Ele arqueou as sobrancelhas e levantou a mão, passando-a pelo cabelo até chegar à nuca, num gesto de *constrangimento*, seria possível?

– É raro alguém mencionar isso.

– Porque é óbvio. Como o calor. Ou a chuva. Mas imagino que as pessoas estejam mencionando sua beleza sempre que chamam você por esse apelido absurdo. Só pode ser um tipo de ironia.

– Não é – ele disse, baixando a mão.

Ela piscou.

– Não entendo.

– Vai entender.

A promessa atingiu-a com uma onda de inquietação.

– Vou?

Ele estendeu a mão para ela de novo, aconchegando seu rosto, fazendo-a querer se entregar ao calor dele.

– Aqueles que roubam de mim. Quem ameaça o que é meu. Esses conhecem a verdade do apelido.

O coração dela acelerou. Ele estava falando de Augie.

Esse não era um homem que se continha ao punir os outros.

Quando ele fosse atrás de seu irmão, não teria misericórdia.

Mas ele nunca iria atrás de Augie. Ela garantiria que não. Seu irmão era um verdadeiro imbecil, mas Hattie não o queria arruinado. Ou pior. Não. O que quer que Augie tivesse feito, o que tivesse roubado, Hattie devolveria. E foi então que ela se deu conta: o beijo que tinham trocado, a oferta que ele lhe tinha feito, nada disso foi porque ele a desejava.

Foi porque ele queria vingança.

Não tinha sido por ela.

Claro que não.

Afinal, aquele homem, com sua paixão controlada e seu jeito silencioso, não era o tipo de homem que procurava Henrietta Sedley, a solteirona rechonchuda com manchas de tinta nos punhos.

A não ser que ela pudesse lhe dar algo.

Aquele homem podia não estar atrás de seu dote, mas ele queria algo.

Ela ignorou a pontada de tristeza que veio com esse entendimento e fingiu não perceber a pontada no fundo de seus olhos ou a sugestão de uma emoção indesejada em sua garganta. Cruzando os braços apertados sobre o peito, ela passou por ele para alcançar o xale que havia deixado ali mais cedo.

Após se enrolar no tecido turquesa, ela se voltou para ele. O olhar de Beast passou pelo lugar em que o tecido cobria o corpete rasgado, o rasgo que Hattie tinha exigido que ele fizesse.

Ela inspirou. Se ela pôde fazer uma exigência, poderia fazer outra.

– Parece-me, meu senhor, que está disposto a fazer uma barganha.

Ele arqueou uma sobrancelha, curioso.

– Não vou negar que conheço quem teve algo a ver com seu infortúnio esta noite. Nós dois somos inteligentes demais para fazer joguinhos bobos.

Ele grunhiu concordando.

– Vou recuperar o que você perdeu. E vou lhe devolver. Por um preço.

Ele a observou por um longo momento.

– Sua virgindade.

Ela anuiu.

– Você quer vingança. Eu quero um futuro. Duas horas atrás eu estava preparada para um tipo de transação, assim, por que não? – Como ele não respondeu, Hattie ergueu o queixo, recusando-se a deixá-lo ver sua decepção. – Não há necessidade de você fingir que desejava fazê-lo por pura bondade. Não sou uma garota deslumbrada. Tenho olhos e um espelho.

Contudo, Hattie tinha ficado deslumbrada por um momento. Ele quase a iludiu a ponto de fazê-la interpretar esse papel.

– E você não é um cavaleiro numa armadura reluzente, ansioso por me cortejar. – Silêncio. Maldito silêncio. – É?

– Não sou – ele respondeu, recostando-se no pilar da cama e cruzando os braços.

O homem podia ao menos ter *fingido*.

Não.

Hattie não queria fingimento. Ela preferia honestidade.

– E então? – Ela perguntou.

Ele a observou por um longo instante, aqueles olhos infernais que tudo viam recusando-se a largar dela.

– Quem é você? – Ele quis saber.

– Hattie – ela respondeu, dando de ombros.

– Você tem um sobrenome?

Ela não ia dizer para ele.

– Todos nós temos sobrenomes.

– Humm. – Ele fez uma pausa antes de continuar. – Então, você oferece o nome do meu inimigo, mas não o seu, em troca de uma trepada.

– Se pensou que ia me chocar com seu linguajar, não funcionou. – Ela fez um gesto de pouco caso. – Eu cresci nas docas. – Hattie brincava no cordame dos navios do pai.

Beast estreitou os olhos nela.

– Você não veio da sarjeta.

– E você? – *Quem é você?* Ela não ficou surpresa com a falta de resposta dele. – Não importa. A questão é que aprendi a falar entre marinheiros e estivadores, então, nada me choca. – Hattie apertou o xale ao redor do corpo e refletiu sobre aquele homem que tinha encontrado amarrado na sua carruagem, e que pensava que seu irmão era o inimigo, e que chamava a si mesmo de Beast. Sem ironia.

Ela devia ir embora. Encerrar essa noite antes que fosse mais longe. Voltaria em outro momento para recomeçar o Ano de Hattie com outro homem.

Mas não desejava outro homem. Não depois que aquele a tinha beijado tão bem.

– Não vou lhe dar um nome. Mas vou lhe devolver o que perdeu. – Ela iria para casa, descobriria qual o papel de Augie nessa confusão, recuperaria e devolveria o que tivesse sido roubado desse homem.

– É provável que assim seja melhor.

Ela sentiu alívio e, depois, incerteza.

– Por quê?

– Se você me der um nome, vai ser responsável quando eu o destruir.

O coração dela bateu mais forte quando Hattie ouviu isso. Destruir Augie significava destruir o negócio de seu pai. Destruir o negócio *dela*.

Ela devia terminar logo com aquilo. E nunca mais ver aquele homem. Hattie ignorou a decepção que veio com essa ideia.

– Se não está interessado na minha oferta, vá embora. Eu tenho um encontro. – Talvez ela pudesse salvar sua noite.

Não que ainda quisesse o Nélson.

Não importava. *Um meio para um fim.*

Um músculo tremeu na mandíbula perfeita dele.

– Não.

– O que vai ser, então?

– Você não está em condições de me fazer uma oferta. – Ele estendeu a mão para ela mais uma vez, seus dedos longos e quentes deslizando pela nuca de Hattie, desequilibrando-a o suficiente para fazê-la pôr as mãos em seu peito para se equilibrar.

– Eu fico com tudo.

Ele capturou o hálito dela com os lábios, um toque firme, quente, de prazer. Ele interrompeu o beijo.

– Com o que é meu – ele grunhiu.

O que seu irmão tivesse roubado.

– Sim. – Ela buscou os lábios dele outra vez. Suspirou quando suas línguas se encontraram numa carícia longa e lenta.

Ele recuou.

– Com o que é seu.

A virgindade dela.

– Sim – ela sussurrou, ficando na ponta dos dedos para outro beijo.

Ele resistiu quando estava a um fio de cabelo de distância.

– E o nome.

Nunca. Isso o colocaria perto demais de tudo o que era importante para Hattie. Ela meneou a cabeça.

– Não.

Ele arqueou uma sobrancelha.

– Eu não perco, amor.

Ela sorriu, deslizando as mãos no cabelo dele e o puxando para si, beijando-o intensamente. Ela estava se divertindo muito.

– Preciso lembrar você de que mais cedo eu o joguei para fora de uma carruagem em movimento? Eu também não perco.

Ela não teve certeza de que sentiu ou ouviu o ronco baixo no peito dele. Também não teve certeza de que era risada, mas quis que fosse quando ele a ergueu no ar e se virou para a cama mais uma vez. *Para cumprir a parte dele no acordo.* Ele a deitou no colchão e se inclinou sobre Hattie para roubar seus lábios mais uma vez, e ela não conseguiu conter seu suspiro de prazer antes que ele a soltasse e a beijasse da bochecha à orelha, onde suspirou.

– Preciso lembrá-la de que eu a encontrei? – Ele arranhou a orelha dela com os dentes e Hattie inspirou fundo. – Uma agulha no palheiro de Covent Garden.

– Não sou bem uma agulha. – Ela se destacava como um dedão machucado. Sempre foi assim.

Ele a ignorou.

– Esperando por um homem que atendesse às suas... O que você disse que eram? Qualificações.

Suas qualificações tinham mudado. Não que algum dia ele fosse ficar sabendo. Ela virou a cabeça, seu olhar encontrando o dele, cheio de fogo.

– Disseram-me que ele é extremamente minucioso.

– Humm – ele fez, antes de acrescentar: – Eu encontrei você primeiro.

– Então, estamos quites. – Ela mal reconheceu suas próprias palavras ofegantes.

– Humm. – Ele a beijou, intensa e profundamente, as mãos movendo-se para o xale que cobria o vestido destruído, e Hattie segurou a respiração, sabendo o que viria. Mais beijos. Mais toques. E todo o resto. *Tudo.*

Mas antes que ele pudesse desfazer o nó que a escondia, veio uma batida, clara e firme, na porta.

Eles congelaram.

A porta foi aberta, só uma fresta, insuficiente até para entrar uma cabeça. Só o bastante para que palavras entrassem.

– Milady, sua carruagem voltou.

Droga. Nora. Já tinham se passado duas horas?

– Preciso ir. – Ela o empurrou pelos ombros.

Ele recuou no mesmo instante, afastando-se dela, dando-lhe o espaço que tinha pedido, mas que não queria. Ele extraiu os relógios do bolso e consultou os dois com uma velocidade tão graciosa que Hattie se perguntou se ele teve consciência do próprio movimento.

– Tem que estar em algum lugar? – Ele perguntou.

– Em casa.

– Isso foi rápido – ele disse.

– Eu não esperava uma conversa tão cintilante. – Ela fez uma pausa antes de continuar. – Mas conversa não é algo que se consegue com você normalmente, é? – Após um longo momento de silêncio, ela sorriu, incapaz de se conter. – Isso mesmo.

Ela atravessou o quarto, pegou seu casaco e se voltou para ele.

– Como eu o encontro? Para... – *Cobrar.* Ela quase disse *cobrar.* Suas bochechas queimaram.

Um lado da linda boca dele se torceu, o canto mal se levantando antes de cair. Mas ele sabia o que ela estava pensando, mesmo sem perguntar.

– *Eu* encontro você – ele disse, afinal.

Era impossível. Ele nunca a encontraria em Mayfair. Mas Hattie podia voltar a Covent Garden. E *voltaria.* Eles tinham trocado promessas, afinal, e Hattie pretendia que fossem cumpridas.

Porém ela não tinha tempo para observar tudo isso. Nora estava lá embaixo, com a carruagem, e Covent Garden não era lugar para se ficar demorando. Augie saberia como encontrá-lo. Ela abriu um sorriso largo.

– Outro desafio, então?

Algo parecido com surpresa lampejou nos olhos dele, afastado por outra coisa. Seria admiração? Ela lhe deu as costas e pôs a mão na maçaneta da porta, vibrando de prazer. Prazer, empolgação e... Ela se virou para ele.

– Sinto muito por ter jogado você da carruagem.

– Eu não sinto – foi a resposta instantânea.

Hattie continuou com o sorriso nos lábios enquanto caminhava pelos corredores escuros do número 72 da Rua Shelton, o lugar onde ela pretendia recomeçar. Assumir o controle da sua vida e do mundo que era seu por direito.

E talvez tivesse conseguido, embora não do modo como esperava.

Uma sensação a agitava. Uma sensação que sugeria liberdade.

Hattie saiu do edifício e encontrou Nora encostada na carruagem, o boné baixo na testa, as mãos enfiadas nos bolsos da calça. Os dentes brancos apareceram quando Hattie se aproximou.

– Como foi seu tempo? – Hattie foi mais rápida que a amiga.

Nora deu um sorriso maroto.

– Disputei uma corrida com um almofadinha e deixei o bolso dele mais leve.

Hattie meneou a cabeça e soltou uma risadinha.

– Você sabe que também é uma almofadinha, não sabe?

A amiga fingiu estar chocada.

– Retire o que disse. – Quando Hattie riu, Nora inclinou a cabeça. – Não me deixe nesse suspense. Como foi?

Hattie escolheu a resposta com cuidado.

– Inesperado.

Nora arqueou as sobrancelhas enquanto abria a porta e baixava os degraus da carruagem.

– Que grande elogio! Ele atendia às qualificações que você exigiu?

Hattie congelou, um pé no degrau. *Qualificações*. Ela bateu as mãos nos bolsos costurados no vestido.

– Oh, não!

– O que foi? – Nora se inclinou e sussurrou, quase alto demais. – Hattie! Você usou uma camisa de vênus, não? Me garantiram que seria fornecida.

– Nora! – Hattie mal conseguiu repreender a amiga. Estava ocupada demais entrando em pânico. Ela não tinha mais sua lista. Estava em sua mão e, então...

O homem chamado Beast a beijou.

Ela se virou e olhou para as janelas alegremente iluminadas da Rua Shelton, 72. E lá estava ele, numa grande e linda janela do terceiro andar, iluminado por trás e parecendo uma sombra de si mesmo, um espectro perfeito na escuridão.

Ele levantou a mão e encostou algo no vidro. Um retângulo que Hattie identificou no mesmo instante.

Beast mesmo.

Ela estreitou o olhar nele. Beast tinha ganhado esse *round* e Hattie não gostou. Ela se virou para Nora.

– Me leve até meu irmão.

– Agora? Estamos no meio da noite.

– Então, espero não precisar acordá-lo.

Capítulo Seis

Lorde August Sedley, o caçula e único filho homem do Conde de Cheadle, não estava dormindo quando Hattie e Nora entraram na cozinha da Casa Sedley meia hora depois. Ele estava bem acordado e sangrava na mesa.

– Onde você *estava*? – Augie choramingou quando Hattie e Nora entraram, sentado na beira da mesa, pressionando um pano ensanguentado na coxa nua. – Eu *precisava* de você.

– Oh, céus! – Nora disse, parando assim que entrou no cômodo. – Augie não está usando calça.

– Isso não me parece nada bom – Hattie disse.

– Tem toda razão, não é nada bom! – Vociferou Augie, ultrajado. – Eu fui *esfaqueado*, você não estava aqui, ninguém sabia onde a encontrar e fiquei sangrando por *horas*.

Hattie rilhou os dentes ao ouvir o irmão, mas se lembrou de que se achar o centro do mundo era a condição normal de Augie.

– Por que diabos você não pediu ao Russell para tratar do seu ferimento? – Com a mão livre, o irmão pegou a garrafa de uísque e tomou um gole. – Onde ele está?

– Ele saiu.

– É claro! – Hattie não disfarçou seu desgosto ao ir pegar uma tigela com água e um pedaço de tecido. Russell era, às vezes, o criado pessoal de Augie; às vezes, seu amigo; às vezes, companheiro de armas; e, sempre, uma praga. Russell era totalmente inútil nos momentos mais necessários. – Por que ele ficaria? Você só está sangrando por toda a droga da cozinha.

– Mas continua respirando – Nora disse, alegre, enquanto abria um armário e pegava uma caixinha de madeira, que colocou perto de Augie.

– Por pouco – resmungou Augie. – Eu tive que arrancar aquela coisa de mim.

Hattie olhou para a faca impressionante jogada sobre o tampo de carvalho. A lâmina tinha vinte centímetros de comprimento e seu fio curvo brilharia no escuro, se não estivesse tão coberta de sangue.

Se não estivesse naquele estado, seria uma peça linda.

Ela sabia que tal pensamento não era adequado ao momento, mas era verdade, Hattie pensou, querendo pegar a arma e testar seu peso; ela nunca tinha visto algo tão impressionante. Tão perigoso e poderoso.

A *não ser o homem a quem a faca pertencia.*

Porque ela soube, no mesmo instante e sem duvidar, que a faca pertencia ao homem que chamava a si mesmo de Beast.

– O que aconteceu? – Ela perguntou, colocando a tigela com água sobre a mesa e examinando a coxa de Augie, que ainda sangrava. – Você não devia ter tirado a faca.

– Russell pediu para eu tirar.

Hattie meneou a cabeça, limpando o ferimento, apreciando as imprecações do irmão mais do que deveria.

– Não importa. Russell é um imbecil e você devia ter deixado a faca aí. – Ela bateu duas vezes na mesa. – Deite-se.

– Eu estou sangrando – gemeu Augie.

– Sim, estou vendo – Hattie retrucou. – Mas como você está consciente, meu trabalho ficaria muito mais fácil se você se deitasse.

Augie obedeceu à irmã.

– Seja rápida.

– Ninguém a culparia se você demorasse – disse Nora, aproximando-se com um biscoito na mão.

– Vá para sua casa, Nora – estrilou Augie.

– Por que eu faria isso quando estou me divertindo tanto aqui? – Ela estendeu a lata de biscoitos para Hattie. – Quer um?

Hattie negou com a cabeça, concentrada na ferida, agora limpa.

– Você tem sorte de a lâmina ser tão afiada. Vai dar para costurar bem. – Ela tirou agulha e linha da caixa de madeira. – Fique bem parado.

– Vai doer?

– Não mais do que a faca.

Nora soltou uma risadinha e Augie fez uma careta.

– Isso é cruel – ele choramingou e, em seguida, sibilou quando Hattie começou a fechar a ferida. – Não acredito que ele conseguiu me acertar.

Hattie prendeu o fôlego. *Beast.*
– Quem?
O irmão meneou a cabeça.
– Ninguém.
– Não pode ser ninguém, Aug – observou Nora, a boca cheia de biscoito. – Tem um buraco em você.
– É. Eu percebi. – Outro silvo de Augie enquanto Hattie dava os pontos.
– O que você está aprontando, Augie?
– Nada. – Ela apertou a agulha com mais força no ponto seguinte.
– Raios!
Ela encarou o olhar azul-claro do irmão.
– No que você *nos* meteu?
Ele desviou o olhar. *Culpado.* Não importava o que tivesse feito ou o que o colocou em perigo esta noite. Ele afetou a todos com isso. O pai deles. Os negócios.
Hattie. Todos os seus planos e tudo o que tinha colocado em ação para o Ano da Hattie. Negócios. Lar. Fortuna. Futuro. E, se o homem com quem tinha feito um acordo estivesse envolvido nessa história, o restante, o *corpo*, também estava ameaçado.
Frustração vibrou dentro dela, fazendo-a querer gritar com o irmão. Sacudi-lo até que lhe dissesse a verdade sobre o que tinha feito uma faca encontrar sua coxa. E um homem aparecer inconsciente em sua carruagem. E só Deus sabe o que mais.
Outro ponto.
Mais outro.
Ela ficou quieta, espumando.
Fazia menos de seis meses que o pai deles tinha chamado Augie e Hattie para lhes informar que não conseguia mais tocar o negócio que tinha começado e transformado num império. O conde estava velho demais para cuidar dos navios e administrar os homens. Para ficar de olho no que entrava e saía da empresa. E, assim, ofereceu aos filhos a única solução de que um homem com título vitalício e uma empresa dispunha: herança.
Irmã e irmão tinham crescido nos cordames dos navios Sedley. Ambos tinham passado seus primeiros anos, antes de o conde receber seu título, grudados no pai, aprendendo tudo sobre marinha mercante. Ambos tinham aprendido a içar uma vela. A dar um nó.
Mas só um deles tinha aprendido bem.
Infelizmente, foi a garota.

Então, o pai tinha dado a Augie a chance de se provar capaz e, nos últimos seis meses, Hattie trabalhou mais intensamente do que nunca para fazer o mesmo e provar-se merecedora de assumir o controle dos negócios. Augie, por sua vez, descansava sobre os louros, ganhando tempo, sem dúvida, até seu pai decidir dar tudo para o filho. Apenas pelo fato de ele ser homem. Por ser essa a maneira de lidar com uma herança.

Não havia outro modo de compreender a argumentação do conde.

Os homens nas docas precisam de alguém com mão firme.

Como se Hattie não possuísse força para liderá-los.

As cargas precisam de um corpo capaz.

Como se Hattie fosse mole demais para o trabalho.

Você é uma boa garota, com a cabeça certa para os negócios, claro...

Um elogio, mas nunca falado como tal.

...mas e se um homem aparecer?

Esse último argumento era o mais insidioso. Chamava-a de solteirona e ainda enfatizava isso. Era o argumento que sugeria que as mulheres não serviam para o trabalho se podiam ser de um homem.

E, pior, era o que lhe atestava que seu pai não acreditava nela.

E, de fato, não acreditava. Não importava quantas vezes ela lhe tivesse garantido que sua vida era só dela, que não queria se casar. Mas o conde voltava-se para o trabalho e dizia: *Não é certo, garota.*

Hattie tinha se dedicado a provar que o pai estava errado e passou meio ano fazendo planos para mostrar sua capacidade. Criando estratégias para aumentar a receita. Cuidando da contabilidade e passando tempo com os homens, nas docas, para que, quando tivesse a oportunidade de liderá-los, eles confiassem nela. E a seguissem.

E, nesta noite, o Ano da Hattie começou. O ano em que ela garantiria tudo pelo que tinha trabalhado tão duro. Ela só precisava de um pouco de ajuda para colocar as coisas em movimento. Ajuda que, pensou, pudesse ser facilmente obtida.

Tinha plena intenção de voltar para casa e dizer ao pai que o casamento não estava mais no seu futuro. De que estava arruinada. Hattie não estava satisfeita por ter voltado com sua virgindade ainda intacta, mas estava mais do que feliz por ter encontrado um cavalheiro ideal para cuidar do problema.

Bem. Talvez não um cavalheiro.

Beast.

O nome veio com uma onda quente de prazer, totalmente inadequada e difícil de ignorar. Porém, ela fez seu melhor.

Até ele seria um meio para um fim.

E, de algum modo, Augie tinha conseguido ser esfaqueado pelo *mesmo homem*.

Hattie não perguntou mais nada ao irmão enquanto terminava de dar os pontos e fazer o curativo, o que teria sido muito mais rápido se ele ficasse quieto e parasse de choramingar.

Ela o deixou se calar enquanto lavava as mãos na pia e, depois, mandava um criado ao boticário pegar ervas para combater a febre.

Ela o deixou continuar calado enquanto voltava à mesa e tocava o punho da faca preto, brilhante e com uma gravura prata que parecia um favo de mel. Enquanto passava o dedo indicador pela gravura.

E, então, Hattie pegou a faca, testou seu peso e encarou o irmão de novo.

– Você vai me dizer o que está aprontando.

Augie era o próprio fanfarrão arrogante.

– Por que eu faria isso?

– Porque eu o encontrei.

Ele arregalou os olhos enquanto tentava encontrar uma resposta.

– Quem?

– Você insulta a nós dois com essa pergunta. Eu o soltei.

Augie se levantou de repente, fazendo uma careta de dor com o movimento.

– Por que você fez *isso*?

– Porque ele estava na minha carruagem e nós precisávamos ir para um lugar.

Augie fez uma careta de deboche para ela e, depois, para Nora.

– Acho que você quer dizer a *minha* carruagem.

Hattie bufou de frustração.

– Se vamos escolher as palavras, a carruagem não é de nenhum de nós dois. É do nosso pai.

– E vai acabar sendo minha – Augie disse, como se não tivesse dúvida.

Hattie engoliu o desgosto ao ouvir essas palavras. Nunca tinha ocorrido ao irmão que ela podia ser melhor em administrar a empresa. Ou que ela pudesse saber mais dos negócios do que ele. Nunca tinha lhe ocorrido que não receberia exatamente o que desejava no momento exato em pensava que receberia.

– Mas, por enquanto, a carruagem é do nosso pai.

– E ele não lhe deu permissão para usá-la sempre que quiser.

Ele tinha dado, na verdade, mas Hattie não estava interessada em discutir isso.

– Oh, mas ele lhe deu permissão para sequestrar homens e deixá-los amarrados dentro da carruagem?

Os dois olharam para Nora ao fim da pergunta. A amiga tinha ido encher a chaleira.

– Não se preocupem comigo. Mal estou prestando atenção.

– Eu não ia deixar o sujeito lá.

Hattie se virou para o irmão.

– O que você ia fazer com ele?

– Não sei.

Ela prendeu a respiração ao perceber a hesitação de Augie.

– Você pretendia *matá-lo*?

– Eu não sei!

O irmão dela era muitas coisas, mas gênio do crime não era uma delas.

– Bom Deus, Augie! No que você está metido? Você acha que um homem desse tipo pode simplesmente desaparecer, talvez morrer, e que ninguém virá atrás de você? – Hattie continuou. – Você tem muita sorte de apenas ter nocauteado ele. No que você estava pensando?

– Eu estava pensando que ele enfiou uma faca em mim! – Augie acenou para a coxa enfaixada. – Essa que está na sua mão!

Hattie apertou os dedos ao redor do cabo e meneou a cabeça.

– Não até você ir atrás dele. – Augie não negou. – Por quê? – Ele não respondeu. Que Deus a protegesse de homens que decidiam usar o silêncio como arma. Ela bufou, frustrada. – Está me parecendo que você fez por merecer, Augie. Ele não parece ser o tipo de homem que sai por aí esfaqueando pessoas que não merecem.

Todos ficaram em silêncio. O único som na cozinha era o do fogo debaixo da chaleira de Nora.

– Hattie... – Augie começou. Ela fechou os olhos e desviou o olhar do irmão. – Como você sabe que tipo de homem ele é?

– Eu falei com ele.

Mais do que isso.

Eu o beijei.

– O quê? – Augie saiu da mesa fazendo uma careta. – Por quê?!

Porque eu quis.

– Bem, eu fiquei bastante aliviada por ele não estar morto, August.

Augie ignorou a reprimenda nas palavras da irmã.

– Você não devia ter feito isso.

– Quem é ele? – Ela esperou.

Augie começou a andar de um lado para o outro.

– Você não devia ter feito isso.

– Augie! – Ela disse com firmeza, chamando a atenção dele outra vez. – Quem é esse homem?

– Você não sabe?

Ela negou com a cabeça.

– Só sei que ele chama a si mesmo de Beast.

– É assim que todos o chamam. Ele é Beast. E o irmão é Devil.

Nora tossiu.

Hattie olhou feio para a amiga.

– Pensei que você não estivesse ouvindo.

– É claro que estou ouvindo. São nomes ridículos.

Nora tinha razão. Hattie aquiesceu.

– Concordo. Ninguém se chama Beast ou Devil, a não ser em romances góticos. E mesmo assim...

Augie não teve paciência para o gracejo.

– Pois os dois são chamados assim. São irmãos e *criminosos*. Mas eu não devia precisar lhe dizer isso, considerando que ele *me esfaqueou*.

– Que tipo de criminoso? – Ela perguntou, inclinando a cabeça para o lado.

– Que tipo de... – Augie olhou para o teto. – Cristo, Hattie! Isso importa?

– Mesmo que não importe, eu gostaria de saber a resposta – Nora disse de seu lugar junto ao fogão.

– Contrabandistas. Os Bastardos Impiedosos.

Hattie inspirou fundo ao ouvir. Ela podia não saber como os homens chamavam a si mesmos, mas já tinha ouvido falar dos Bastardos Impiedosos. Os homens mais poderosos do leste de Londres e, talvez, de toda a cidade. Sussurravam a respeito deles nas docas. Só descarregavam seus navios sob o manto da noite, pagando mais para os homens mais fortes.

– Outro nome ridículo – disse Nora servindo-se de chá. – Quem são eles?

Hattie olhou para o irmão.

– São comerciantes de gelo.

– *Contrabandistas* de gelo – ele a corrigiu. – Conhaque, *bourbon* e outras coisas também. Seda, cartas de jogo, dados. Qualquer coisa que tenha impostos, eles importam sem que a Coroa saiba. E eles *conquistaram* os apelidos que vocês duas acham ridículos. Devil é o charmoso e pode arrancar sua cabeça se achar que você está atrapalhando alguma coisa em Covent Garden. E Beast... – Hattie aproximou-se durante a pausa de Augie. – Dizem que Beast é...

Ele se interrompeu, abalado.

Parecia estar com *medo*.

– O quê?! – Hattie exclamou, desesperada para que ele concluísse. Como o irmão não respondeu, ela forçou uma risada. – Ele é o rei da selva?

Augie a encarou.

– Dizem que quando ele vai atrás de você, não desiste até encontrar.

Ela estremeceu ao ouvir aquelas palavras. A verdade nelas.

Eu vou encontrar você.

Palavras que constituíam uma ótima promessa e uma ameaça terrível.

– Augie, se o que você está dizendo é verdade...

– E é.

– Então, por que diabos você achou que podia desafiar esses homens? Que podia roubar deles? Que podia *feri-los*?

Por um instante, ela pensou que o irmão fosse debochar da pergunta. Da sugestão de que ele não era páreo para aqueles homens. Mas ele não era. Havia poucos homens no mundo que eram páreo para o que Hattie tinha conhecido naquela noite. E isso *sem* uma faca na coxa.

Augie parecia saber disso. Porque em vez de uma fanfarronice de macho, ele baixou a cabeça.

– Eu preciso de ajuda – disse ele.

– É claro que precisa! – O comentário sarcástico veio do fogão.

– Cale a boca, Nora – Augie disse. – Isso não é da sua conta.

– Também não devia ser da conta da Hattie – Nora observou. – Ainda assim, aqui estamos nós.

Hattie levantou a mão.

– Parem. Vocês dois.

Eles pararam, um milagre.

– Fale. – Ela se dirigiu a Augie.

– Eu perdi um carregamento.

Hattie franziu a testa e pensou nos manifestos dos navios que tinha deixado na sua escrivaninha durante o dia. Nenhum carregamento estava faltando nos livros de seu pai.

– Como assim, "perdeu"?

– Você se lembra das tulipas? – Ele perguntou e ela negou com a cabeça. Não havia uma carga de tulipas desde... – Foi no verão – ele explicou.

O navio tinha aportado carregado de bulbos de tulipa, vindos da Antuérpia, com seus destinos marcados para propriedades em toda a Grã-Bretanha. Augie era o responsável pela carga e por sua entrega. A primeira que ele supervisionaria desde o pai anunciar seu plano de se aposentar. A primeira que o pai tinha *insistido* para Augie administrar do início ao fim, para provar sua capacidade.

– Eu perdi as tulipas.

Não fazia sentido. Hattie tinha visto nos livros o carregamento marcado como descarregado. O transporte terrestre marcado como completo.

– Perdeu onde?

– Eu pensei... – Ele meneou a cabeça. – Eu não sabia que elas precisavam ser entregues imediatamente. Eu adiei, pois não consegui encontrar gente para fazer o trabalho quando elas chegaram. Os homens estavam com outra carga e eu deixei as tulipas esperando.

– No armazém – ela disse.

Ele concordou com a cabeça.

– Em pleno verão londrino. – Ela completou. No *úmido* verão londrino.

Outro movimento de cabeça.

Hattie suspirou.

– Por quanto tempo?

– Eu não sei. Pelo amor de Deus, Hattie, não era carne! Eram umas merdas de *tulipas*. Como eu ia saber que elas podiam apodrecer?

Hattie pensou ter demonstrado imenso autocontrole quando quis gritar: *Você saberia que elas podem apodrecer se tivesse prestado alguma atenção nos negócios.*

– E o que aconteceu?

– Eu sabia que nós teríamos que devolver o pagamento aos consumidores. Eu sabia que papai ficaria furioso. – O pai teria ficado irado, com todo o direito. Uma carga completa de boas tulipas holandesas valia ao menos dez mil libras. Perdê-las custaria a fidelidade dos clientes e bastante dinheiro.

Mas a perda não foi lançada. De algum modo, Augie tinha conseguido escondê-la. Um pavor deu voltas no estômago de Hattie.

– Augie, o que foi que você fez?

Ele meneou a cabeça, olhando para os pés.

– Era para ser só uma vez.

Hattie voltou-se para Nora, que tinha abandonado qualquer pretensão de não estar prestando atenção. Quando a amiga deu de ombros, ela se voltou novamente para o irmão.

– O que era para ser só uma vez?

– Eu tinha que pagar minha dívida com os clientes. Sem que papai descobrisse. Então, apareceu um modo. – Ele levantou os olhos, encontrou os da irmã. – Eu descobri a rota de entrega deles.

Ele roubou algo meu. As palavras de Beast naquela noite.
Nora praguejou baixo. Hattie inspirou fundo.
– Você roubou dele – ela disse para o irmão.
– Foi só...
– Quantas vezes? – Ela o interrompeu.
Augie hesitou.
– Eu paguei a dívida com a primeira vez.
– Com a primeira? Você não parou?
Augie abriu a boca para responder. Fechou-a. Era óbvio que ele não tinha parado. Foi a vez de Hattie praguejar.
– Quantas vezes? – Ela insistiu.
Ele a encarou e Hattie viu o medo em seus olhos.
– Esta noite foi a quarta vez.
– Quatro vezes. – Ela soltou uma risadinha desanimada. – Você roubou esses homens quatro vezes. É um milagre não o terem matado!
– Espere um pouco – Nora disse de onde estava, do outro lado da cozinha. – Como *você* conseguiu dominar *aquele homem*?
– O que isso quer dizer? – Augie fez uma careta para ela.
– Augie. – Ela lhe deu um olhar enviesado. – Aquele sujeito é duas vezes mais largo que você. E você tem uma faca na coxa.
Ele ia discordar, mas, depois, admitiu.
– Foi o Russell que o acertou.
De novo, era óbvio que aqueles dois tinham criado uma confusão. E agora, como sempre, cabia a Hattie arrumar a bagunça.
– Deveria ser ilegal que vocês dois conversassem. Um torna o outro menos inteligente. – Ela olhou para o céu, o cérebro trabalhando, e então disse, suspirando: – Vocês fizeram uma besteira e tanto.
– Eu sei – o irmão admitiu e ela ficou na dúvida se ele sabia mesmo.
– O que você me contou dele, do Beast? – Augie encarou a irmã com pavor nos olhos. – Ele vai vir atrás de você, Augie. É um milagre que ainda não o tenha encontrado. Mas o que você fez esta noite foi de uma estupidez imensa. O que deu em você para amarrar o homem? Na *carruagem*?
– Eu não estava pensando direito. Tinha sido esfaqueado. E o Russell...
– Ah, sim, Russell! – Ela o interrompeu. – Chega dele também! Acabou! Essa história termina agora. Nós não vamos vender mais nada deles. Onde está o carregamento que vocês roubaram esta noite?
– Russell levou para o nosso comprador.
Ela arqueou a sobrancelha.
– Outro estrategista brilhante, sem dúvida. Quem é?

Ainda que parecesse impossível, o irmão ficou ainda mais pálido.
– Não vou deixar você se envolver com ele.
– E eu já não estou envolvida até o pescoço com você?
Augie sacudiu a cabeça.
– Você não tem ideia de como ainda pode afundar mais. O homem é praticamente maluco.
– Agora você encontrou seu instinto de preservação da família? – Hattie resistiu ao impulso de gritar. – Acho que eu devo me sentir grata por nosso adversário mais próximo ser apenas vingativo, não louco.
– Sinto muito – Augie disse.
– Não, você não sente – Hattie retrucou. – Se eu tivesse que adivinhar, diria que você está feliz por eu estar disposta a consertar isso. E eu *posso* consertar.
Augie ficou imóvel.
– Você pode?
– Posso – ela respondeu, o plano se cristalizando. O caminho para o futuro. E, então, o caminho *dela*. – Eu posso.
– Como? – Não foi a pergunta mais absurda do mundo. Ela olhou para Nora, cujas sobrancelhas quase tinham sumido no cabelo, um eco silencioso da pergunta de Augie.
Hattie endireitou os ombros, mais convicta do que nunca.
– Nós fazemos um acordo pela carga. Vamos dividir a receita dos nossos carregamentos até ele ser pago.
– Não vai ser suficiente.
– Terá que ser. – Ela cuidaria disso. Ela prometeria o fim dos roubos. E a receita. Com juros. Se ele fosse um homem de negócios, reconheceria o bom negócio. Matar Augie não lhe traria de volta a carga perdida e faria a Coroa cair sobre ele, algo de que contrabandistas não gostam.
Mas dinheiro, dinheiro era real. Ela o convenceria disso.
– E você... – Ela encarou os olhos azuis do irmão. – Você vai ficar fora disso.
– Você não conhece esse homem, Hattie.
– Conheço. Fiz um acordo com ele.
Augie congelou.
– Que tipo de acordo?
– É, Hattie. Que tipo de acordo? – Ecoou Nora, curvando seus lábios num sorriso maroto.
– Nada demais.
Você não está em condições de me fazer uma oferta.

Eu fico com tudo.
O que é meu. O que é seu. E o nome.

Um arrepio de prazer embalou Hattie ao se lembrar do que ele tinha prometido, ainda que tivesse ameaçado vingança. O calor de seu beijo. A promessa de seu toque.

Augie interrompeu seus pensamentos.

— Hattie, se ele concordar em ver você de novo, não importa o que ele diga, você tem que saber que ele não está atrás de *você*.

Ela engoliu a decepção que veio com essas palavras. Augie não estava errado. Homens como o que tinha conhecido nesta noite, homens como Beast, não eram para mulheres como Hattie. Eles gostavam de mulheres lindas, com corpos pequenos e esguios, e comportamento delicado. Ela sabia disso.

Ela sabia, mas ainda assim, a honestidade cruel sobre sua falta de encantos machucou. Ela escondeu a mágoa com uma risada, como sempre fazia.

— Sei disso, Augie. E agora eu sei de quem ele está atrás. Do meu irmão idiota. — Ela gostou mais do que deveria da mancha vermelha que cobriu o rosto de Augie. — Mas vou fazer com que ele cumpra nosso acordo. E, para isso, ele vai ter que aceitar nossa oferta.

— Eu vou com você.

— Não. — A última coisa de que ela precisava era de Augie com ela, atrapalhando tudo. — Não.

— Alguém precisa ir com você. Ele não sai de Covent Garden.

— Então, eu irei até Covent Garden — ela disse. O irmão não precisava saber que Hattie tinha estado lá naquela mesma noite.

— Não é lugar para ladies — Augie insistiu.

Se existiam cinco palavras que faziam uma mulher querer algo, com certeza eram essas.

— Preciso lembrar você que eu cresci no cordame de navios de carga?

Augie mudou o argumento.

— Ele vai fazer qualquer coisa para se vingar de mim. E você é minha *irmã*.

— Ele não sabe disso. E não pode saber — ela disse. — Eu estou em vantagem.

Eles não tinham se despedido com um desafio? Um encontraria o outro? E agora ela sabia onde encontrá-lo. Uma onda de prazer a invadiu. Triunfo. Algo perigosamente parecido com deleite.

— E se Beast machucar você?

— Ele não vai me machucar — disso Hattie tinha certeza. Ele poderia provocar, seduzir e testar Hattie. Mas não lhe faria mal.

Augie concordou e imediatamente foi tomado por um alívio. Claro que estava aliviado. Ela arrumaria a bagunça que ele tinha feito.

— Tudo bem. — Augie exalou.

— Mas Augie? — Disse Hattie e o irmão levantou o olhar. Ela fez uma pausa, o coração batendo forte. — *Se* eu fizer isso... — Desconfiança passou pelo rosto dele, mas Augie não disse nada. — *Se eu salvar seu couro*, você vai fazer algo por mim.

— O que você quer? — Ele franziu a testa.

— Não é o que eu quero, August. É o que você vai me dar de bom grado.

— Diga, então.

Agora ou nunca.

Pegue.

Você disse para Beast que também não perde.

Faça acontecer.

— Você vai dizer para nosso pai que não quer a empresa. — Augie arregalou os olhos e Nora soltou um assobio baixo que Hattie decidiu ignorar. Frustração, determinação e triunfo lutavam dentro dela naquele momento. — Você vai dizer para ele me dar a empresa.

Parecia que esse era o dia em que começava o futuro de Hattie, afinal.

Capítulo Sete

Na tarde seguinte, enquanto o sol mergulhava no céu a oeste, Whit aguardava na pequena e silenciosa enfermaria nos meandros do cortiço de Covent Garden, em vigília pelo rapaz levado até ali após o ataque no carregamento.

O quarto, banhado em luz dourada, era meticulosamente limpo, em agudo contraste com o mundo lá fora, um mundo em que a imundície reinava. Isso deveria ter dado alguma paz a Whit.

Mas não deu.

Ele foi para o cortiço logo após deixar o número 72 da Rua Shelton. Queria ver como estavam os batedores que o acompanhavam na noite anterior, como estava seu garoto, Jamie, que estava no chão quando Whit foi nocauteado, com a rua escura de sangue embaixo dele. Mesmo perdendo a consciência, Whit ficou furioso. Ninguém feria os homens dos Bastardos Impiedosos e continuava vivo!

O coração de Whit acelerou com a lembrança. A porta do quarto foi aberta e fechada, dando passagem a um jovem médico de óculos que limpava as mãos num pano imaculado ao se aproximar.

– Eu o sedei – disse o médico. – Ele vai dormir por algumas horas. Você não precisa ficar.

Whit precisava ficar. Ele protegia sua gente.

Os Bastardos Impiedosos reinavam no labirinto convoluto de Covent Garden, muito além das tabernas e dos teatros tornados seguros para os almofadinhas de Londres. Nada era seguro para quem não era dali. Mas Whit tinha crescido no subúrbio, acompanhado de seu meio-irmão e da garota a quem chamava de irmã, e aprenderam a lutar como cães por quaisquer migalhas que encontrassem. Lutar tinha se tornado sua segunda natureza e eles foram subindo, começando negócios e elevando o cortiço com eles, contratando homens e mulheres da comunidade para trabalhos honestos em seus muitos empreendimentos: servindo tortas nas tavernas, recebendo apostas nos ringues de luta, cortando carne e curtindo couro, e distribuindo a carga que vinha nos navios duas vezes por mês.

Se não tivessem assegurado a lealdade de Covent Garden desde crianças, o dinheiro o faria. O cortiço dos Bastardos era conhecido em toda Londres como um lugar que oferecia trabalho honesto com bom pagamento e segurança, comandado por um trio que se fez a partir da sujeira das ruas de Covent Garden.

Lá os Bastardos eram reis. Reconhecidos e reverenciados mais do que o próprio monarca. E por que não? O outro lado de Londres era como se fosse o outro lado do mundo para quem tinha crescido ali.

Mas nem mesmo um rei conseguia impedir a morte.

O rapaz inconsciente, pouco mais que um garoto, tinha levado uma bala por eles. Por isso, jazia num quarto ofuscante de tão branco, sobre lençóis ofuscantes de tão brancos, nas mãos do destino. Whit tinha demorado para protegê-lo.

Sempre atrasado.

Ele enfiou a mão no bolso, seus dedos esfregando o metal quente de um relógio, depois do outro.

– Ele vai sobreviver?

O médico ergueu os olhos da mesa no canto do quarto, onde preparava um tônico.

– Talvez.

Whit emitiu um grunhido gutural baixo, sua mão fechando-se num punho ao lado do corpo, ansioso por um rosto. Por uma vida. Ele tinha estado tão perto na noite anterior! Se tivesse acordado diante do inimigo, poderia ter conseguido sua vingança.

Mas ele acordou diante daquela mulher. Hattie, ansiosa para ir brincar num bordel enquanto seus homens lutavam pela vida nas mãos de um médico. E, então, ela se recusou a lhe dar um nome.

Whit observou o corpo inconsciente, a cama de algum modo tornando Jamie menor e mais frágil do que quando estava saudável, quando ria com os irmãos de armas e piscava para as garotas bonitas que passavam na rua.

Hattie lhe daria o nome do homem que estava protegendo, do homem que roubou o que era seu, que ameaçava os seus. O homem que trabalhava com o verdadeiro inimigo e que levaria Beast até ele depois que sofresse a plena força da ira de Beast.

Se necessário, ele lutaria uma guerra por Jamie e por todos sob sua proteção em Covent Garden, onde a escassez ameaçava seus moradores a menos de quatrocentos metros de algumas das casas mais ricas da Inglaterra. Ele lutaria uma guerra pelos outros sete que tinham caído antes de Jamie. Pelos três que saíram dessa enfermaria e foram parar diretamente no solo.

Outro grunhido.

– Eu entendo que você não goste do que eu falei, Beast, mas é a verdade. A medicina é imperfeita. Contudo, o ferimento dele foi o mais limpo possível – o médico acrescentou. – A bala entrou e saiu, e nós estancamos a hemorragia. Fizemos um bom curativo. – Ele deu de ombros. – O rapaz pode sobreviver. – Ele ofereceu o copo em sua mão para Whit. – Beba.

Whit meneou a cabeça.

– Você está acordado há mais de um dia e Mary me disse que não comeu nem bebeu desde que chegou.

– Não preciso da sua mulher me observando.

O médico olhou de soslaio para Whit.

– Com você de guarda neste quarto por doze horas, ela não tinha como não observar. – Ele ofereceu a bebida de novo. – Para a enxaqueca com que você não vai admitir que está.

Whit pegou o copo, ignorando a dor latejante na parte de trás do crânio enquanto entornava a bebida. Depois, soltou um palavrão por causa do gosto de lavagem podre.

– Que diabo é isto?

O médico pegou o copo e voltou para sua escrivaninha.

– Importa?

Não importava. O médico era heterodoxo, raramente usava um tratamento comum quando podia misturar uma pasta ou ferver uma mistura de coisas repulsivas, e possuía uma obsessão por limpeza que Covent Garden nunca tinha visto. Whit e Devil o tiraram de uma vila no norte, dois anos antes, após saberem que, com uma curiosa combinação de tinturas e tônicos, ele tinha salvado uma jovem marquesa ferida à bala na Grande Estrada do Norte.

Um homem com a capacidade de derrotar balas valia seu peso em ouro, no entendimento de Whit, e o médico tinha provado que esse entendimento era correto, salvando mais homens do que tinha perdido desde sua chegada no cortiço.

Talvez hoje ele salvasse mais um.

Whit se voltou para Jamie. Observou-o no silêncio da tarde.

— Eu mando alguém chamar você quando ele acordar — disse o médico. — No instante em que ele acordar.

— E se ele não acordar?

Uma pausa.

— Então, eu mando alguém buscar você quando ele não acordar.

Whit grunhiu, a lógica lhe dizendo que não podia fazer nada. Que o destino viria e determinaria se aquele garoto viveria ou morreria.

— Eu detesto esta merda de lugar! — Whit não conseguia mais ficar parado. Ele foi até a extremidade do quarto, chegando à parede externa do edifício, construído pelos melhores pedreiros que o dinheiro dos Bastardos podia pagar. Sem hesitar, socou a parede.

A dor entrou por sua mão e subiu pelo braço. Dor que Whit aceitou como castigo.

A cadeira do médico rangeu quando ele se voltou para Whit.

— Você está sangrando?

Whit baixou os olhos para os nós dos dedos. Ele e o médico já tinham visto coisa pior. Whit grunhiu, negando, sacudindo a mão. O médico aquiesceu e se voltou para seus papéis.

Ótimo. Whit não estava com paciência para conversa, mas não pôde evitá-la quando a porta do quarto foi aberta e ali entraram seu irmão e sua cunhada. Atrás deles vinha Annika, a brilhante tenente norueguesa dos Bastardos que conseguia transportar uma carga de contrabando à luz do dia, como uma feiticeira.

— Nós viemos assim que soubemos. — Devil foi diretamente para a cama e ficou olhando para Jamie. — Merda! — Ele levantou os olhos, a cicatriz de quinze centímetros que atravessava sua face direita ficando branca de raiva.

— Estamos procurando a irmã dele — Annika disse ao se colocar do outro lado da cama, sua mão pousando com delicadeza na do garoto. — Logo ela vai estar aqui, Jamie. — Alguma coisa ficou ainda mais apertada no peito de Whit. Annika amava os homens e as mulheres que trabalhavam para os Bastardos como se ela fosse décadas mais velha do que seus 23 anos e eles fossem seus filhos.

E Whit não conseguia mantê-los em segurança.

Devil pigarreou.

— E a bala?

— Do lado. Entrou e saiu — respondeu o médico.

— Eu quase o peguei. Meti uma faca nele — acrescentou Whit. — Acertei mesmo.

– Ótimo. Tomara que tenha cortado as bolas dele – Devil disse, batendo sua bengala com ponta de prata duas vezes no chão. Esse era um sinal da sua vontade de desembainhar a lâmina afiada de dentro da bengala e atravessar alguém com ela.

– Espere – disse Felicity, a cunhada de Whit, ficando de frente para ele, obrigando-o a olhar para ela. – Você *quase* o pegou?

A vergonha tomou conta de Whit, quente e inescapável.

– Alguém me nocauteou antes que eu pudesse acabar com ele.

Annika soltou uma imprecação e Felicity pegou as mãos de Whit nas suas, apertando-as.

– Você está bem? – Ela se virou para o médico. – Ele está bem?

– Parece bem para mim.

Felicity estreitou os olhos para o médico.

– Seu interesse na medicina nunca deixa de me impressionar, doutor.

O médico tirou os óculos e começou a limpá-los.

– O homem está de pé à sua frente, não está?

Ela suspirou.

– Acho que sim.

– Bem, então... – Disse o médico e saiu do quarto.

– Que homem estranho! – Felicity se voltou para Whit. – O que aconteceu?

Whit ignorou a pergunta. Ele olhou para Annika, que estava do outro lado do quarto.

– E Dinuka? – O segundo batedor. Whit tinha mandado o rapaz buscar ajuda. – Ele está bem?

Annika anuiu com a cabeça.

– Atiraram nele, mas não acertaram. Fez o que você mandou. Veio correndo buscar ajuda.

– Bom homem – disse Whit. – A carga?

Ela meneou a cabeça.

– Desapareceu sem que conseguíssemos rastrear.

Whit passou a mão pelo peito, onde seu coldre de facas costumava ficar.

– Desapareceu junto com as minhas facas.

– Quem? – Perguntou Devil, voltando-se para ele.

– Não tenho certeza – respondeu Whit, encarando o irmão.

Devil não hesitou.

– Mas você tem um palpite.

– Tudo indica que foi Ewan.

Ele não usava mais esse nome. Ewan agora era Robert, Duque de Marwick, meio-irmão dos Bastardos e ex-noivo de Felicity. Três meses antes, ele tinha deixado Devil à beira da morte e desaparecido, o que fez Grace ter que se esconder até ele ser encontrado. Houve uma pausa nos roubos de carga depois que Ewan desapareceu, mas Whit não conseguia afastar a sensação de que ele estava de volta. E que era o responsável pelo que tinha acontecido com Jamie.

Só que...

– Ewan não teria deixado você inconsciente – disse Devil. – Ele teria feito muito pior.

Beast meneou a cabeça.

– Ele tem dois sujeitos trabalhando para ele. Pelo menos dois.

– Quem?

– Estou perto de descobrir – ele respondeu. *Ela vai me dizer em breve.*

– Isso tem algo a ver com a mulher na Rua Shelton?

A atenção de Whit voltou-se para Annika quando ela pronunciou tais palavras.

– O quê?

– Ah, sim! A mulher. Nós também ouvimos falar dela – disse Devil. – Parece que você foi jogado de uma carruagem no meio de uns bêbados, depois seguiu o que Brixton chamou de... – Ele sorriu para a esposa. – Como foi mesmo, amor?

A boca de Felicity se torceu num sorriso irônico.

– Uma Lady Almofadinha.

– Ah, sim! Eu soube que você seguiu uma *Lady Almofadinha* até o bordel da Grace.

Whit não respondeu.

– E *ficou lá* um tempo – acrescentou Annika.

Droga.

Whit encarou a norueguesa.

– Você não precisa estar em algum lugar? Nós ainda temos uns negócios para cuidar, não?

Ela deu de ombros.

– Os garotos vão me contar a história.

Whit fez uma careta, fingindo não notar quando ela fez um carinho na testa de Jamie e sussurrou algumas palavras de encorajamento para o garoto antes de sair.

– Nós também vamos ficar sabendo da história pelos garotos? – Perguntou Felicity após um longo silêncio.

– Eu já tenho uma irmã bem curiosa.

Felicity sorriu.

– Já, mas como ela não está aqui, preciso assumir o papel dela.

Whit grunhiu.

– Eu acordei numa carruagem. Com uma mulher.

Devil franziu a testa.

– E imagino que isso não tenha acontecido da ótima maneira que tal situação poderia proporcionar?

Foi o beijo mais quente que Whit já tinha experimentado, mas isso seu irmão não precisava saber.

– Quando eu saí da carruagem...

– Nós ouvimos que você foi jogado – interrompeu Felicity.

– Foi uma coisa mútua – ele rosnou.

– Mútua – Felicity repetiu. – Ser arremessado da carruagem.

Que Deus o livrasse de irmãs enxeridas!

– Quando eu *saí da carruagem* – ele continuou –, ela estava entrando em Covent Garden. Eu a segui.

– Quem é ela? – Perguntou Devil.

Whit permaneceu em silêncio.

– Cristo, Whit! Você pegou o nome da Lady Almofadinha, não pegou?

– Hattie – ele disse para Felicity.

Ter uma cunhada que já tinha sido aristocrata valia a pena, às vezes, em especial quando se queria saber o nome de outra aristocrata.

– A solteirona? – Felicity perguntou.

Esse não seria o primeiro adjetivo com que ele a descreveria.

– Bem alta? Loura? – Felicity insistiu.

Ele anuiu.

– Rechonchuda?

A palavra evocou a lembrança dos vales e montes das curvas dela. Ele grunhiu, assentindo.

Felicity voltou-se para Devil.

– Muito bem, então.

– Humm – fez Devil. – Depois voltaremos a isso. Você sabe quem é a mulher?

– Hattie é um nome bem comum.

– Mas?

Ela olhou para Whit, depois para o marido.

– Henrietta Sedley é filha do Conde de Cheadle.

A verdade acertou Whit em cheio, acompanhada do prazer pela revelação da identidade de Hattie. Cheadle tinha ganhado o ducado, recebendo-o do próprio rei por nobreza no mar. *Eu cresci nas docas*, ela lhe disse quando Whit tentou assustá-la com linguagem chula.

– É ela.

– Então, Ewan está trabalhando com Cheadle? – Devil disse, meneando a cabeça. – Por que o conde ficaria contra nós? Não faz sentido.

Não fazia mesmo. Andrew Sedley, Conde de Cheadle, era amado nas docas. Sua empresa era uma fonte de trabalho honesto e de bom pagamento, e os homens que trabalhavam no Tâmisa o tinham como um homem justo, disposto a contratar qualquer um que fosse forte e saudável, independentemente de nome, país de origem ou passado.

Os Bastardos nunca tiveram que interagir com Sedley, pois ele só trabalhava com cargas legítimas, pagava seus impostos e mantinha seu negócio limpo, sem qualquer vestígio de ilegalidade. Ele não importava armas, drogas ou pessoas. As mesmas regras que norteavam os Bastardos, embora estes atuassem nas sombras, contrabandeando bebida e papel, cristais e perucas, e qualquer coisa taxada além do razoável pela Coroa. E não tinham medo de se defender com o uso da força.

A ideia de que Cheadle tivesse dado seu primeiro passo no crime contra eles era incompreensível. Mas Cheadle e sua querida filha não estavam sós.

– O filho – disse Whit. August Sedley era tido por todos como um bobalhão indolente que não compartilhava da ética e do respeito de seu pai no trabalho.

– Pode ser – disse Felicity. – Ninguém gosta muito dele. Ele é charmoso, mas não muito inteligente.

O que significava que o jovem Sedley não possuía o bom senso necessário para compreender que se colocar contra os criminosos mais conhecidos e mais queridos de Covent Garden não era algo para se fazer de modo leviano. Se o irmão de Hattie estava por trás dos roubos, isso só podia significar uma coisa.

Devil pensou o mesmo.

– Ewan está usando o irmão dela para fazer o trabalho sujo e a irmã quer proteger a família.

Whit sabia o preço disso. Ele grunhiu, de acordo.

– Pois ela não conseguiu – disse Devil, batendo a bengala no chão outra vez e olhando para Jamie. – Pronto, acabou. Vamos pegar o filho, o pai, a merda da família toda, se for necessário. E eles vão nos levar ao

Ewan. E isso também vai acabar. – Há duas décadas eles combatiam Ewan. Escondiam-se dele. Protegiam Grace dele.

– Grace não vai gostar disso – Felicity disse, a voz suave. Uma vida atrás, Devil e Whit fizeram uma promessa singular à irmã: eles não machucariam Ewan. Não importava que ele tinha sido o quarto elemento do bando deles ou que os tivesse traído além da compreensão. Grace o tinha amado. E fez os irmãos prometerem que nunca tocariam em Ewan.

Mas Grace não era parte disso. Whit meneou a cabeça.

– Grace vai ter que aguentar. Ele está querendo mais do que nós, agora. Mais do que compensar pelo passado. Agora, ele está querendo machucar nossos homens.

Ele estava querendo prejudicar o mundo que os Bastardos protegeriam a qualquer custo.

Estava na hora de acabar com aquilo.

– Deixa comigo – disse Whit, encarando o irmão.

As palavras foram pontuadas por uma batida na porta do edifício, o som abafado à distância. Outro paciente, sem dúvida. Havia sempre alguém precisando de cuidados médicos em Covent Garden e de jeito nenhum Whit deixaria que um aristocrata enlouquecido aumentasse a lista de pacientes.

– Você vai cuidar de tudo? – Devil perguntou.

– Dos negócios, do nome, de tudo o que é importante para ele. Vou destruí-lo. – O jovem Sedley tinha enfurecido os Bastardos e, com isso, trazido destruição para si.

– E Lady Henrietta? – Indagou Felicity, irritando Whit com o título. Ele não gostava dela como uma aristocrata. Whit preferia Hattie. – Você acha que ela faz parte disso? Acha que ela também está trabalhando com Ewan?

– *Não.* – A negativa o deixou agitado.

Devil observou-o com atenção antes de falar.

– Como você sabe?

– Eu sei.

Não bastava.

– Ela vai entregar o irmão – acrescentou Whit.

Devil o observou em silêncio.

– Você entregaria o seu?

Whit rilhou os dentes.

– E se ela não entregar? – Perguntou Felicity. – O que vai ser dela, então?

– Ela vai ser uma vítima colateral – disse Devil. Whit ignorou o amargor que lhe provocaram essas palavras.

Felicity olhou para o marido.

– Eu não fui isso, uma vez?

Devil teve a elegância de parecer envergonhado.

– Só por um instante, meu amor. O bastante para eu recuperar a razão.

– Se ela for nossa inimiga, eu acabo com ela – disse Whit.

– *Se*? – Repetiu Devil, arqueando uma sobrancelha.

Você é inconveniente.

Preciso ir.

O Ano da Hattie.

Trechos da conversa na carruagem.

– Mesmo que ela não seja nossa inimiga – Devil observou –, está protegendo o homem que é. – Ele cruzou os braços sobre o peito e encarou o irmão com firmeza. – O que a torna valiosa.

Isso a tornava um recurso.

– Você não tem escolha a não ser mostrar para ela quem somos, irmão – disse Devil em voz baixa. – Não importa o quanto tenha se encantado com ela.

A *verdade nas palavras*. Os Bastardos Impiedosos não deixavam os inimigos vivos.

– Resolva isso antes de precisarmos distribuir mais produtos – continuou Devil. Um novo carregamento aportaria na semana seguinte.

Whit aquiesceu e a porta do quarto foi aberta, revelando o médico.

– Chegou uma mensagem. – Ele abriu totalmente a porta, revelando um dos melhores mensageiros dos Bastardos.

– Brixton? – Disse Felicity para o garoto, que, no mesmo instante, se envaideceu com a atenção dela. Todos os garotos de Covent Garden adoravam Felicity, que era mestra em arrombar fechaduras e distribuir afeto materno. – Eu pensei que você tivesse ido para casa.

– Para aprender a manter a matraca fechada, espero eu, garoto – disse Whit, para que o garoto soubesse que ele tinha contado a Devil sobre Hattie.

– Deixe ele para lá – Felicity disse a Brixton. – O que foi?

Brixton levantou o queixo para Whit.

– Tão dizendo que tem uma garota no mercado, perguntando do Beast. – Uma pausa e ele continuou. – Não uma garota, sabe. Uma mulher. – Ele baixou a voz. – Os meninos acham que é uma lady.

Um ronco ressoou no peito de Whit.

Hattie.

– Fazendo tudo quanto é pergunta.
– É ela? – Felicity olhou para Whit.
– Mas não estamos respondendo – disse Brixton. É claro que não estavam. Ninguém de Covent Garden daria qualquer informação sobre os Bastardos a Lady Henrietta Sedley. Essa era a primeira das regras tácitas do lugar. O cortiço só era fiel aos Bastardos.
– Bom trabalho, Brixton – disse Devil, jogando uma moeda para o garoto, que a pegou no ar com um sorriso e foi embora antes que Devil continuasse. – Parece que você não vai precisar procurá-la, Beast.
O grunhido de Whit escondeu o fio de incredulidade que o estremeceu. E a preocupação. E o desejo de ir atrás dela para descobrir o que Hattie queria. Não, ele não precisaria encontrá-la.
Ela o tinha encontrado primeiro.

Capítulo Oito

Não havia nada no mundo inteiro como o mercado de Covent Garden. Era um lugar imenso, delimitado por uma grande colunata de pedra que levava ao que parecia um conjunto infinito de lojas e bancas que vendiam qualquer coisa que uma pessoa pudesse imaginar. O lugar era repleto de frutas e vegetais, flores e doces, tortas de carne e porcelana, antiguidades e tecidos.

Hattie estava encantada, ziguezagueando pelo interior do mercado, saindo das lojas e entrando nelas, atraída pela diversidade de cores da colheita do fim do outono nas bancas de flores, que transbordavam vermelhos e laranjas; nas abóboras magníficas empilhadas ao lado de cestos de beterrabas numa miríade de cores; e nas pilhas de batatas, ainda escuras do solo rico em que tinham crescido.

Para outros, o edifício em si era o orgulho do mercado, uma maravilha arquitetônica, imenso e deslumbrante, com enormes vigas e pilares de ferro que tornavam aquele mercado, o maior e mais extenso de Londres, motivo de inveja no mundo inteiro.

Mas para Hattie o edifício não era nada. Para ela, o que a atraía no mercado era sua gente. E tinha gente saindo pelo ladrão. Fazendeiros e feirantes, floristas e açougueiros, padeiros e camiseiros, funileiros e alfaiates, todos apregoando seus produtos para uma multidão de clientes que incluía da mais humilde criada à joia da sociedade. Quando alguém entrava no edifício, não importava se era príncipe ou pobre. O mercado de Covent Garden era um dos raros lugares na cidade em que a meia pataca de um pobre valia tanto quanto a de um príncipe e talvez até mais, pois o pobre não tinha medo de levantar a voz quando necessário e isso sempre era necessário no mercado.

Porque além das cores e dos aromas, havia o som. Uma cacofonia rascante de gritos e risadas; de compradores dedicados e vendedores ávidos; de cães latindo e galinhas cacarejando; de gaitas e rabecas, e de crianças rindo.

Era uma comoção pura, magnífica. E Hattie adorava aquilo.

Ela adorava o local desde garotinha, quando o pai a deixava ficar nos navios da empresa enquanto eram descarregados. Levava horas para esvaziar os porões, mesmo com dezenas de homens fazendo o trabalho extenuante. Quando o trabalho terminava, o Sr. Sedley (ele ainda não era conde) pegava sua filha mais velha e lhe prometia um passeio no mercado de Covent Garden, para ela escolher um doce.

Hattie se lembrou daquele tempo enquanto perambulava pelo mercado, o sol se pondo no oeste, seu arco-íris de luz tornando Londres mágica. Ela se lembrou até de lugares esquecidos, do modo como reverenciava o pai, como se apaixonou pelos navios, pela empresa e pelas docas. E de como amava esse mercado, barulhento, tumultuado e coberto de serragem para absorver os líquidos e o mau cheiro que nunca pareceram tão repulsivos quanto deveriam ser.

E, assim como fazia quando criança, Hattie não se apressou nessa tarde. Lembrando como se demorava em cada barraca, sorrindo para os comerciantes, conversando com os fazendeiros em busca da recompensa perfeita, ela retomou a mesma estratégia. Procurando um tipo diferente de recompensa.

Beast.

Ela foi metódica em sua missão, procurando o feirante mais amistoso. O vendedor de maçãs, a mulher com uma cesta de gatinhos no quadril, a costureira de mãos firmes que bordava uma rosinha num quadrado de tecido que, de alguma maneira, continuava imaculado naquele lugar. Ela conversou com eles, comprou uma maçã, acariciou um gatinho, encomendou uma dúzia de lenços novos.

E, então, ela lhes perguntava de Beast.

Alguém o conhecia? Sabia dele?

Alguém tinha alguma ideia de onde poderia encontrá-lo?

Ela estava com uma coisa dele, sabe, e desejava devolver.

Era notável, contudo, como sua simpatia pouco importava. Como seus gastos pouco importavam. No momento em que falava o nome, aquele nome bobo, fantástico, os comerciantes se fechavam.

Desculpe, milady, disse o vendedor de maçãs, virando-se para atrair outro cliente.

Nunca ouvi falar dele, assegurou-lhe a mulher dos gatos, *mas você quer comprar?*

Com certeza eu ia me lembrar de um nome desses. As mãos da costureira nem vacilaram.

Parecia que Covent Garden inteiro protegia Beast.

Com um suspiro, Hattie deu uma mordida na maçã, o sabor doce e ácido explodindo em sua língua enquanto perambulava pelos carrinhos, mais vazios após um dia de vendas. Os sons do mercado se acalmaram com o sol baixando no céu e as pessoas voltando para casa, pois, no dia seguinte, a rotina do dia se repetiria.

– Flores, milady? – Uma garota, com não mais que 7 ou 8 anos, a pele escura e os olhos ávidos, foi ao encontro de Hattie, que saía na direção da Igreja de St. Paul. O cabelo preto da menina estava escondido numa boina, com alguns cachos desprendendo-se depois de um longo dia. Ela usava um vestido e um xale que tinham enfrentado uma vida de remendos. Uma cesta em mau estado pendia de seu braço; a alça lascada, buracos no fundo, com cinco dálias caídas lá dentro, murchas após um dia sem água no mercado.

Hattie buscou os olhos castanhos da menina, reconhecendo incerteza e resignação neles. A garota sabia que suas flores não eram mais o que tinham sido horas atrás. Sabia, também, que não podia voltar para onde tinha vindo sem tê-las vendido.

Hattie sabia o mesmo que ela. Então, comprou todas. Duas moedas pelas flores e mais uma para a garota, que se virou para ir embora sem dúvida pensando que, se não corresse, Hattie poderia mudar de ideia. Mas quando Hattie pediu que esperasse, a menina hesitou. A lady se inclinou para fitar seus olhos atentos.

– Estou procurando uma pessoa. Você pode me ajudar?

A atenção transformou-se em desconfiança.

– Não sei nada de ninguém, milady.

– Estou procurando um homem – Hattie insistiu. – O nome dele é Beast.

Reconhecimento. Ali, nos olhos castanhos da garotinha. Ali, e depois desapareceu. Escondido enquanto a garota olhava para as pessoas que permaneciam na praça em que, rapidamente, o dia escurecia. Procurando alguém? Vigias?

– Eu não quero fazer mal a ele – Hattie acrescentou.

O sorriso da garota foi inesperado, como se Hattie tivesse contado uma piada ótima.

– Ninguém faz mal ao Beast – a menina disse antes de perceber que tinha fornecido uma informação que não deveria. Ela arregalou os olhos, porém, antes que Hattie pudesse extrair mais informações, e foi saindo. – Desculpe, milady. Não posso ajudar – disse isso e desapareceu numa velocidade impressionante, como se nunca tivesse estado ali.

Hattie suspirou, frustrada, e observou a garota correndo, apertando o xale ao seu redor, pois o ar de setembro perdia o calor do sol. Seria possível que todo Covent Garden estivesse na folha de pagamento desse homem?

Ela teria que ir embora em breve. Depois que escurecesse seria mais difícil chamar uma carruagem de aluguel, porém ela precisava encontrá-lo, que droga! Ele era a chave de tudo: de seus desejos, de seus planos, de seu futuro. Se ela conseguisse convencê-lo a parar de procurar Augie, se conseguisse fazer um acordo com ele para devolver o que seu irmão idiota tinha roubado, se conseguisse convencê-lo de que tinha condições para terminar com aqueles ataques sem sentido.

Se conseguisse *encontrar* aquele maldito homem, ela teria uma chance de ter tudo.

Para não mencionar o fato de ele ter lhe feito uma promessa.

O pensamento atiçou fogo nela, acumulando-se em seu âmago e acelerando sua pulsação, fazendo seus lábios formigarem com a lembrança do beijo na noite anterior. Ele tinha prometido recompensá-la com o beijo. Com o resto.

E ela queria que ele cumprisse a promessa.

– Quer tentar a sorte, milady?

Ela se voltou para o som, para onde um homem estava sentado a vários metros de distância, junto a uma mesa improvisada, feita com um barril de cerveja e uma prancha de madeira. Ele embaralhava um maço de cartas lenta e metodicamente, mal prestando atenção aos movimentos, e seus olhos azuis brilhavam sob a aba do chapéu, abrindo um grande sorriso amistoso focado nela.

– Perdão?

O ritmo suave da próxima embaralhada a provocou. Ele espalhou as cartas sobre a madeira, depois as recolheu num único movimento fluido.

Ela meneou a cabeça.

– Eu não jogo cartas.

– Eu também não. – O homem piscou. – Um hábito terrível.

Ela riu, aproximando-se. Ele a lembrava de uma raposa, astuto e manhoso, cria de Covent Garden, Hattie teve certeza. Ele era como uma erva crescida nas rachaduras do concreto do mercado, com raízes fortes e resistentes que dariam uma nova planta, não importava quantas vezes a puxassem. Um homem criado ali sem dúvida conheceria o rei do lugar. Ela se aproximou.

– Então, o que é que você joga?

Ele espalhou as cartas de novo.

– Escolha três, milady.

Ela arqueou a sobrancelha e riu, abrindo as mãos dele.

– Quanta desconfiança! – Ele exclamou.

– Por que eu pensaria que você pretende me depenar?

Ele pôs a mão no peito e fingiu estar ofendido.

– Como uma flecha no meu coração.

Ele estava *mesmo* pretendendo depená-la, mas Hattie não tinha crescido em meio aos marinheiros para nada e, além disso, tinha seus próprios planos. Ela estendeu a mão e separou três cartas do baralho, deixando-as viradas para baixo na mesa. O jogador pegou o resto do baralho, colocando-o de lado. Ele levantou a carta do topo do maço com um grande sorriso.

– Sem malandragem aqui!

Era pura malandragem, mas Hattie estava disposta a continuar.

Usando o baralho que tinha pegado como ferramenta, ele virou as três cartas escolhidas pela lady: três de espadas, oito de paus e, então, a dama de copas. Ele arregalou os olhos para ela.

– Bem, parece que a rainha escolheu você.

Hattie inclinou a cabeça.

– E o que eu recebo por tal distinção?

Aquele sorriso de novo.

– A chance de apostar sua sorte, é claro.

– Quanto?

– Seis moedas. – Era uma quantia exorbitante, suficiente para provar para Hattie que ele pensava que a depenaria.

Ela entrou no jogo, tirando as moedas de seu bolso e colocando-as na mesa.

– E se minha sorte continuar?

– Ora, então, eu dobro a aposta, é claro!

– É claro – ela repetiu. Aquele homem não perdia. Seu ganha-pão era ali, na praça do mercado, depenando aqueles que se julgavam acima dele. – E agora?

– Vamos lá. – Ele sorriu, virando as três cartas com a face para a mesa. A carta da dama de copas estava mais curva que as outras, elevando-se da mesa. – Onde está a dama?

Hattie apontou para a carta e ele a virou, revelando a dama. Então, ele a virou para baixo de novo.

– Milady tem um talento nato – ele disse, com uma piscadela. – É isso mesmo! Fique de olho na dama!

E, então, ele começou a movimentar as cartas, jogando-as por cima e por baixo umas das outras, descrevendo arcos grandes a princípio, para Hattie poder acompanhar a rainha, depois mais e mais rápido, até as cartas estarem se movendo num borrão. Uma novata podia estar seguindo as cartas na mesa, é claro, observando com cuidado, acompanhando a rainha.

Hattie não era uma novata.

Quando o homem parou, as cartas estavam dispostas numa linha de três.

– Encontre a dama, milady – disse ele, virando o rosto para Hattie.

Hattie enfiou a mão no bolso e pegou uma coroa de ouro. Aquilo era mais dinheiro do que aquele velhaco faria numa semana no mercado.

– Vamos adoçar a aposta? – Perguntou ela.

A ganância mostrou sua cara.

– Estou ouvindo.

– Se eu perder, esta moeda é sua.

Em seguida, o triunfo despontou.

– Mas se eu encontrar a dama, você me diz onde eu posso encontrar Beast.

Surpresa, depois dúvida, como se talvez ele não fosse aceitar o acordo. Mas a arrogância venceu, como frequentemente acontecia com os homens. Recusar a aposta era admitir que poderia perder.

Ele não percebeu que o jogo de Hattie era muito mais ambicioso.

– Tudo bem, milady. É difícil de recusar sua proposta. – Ele passou a mão por cima da mesa. – Onde está a dama?

Ele esperava que ela escolhesse a carta do meio. Seria a carta que qualquer bom otário teria escolhido se tivesse observado as cartas na mesa, para não falar da elevação no meio da carta que a pessoa estaria procurando. Mas Hattie não estava observando as cartas na mesa. Ela ficou de olho nas cartas que ele tinha nas mãos.

Ela pôs um dedo na carta da esquerda.

Aquele sorriso satisfeito de novo.

– Vamos ver, então? – Ele pegou a carta mais à direita e, com ela, virou a do meio, revelando o três de espadas, a carta que ele teria deixado ela mesma virar, se fosse a escolhida. – Um passo mais perto.

Mas ele estava preparado e pediria a ela que se afastasse para deixá-lo virar a carta e, nesse movimento, faria o mesmo truque de mão que tinha posto a dama na mesa no começo de tudo. Ele fez um gesto com a mão para que ela se afastasse.

Em vez de recuar, ela mesma virou a carta, revelando a dama.

Os olhos dele voaram para os de Hattie.

– Parece que a dama me escolheu mesmo, afinal – ela disse. Hattie pegou a coroa de ouro na mesa, devolvendo-a ao seu bolso. – De acordo com nosso trato, você me deve. Seis moedas e uma informação.

Ele estreitou os olhos para ela, reavaliando-a, enxergando além da touca e do xale que o tinham feito, apressadamente, qualificá-la como novata.

– Você é uma trapaceira, isso sim.

– Bobagem – Hattie disse com calma. – Eu só igualei o jogo. Se existe alguma trapaça aqui, é que você ia trocar minha rainha pelo oito de copas na sua mão.

O homem fez uma careta e recolheu as cartas num movimento fluido, sumindo rapidamente com qualquer sinal de fraude.

– Eu não aposto com trapaceiros – ele disse.

– Por favor, não fique assim – Hattie disse. – Nunca vi alguém melhor nesse jogo. Mas o combinado não sai caro. E nós fizemos uma aposta.

– É, mas você não jogou limpo. – Ele guardou o maço de cartas no bolso e se levantou, revelando a baixa estatura. Era pelo menos quinze centímetros mais baixo que ela e magro como um caniço. Ainda assim, não teve dificuldade para levantar o tampo da mesa e guardá-lo debaixo do braço. – Nada feito.

Ela soltou uma exclamação quando ele começou a se afastar, ziguezagueando entre as pessoas que ainda permaneciam na praça.

– Eu fui tão honesta quanto você! – Ela o seguiu. – Você prometeu me dar uma informação.

– Eu não tenho nenhuma informação. – Ele apressou o passo, fugindo por uma viela que saía da praça principal e penetrava nas entranhas de Covent Garden.

Ele virou uma esquina e Hattie apressou-se para acompanhá-lo.

– Espere! Por favor! – Aquele homem tinha crescido nas ruas de Covent Garden. Ele sabia quem era Beast. Ela o avistou na outra extremidade da próxima viela, dobrando outra esquina.

Ele virou para trás quando Hattie dobrou a mesma esquina.

– Me deixa! – E continuou a fugir. Entrou numa segunda viela. Depois, numa terceira.

A frustração cresceu. Ela o perderia.

– Só me diga onde eu posso encontrá-lo! – Ela gritou atrás dele. Outra esquina. Mais outra.

Ele tinha sumido. Estava escondido naquelas ruas labirínticas.

– Droga – ela sussurrou no lusco-fusco, seu coração batendo forte. Sua respiração ofegante era o único som na rua vazia. Ele era sua única chance. – Droga.

– Eu sei onde ele tá, m'lady.

– É, eu também.

Ela se virou em direção às palavras.

Dois outros homens, aproximaram-se por trás. Maiores do que o homem que tinha perseguido. Um usava um boné baixo na testa, escondendo tudo a não ser a ponta do nariz. O outro tinha um cabelo laranja e brilhante o suficiente para ser visto sob a luz que diminuía rapidamente. Ele sorriu, exibindo os dentes podres. Mas não foram os dentes dele que fizeram Hattie estremecer. Foram seus olhos. Cheios de cobiça. Ela recuou um passo.

– Não preciso da sua ajuda, muito obrigada.

– Nossa, que dama – disse o Boné. – Tão educada.

– É o jeito de falar de quem nasceu numa pilha de dinheiro – acrescentou Dentes. – Tanto dinheiro que pode pagar pra gente o que fez a gente perder nessa tarde.

Ela meneou a cabeça.

– Eu não... Eu nunca vi vocês dois antes.

Boné chupou os dentes ao ouvir isso.

– Não, mas você acabou com nosso amigo. Ele podia ter trabalhado mais uma hora se você não aparecesse.

O homem das cartas. Ele não estava sozinho. Ele trabalhava com esses dois. Com esses homens que queriam dinheiro dela, essa tola que foi parar naquela viela vazia. Hattie tentou propor uma solução.

– Eu dou para vocês o que ofereci a ele. Uma coroa.

– Uma coroa, ela diz – Dentes Podres debochou.

– Ela fez a gente perder o quê? Três vezes isso? – Ele devolveu a oferta dela com essa! Impossível! Os jogadores precisariam de dias para ganhar essa quantia. Mas não importava.

– Eu não tenho tudo isso. – Ela enfiou a mão no bolso, tirando o dinheiro restante. – Tenho seis xelins e dois pence.

Eles estavam quase em cima dela.

– Ó, ela num tem, Eddie – disse Boné.

– O que nós faz então, m'lady? – Eddie perguntou. – Você pode trabalhar pra nós, que tal? Mikey não tem problema com mulher grande.

Fúria e medo se debatiam. Ela levantou o queixo. Apertou o xale, uma das mãos desapareceu no tecido.

– Não se aproximem mais.

– Ou o quê?

– Acho que ela vai gritar – disse Mikey, os dentes amarelos aparecendo, como se ele fosse gostar disso, o monstro.

– Ela pode gritar – disse Eddie com calma, perto o bastante para tocá-la, se tentasse. – Mas num vai encontrar nenhum salvador por aqui.

O coração dela acelerou. A fúria venceu o debate.

– Então, vou ter que salvar a mim mesma.

E puxou uma faca.

Capítulo Nove

Ele não gostou que ela estivesse em Covent Garden.
Beast se dirigia ao mercado, preocupado com o sol poente, com o modo como o lugar se transformava de acolhedor em perigoso num instante, ainda mais para a filha de um duque, acostumada com Mayfair, não importava quanto tempo tivesse passado nas docas. Era como se ela fosse de outro mundo ali, onde a escuridão chegava como uma promessa, trazendo consigo todo tipo de malícia.

E se ela fosse embora antes de ele a encontrar?

Ele apressou o passo, correndo para alcançá-la antes que os últimos raios de luz se pusessem, serpenteando por entre os edifícios e vielas, fazendo a última curva e quase trombando com um corpinho que corria na direção oposta. Ele segurou a criança para esta não cair na lama após bater em suas pernas. Ele observou a cesta vazia e a touca puída.

– Bess – ele disse após estabilizá-la, o sotaque das ruas pesado em sua língua. – O que te fez correr assim?

Ela arregalou os olhinhos.

– Beast! – Ela exclamou. – Num contei nada! Achei que ela era uma boa cliente pras minhas flores.

Hattie.

Ele olhou para a cesta vazia.

– Parece que ela era mesmo.

A garotinha anuiu com a cabeça, a touca ficando ainda mais torta.

– É. Comprou *tudo*. E por *três pence*.

Ele não ficou surpreso com a generosidade de Hattie, mas fez questão de se mostrar impressionado.

— E agora, lindinha? Onde está essa lady?

A garota sacudiu a cabeça.

— Eu num contei pra ela onde te achar. Eu nunca que ia contar.

— Tenho certeza que não.

Ela estufou o peito de orgulho.

— Deixei ela na praça, deixei mesmo. Falei que ninguém ganha de você.

Ele imaginou que Hattie não tivesse gostado disso. Levou a mão ao bolso e pegou um saco de doces, oferecendo-o a Bess. Quando ela pôs um na boca, Beast fez um carinho em seu queixo.

— Bom trabalho hoje, Bess – ele disse. – Está ficando escuro. É melhor achar sua mãe. – As duas começariam cedo no dia seguinte. De pé ao nascer do dia para pegar as flores e, depois, ir vendê-las na praça.

Se pudesse ser como os Bastardos queriam, todas as crianças do cortiço só se levantariam cedo para ter aulas, mas as famílias precisavam comer e o melhor que Devil e Whit podiam fazer era lhes dar água limpa e a máxima proteção possível.

O que significava que ele não tinha tempo para proteger ladies aristocratas em busca de aventura quando tinha lhe dito, expressamente, que a encontraria, e não o contrário. Ele se despediu de Bess e foi até a praça do mercado, cruzando-a a tempo de ver Hattie do outro lado, sendo esfolada por um dos jogadores do lugar.

Ele imaginou que ela tivesse escolhido o vestido para se misturar à multidão de Covent Garden ou outra bobagem assim. Um vestido de dia simples, num verde-musgo discreto, com touca combinando, e um xale de tricô por cima, enrolado nos ombros numa tentativa de esconder suas formas? Whit imaginou que talvez pudesse ter ignorado toda aquela roupa se não fosse pela mulher dentro dela, que era impossível de ignorar, com formas impossíveis de esconder. Ainda mais para um homem que teve um gostinho delas na noite anterior.

A lembrança aflorou, a língua dela encontrando a sua num beijo delicioso, a respiração de Hattie ofegante nos lábios dele, os dedos dela apertando seu cabelo, como se ela quisesse dirigir a carícia.

Cristo! Ele deixaria que ela dirigisse suas carícias sempre que quisesse.

Whit resistiu ao impulso de pensar no que poderia resultar disso, ignorando o despertar de seu pau ao se encaminhar até ela sem hesitação, apertando o passo quando se deu conta de que ela não estava sendo esfolada. *Ela estava esfolando*.

O jogador se levantou, a raiva evidente em seu rosto, pegou sua mesa e se virou, indo na direção da viela mais próxima. E Hattie o seguiu sem saber que estava sendo levada para a escuridão, para ser emboscada por ladrões.

Whit começou a correr.

Ele seguiu pela viela escura e vazia onde eles tinham desaparecido, virando em outra rua, depois em outra, vasculhando as vielas sem saída que se desviavam do caminho. Cada uma delas era o lugar perfeito para roubar uma almofadinha. Para fazer coisa pior. Ele praguejou alto na escuridão.

– Não se aproximem mais!

Não, ele não gostava de Hattie em Covent Garden. Ele não gostava dos sapatos dela em sua sujeira, nem da voz dela ricocheteando nas paredes de pedra. E com certeza ele não gostava do medo na voz.

Arrebentaria qualquer um que tocasse nela.

Ele corria a toda velocidade a essa altura, desesperado para alcançá-la. Dizendo a si mesmo, enquanto corria pela rua, que só tinha pressa de protegê-la porque Hattie era essencial para derrubar seu inimigo.

Protegê-la.

Dobrando a última esquina, ainda nas sombras, Whit avistou os irmãos Doolan, verdadeiros bandidos de Covent Garden, crescidos na sujeira do lugar e muito mais fortes do que inteligentes.

Estavam de costas para ele e de frente para Hattie.

Whit não conseguia ver o rosto dela, escondido atrás dos ombros largos da dupla, mas conseguiu imaginá-lo e odiou o que imaginou. Pálido, com os olhos violeta, aquela cor impossível, arregalados de medo, e os lábios carnudos abertos com a respiração curta de pânico.

Fúria ricocheteou dentro dele, fazendo seu coração disparar.

Protegê-la.

Ele não podia vê-la, mas sabia que Hattie estava se afastando aos poucos do fedor dos irmãos, da podridão de seus dentes, das cicatrizes em seus rostos e da sujeira de suas mãos.

Espere.

Ela não estava se afastando dos dois.

– Pelo que vejo, cavalheiros – ela disse, a voz ecoando firme como aço –, vocês avaliaram mal minha capacidade de me defender. Acho que vocês não querem ver o que eu posso fazer.

Ela levava uma faquinha no bolso, na carruagem, noite passada. Uma lâmina afiada o bastante para cortar a corda que amarrava seus punhos, mas pequena demais para meter medo nos irmãos Doolan, que já tinham encarado armas muito mais perigosas. E ainda assim...

Eles estavam se afastando dela.

Que diabos?! Whit se aproximou devagar, na sombra.

– Onde pegou isso, garota? – Eddie Doolan perguntou. A voz dele estava falhando?

– Você a reconhece, então? – Ela estava surpresa.

– Todo o povo do cortiço a reconheceria – Mikey disse, com pânico inegável.

Ela surgiu à vista de Whit, iluminada por um raio de sol refletido, e Whit balançou para trás ao vê-la. Alta e forte, os ombros para trás e o maxilar firme, como uma guerreira. Na mão, uma lâmina que prometia uma punição exemplar.

Punição que Whit conhecia sem dúvida, porque ele a tinha dado cem vezes. Mil vezes.

A mulher empunhava uma de suas facas de arremessar.

O choque foi afastado pela expectativa quando Eddie fez uma pergunta, as palavras acentuadas pelo medo.

– Você é do Beast?

Whit ignorou sua reação instantânea à pergunta.

– Estou com a faca dele, não estou?

Garota esperta, com coragem para blefar.

– Merda – disparou Mikey. – Eu que não me meto nisso. – Ele saiu correndo pela rua como o rato que era e desapareceu.

Ela virou os olhos surpresos para Eddie.

– Bem desleal da parte dele, não acha?

Eddie engoliu em seco.

– Você num vai contar pro Beast, vai, m'lady?

Whit respondeu por ela, saindo das sombras.

– Ela não precisa contar.

Hattie soltou uma exclamação e Eddie se virou na direção de Whit, levantando as mãos enquanto o Bastardo se avançava.

– A gente num tava fazendo nada, Beast. Só dando um sustinho. Só pra ela num bagunçar com nosso carteado de novo.

Whit chegou mais perto.

– Quais são as regras, Eddie?

O pescoço do outro se mexeu, buscando pela resposta que não vinha.

– Não pode tocar nas garotas, mas...

Whit detestou a conjunção. A regra não tinha exceções. Aquela única sílaba o fez querer destroçar o homem.

Eddie arregalou os olhos quando Whit se aproximou, seu medo produzindo palavras estúpidas no escuro.

– A gente não imaginou que ela ia puxar uma faca, Beast. Se você pensar bem, foi ela que começou.

Que maldito imbecil!

Whit anuiu.

– Ela começou correndo de você.

O cérebro minúsculo de Eddie precisava responder.

– Ela saiu correndo *atrás* do jogador. Perguntando por você. – Pensando ter encontrado algo de valor, ele sorriu. – A gente estava protegendo você, tá vendo?

– Ah, por favor – Hattie bufou atrás de Eddie, mas Whit recusou-se a olhar para ela, com medo do que poderia acontecer se olhasse.

Em vez disso, ele estendeu as mãos para Eddie, agarrando-o pelas lapelas e puxando-o para perto.

– Se eu vejo você ameaçar uma mulher de novo, vai sentir o que essa lâmina faz. Lembre-se: eu estou em toda parte. Eu vejo tudo.

Eddie engoliu em seco, suor aflorando em sua testa. Ele aquiesceu.

– Você tem algo a dizer para a lady?

– D-desculpe – sussurrou o imundo.

Não bastava.

– Mais alto.

– Me desculpe, milady. Mil desculpas. Sinto muito.

Whit olhou para Hattie, com os olhos arregalados de surpresa.

– Está bem. – Ela deslizou os olhos para ele e Whit não gostou da incerteza que viu. – Eu aceito. Ele parece ter aprendido a lição.

– Caia fora. – Ele empurrou Eddie para longe deles, sem ver quando o outro caiu no chão e se levantou apressado, fugindo. Whit se voltou para os telhados e soltou na noite um assobio longo e penetrante. – Me achem Michael Doolan. Digam que é melhor ele me procurar nas lutas. Se não vier falar comigo, ele não vai gostar do que vai acontecer quando eu o encontrar.

Então, ele se voltou para Hattie, cuja incerteza transformou-se em curiosidade.

– Você tem o hábito de falar com edifícios?

– Eu paro quando eles não fizerem mais o que eu peço.

– As pedras vão buscar esse homem para você? – Como ele não respondeu, ela continuou. – Então, é verdade o que dizem?

Quem tinha falado com ela? O que disseram?

Ele grunhiu como resposta, ignorando a raiva que o agitou ao pensar que ela poderia ter sido ferida ali, no seu território. Ignorando a ideia profundamente perturbadora de que talvez não tivesse conseguido protegê-la se chegasse alguns minutos mais tarde. Não importava se a mulher mostrasse ou não sua faca.

Por falar nisso... Ele estendeu a mão.

– Me dê a arma.

Ela apertou a mão no cabo de ônix e ele imaginou o calor da palma dela na peça, a maciez das luvas de Hattie polindo o núcleo fino de aço que mantinha a empunhadura firme e garantia a mira precisa e o arremesso no alvo.

– O que são as lutas?

O único conforto dele.

– A faca, Hattie – ele disse, ignorando a pergunta.

Ela baixou os olhos para a arma.

– Eles estavam com medo dela.

Whit não respondeu, esperando que ela dissesse o que realmente queria dizer.

– Eles estavam com medo de *você*.

Ele tentou encontrar repulsa naquelas palavras. Ela era suavidade e brilho, mais limpa e arejada em sua touca engomada e seu xale branco do que esse lugar em que ele reinava. Ela não tinha nada a ver com aquilo e não deveria estar ali. E deveria estar com nojo do que tinha testemunhado. Da grosseria. Da sujeira.

Dele.

– Não, não de você – ela disse e, por um momento louco, Whit imaginou que ela tivesse ouvido seus pensamentos. Ela levantou a lâmina, inspecionando-a na luz que desaparecia rapidamente, e acrescentou, num sussurro: – Eles estavam com medo de uma *ideia* a seu respeito.

– Todo medo é medo de uma ideia – ele disse. Ele sabia disso melhor do que a maioria das pessoas. Quando criança, foi alimentado com terror e aprendeu a sobreviver ao medo. O tangível era suportável. Era o intangível que tirava a respiração, o sono, a esperança.

Ela inclinou a cabeça, estudando-o.

– E qual é a ideia a seu respeito?

Beast. Ele não pronunciou a palavra. O que esta palavra carregava. Por alguma razão maluca, ele não quis que ela pensasse em Beast quando olhasse para ele.

Ele não queria que ela olhasse para ele.

Mentira.

– Onde está sua acompanhante?

– O quê? – Hattie arregalou os olhos.

– Faz sentido que estivesse sozinha na noite passada; ninguém precisa de acompanhante num bordel. Mas você é uma mulher da sociedade, Henrietta Sedley, e havia muitas pessoas no mercado que poderiam ter reconhecido você.

Os lábios dela, amplos e carnudos, se abriram numa exclamação surpresa.

– Você sabe quem eu sou?

Ele não respondeu. Não havia necessidade.

– Como? – Ela insistiu.

Whit ignorou a pergunta e continuou.

– Você ainda não sabe quem eu sou, caso tenha pensado que me procurar foi uma boa ideia.

– Eu sei que chamam você de Beast. – Ele tinha lhe dito isso. – Eu sei que seu irmão é Devil. – A incerteza o inquietou. O que mais ela sabia? – Isso me faz questionar o protocolo de escolha de nomes na sua família.

– Nós nos batizamos – ele disse, detestando a rapidez com que respondeu. Detestando ter respondido.

O rosto dela se suavizou e Whit detestou isso também, irracionalmente.

– Sinto muito por isso, por vocês terem escolhido esses nomes. Mas eu imagino que os Bastardos Impiedosos mereçam nomes que tenham impacto.

Ele deu um passo na direção dela.

– Para alguém que afirma não saber como eu fui parar inconsciente em sua carruagem, noite passada, até que você sabe bastante.

Aqueles lábios pecaminosos curvaram-se num sorriso. A expressão o atingiu como um golpe.

– Você achou que eu não faria perguntas após nosso encontro?

Ele devia ter feito uma careta de deboche. Devia ter agarrado a evidência de que ela possuía um relacionamento próximo com o inimigo que tinha atirado em seu batedor e roubado sua carga, nocauteando-o. Devia ameaçar de destruição a família dela e seus negócios, caso não lhe desse as informações que queria.

Ele devia ter feito tudo isso. Mas ele fez apenas uma pergunta.

– E o que mais você descobriu sobre mim?

Que merda ele estava fazendo, conversando com ela?

O sorriso dela ficou misterioso.

– Me contaram que quando você vai atrás de alguém, não para até encontrar.

Isso era verdade.

– Mas eu não estava certa de que você viria atrás de mim.

É claro que ele teria ido. Ele iria atrás dela em sua torre de Mayfair mesmo que não possuísse a informação que ele queria.

Não. Whit resistiu ao pensamento, um feito impressionante até ela completar o raciocínio, aquela covinha impiedosa aparecendo em sua bochecha.

– Então, eu vim atrás de você.

Ele nunca admitiria o prazer que o inundou ao ouvir aquela confissão. Nem admitiria o prazer que sentiu quando ela pegou sua mão, erguendo-a.

– O que aconteceu com a sua mão? – As luvas de pelica que ela usava não impediram a pontada que o calor de sua pele produziu nos nós dos dedos de Whit, vermelhos e ardendo do soco que tinha dado na parede. – Você está machucado.

Ele inspirou fundo e tirou sua mão da dela, sacudindo-a. Querendo apagar o toque dela.

– Não foi nada.

Hattie o observou por um momento e Whit imaginou que ela estivesse enxergando mais do que ele desejava. Então, ela falou, suavemente.

– Ninguém quis me contar nada a seu respeito.

– Isso não impediu você de perguntar – grunhiu ele. – O que nos leva de volta à questão da acompanhante. Vários almofadinhas podiam ter visto você. E imagino que esses almofadinhas teriam questionado sua falta de sutileza em perguntar por mim.

Ela torceu os lábios num sorriso irônico.

– Não sou conhecida por minha sutileza. – Havia algo além de humor no tom de voz dela. Algo que ele descobriu não gostar.

Ele recusou-se a mostrar sua contrariedade.

– Não consigo imaginar o porquê. Eu a conheço a menos de um dia e, durante o tempo em que não estava inconsciente, você frequentou um bordel e ameaçou esfaquear uma dupla de criminosos de Covent Garden.

– Não é como se você fosse um cavalheiro de Mayfair. – Ela sorriu. – Ou já se esqueceu da parte em que eu fiz um acordo indecoroso com você, ontem?

Acordo. A palavra ferveu dentro dele com a lembrança da noite anterior. Do gosto dela. Da sensação de tê-la nos braços. Da aparência dela. Como se fosse um banquete.

– Por que não faz um acordo com um de seus almofadinhas?

Ela pareceu considerar essa opção. *Não considere,* ele desejou em silêncio antes que ela respondesse.

– Bem, primeiro, eu não tenho um único almofadinha, muito menos vários para escolher.

Porque almofadinhas são malditos imbecis.
— Não teve escolha a não ser tentar no cortiço — grunhiu ele.
Ela arregalou os olhos.
— Eu não tinha pensado... — Ela não conseguiu continuar. Cristo, ela era tão suave! — ...nisso.
— Então, pensou em quê?
Ela inclinou a cabeça para o lado.
— Não me importa que você não seja um cavalheiro. Não preciso de alguém que saiba transitar em Mayfair. Não vejo razão para que nosso acordo tenha algo a ver com sua capacidade de dançar uma valsa ou com seu conhecimento da hierarquia da nobreza.
Mas ele sabia todas essas coisas. Tinha sido treinado para ser um nobre. Whit passou dois anos aprendendo as complexidades da aristocracia. Do mundo de merda dessa gente. Não fosse por um único momento, duas décadas atrás, ele poderia ter sido um homem diferente. Ele poderia tê-la encontrado em circunstâncias diferentes. Se Ewan tivesse perdido e Whit, ganhado, ele seria um duque.
E ele poderia se aproximar dela de um modo totalmente diferente.
Não que ele quisesse isso. Tudo o que ele queria era que ela saísse de Covent Garden.
Do que era mesmo que estavam falando?
— A acompanhante... — Ela levantou um ombro e o deixou cair por baixo daquele xale fino que, ele imaginou, nunca mais seria branco após uma tarde na imundície. — ...não preciso de uma.
A forma como ele exalou poderia parecer um choque, se ele fosse outro tipo de homem.
— Precisa, sim.
— Não, não preciso. Não sou uma criança. Completei 29 anos hoje, o que, a propósito, enseja algum tipo de felicitação.
Ele piscou várias vezes.
— Feliz aniversário. — Por que diabos Whit tinha dito isso?
Hattie sorriu, luminosa como a droga do sol, como se os dois estivessem em algum salão de festas e não numa viela escondida.
— Obrigada.
— Você não precisa de uma acompanhante. Precisa de uma carcereira.
— Ninguém se preocupa, literalmente, com o que eu faço.
— Eu me preocupo.
— Excelente — ela disse, alegre. — Pois eu estava à sua procura.

Foi a segunda vez que ela disse isso e a segunda vez que Whit gostou de ouvir isso. Ele não queria repetir a experiência.

– Por quê?

Ela estendeu a faca para ele, abrindo a mão para revelar o cabo escuro sobre a luva clara que ela usava, uma luva que ele desejou não estar ali, para que pudesse ver as manchas de tinta nos punhos dela e ler a história que contavam na palma da mão.

– Isto lhe pertence– ela disse. – Prometi que a devolveria a você.

Ele olhou para a arma.

– Por que está com você?

Ela hesitou e ele odiou a pausa por causa da ideia de que aquela mulher, carregada de honestidade e verdade, estivesse escondendo a resposta.

– Porque eu prometi que a devolveria – ela repetiu. – Sinto muito.

Ele pegou a faca. Do que ela estava se desculpando? Seria apenas pela faca? Pelo conjunto de onde aquela lâmina tinha saído? Ou seria pelo ataque ao carregamento na noite anterior? Pelos ataques anteriores? Ela sabia que tinham roubado milhares de libras dele? Que colocaram em risco a vida de seus homens?

Ou ela se desculpava por outra coisa?

Seria por Ewan?

Fúria e descrença rugiram dentro dele ao pensar nisso. E algo mais o agitou. Algo como pânico. Se de algum modo ela estivesse associada a Ewan, Whit não conseguiria mantê-la em segurança.

Ele afastou o pensamento. Ela não trabalhava com Ewan. Whit saberia se Hattie o estivesse traindo dessa forma, não saberia?

Ele lutou para tirar os olhos dela, odiando o modo como a luz a roubava dele, como as ruas estreitas de Covent Garden faziam o sol desaparecer prematuramente, e sua frustração o fez estender o braço para ela, segurando sua mão e puxando-a pelo labirinto de ruas, voltando à praça do mercado, onde as pedras brancas estavam acesas com os últimos vestígios de laranja. Ele a soltou no momento que chegaram à praça.

– Pronto – disse ele. – Onde você começou minha busca.

Ela se voltou para ele.

– Não é só a faca.

– Não – ele respondeu. – Não é. Só a quantidade do que foi tirado de mim é muito mais que a faca.

– Eu sei disso agora. Não sabia na noite passada.

Ele acreditou nela porque queria acreditar, mesmo sabendo que não deveria. Mesmo não tendo nenhuma razão para isso.

– Eu quero um nome, Lady Henrietta.
Prove que você não faz parte disso.
Diga-me a verdade.
Ela meneou a cabeça.
– Com certeza você entende por que não posso lhe dar isso.
– Não pode? Ou não quer?
– Não quero – ela respondeu sem hesitar.
Ela era mais honesta do que qualquer pessoa que Whit conhecia. Muito mais honesta do que ele próprio.
– Então, chegamos a um impasse.
– Na verdade, não. – Ela virou o rosto luminoso para ele, repleto de verdade e uma simplicidade que Whit não sabia dizer se ele próprio algum dia demonstrou. – Eu tenho uma solução.
Ele não deveria ter dado nem um momento de atenção às palavras dela. Deveria tê-la interrompido e acabado naquele instante mesmo com qualquer loucura que ela estava prestes a sugerir enquanto o sol se punha na praça do mercado.
Mas ele quis saber.
– Que tipo de solução?
– Reembolso – ela disse, alegre, como se fosse tão fácil, e foi andando na direção do mercado, deixando-lhe sem opção a não ser ir atrás dela.
E ele a seguiu, como um cãozinho, sabendo que os espiões nos telhados não hesitariam em relatar suas ações para seu irmão, sua irmã e Nik. Sabendo e, por algum motivo, não se importando. Ele apenas seguiu Hattie até as bancas do mercado, mantendo-se vários passos atrás dela, observando, até ela se abaixar para examinar o conteúdo de uma cesta aos pés de uma velha do cortiço. Hattie levantou os olhos, uma pergunta tácita em seu rosto amigável e franco, e recebeu a única resposta que tal expressão evocava. *Sim.*
Colocando a mão dentro da cesta, Hattie pegou um filhotinho agitado, levantando-se para acariciar a bolinha preta junto ao peito, cantarolando baixinho para ele. Whit se aproximou, então, algo apertava seu peito, algo que ele não queria sentir e, com certeza, não queria lembrar. Contudo, Hattie pareceu não se importar com isso, pois se virou para ele com seu sorriso resplandecente.
– Adoro este lugar.
As palavras foram um golpe. Aquela mulher era tão surpreendente e estava tão deslocada em seu território, era tão impossível de ignorar, com uma alegria suave em sua voz que impossível de não se notar. Ele não

queria que Hattie adorasse aquele lugar. Ele queria que ela o detestasse. Que fosse embora.

Que fosse embora dali e o deixasse. Sozinho.

Mas não. Ela falou mais.

– Quando eu era criança, meu pai costumava me trazer ao mercado.

Não era surpresa. O mercado era um destino da classe alta de Londres, um dia para brincar no lodo de Covent Garden sem correr o risco de se sujar. Whit tinha visto centenas de nobres descendo de suas alturas para vir ao mercado. Milhares deles. Quando garoto, ele os esfolava, esvaziando seus bolsos, fazendo-os se perder. Ele assistia aos homens com seus ternos pretos imaculados e às mulheres com seus vestidos impossivelmente brancos, com as crianças, fazendo a imagem de pais perfeitos.

E ele os odiava.

Odiava, mas não fosse uma reviravolta ínfima do destino, ele poderia ter sido um desses nobres.

Whit ficava muito alegre ao esfolar os ricos. Deitado, à noite, ele imaginava o choque, a raiva e a frustração no rosto dos nobres quando descobriam que o dinheiro tinha sido levado. Seus bolsos vazios, suas bolsas cortadas. Esse dinheiro podia mandar no mundo deles, mas, nesses momentos, ali no cortiço, não era páreo para a malandragem de Whit. Para o poder dos Bastardos.

– Antes de tudo mudar – ela disse, para o cachorro e para ele. Antes de Sedley ter recebido seu título, Whit imaginou que era o que ela estava dizendo. Ele sabia que tipo de mudança isso trazia. Ele tinha desejado isso para si mesmo, certa vez. Mais do que uma vez. Milhares de vezes, ali mesmo, parado na praça, e agora desprezando essa ideia.

Observando aquela mulher que aninhava uma bola de pelo preto nos braços, ele se perguntou se já a tinha visto antes. Se já a tinha visto de onde ficava, nas vigas acima ou de trás de uma banca do mercado. Se já tinha se maravilhado com aqueles estranhos olhos violeta. Se já tinha visto aquele sorriso amplo, encantador, e o invejado. Houve dias em que seu estômago estava tão vazio que ele se alimentava de inveja. E ele teria sentido inveja de Hattie com suas roupas limpas, seus sorrisos alegres e seu pai amoroso.

Ele tanto teria invejado a vida de Hattie quanto desejado fazer parte dela.

Não mais, claro. Ele não tinha tempo para a filha de um conde que vivia em Mayfair e passeava na pobreza de Covent Garden.

Hattie esfregou a bochecha na cabeça macia do cachorrinho, um sorriso benfazejo nos lábios, e Whit resistiu ao desejo que o agitou com a ideia daquele toque suave nele.

– Aqui tinha um fazendeiro, numa banca antiga, que, na primavera, vendia as vagens mais gostosas e crocantes. – Ela riu, o som de uma bela ferroada. – Meu pai me comprava um saco cheio delas e eu abria o saco e começava a devorar as vagens antes mesmo de me afastar da entrada do mercado. – Ela fez uma pausa antes de acrescentar, envergonhada. – Ainda hoje ele me chama de Bean.

Whit não queria saber daquela história. Ele não queria ficar encantado com ela. E, com certeza, não queria saber o nome bobo pelo qual o pai a chamava. Ele não queria pensar na garotinha de cabelos claros, com olhos enormes e um apetite para vagens. Ele não queria a lembrança daquelas vagens na sua própria língua.

Ela se abaixou e devolveu o filhotinho à cesta. Whit ficou com água na boca.

Ela se endireitou e abriu um sorriso enorme para a velha senhora.

– Obrigada. Ele é lindo.

A vendedora anuiu com a cabeça.

– Milady quer um? – Ela olhou para Whit, ansiosa, como se fosse absolutamente comum comprar um cachorro por impulso.

– Oh, eu adoraria! – Hattie disse, a voz baixa, sonhadora, fitando a cesta como a criança que Whit tinha acabado de imaginar.

Por um momento louco, Whit pensou em comprar toda a ninhada, droga!

– Mas hoje não. Hoje eu só precisava de um carinho.

Ele quase se engasgou com aquelas palavras, tão inocentes e doces e, de algum modo, tão indecentes na cabeça dele. Ele grunhiu baixo e enfiou a mão no bolso, de onde tirou uma moeda que deu à vendedora.

– Para você, Rebecca. Pela atenção à lady.

A mulher fez uma mesura.

– Brigada, Beast.

Ele a encarou.

– Eu e você sabemos que esses filhotes não deveriam estar longe da mãe. Se você e Seth estão com alguma dificuldade, falem comigo ou com Devil.

– Não precisamos da sua caridade, Beast. – As palavras soaram severas e cheias de orgulho. O único filho de Rebecca tinha perdido a perna num acidente, um ano antes, e a mulher envelhecia rapidamente, mas havia outros modos de garantir o sustento dos dois.

– Não estou oferecendo caridade. Nós podemos encontrar trabalho honesto para vocês dois.

Os olhos da mulher ficaram úmidos e seus lábios se afinaram quando ela conteve sua resposta. No fim, ela aquiesceu e se abaixou para pegar a cesta, que apoiou no quadril ao voltar para casa pela praça. Whit a observou por um momento antes de se voltar para Hattie e seu obstinado olhar violeta.

Ele resistiu ao impulso de olhar para longe, de se esconder daqueles olhos que pareciam ver tudo. Resistiu, também, ao impulso de perguntar o que ela via. E Hattie não lhe contou.

– Eu tenho condições de garantir seu reembolso – ela disse.

Whit acreditou nela, mesmo sabendo que outros não acreditariam. Hattie não mentiria para ele. Ainda assim...

– Como eu posso saber?

– Eu sei o suficiente por nós dois – ela afirmou, como se tivesse conduzido conversa semelhante dezenas de vezes antes. *E talvez tivesse mesmo.* Incerteza o agitou enquanto ela continuava. – Eu sei que quatro carregamentos foram roubados. Eu sei que valiam quase quarenta mil libras. E sei que as carroças roubadas estavam cheias de contrabando: bebida, tecidos, papel e vidro, tudo contrabandeado pelo Tâmisa e tirado de Covent Garden sem pagar impostos, debaixo dos olhos da Coroa. – Whit escondeu sua surpresa dela, permanecendo em silêncio quando ela acrescentou: – E estou preparada para reembolsar seu dinheiro.

Por quê?

Ele resistiu à vontade de perguntar. Em vez disso, cruzou os braços sobre o peito e inclinou o corpo para trás.

– E onde você vai achar quarenta mil libras?

Ela estreitou o olhar para ele.

– Você pensa que não consigo?

– É isso mesmo que eu penso.

Ela anuiu com a cabeça e olhou ao redor deles, a escuridão, enfim, cobria a praça do mercado, tornando impossível enxergar além de alguns passos adiante. Hattie se aproximou para que Whit pudesse vê-la. Ou para que outros não a vissem?

– Vou conseguir no mesmo lugar em que consegui a faca – ela disse.

A maldita faca. O significado dela. A mensagem. Ela a teria tirado da coxa em que Whit a cravou? Ela a teria limpado? O quanto ela estava metida nas ações do irmão? Quão envolvida com Ewan ela estaria? Possivelmente, mais do que ele pensava. Porque Hattie estava ali sem proteção e com a faca dele.

Mas quando as mãos dela foram até a abertura do xale, agarrando o macio tricô branco, ele se inclinou para a frente, atraído pelo movimento, pelo sopro de amêndoas. *Ela estava com frio?* Sem pensar, Whit começou a tirar o próprio casaco para dar a ela.

Ela falou, provocante e suave, antes que ele pudesse se manifestar, e com um toque de triunfo.

– E onde encontrei as outras. – Ela abriu o xale, revelando o vestido por baixo, o verde-musgo perfeito, agora cinza no anoitecer, uma cor sóbria adequada a uma solteirona fazendo compras no mercado.

Mas não foi a cor do vestido que colocou Whit em polvorosa, roubando-lhe o fôlego; foi a peça de couro preto sobreposta, feita de tiras grossas e resistentes. Couro que ele conhecia como uma segunda pele, porque aquilo *era* sua segunda pele.

Cristo!

A mulher estava usando seu coldre. Carregado com o resto de suas facas, que cintilavam no lusco-fusco como se pertencessem a ela, como se fosse uma rainha guerreira.

Essa visão dela, forte, altiva e deslumbrante, quase o colocou de joelhos.

Capítulo Dez

Hattie deveria ter entrado em pânico quando os olhos dele se estreitaram ao lhe revelar o restante das facas. Ela deveria ter tremido sob o olhar penetrante dele. Beast ficou imóvel, parecendo um animal selvagem que concentra todos os seus sentidos no coração disparado de sua presa.

E o coração de Hattie disparou mesmo. Mas não de medo.

De empolgação.

Ela arqueou uma sobrancelha e levantou o queixo, sabendo que provocava o destino.

— Agora você acredita que tenho condições de negociar um acordo?

Um grunhido baixo ecoou na garganta de Beast antes de ele falar.

— Onde você conseguiu as facas?

Ela não lhe diria isso, claro.

— Não importa. Estou aqui para devolvê-las, como prometi que devolveria o resto. Cada libra.

Ele se aproximou, pegando as bordas do xale, os dedos ásperos roçando as luvas dela, fazendo Hattie desejar que estivesse sem elas. Sua respiração estava curta quando ele apertou o xale ao redor dela, escondendo as facas e olhando ao redor, como se procurasse testemunhas.

Como se aquele homem chamado Beast fosse revelar a verdadeira origem de seu nome.

— Você não sabe com o que está brincando, Lady Henrietta.

Um arrepio percorreu seu corpo. Ela deveria ter ficado aterrorizada. Mas não ficou. Ela endireitou os ombros.

— Não estou interessada em brincar. Vim para encontrar você, para colocá-lo a par dos meus planos.

O Ano da Hattie.

Ele não hesitou. Pegou-a pela mão e a puxou pelo mercado, por onde tinham vindo. Hattie tinha uma dúzia de coisas para dizer e ainda mais perguntas para fazer, mas ficou em silêncio enquanto ele a levava por uma rua escura de paralelepípedos, que fazia uma curva ao se afastar da praça, até um único lampião que balançava alegremente sobre uma placa pintada. A Cotovia Canora.

– Este lugar tem o nome *da* Cotovia Canora? – A cantora de renome mundial era reverenciada pelos londrinos e diziam que tinha nascido ali, em Covent Garden, onde ainda cantava quando voltava de suas viagens legendárias.

Com um grunhido que poderia ter sido uma confirmação, Whit empurrou a porta e entrou na taverna escura, passando por um punhado de homens largados em suas cadeiras. Hattie esticou o pescoço para observar o lugar, puxando sua mão da de Beast, que a apertou mais e não diminuiu o passo quando passaram pelo balcão do bar, atrás do qual um homem louro secava uma caneca de cerveja.

– Tudo bem, Beast?

Outro grunhido.

O homem, que tinha um sotaque norte-americano, voltou-se para Hattie.

– Tudo bem, senhorita?

Ela déu um sorriso alegre.

– Ele não é de falar muito.

O norte-americano arregalou os olhos de surpresa.

– Não mesmo.

– Eu falo por nós dois.

– Não existe "nós dois" – grunhiu Beast antes de abrir uma porta na parede oposta à entrada, puxando-a para dentro e fechando os dois ali, deixando a risada do *barman* do lado de fora.

Hattie observou a grande despensa, cheia de caixas e barris, iluminada por uma pequena tocha num dos cantos.

– Você tem o hábito de tomar despensas de tavernas?

– Você tem o hábito de tomar as armas dos outros?

– Não tinha, até agora. Mas preciso admitir, elas são bem úteis. – O olhar dele fechou nela, intenso o bastante para lhe tirar o fôlego. Whit foi na direção dela e Hattie se perguntou se ele conseguia ouvir seu coração batendo. Era provável que sim. Era provável que toda Londres pudesse ouvir o trovejar.

— Tire-as.

O rosnado ferveu dentro dela e, por um instante louco, Hattie pensou que ele falava de outra coisa, não das facas. De suas roupas.

E, por um instante louco, ela quase tirou.

Por sorte (*sorte?*) ela recobrou o juízo.

Mesmo?

— Ainda não. — A resposta não pareceu nem um pouco sensata. Não quando ela as pronunciou e, certamente, não quando ele se aproximou ainda mais, chegando perto o bastante para seu calor envolvê-la. Essa tinha sido a primeira coisa que Hattie reparou nele, o calor, que agora ameaçava incinerá-la.

Ela deixou o xale se abrir, revelando as armas, mas o movimento não ajudou em nada a aliviar o calor. Abrir-se para ele só a deixou mais quente. O olhar dele acompanhou a intricada rede de couro que a segurava num abraço sensual, o peso das armas era uma sensação tentadora.

Ele se inclinou, o cheiro das balas de limão dele dando água na boca de Hattie com a lembrança do gosto. Do gosto *dele*.

— Ainda não? — Ele perguntou.

Ela poderia fechar a distância entre eles sem esforço. Um movimento curto era o bastante para encostar seus lábios nos dele. Beast gostaria? Parecia que não. Ele parecia irritado.

Perdida por um, perdida por mil, pensou Hattie.

— Não até você aceitar o acordo que estou propondo.

— Você está enganada se acha que está em posição de exigir algo, Hattie.

Ela engoliu em seco.

— M-meu pai tem uma empresa de transporte. Você deve saber disso.

Um grunhido de confirmação.

— Eu vou ficar com ela.

Surpresa iluminou os olhos dele e sumiu com a mesma rapidez que apareceu. Era isso. O primeiro negócio dela como chefe da empresa. O começo do Ano da Hattie. Não importava que estivesse acontecendo na despensa de uma taverna em Covent Garden, com um homem que era mais criminoso do que cliente.

O que importava era que Hattie faria o acordo e depois o honraria. O pensamento desanuviou sua mente. Ela endireitou os ombros. Ergueu o queixo.

— Estou preparada para lhe dar cinquenta por cento da renda dos nossos fretes até lhe devolvermos as quarenta mil libras. Mais dez por cento de juros.

Ele arqueou uma sobrancelha.

– Trinta por cento.

Era uma porcentagem absurda, mas Hattie recusou-se a demonstrar o espanto.

– Quinze.

– Trinta.

Ela apertou os lábios, que formaram uma linha de reprovação.

– Dezessete.

– Trinta.

A exasperação aflorou.

– Você deveria estar negociando.

– Deveria?

– Você não administra um negócio?

– Um tipo de negócio – ele disse.

Homem obstinado.

– E, como parte do seu negócio, você não negocia?

Ele cruzou os braços sobre o peito largo.

– Não muito.

– Imagino que você apenas pegue o que deseja.

– Preciso lembrar você que foi seu costume de pegar o que deseja que nos colocou aqui, Lady Henrietta.

– Eu já disse que não tive nada a ver com isso. Só estou aqui para conscrtar o estrago.

– Por quê?

Porque aquela empresa é a única coisa que eu já quis na vida.

– Porque não gosto de ladroagem. – Ele a observou por um longo momento, longo o bastante para ela ficar constrangida. Hattie se remexeu e continuou. – Então, vinte por cento.

Ele não se mexeu.

– Até agora você não me ofereceu nada que eu não teria pegado sem você me oferecer. Na verdade, você me ofereceu menos do que pretendo pegar.

Ela piscou.

– Mais do que vinte por cento de juros?

Ele era enorme naquele lugar silencioso.

– Mais do que dinheiro, Hattie.

Ela pigarreou.

– O acordo é sobre o dinheiro. Dinheiro e suas facas.

Ela se arrependeu das palavras assim que as pronunciou. O olhar dele desceu até as tiras de couro que cruzavam seu peito, fazendo-a desejar não ter tirado o xale.

– Então, não tem acordo – ele disse. – Um acordo implica que eu receba algo em troca. Então, vou perguntar de novo: o que eu recebo com esse acordo que não seja um simples reembolso e uma devolução dos bens roubados sem qualquer garantia que sua empresa vai evitar interferir nos meus negócios no futuro?

Sua empresa. As palavras não lhe escaparam, suaves e certeiras nos lábios dele. Não lhe escapou o prazer de ouvir essas palavras: *sua* empresa. Hattie estava tão perto do que queria e esse homem era o que existia entre ela e seu futuro. O futuro que Hattie sempre quis. Ela não o deixaria roubá-lo.

– Você tem minha garantia.

– E eu devo acreditar que seu pai não vai me atacar de novo quando decidir que precisa de mais dinheiro?

Ela reagiu, defensiva.

– Não foi meu pai. – Beast não reagiu às palavras. Ela apertou os olhos para ele. – Mas você sabe disso.

– Diga por que você esconde a verdade.

Porque é minha única chance de ficar com a minha empresa. Esse tinha sido o acordo com Augie. Ela daria um jeito no problema, manteria o irmão em segurança, e ele diria ao pai para dar a empresa para Hattie.

Tudo estava alinhado. E esse homem, sua aceitação do acordo oferecido, era tudo que havia entre ela e seu futuro. Mas se Hattie lhe contasse isso, ele ficaria com todo o poder. E ela não permitiria isso.

Então, Hattie ficou em silêncio.

Ele fechou a distância entre os dois com uma elegância de predador que teria deixado muitos homens nervosos. E ela ficou nervosa quando Beast levantou a mão na direção dela. A respiração ficou presa em sua garganta. O que ele faria? *Tocaria nela?*

Ele não tocou em Hattie. Ele colocou um único dedo na grossa tira de couro em seu ombro, a que descia até as facas, traçando-a com uma pressão mínima.

– Diga por que ele lhe deu minhas facas e a enviou até meu território.

O toque desceu cada vez mais, passando pelas saliências das facas acomodadas em suas bainhas de couro. A respiração dela ficou curta quando o dedo acompanhou a segunda tira, embaixo dos seios, passando pela fivela que ligava as duas metades do coldre.

– Diga por que ele a enviou até mim, como um sacrifício. – O dedo se demorou na fivela, o polegar acariciando o metal uma, duas vezes. Na terceira, os dedos dele se abriram sobre o tronco dela e Hattie ao mesmo tempo desejou e temeu a carícia, o que sugeria imenso prazer e grande constrangimento.

Afinal, Hattie não era exatamente magra e ali, onde o couro atravessava seu corpo, havia um excesso de carne que ela preferia que Beast não notasse.

Ela recuou um passo, odiando a perda do toque dele, mas retomando o fôlego. Hattie ergueu o queixo, extraindo força da porta fria de carvalho atrás de si. Ela desejou que sua voz soasse firme.

– Ele não me mandou a lugar nenhum. Eu sou a heroína da minha própria peça, meu senhor.

– Humm – ele fez. – Uma guerreira de direito próprio. – Ele avançou, sua proximidade pressionando com mais firmeza na porta. – Então, é você que me oferece essas más condições. Dinheiro que, para começar, já era meu, sem um nome. Nada da vingança que eu pretendo obter.

– Vingança é um objetivo tolo – disse ela. – É intangível. É ar.

– Humm – o grunhido baixo de anuência foi na orelha dela, tão perto que Hattie imaginou sentir o hálito dele em sua pele. – Assim como o ar, é essencial. Vital. Estimulante.

Ela se inclinou para o lado, virando-se para enxergar os olhos dele, xingando a escuridão na sala mal iluminada.

– Você acredita nisso? – Hattie perguntou.

Beast ficou em silêncio tempo suficiente para ela pensar que ele não responderia. E, então, veio a resposta, suave e sombria.

– Eu acredito que nós passamos a vida lutando pelos nossos direitos. Seja ar, seja outra coisa.

As palavras soaram verdadeiras. Deus sabia quanto tempo Hattie gastava fazendo exatamente isso. Lutando por autonomia, por seu futuro, pela aprovação do pai e pela empresa da família. Ela nasceu mulher num mundo de homens e tinha passado a vida inteira lutando por seu lugar nele. Desesperada para provar que merecia seu lugar.

Mas quando esse homem falava de lutar por ar, não se referia a metáforas, Hattie pensou.

Incapaz de se segurar, ela levantou a mão e, movendo-se tão devagar que ele poderia detê-la, se quisesse, colocou-a no rosto dele. O calor atravessou a luva e sua barba de um dia prendeu na pelica macia.

– Eu sinto muito – ela sussurrou.

Disse a coisa errada. Os músculos do maxilar dele endureceram e todo seu corpo se transformou em aço. Ela baixou a mão no momento em que o olhar dele capturou o seu.

– Você sugere que eu espere a devolução do meu dinheiro, assim como espero agora pelas minhas facas. Assim como eu deveria esperar, noite passada, pela conclusão do acordo que fizemos.

O acordo que eles fizeram noite passada. Que ele tiraria a virgindade dela. Que ele a arruinaria para todos os outros. Ela não precisava disso agora. Não se Augie fosse apoiar seu plano de assumir os negócios do pai. Ela não precisava dele agora. Não precisava ser arruinada.

No entanto, ela queria ser arruinada. Nãos mãos hábeis desse homem.

Ela baixou o olhar para as mãos em questão, para os dedos levemente curvos, como se, a qualquer momento, ele pudesse entrar em combate. Hattie se lembrou da sensação daqueles dedos em sua pele. Os calos ásperos nas palmas. O modo como a incendiaram.

Ela queria aqueles dedos mais uma vez.

– Não gosto de esperar, Lady Henrietta. – As palavras baixas, próximas à sua orelha, produziram calor intenso dentro dela. – Então, deixe-me perguntar de novo: o que eu ganho com seu acordo?

Noite passada tudo pareceu tão simples. Ele tinha concordado, ainda que sob coação, em tirar a virgindade dela em troca dos bens perdidos. Mas noite passada Hattie ainda não sabia que os bens perdidos incluíam quarenta mil libras em mercadorias contrabandeadas.

Droga, Augie!

E, então, ela soube que não tinha nenhuma vantagem ou força. De algum modo, o homem chamado Beast não precisava do dinheiro que seu irmão tinha roubado, e não precisava das mercadorias que tinham sido desviadas sabe-se lá para onde. Isso não se tratava de reembolso, mas de vingança. E isso o tornava mais um benfeitor do que parceiro nos negócios.

O que significava que Hattie não tinha escolha a não ser entregar tudo pelo bem da empresa. Pelo bem de sua família. Ela inspirou fundo e encarou Beast para sacrificar seu único desejo, um desejo que não conhecia até a noite anterior.

– Eu o libero do nosso acordo da noite passada.

Ele permaneceu em silêncio, sem revelar nada de seus pensamentos. Teria ele entendido?

– Minha... – Hattie fez um gesto com a mão. – Aflição.

Uma sobrancelha se ergueu.

– Minha virgindade.

De novo, sem resposta.

Ele a faria dizer com todas as palavras. Deus sabia que Hattie as tinha dito antes. Mas precisava dizer para ele? Para esse homem que a tinha beijado, fazendo-a sentir desejada?

– Eu entendo que tal evento, comigo, não é exatamente... – *Argh!* Aquilo era horrível. – Eu sei que você estava sendo gentil. Com sua oferta.

Mas não precisa, quero dizer, tenho consciência do tipo de mulher que eu sou. Da mesma forma, do tipo de mulher que não sou. E do tipo de homem que você é... Bem, você prefere o tipo de mulher que não sou.

Ela apertou bem os olhos, fechando-os e torcendo para ele desaparecer. Quando os abriu, infelizmente, Beast continuava lá, ainda imóvel como pedra. O que era excruciante.

– E que tipo de mulher é esse?

De repente, a presença dele ficou suportável, porque a pergunta adquiriu a nova definição de insuportável. Ela decidiu que responder era passar dos limites. Assim como dizer qualquer das palavras que lhe vieram à mente e à ponta da língua. *Grande demais. Sem atrativos.*

– Não importa – Hattie respondeu.

A frustração veio forte. Frustração e raiva e uma quantidade nada pequena de decepção. Hattie tinha trabalhado pela empresa sua vida toda e ali estava ela, prestes a perder tudo.

– Trinta por cento.

Ele não respondeu.

Hattie perdeu a paciência.

– Cinquenta e duas mil libras e a promessa de nunca revelar sua quadrilha de apelidos bobos para a Coroa. Que adoraria saber dela, a propósito.

– Isso é uma ameaça, Lady Henrietta?

Ela suspirou.

– Claro que não. Mas o que mais você poderia querer de mim? Eu lhe devolvi as facas e lhe ofereci dinheiro, além da oportunidade de se livrar de mim pelo resto da vida.

– Você ainda está com as minhas facas.

Ela levou as mãos à fivela do coldre, soltando-a com movimentos rápidos e contidos, deixando-o deslizar dos ombros e ignorando a sensação perturbadora que veio com a perda do estranho abraço das armas. Ela largou as facas aos pés dele, sem cerimônia, resistindo ao impulso de se desculpar pela falta de cuidado.

– Pronto. O que mais você quer?

– Eu já lhe disse. Quero vingança.

– Estamos andando em círculos, meu senhor. Eu já disse que não vou permitir que você o castigue.

– Ele é seu amante?

Ela engasgou-se com a pergunta.

– Não.

Um longo momento de silêncio acabou com um movimento de cabeça e ele se afastou dela, atravessando o labirinto de caixas e barris.

– O que você tem com isso? – Ela perguntou. E por que diabos Hattie tinha feito essa pergunta?

Ele olhou para uma caixa próxima, marcada com a bandeira americana.

– Não tenho o hábito de trepar com a mulher dos outros.

O coração dela disparou com a palavra e o modo como esta sugeria imagens perversas e maravilhosas. Não que ela estivesse disposta a revelar isso a ele.

– Devo pensar que é nobre da sua parte aceitar essa visão de mundo absurda em que as mulheres são meras propriedades inocentes, que não podem tomar suas próprias decisões no que diz respeito a seus amantes?

Ele voltou a atenção para ela.

– Deixe-me ser bem clara, meu senhor – ela disse, afastando-se da porta e indo na direção dele sem pensar, incapaz de esconder a irritação altiva de sua voz. – Se eu estivesse aqui em nome do meu amante, seria bom você notar quem é de quem no uso do pronome possessivo.

O maxilar tenso dele relaxou no silêncio pesado que seguiu às palavras, mas Hattie não tinha tempo para se orgulhar do choque provocado. Estava ocupada demais surpreendendo-se consigo mesma e parou no meio de pesados barris de cerveja.

– Além do mais, eu o liberei do encargo de me livrar da minha virgindade, então, pode ficar despreocupado com tudo e me dizer o que você quer para me deixar ir embora, de modo que eu possa retomar meus planos muito bem delineados.

Ele se virou, seu olhar caindo mais uma vez na mesma caixa. Seus ombros subiram e desceram num movimento fluido e Hattie pensou que poderia estar liberada.

Pensou errado. Porque quando Beast se virou para ela e falou, foi numa voz baixa e sombria, como a promessa de algo absolutamente devastador. E, talvez, muito delicioso.

– Saiba de uma coisa, Henrietta Sedley. Livrá-la de sua virgindade não será nenhum encargo. – Ele se aproximou dela com movimentos lentos, suaves, movimentos que a fizeram recuar, embora a promessa da proximidade dele a empolgasse. – E se você pensa em voltar atrás nessa parte do nosso acordo, ainda não aprendeu o que é fazer negócios com os Bastardos Impiedosos.

A respiração dela ficou presa na garganta e ele avançou na direção dela. *Sim, por favor. Venha até mim.*

E ele falou mais palavras do que já o tinha ouvido falar até então. Uma promessa baixa, luxuriante.

– Pode ser que você não tenha estado nem perto dos roubos. Pode ser que você não tenha visto nem um xelim do dinheiro que os homens que você protege roubaram de nós, mas está aqui, agora, e eles não. Você se colocou no meu caminho e eu não perco.

Ela levantou o queixo, desafiadora.

– Eu também não.

– Eu vi você brandir minha faca mais cedo, guerreira. – A sombra de um sorriso passou pelos lábios dele, então. A mera sugestão de um sorriso era deslumbrante. Teria sido a palavra que ele usou pela segunda vez? *Guerreira*. Ela gostaria de ser uma. Gostaria de ser páreo para ele nisso.

Como se ela tivesse enunciado seus pensamentos, ele respondeu, a voz tranquila.

– Nós combinamos bem. Este é o acordo, o único que vou aceitar.

Hattie estava num dilema. Ao mesmo tempo que estava desesperada para fugir daquele lugar e se esconder na segurança de sua casa, longe dali, estava ansiosa para manter sua posição e fazer um acordo com aquele homem que lhe prometia tudo o que ela nunca soube que podia ser seu.

– Eu fico com tudo. Tudo que você ofereceu. Tudo que eu exigir. Inclusive você. – Um calor a inundou, subindo às suas faces e acumulando-se dentro dela. Hattie arfou. Como alguém conseguiria respirar nessa sala com Beast preenchendo-a como fumaça, ameaçando incendiar o lugar e ela junto? E ele falou mais. – Você achou que eu a deixaria ir? Pelo contrário. Você me deve, Hattie. Você me deve já que ocupou o lugar de quem está protegendo.

Sim. *Sim*. O que ele quisesse.

Ele estava ali, estendendo a mão forte para ela, os dedos se curvando na sua nuca, a outra mão encontrando sua cintura, puxando-a para perto. Com o polegar, ele ergueu o queixo dela. Para que prestasse atenção na sua promessa.

– Você me deve e eu pretendo cobrá-la. De mil maneiras.

O triunfo aflorou. Ela conseguiria tudo. Ele aceitaria o pagamento que ela ofereceu, a devolução das facas, o retorno de seu contrabando à segurança, e Augie diria ao pai que Hattie deveria administrar a empresa. E Hattie, enfim, teria a vida que planejou. E, de algum modo, ela também ficaria com aquele homem. Ou pelo menos teria um gostinho dele. Ela conseguiria o beijo e o toque dele, e Beast lhe daria a experiência completa que tinha prometido na noite anterior.

O Ano da Hattie tinha só começado e estava se mostrando auspicioso de verdade.

Ela não conseguiu deixar de sorrir.

— Você gosta disso?

Ela anuiu com a cabeça.

— Você não sabe com o que concordou.

Hattie ignorou a ameaça obscura nas palavras dele. Seu coração bateu forte e ela ficou na ponta dos pés, incapaz de se segurar. Incapaz de fazê-lo manter a promessa. Ele recuou pouco antes de os lábios se tocarem.

— Aqui, não.

— Por que não? — As palavras saíram antes que ela pudesse contê-las, deixando um rastro quente de constrangimento.

— Não é reservado.

Ela passou os olhos pela sala.

— A porta está fechada, a luz, baixa, e o lugar é silencioso como um túmulo. — Ela se deteve antes de falar claramente: *Beije-me, por favor*.

— Esta é uma das tavernas mais agitadas de Covent Garden e logo vai estar cheia de gente querendo se divertir. Calhoun vai ter que vir a este depósito assim que os fregueses começarem a beber. Não é reservado.

Hattie teve o instinto irracional de bater o pé.

— Onde, então?

— Quando chegar a hora, eu encontro você.

Ela piscou várias vezes.

— Você vai me mandar para casa?

— Vou.

Hattie não era boba. Ela já tinha 29 anos e sabia uma ou duas coisinhas sobre uma ou duas coisinhas, e principalmente sobre esta: quando um homem que está no depósito de uma taverna em Covent Garden quer pegar uma mulher, ele vai dar conta disso ali mesmo. A menos, claro, que ele não esteja tão interessado assim.

— Entendo — disse ela.

— Entende mesmo?

— Muito bem. — Ela pigarreou. Hattie não ia ficar decepcionada. E com certeza não ficaria *triste*. Mas ficaria irritada. Irritação parecia possível. — Você não vai conseguir um nome me seduzindo, se é o que pretende. Imaginar essa possibilidade é um insulto a nós dois. Vou lhe enviar uma ordem de pagamento assim que nosso próximo frete for pago. — Ela pegou o xale no chão coberto de serragem, sacudiu-o e fez meia-volta, encaminhando-se para a porta. Quando pôs a mão na maçaneta, ouviu:

— Henrietta.
— Ninguém me chama assim — ela disse, detendo-se.
Silêncio. Então...
— Hum. — Perto. Perto demais. Ele a tinha seguido. E, então, a tocou, um dedo descendo pela coluna, fazendo uma emoção sacudi-la. Não. Não era uma emoção. Ela não estava emocionada. Hattie ficou rígida e passou os braços ao redor do tronco. Fechando-se para o prazer do toque dele.
— Você não precisa fazer o sacrifício de me tocar.
— Acha que não desejo tocar você? — As palavras chegaram quentes à nuca de Hattie.
— Acredito que homens que têm a intenção de deflorar uma mulher (duas vezes), não a mandam para casa (duas vezes) sem o devido defloramento. — Ela virou a cabeça. — Seria diferente se você fosse um cavalheiro de Mayfair. Mas nós dois sabemos que você não é.
Ela detestou as palavras assim que saíram de sua boca. Hattie não ligava se ele nunca tivesse posto o pé em Mayfair. Deus sabia que a maioria dos aristocratas que ela conhecia não era nem um pouco cavalheiros. Não quando o mundo não estava olhando.
— Sinto muito.
— Não sinta.
— Eu não quis dizer...
— Eu cresci na sarjeta.
Ela o encarou nesse instante.
— Isso não significa nada. — Quando ele não respondeu, ela se virou para a porta, constrangida.
— Não tenho nada de cavalheiro — ele disse junto à orelha dela, uma promessa sombria. — Nunca fingi ter. — Ele subiu o dedo lentamente pela coluna dela até os ombros, demorando-se na pele exposta do pescoço, e sussurrou: — E quando eu a deflorar, não será nada decoroso.
E, ao ouvir essas palavras, ela ficou em chamas. Em seu âmago. Ainda assim, a dúvida persistia.
— Mas não esta noite — ela disse, soando petulante. Ela percebeu seu tom. Hattie tinha grandes esperanças para esta noite, pois, afinal, era seu aniversário, e agora teria que ir para casa e quem sabia quando ele apareceria de novo. Provavelmente, nunca.
Mais um silêncio interminável, longo o bastante para ela começar a se remexer. E então...
— Hattie?
Ela não olhou para ele.

– O quê?

– Devo lhe contar o tipo de pensamento que estou tendo?

Hattie ergueu um ombro. Deixou-o cair. Queria que Beast pensasse que ela não ligava. Mas queria que ele lhe contasse cada palavra que estava pensando.

– Estou pensando que sua pele é a mais macia que já toquei – ele disse, aquele dedo enlouquecedor movendo-se em círculos perfeitos. – Estou pensando que quando estivermos a sós, a sós de verdade, vou tirar toda a sua roupa e testar a maciez de toda sua pele.

Ela inspirou fundo quando o dedo desceu por seu ombro, delineando a pele de suas costas ao longo do decote do vestido.

– Estou pensando que aqui você é macia como seda e, aposto, é mais macia ainda em outros lugares. Estou pensando como é sentir seus seios – ele disse, a voz grossa se arrastando, lânguida, deixando seus seios pesados e latejantes. – Mais macios ainda, e os bicos... – Ele grunhiu. – Estou pensando na sensação deles na minha língua. – Ela choramingou quando os bicos em questão endureceram, estendendo-se na direção dele, mesmo que Beast resistisse tocá-la, a não ser naquele lugar febril em que a ponta do dedo acariciava seu ombro. – Em como é o sabor deles, uma mistura de açúcar com pecado. – Beast estava junto à sua orelha e Hattie balançava com as palavras, com o modo como a ameaçavam. – Em como você se curvou com meu toque ontem. Você se lembra?

Ela fechou os olhos, querendo o toque de novo, e anuiu com a cabeça.

– Diga.

– Eu me lembro.

– Humm. – Cada um dos murmúrios daquele homem era um tumulto em sua pele. Em todo o corpo. – E você quer de novo.

Outra confirmação com a cabeça.

– Em voz alta.

– Quero. – Foi uma respiração, não uma palavra. Ela engoliu em seco. Falou mais alto. – Quero, *por favor*.

– Toque-os.

Ela estremeceu com a ordem.

– Eu o quê?

– Você quer. Você quer minhas mãos em você. Mostre-me como.

Ela sacudiu a cabeça.

– Não consigo.

– Você consegue. Toque-os. Eles estão pedindo pelo seu toque.

Não, ela quis gritar. *Eles estão pedindo pelo seu.*

E, então, como se ele tivesse ouvido o pensamento...

– Pense que suas mãos são as minhas. É nisso que estou pensando: penso em segurá-los. Em senti-los se derramando nas minhas palmas, penso em levantar e tomar seus seios com a minha boca, para lamber e chupar até você estar ofegante e molhada.

Ela ganiu com as palavras, levando as mãos à porta, seus dedos se abrindo na madeira, mantendo-a de pé durante o ataque dos pensamentos dele. Como ele podia dizer essas coisas? Aquele homem, que se comunicava com silêncios e grunhidos? Como ele podia ficar ali, num lugar que tinha declarado não ser reservado o suficiente, e dizer essas coisas imundas e maravilhosas?

Por que ela queria mais disso?

Como ele estava tão calmo? Beast a tinha destruído com cada palavra e, de algum modo, permanecia tranquilo, a respiração regular como sempre, seu único movimento eram aqueles círculos pequenos, devastadores, em seu ombro, sua nuca.

– E você está molhada, não está, Hattie?

Não havia nada que ele pudesse dizer que a faria confessar *aquilo*.

– Tô pensando no que isso vai fazer comigo quando você falar, Hattie.
– Nada além daquele grunhido arrastado no sotaque de Covent Garden. Nada além da ideia de que o desejo de Hattie por ele pudesse afetá-lo.

Ela mordeu o lábio e encostou a testa na porta. Anuindo.

– Porra. – A imprecação saiu num sussurro. – Em voz alta.

– Estou.

– Diga.

– Eu estou... Você me deixou...

– Espere. – O rosnado a interrompeu e, de repente, não era só um dedo pintando a pele dela com círculos, era a mão inteira descendo pelo ombro, correndo pelo braço, entrelaçando os dedos aos delas. Puxando-a para encará-lo.

E quando ela o fez, viu a verdade que o sotaque tinha sugerido. Ele não estava tranquilo.

Estava louco.

– Termine – ele grunhiu. – Como eu deixei você?

– Molhada – ela disse, e a palavra pareceu atingi-lo como um golpe, deixando-o de joelhos enquanto soltava um palavrão demorado, devastador.

Beast se sentou nos calcanhares e levantou os olhos para ela, suas mãos fechadas em punhos sobre as coxas. Ele levantou uma, passando seu dorso pelos lábios como um homem faminto. Bom Deus, ele era maravilhoso! A visão dele ali, de joelhos, transformou-a em desejo. Puro, latejante.

Ela meneou a cabeça, confusa.

— Por favor, Beast...

— Agora estou pensando que você deveria levantar as saias.

E assim, com aquela única sugestão, a sanidade desapareceu. Ela obedeceu, suas mãos comandadas pela magia de Beast, que observou a barra de seu vestido subir, como se pela pura força de seu desejo. Ou talvez o desejo fosse dela. Porque quando as saias subiram acima de seu joelho, ela não parou. Continuou subindo. E ele continuou praguejando, uma litania de palavras imundas, suaves, no depósito silencioso.

— Mais, Hattie. Mais alto. Mostre para mim. Mostre tudo.

Com as mãos nas coxas dela, Beast as afastou até encontrar a abertura no calção. O som do tecido sendo rasgado, decadente e indecente, não a incomodou, mesmo ela sabendo que deveria se incomodar, e ele começou a se inclinar, passando uma das pernas dela por cima de seu ombro, e seus dedos não estavam mais no tecido, mas na pele, e as palavras caíam dele feito uma tempestade.

— É isso, amor. Que xota linda.

— Você...

— Hum?

— Não devia usar essa palavra.

— Você quer que eu use outra? — Ele soprou preguiçosamente nela.

Ela arfou de surpresa e prazer.

— Você conhece muitas?

— Humm. Muitas. Muitas mesmo. E vou lhe contar todas elas, mas esta noite, agora, você está tão macia e molhada, e eu quero tanto te provar. Posso provar?

Ela estava ávida demais para ficar constrangida. Estava excitada e empolgada, e não importava que só soubesse desse ato em particular através das músicas que os marinheiros costumavam cantar nos navios quando pensavam que não estava ouvindo. Depois, ficaria maravilhada com o modo como seu corpo parecia saber exatamente o que ele ia fazer com ela. Com o modo como seus dedos encontraram o cabelo dele; como ele prendeu a respiração quando Hattie agarrou os fios e Beast soltou uma imprecação demorada e lenta junto à pele macia da coxa dela. Com o modo como ela falou:

— Isso, por favor.

Ele a abriu e lhe deu o que tinha pedido, colocando sua língua nela, lambendo devagar, com ritmo, a língua um presente magnífico, explorando cada centímetro dela em passadas firmes e longas que a faziam arfar para respirar. Ele rosnou junto à pele dela, a vibração deixando-a na ponta dos pés de prazer, fazendo-a apertar os dedos no cabelo dele.

– Me mostre onde você gosta.

Ela meneou a cabeça, a porta dura de carvalho às suas costas um conforto na tempestade que ele provocava.

– Eu não sei – ela sussurrou, arfando quando a língua dele encontrou um lugar magnífico.

Ele parou e falou, a voz plena de satisfação:

– Eu sim.

E sabia mesmo. Ele massageou aquele local, a língua cobrindo-o, massageando com delicadeza para a frente e para trás, de novo e de novo, até ela sentir que podia gritar de prazer. Até ela começar a se mexer de encontro a ele, suas mãos mantendo-o colado nela, sensual e exuberante.

– Por favor – ela sussurrou, incapaz de encontrar outra palavra. – Por favor.

E ele parou. O homem *parou*.

– Não! – Ela abriu os olhos e baixou-os para ele. – Por quê?

Beast não respondeu. Estava ocupado demais olhando para ela.

– Isto... – Ele disse, com suavidade, colocando aquele dedo malicioso e maravilhoso nela. Acariciando sua parte mais íntima, a parte que não parecia mais ser de Hattie, mas dele. A parte que ela lhe cederia alegremente, se ele terminasse o que tinha começado. – ...é a coisa mais linda que eu já vi.

Ela fechou os olhos ao ouvi-lo.

– Beast...

Ele se inclinou para a frente e a lambeu. Demorado e vigoroso, demorando-se no botão que vinha provocando. Parou de novo.

– Era nisto que eu pensava – ele disse. – Neste calor úmido. No seu clitóris teso ávido por mim, não está? – Ele olhou para Hattie então, seus olhos lindos plenos de calor e promessa. – Você não está?

Os lábios dela se moveram em vez de responder, ondulando em reação ao toque dele.

O quase sorriso dele apareceu.

– Humm. Pensamentos loucos, mesmo.

E, então, ele retomou a carícia, abrindo-a enquanto ela se pressionava nele, e Beast lambia e *chupava*, e sua língua maravilhosa estava fazendo ela quase...

A parede atrás de Hattie se mexeu. Não. Não a parede. A *porta*.

Ela ganiu, a mão descendo para empurrar a porta atrás de si. Ele continuou trabalhando nela, e Hattie ainda estava acumulando...

Uma batida soou no ouvido dela. Hattie ficou tensa.

– Pare – ela pediu.

– Não – ele dobrou os esforços.

Ela arfou com o prazer imenso, que estabilizou e começou a crescer de novo.

– Isso – ela sussurrou. – Aí. – Um grunhido delicioso vibrou através dela. Seus dedos encontraram o cabelo dele de novo. – Isso. Oh... Oh, meu... Isso.

– Ei! Beast! – O norte-americano estava gritando a poucos centímetros de distância, do outro lado da porta.

Ele se afastou dela, grunhindo de impaciência antes de levantar a voz.

– Agora não, americano.

– Seus aposentos estão a menos de cem metros – disse o americano através da porta.

Seus olhos encontraram os de Hattie quando ele respondeu.

– Estou querendo provar uma coisa.

E bem.

Uma pausa, depois o norte-americano respondeu, com bom humor.

– Parece que *os dois* estão tentando provar, Bastardo. Ande logo e traga uma caixa de *bourbon* quando vocês terminarem.

Hattie arregalou os olhos.

– Ele sabe o que nós estamos fazendo.

– Humm. – Ele se aproximou e a lambeu de novo, até ela suspirar. – Você liga?

– Não totalmente. – Ela se mexeu contra ele. – Mais. Aí.

Ele grunhiu, sua língua massageando-a com firmeza, em círculos, com vigor crescente, até atingir o ponto onde Hattie estava desesperada por Beast, e ela ficou na ponta dos pés, tremendo com um prazer além de qualquer outro que já tinha sentido. Ele a estava devorando, comendo-a viva, e Hattie não ligava desde que lhe desse o que...

Ela se despedaçou, as mãos no cabelo dele, seus quadris movimentando-se contra ele, sussurrando palavras tão selvagens quanto os sons que ele fazia, pura libertinagem em seu âmago. Ele ficou ali, de joelhos, acariciando-a, delicado e firme, até Hattie soltar o ar que tinha segurado no final, e relaxar o aperto de sua mão no cabelo dele, a força sumindo de suas pernas.

Ele a pegou nos braços quando se levantou, sua mão forte capturando o rosto dela, erguendo para que ele pudesse beijá-la. Ela provou sua própria doçura picante nos lábios dele e Beast rosnou quando ela abriu os lábios para ele, aprofundando o beijo até ela ganir de prazer pelo beijo.

Quando tirou sua boca dos lábios dela, foi para dizer:

– Nem nos meus pensamentos mais loucos imaginei que seu sabor fosse assim.

Ela baixou a cabeça, tomada pelo constrangimento. Ainda assim, isso não a impediu de perguntar.

– Assim como?

Ele a beijou de novo.

– Delicioso. – Era ele o delicioso, Hattie quis dizer, mas ele a beijou de novo, roubando-lhe as palavras e os pensamentos. – Sensual. – Ela era sensual. O que mais ele lhe mostraria?

Muito mais, se o beijo seguinte foi um indício. Profundo e demorado, longo o bastante para os dois ficarem ofegantes.

Ele a encarou, seu peito subindo e descendo com a respiração forçada, a mão enfiada no cabelo dela.

– Perigosa pra caralho – ele disse, a voz suave.

As palavras a sacudiram com um arrepio, enchendo-a de prazer e de algo mais inebriante. Era disso que as pessoas falavam quando mencionavam prazer sexual? Sempre terminava com tal sensação inebriante de poder?

Ela queria mais daquilo. Imediatamente.

Mas antes que ela pudesse dizer isso, ele se abaixou para pegar o xale que Hattie tinha deixado cair com a empolgação. Ele o entregou para ela e se virou para recolher as facas, tirando o paletó e colocando-o sobre um barril próximo antes de vestir o coldre e afivelá-lo com facilidade, como se tivesse feito aquilo todos os dias de sua vida.

E era provável. *Por quê?* Que tipo de perigo fazia um homem vestir oito facas idênticas como se fossem botas ou calças? Com que frequência ele as utilizava? Quantas vezes elas não conseguiram protegê-lo?

Hattie não gostou da ideia de que ele pudesse se ferir.

Hattie não gostou da ideia de que ele pudesse se ferir e ela não ficasse sabendo.

Mas não disse nada. Não quando ele envergou as tiras de couro como se fossem sua pele. Não quando ele vestiu o paletó sobre elas, o tecido pesado escondendo-as e, de algum modo, não fazendo com que ele parecesse menos perigoso.

Perigoso pra caralho.

A lembrança das palavras nos lábios dele, lindos e inchados de beijar, ecoaram dentro dela. Ele era perigoso. Mais perigoso do que Hattie jamais imaginou.

Ela se perguntou se o perigo fazia com que ele se sentisse poderoso.

Mas também não perguntou isso a ele.

Não quando ele levantou uma caixa com a bandeira norte-americana com um braço, como se estivesse cheia de penas de ganso, e passou por ela para abrir a porta que dava acesso à taverna. Ele deu um passo para trás para deixá-la sair na frente, o único indício de que ainda lembrava que ela estava ali.

O homem que ele foi, que a devastou com prazer, tinha sumido. Ele voltava a ser o Beast silencioso.

Beast.

– Eu ainda não sei o seu nome – ela disse baixo.

Ele pareceu não ouvir o que ela lhe disse. Pelo menos ela deduziu que não tivesse ouvido, pois ele jogou a caixa no bar, acenou para o norte-americano, e eles se dirigiram à saída da taverna, que já estava cheia de gente e de empolgação.

Hattie queria gritar no meio do silêncio da rua e do homem.

Mas não gritou. Ele chamou uma carruagem de aluguel para ela, abriu a porta e não a tocou, nem mesmo para ajudá-la a subir no veículo.

Ele não a tocou nem falou nada.

Isso até a porta estar quase fechada. E, então, ele disse uma única palavra, que ela pensou ter ouvido mal, pelo modo como soou enferrujada, sem uso, como se ele a estivesse pronunciando pela primeira vez.

– Whit.

Capítulo Onze

Um assobio baixo, surpreso, ecoou atrás de Whit, que estava no jardim escuro da Praça Berkeley, observando a Casa Warnick, as luzes brilhantes transbordando pelas janelas da residência.

Whit levou a mão ao bolso e pegou seus relógios. Nove e meia. Ele os guardou enquanto sua companhia indesejável se aproximava.

– Disseram-me que você estava aqui, mas eu precisava ver para crer. – Whit não respondeu às palavras irônicas, mas isso não impediu que seu irmão continuasse. – Sarita me falou que você estava de traje formal. A pobre garota deve estar com algum problema nos olhos. – Devil falou, então, num tom agudo, imitando sua espiã. – "Devil! Você não vai acreditar! Beast está usando gravata!"

O acessório, já incômodo, pareceu se apertar ao redor do pescoço de Whit, e ele resistiu ao impulso de puxar o laço complicado.

Devil assobiou de novo.

– Eu não acredito, mas aqui está você. Meu Deus! Quando foi a última vez que usou uma gravata?

Beast fixou os olhos na casa do outro lado da rua, observando o fluxo de nobres que se dirigiam ao baile lá dentro.

– Eu usei uma gravata no seu casamento. Com uma mulher que você não merece, é bom dizer.

– Deus sabe que isso é verdade – Devil respondeu alegremente, girando sua bengala, a cabeça de leão de prata brilhando sob a luz dos postes de iluminação da praça. – Quem o ajudou com isso? É um nó tão complicado.

– Ninguém me ajudou. Eu me lembro das aulas.

Fazia vinte anos e ele ainda se lembrava das aulas. Devil também, ele pensou. O vagabundo do pai deles os tinha treinado para serem seus filhos, insistindo que se preparassem para entrar na aristocracia assim que ele decidisse qual dos três bastardos, nascidos de mulheres diferentes no mesmo dia, seria aquele que assumiria a vida de seu herdeiro. E os outros?

Nós de gravata não tinham sido muito úteis nas ruas de Londres. Valsas não puseram comida em suas barrigas. Usar o garfo certo para o peixe não colocou palha debaixo de suas cabeças. Ainda assim, Whit se lembrava das aulas.

E ele se lembrava de quanto queria a vida que o pai tinha balançado na frente deles, forçando-os a lutar pela chance de vivê-la. O quanto ele queria o controle que isso oferecia. A estabilidade e a segurança que poderia ter dado às pessoas que amava.

Mas a competição nunca foi para Whit. O prêmio nunca teria sido dele, o menor e mais quieto dos três irmãos. Devil tinha a língua afiada e Ewan era ardiloso e furioso. O pai deles gostava mais das características de Ewan do que das de Whit, que não tinha nada a não ser o desejo de proteger aqueles que amava.

E ele perdeu.

Mas ainda lembrava a merda das lições.

E, assim, ele estava ali, no escuro, gravata apertada no pescoço, assistindo à sociedade sair de suas carruagens para entrar na festa. Com uma reviravolta do destino, duas décadas antes, aquele poderia ser o seu lugar.

— Você tem algum plano para esta noite, além de ficar parado na Praça Berkeley com sua gravata de nó perfeito? — Devil fez uma pausa. — Onde que você conseguiu uma gravata?

— Continue falando da gravata que eu acabo a usando para estrangular você.

O sorriso de Devil brilhou branco na escuridão quando ele se voltou para a casa.

— Então, estamos esperando alguém?

— *Eu* estou esperando alguém. Não sei por que você está aqui.

Devil anuiu com a cabeça, observando a casa por um longo momento antes de se afastar para perto de uma tília. Ele se encostou no tronco da árvore e cruzou os pés. Whit fez o possível para ignorá-lo. Mas ninguém conseguia ignorar Devil.

— Estamos esperando Lady Henrietta, eu imagino?

É claro que sim. Whit não respondeu.

— Só estou perguntando a razão de você estar todo almofadinha.

— Não estou. — Whit estava todo de preto, das botas ao chapéu, com exceção da camisa e da gravata. Não discutiria de novo.

— Sarita me disse que sua casaca tem um bordado em ouro.

Whit se voltou para Devil, horrorizado.

— Não tem.

Devil sorriu.

— Mas você está usando uma casaca, o que não se faz em Covent Garden, então, estamos tentando impressionar alguém.

— Eu gostaria de pressionar minha mão na sua cara. — Whit se voltou para a casa e uma nova carruagem tinha chegado. Os criados pularam dos estribos com um degrau para ajudar os passageiros a descer. Primeiro, saiu um senhor de idade, que logo colocou o chapéu.

— Cheadle — Devil disse, como se tivesse entendido.

Mas não tinha. O próprio Whit mal sabia por que estava ali, em Mayfair, usando roupa formal, observando o pai de Hattie. Não que fosse admitir isso.

— Eu lhe disse que cuidaria de tudo, não disse?

— É verdade. Você veio pelo pai ou pelo filho? Você sabe que não pode esfaquear alguém num salão de baile em Mayfair, certo?

— Não vejo por que não — respondeu Whit.

Devil abriu um sorriso largo e bateu a bengala na bota.

— Você deveria ter me dito que planejava um espetáculo. Eu também teria providenciado um traje de gala.

— Não. Alguém tem que manter as aparências — Whit disse, observando os criados ajudarem uma mulher de cabelo escuro, com um vestido laranja brilhante, a descer. Ela se virou para observar os outros nobres com um sorriso atrevido, cheio de autoconfiança, sem nenhuma cautela.

— Lady Henrietta, eu imagino?

Whit juntou as sobrancelhas.

— Não é ela. — Ele deu um passo em direção à rua. *Onde ela estaria?*

— Faz tempo que não frequento bailes, mas você não pode simplesmente atravessar a rua e enfrentar o inimigo, Beast.

O nome trouxe Whit de volta. Ele se virou para Devil.

— Essa não é Hattie.

Uma das sobrancelhas castanhas de Devil se arqueou.

— Ah — ele fez. — Estamos esperando por *Hattie*, então.

A ênfase no apelido incomodou Whit. A irritação cresceu.

— Eu não disse isso.

— Nem precisa — disse Devil, batendo a bengala com ritmo na lateral da bota. — Brixton me disse que você levou a *lady almofadinha* para a Cotovia.

– Se nossos vigias nos telhados não têm mais o que fazer, vou gostar de arrumar mais trabalho para eles.

– Eles têm bastante o que fazer.

– Me vigiar não faz parte das tarefas deles.

– Preciso dizer que da última vez que eles não estavam de olho em você, alguém o deixou inconsciente e você desapareceu.

Um grunhido.

– Não desapareci.

– Não, imagino que não. Graças a Deus pela lady almofadinha. – Whit rilhou os dentes. Devil sempre foi cretino assim? – Calhoun me contou que vocês dois se perderam no depósito. Aliás, quem de nós nunca perdeu a cabeça por uma mulher na Cotovia? Embora o depósito não esteja exatamente preparado para sedução...

Puta merda, como o irmão dele falava.

– Eu não perdi a cabeça.

Devil se interrompeu.

– Não?

– Não. Claro que não. – Ela era uma ameaça para os negócios, a melhor ligação com Ewan. Ele não tinha ido atrás dela até esta noite. Ela o tinha encontrado inconsciente em sua carruagem. Tinha ido até o território *dele*. Na Rua Shelton. Na praça do mercado. Tinha seguido criminosos até a escuridão *dele*.

Ele apenas a seguiu. Para aprender mais sobre o inimigo.

Para mantê-la em segurança.

Ele afastou o pensamento. Era bobagem, afinal. O fato de ter sido incapaz de manter as mãos longe dela depois que a encontrou era irrelevante. Assim como o fato de não conseguir parar de pensar na sensação da pele dela sob suas mãos, nos lábios dela nos seus, no ardor do seu cabelo sendo apertado por ela, nos gritos dela quando gozou na sua língua. No gosto dela. *Cristo! O gosto dela.*

– Então, você está parado na escuridão por...

Ela.

– A empresa do pai dela se ofereceu para nos reembolsar.

– Por quê? – Devil perguntou, arqueando uma sobrancelha.

– Imagino que seja porque o filho nos roubou e estão com medo de que nossa vingança possa acabar com eles.

– E vai acabar?

– Depende do conde.

– Qual é o plano?

— Ou ele me diz a localização de Ewan, ou eu fico com a empresa dele. E com o filho também.

— E com a filha? — Por um momento, Whit deixou a questão no ar, imaginando o que aconteceria se ele ficasse com Hattie também. Se a tornasse sua, uma rainha guerreira. Se juntos dominassem Covent Garden e as docas. Um prazer o aqueceu por um momento antes de ele afastar a ideia e menear a cabeça.

— Ela não tem nada com isso.

— Não é esperta o bastante para fazer parte do esquema?

Ela era brilhante.

— Não é maliciosa o bastante.

Devil bateu a bengala duas vezes na bota, uma mensagem aterrorizante para quem não a compreendia e irritante para quem a entendia. Significava que havia algo não dito.

— Muito bem, então. Imagino que você vá cuidar de tudo?

Whit grunhiu.

— E vai cuidar bem?

O que isso significava? Eles não tinham se levantado do lodo, construído seus negócios na sujeira e se tornado reis juntos? Whit não escolhia sempre a história dos dois em vez da de todo o resto?

— Vou.

— E rapidamente? Nós temos outra carga chegando...

— Eu sei quando a carga chega — Whit rosnou, irritado além do razoável pela lembrança. — O negócio é tão meu quanto seu. Não precisa ficar me enchendo com isso.

Um silêncio demorado. Então, de modo casual:

— E você vai encontrar o homem aqui, vestido para dançar, em vez de no escritório dele, vestido para machucar. Por quê? Você adora Mayfair tanto assim?

Whit não respondeu. Ele odiava Mayfair. Odiava os excessos do lugar e suas festas. Odiava a gente dali, daquele lugar que poderia ter sido seu, caso seu pai não fosse um monstro.

Devil se aproximou para falar.

— Sua lady chegou.

Whit se virou para a casa, onde a carruagem que tinha trazido Cheadle se afastava. A mulher de laranja continuava ali, agora com Hattie a seu lado. Hattie, alta e loura, de olhos vivos, o cabelo penteado para cima revelando o pescoço longo e a curva dos ombros nus acima do decote do exuberante vestido vinho, o brilho dourado da casa transformando a seda em brasas. Ela trazia um xale escuro em uma das mãos, mas não parecia se importar de ficar diante de toda Londres sem a peça jogada em seus ombros de modo artificialmente casual. Ela não tinha nada de artificial.

Talvez fosse por isso, ele pensou, que ela parecesse tanto uma obra de arte. Como um mosaico num pátio, merecedor de uma observação atenta. Como música, preenchendo cada fresta de uma sala. Impossível de ignorar.

Magnífica.

Ela sacudiu as saias, o movimento apertando seu corpete, tornando os seios mais proeminentes. O olhar de Whit acompanhou a elevação perfeita. De repente, sua boca ficou seca. Ele imaginou se a pele estava rosada no ar frio. Ela ficava corada com facilidade. Ele não conseguiu acreditar que ela não estivesse rosada. Teve uma visão maluca de tirar sua casaca e ir até ela, para envolvê-la com seu calor. Roubá-la para si. Aquecê-la.

Mas apenas a observou. Era mais alta que o pai, que sua acompanhante e que todos os outros reunidos do lado de fora da casa. Maior, sim, e mais franca. Mais honesta. Autêntica demais para Mayfair. Whit se lembrou dela em Covent Garden, provocando o vigarista das cartas, brandindo uma faca, acariciando a droga do cachorrinho, parecendo se misturar ao mundo.

Ali, contudo, ela não se misturava. Hattie se destacava.

Ela estava concentrada na amiga de laranja. Ele apostaria que as duas eram melhores amigas pela tranquilidade que havia entre elas e o modo como a mulher de cabelo escuro sorria com sinceridade, ouvindo o que Hattie falava.

E, claro, Hattie estava falando. Whit se concentrou na boca dela, ficou observando os lábios lindos moverem-se com uma velocidade fascinante. Ficou imaginando o que ela estaria dizendo, odiando a distância entre eles e como isso o impedia de ouvi-la.

A amiga riu com gosto, alto o bastante para ele ouvir, e Hattie relaxou em seu próprio sorriso, a covinha na bochecha direita aparecendo. O pau dele acordou enquanto a observava e ele grunhiu de irritação. Um fio de ciúmes passou por ele. Whit queria aquelas palavras. Toda a força daquele sorriso. Aqueles olhos violeta voltados para si.

Ele a queria.

Whit paralisou com o pensamento. Claro que ele a queria. Que homem não a quereria após passar algum tempo com ela? Que homem não quereria outra prova tão doce? Outro toque tão sensual? Outro grito de prazer delicioso?

Mas era só isso. Ele queria o corpo da mulher e os negócios do pai. Não *ela*.

– Ela não é minha lady – Whit disse.
– Você sabe o que está fazendo?
Não.
– Eu tenho um plano. – Ele se empertigou, endireitando o casaco. – E um convite para o baile da Duquesa de Warnick.

Devil praguejou de surpresa.

– Como diabos você conseguiu isso?

– Warnick ficou feliz de nos fazer um favor. – O Duque de Warnick possuía uma destilaria na Escócia que faturava uma fortuna envelhecendo uísque em barris de *bourbon* norte-americano fornecidos pelos Bastardos Impiedosos, por um preço, através de sua empresa de transportes terrestres. Claro que trazer *bourbon* dos Estados Unidos para a Inglaterra sem pagar os impostos usurários da Coroa não era tão fácil, e transportar barris vazios era um risco adicional para a operação de contrabando, algo que Warnick sabia.

O enorme escocês tinha fornecido o convite assim que Whit o pediu, com uma única advertência: *Se você envergonhar minha esposa, acabo contigo.*

Whit se conteve para não observar que a Duquesa de Warnick era uma das figuras mais escandalosas da sociedade londrina, modelo nua de uma pintura que, no momento, viajava pela Europa em exposições. Ninguém da sociedade falava disso, com receio de irritar o marido enorme e apanhar dele.

Whit não tinha nenhuma intenção de envergonhar a duquesa nessa noite. Ele tinha outros planos. Outras coisas para provar.

Não me importa que você não seja um cavalheiro.

Em vinte anos, Whit nunca tentou se passar por um. Ele sempre resistiu à ideia. Ele se dizia Beast e construiu para si essa imagem, ocupando seus dias com o cortiço e, as noites, com as lutas. Ele se orgulhava da sua capacidade de mover toda a carga contrabandeada de um depósito em duas horas fluidas e ainda mais da sua capacidade de castigar qualquer um que tentasse atrapalhar o trabalho dos Bastardos ou de sua gente.

Não havia lugar para requinte na sujeira de Covent Garden e era disso que ele era feito, do lodo que o tinha transformado em Beast.

E era por isso que ele estava no escuro, a observando à distância. Porque tudo que Whit pretendia nessa noite contradizia o que ele era. Então, vestiu roupa de gala. Uma gravata. Os ornamentos de cavalheiros.

E ele a observava, o desejo agitando-o, lembrando-o que ela estava certa. Que ele não tinha nada de cavalheiro. Que nunca seria um.

Mas ele podia interpretar o papel.

– Não um favor para *nós* – disse Devil, com tom sarcástico. – Entrar numa cova de víboras aristocráticas não é algo que eu pretenda fazer.

– Você se casou com uma aristocrata

– Não – retrucou Devil. – Eu me casei com uma rainha.

Whit resistiu ao impulso de revirar os olhos para a resposta do irmão. Quando Devil conheceu Lady Felicity Faircloth do lado de fora de um baile muito parecido com o da casa do outro lado da rua, ela era a rainha dos párias, jogada para as margens da sociedade de onde, esperava-se, que ela caísse na obscuridade. Mas Devil não tinha visto uma pária. Ele tinha enxergado uma mulher que viria a ser seu amor, sua esposa, sua devoção para o resto da vida.

Eles se casaram, chocando a sociedade, o que não importou nem um pouco para Felicity, que ficou feliz em se afastar do mundo em que tinha nascido, tornando-se a cada dia, mais e mais, uma garota de Covent Garden.

– Como você conseguiu conquistar Felicity é incompreensível – Whit resmungou.

O sorriso de Devil foi quase audível.

– Também me pergunto isso todos os dias. – Uma rajada de vento soprou e ele afundou a cabeça no colarinho do sobretudo, balançando o corpo para a frente e para trás. – Eu estaria mentindo se dissesse que não preferia estar na cama quente com ela em vez de estar aqui, fazendo sei lá o quê.

Whit deu um grunhido de reprovação.

– Eu não queria essa imagem na cabeça. Cristo! Vá para casa ficar com ela, então.

– E perder você entrando na sociedade como um otário?

Ele olhou para o irmão.

– Você queria vingança. Isso faz parte.

Só que não fazia. Era um modo de se aproximar dela. De ele mostrar que ela não era a única que conseguia encontrar uma agulha num palheiro. Whit imaginou a surpresa nos olhos dela quando se aproximasse, no salão de baile. Imaginou a confusão dela quando encontrasse o Beast em seu território. Imaginou virar o mundo dela de cabeça para baixo, como Hattie ameaçava fazer toda vez que aparecia em Covent Garden.

– Eu sempre quis vingança. Mas queria me vingar com uma faca. Não com... – Ele fez um gesto com a mão para indicar a roupa de Whit. – O que quer que isso seja.

— Você não usou uma faca quando se tratava da sua esposa. — Felicity tinha sido um ato de vingança antes de se tornar um ato de amor.

Devil virou olhos desconfiados para o irmão.

— A situação é semelhante.

Merda.

— Não.

— Whit, você não entra num salão de baile desde que nós tínhamos 12 anos.

Não era um salão de baile na época. Era uma câmara de torturas. Era o homem que o tinha gerado lembrando Whit, a cada erro, que seu futuro estava em jogo. Seu futuro e o de sua mãe.

Uma câmara repleta de raiva, medo e pânico.

Whit enfiou a mão no bolso, pegando um dos dois relógios, passando o polegar pela superfície quente de metal.

— Eu me lembro de tudo.

Silêncio e, então, com a voz calma:

— Ele era um monstro de merda.

O pai deles. Espalhando suas sementes por toda a Inglaterra, sem saber que os três filhos que teve com mulheres diferentes viriam a se tornar sua única chance de um herdeiro. Quando sua esposa tornou impossível ele ter qualquer filho legítimo ao dar um tiro em suas bolas, como ele bem merecia. Então, o Duque de Marwick foi à procura deles, sem se importar com o fato de serem ilegítimos, e deveria tê-los salvado dos testes horríveis a que os submeteu. Pensando apenas em seu nome e em sua linhagem.

Pensando apenas em si mesmo e não nas cicatrizes que deixaria em três garotos e na menina que ocupava o lugar deles antes.

As lembranças vieram. Da última noite na Casa Burghsey, residência de campo do Ducado de Marwick. De Grace, que apenas guardava o lugar, a menina batizada como garoto para que toda a Inglaterra pensasse que o duque possuía um herdeiro legítimo. O cabelo vermelho de Grace, embaraçado, tremia enquanto o monstro que ela sempre pensou ser seu pai lhe dizia a verdade: que ela era dispensável.

Então, o monstro se virou para Devil e Beast e disse-lhes a mesma coisa. Eles não eram bons o bastante. Não mereciam seu ducado. Eles também eram dispensáveis.

Mas nada doeu mais do que quando o velho cretino voltou sua atenção para Ewan, o terceiro irmão. Forte, inteligente e com punhos de ferro. Ewan, determinado a mudar seu futuro. Ewan, que uma vez prometeu proteger todos eles.

Até o pai lhe dizer para fazer o oposto.

E, então, eles próprios tiveram que se proteger.

Whit olhou para Devil, a cicatriz horrível na face esquerda do irmão brilhando branca no escuro, evidência do passado deles.

Eles protegeram um ao outro naquela noite e em todas as noites seguintes.

Whit não falou o que pensava. Ele se recusou a reviver a lembrança. Seu irmão não lhe pediu isso. A atenção de Devil estava em Hattie e Whit fez o mesmo, observando-a entrar na Casa Warnick. O balançar das saias cor de vinho o atraíam, doces e tentadoras como a própria bebida.

– Minha dúvida é a seguinte – Devil começou, em voz baixa. – Na sua cabeça, como isso termina? A mulher está protegendo a família e a empresa que vieram atrás dos nossos negócios, o que a torna, no pior dos casos, nossa inimiga, e, no melhor, um obstáculo entre nós e Ewan.

Whit não respondeu. Devil não precisava dizer o que os dois sabiam ser verdade. O que ameaçava o negócio dos Bastardos ameaçava todos os cortiços. Todo Covent Garden. E todas as pessoas que dependiam deles.

As pessoas que eles tinham jurado proteger.

– Como isso acaba? – Devil insistiu com suavidade.

Hattie tinha sumido de vista, a borda de suas saias, desaparecido, bloqueada por um novo grupo de convivas, ansiosos para entrar. Whit detestou não enxergá-la, ainda que a entrada dela facilitasse a aproximação entre eles.

– Com vingança – ele respondeu, endireitando os ombros e alisando as mangas.

Ele já estava quase na rua quando Devil o chamou, a voz baixa no escuro.

– Whit.

Este parou, mas não se virou.

Nem quando o sotaque de Covent Garden deu o tom à voz do irmão.

– Você esquece, mano, que eu também fiquei no escuro olhando para a luz.

Capítulo Doze

– Me diga, de novo, por que nós estamos aqui? – Hattie falou por cima da algazarra das pessoas que se dirigiam à entrada do salão de baile da Casa Warnick. Ela e Nora tinham se perdido do Conde de Cheadle na confusão selvagem de pessoas e estavam presas à corrente humana como peixes, carregadas até os degraus que levavam ao piso principal da casa.

– Bailes são uma distração – Nora disse, dando um sorriso para alguém à distância. – E eu gosto da Duquesa de Warnick mais do que da maioria das pessoas.

– Eu não sabia que você conhecia a Duquesa de Warnick.

– Existem muitas coisas que você não sabe sobre mim – Nora disse, fingindo mistério.

Hattie riu.

– Não existe nada que eu não saiba de você.

– Já pensei em umas coisinhas, falando sério – Nora respondeu enquanto entregava o xale para um criado. – E não gosto que você esteja guardando segredo sobre seu novo *amante*. – Ela articulou a palavra com a boca de um modo exagerado, que teria permitido a qualquer um que as observasse saber exatamente o que tinha dito.

Hattie nem piscou. Não havia ninguém as observando. Ninguém olhava para solteironas de 29 anos. A uma faltava beleza e, à outra, tato.

– Ele não é isso.

Nora deu um sorriso irônico.

– Oh, não! É claro que não. Ele só... – Ela arregalou os olhos e baixou a voz – ...numa *taverna*.

— Oh, pelo amor de Deus! — Hattie olhou para o teto e baixou a voz. — Podemos falar disso em *outro lugar*?

— Claro — Nora respondeu, como se estivessem falando do clima. — Mas ninguém está escutando. Eu apenas acho que você deveria levar em conta o fato de que encontrar um homem que cuida das suas partes antes das dele é muito raro. Pelo menos, foi o que me disseram.

— Nora! — O rosto de Hattie ficou vermelho e o grito agudo *atraiu* olhares chocados e reprovadores das pessoas ao redor delas.

— De qualquer modo, conheço a duquesa porque o duque gosta de corridas de carruagens e, por acaso, eu também. — Com uma risada satisfeita, Nora aceitou dois cartões de dança que um criado lhe ofereceu. — São pequenas paletas de tinta. Imagino que nós devemos escrever o nome dos parceiros de dança no lugar das tintas.

Ela estendeu um para Hattie, que sacudiu a cabeça.

— Não preciso disso.

Nora suspirou.

— Pegue.

— Eu não danço. — Hattie pegou um mesmo assim. — Faz anos que não danço. — Pelo menos não com alguém que não tivesse sido forçado a dançar com ela por algum tipo de pena. — Eu nem gosto de dançar — ela disse para as costas de Nora enquanto esta acenava a mão e abria caminho pela porta do salão de baile.

O salão estava vários graus mais quente do que o corredor. As portas abertas para a noite, numa das laterais, eram insuficientes para diminuir o calor dos corpos do lado de dentro. Os lustres no teto banhavam os convivas em uma luz quente, maravilhosa, que tremeluzia com a brisa vinda de fora, forte o bastante para lançar gotas de cera quente no chão. Não que alguém estivesse reparando. A orquestra tocava alto e os canapés abundavam. O imenso duque e a duquesa deslumbrante, já um nos braços do outro na pista de dança, e próximos demais pelas regras do decoro, estavam muito apaixonados, o que roubava a atenção de qualquer outra coisa.

Hattie observou o casal por um momento, o modo como o duque, um escocês que precisava se abaixar ao passar pelas portas e que era mais alto do que todos ali, segurava a mulher nos braços, mantendo-a perto, como se ela pudesse precisar de proteção. A duquesa, linda, com cabelos vermelhos, uma vez chamada de a mulher mais linda de toda Londres, levantou os olhos e encontrou os do marido com um sorriso alegre, amoroso, tornando o rosto severo dele suave e amoroso. A expressão fez estrago em sua honestidade.

Hattie imaginou como seria receber um olhar daqueles.

Ser abraçada tão bem.

Ser amada tanto.

Ela engoliu o caroço que tinha na garganta, levando a mão ao peito quando as duas chegaram à escada que descia até o salão de baile. Nora se virou e falou com o mordomo, que ficou empertigado, todo formal, e anunciou para as pessoas ali reunidas:

– Lady Eleanora Madewell. Lady Henrietta Sedley.

Como era de se esperar, ninguém levantou os olhos ao ouvir os nomes e as duas desceram a escadaria até o salão.

– Bom Deus, o Warnick é grande mesmo – Nora disse. – Se eu me interessasse por esse tipo de coisa, daria um jeito de me interessar por esse tipo de coisa, falando sério.

Hattie riu. A falta de interesse de Nora nesse tipo de coisa a tornava a companhia perfeita para noites como essa. Ela nunca amolaria Hattie para que esta dançasse com algum almofadinha desesperado por um dote. Era uma amiga perfeita, nunca sugeria que Hattie era louca por desprezar a ideia de um casamento sem amor só para arrumar um marido.

Não que Nora não pretendesse ter uma companhia, mas no futuro que ela planejava, essa companhia viria com amor, seria de longo prazo e com uma mulher, o que complicava um pouco as coisas para a filha de um duque com dote imenso que chamava a atenção de todas as mães casamenteiras de Londres. Mas essa filha de duque em particular era rica, corajosa e linda, e metade de Londres adorava seu sorriso destemido e seu charme encantador. Assim, Hattie não tinha dúvida de que Nora conseguiria exatamente o que desejava: a vida com uma companheira que amasse aventura e Nora igualmente.

Hattie, por outro lado, não tinha a mesma certeza.

De fato, conforme Hattie envelhecia e se afastava da sociedade, para se lançar cada vez mais nos negócios do pai, sua falta de beleza se tornava um problema maior e qualquer desejo de ter um companheiro ou amor que ela pudesse guardar no coração foi afastado por um desejo diferente, mais possível.

A empresa.

Nada de casamento. Nada de filhos. Seu olhar deslizou por cima dos convidados que dançavam, parando nos ombros largos e na cabeça do Duque de Warnick. Nenhum homem para contemplá-la com a mesma devoção.

Hattie tinha posto de lado a vontade por esse tipo de coisa.

Até conhecer Beast.

O pensamento mal tinha se formado e seu rosto ficou corado, a lembrança dele atingindo-a como o calor do salão. A lembrança do toque dele em sua pele. Do beijo. Do gosto dele, doce e azedo como as balas que carregava. E a *voz*, baixa e sombria e perfeita junto de sua orelha, de seus lábios, de seu seio. Mais embaixo.

Ela quis que ele lhe mostrasse o que estava perdendo. Que a arruinasse com prazer, para que Hattie pudesse sempre se lembrar, mesmo que nunca mais tivesse aquilo. E foi o que ele fez.

E prometeu ainda mais.

Mas ele a mandou de volta para casa em vez de cumprir a promessa. E agora, três dias depois, ela ainda não tinha notícias dele. Hattie sabia o nome dele, mas conseguiria encontrá-lo? Pelo menos ele a procuraria?

E a palavra que ele sussurrou quando a colocou na carruagem para casa... O que significava?

Whit.

Ela meneou a cabeça, recusando-se a perder mais tempo naquela sílaba rosnada que a estava consumindo desde o momento em que ele a pronunciou. Tinha ouvido corretamente? O que isso significou? Quando contou essa parte para Nora, a amiga sugeriu que talvez ele estivesse admirando o encantador senso de humor de Hattie.

Considerando os eventos daquela noite, Hattie tinha dificuldade de acreditar nisso. De qualquer modo, não importava. Não ali, onde, com certeza, ele não apareceria.

Então, Hattie olhou para a amiga, que ainda observava o anfitrião pairando sobre a multidão.

– Se você se interessasse por esse tipo de coisa, ainda assim ele não ficaria com você, Nora. Ele é apaixonado demais pela esposa.

– E ninguém pode culpá-lo por isso – Nora disse alegremente. – Champanhe?

– Vamos beber? – Hattie respondeu. – A gente precisa encontrar a diversão onde ela está.

As palavras mal tinham saído de sua boca quando o mordomo anunciou, do alto da escadaria:

– Sr. Saviour Whittington.

Não havia motivo para Hattie ter ouvido o nome. O mordomo tinha anunciado uma dúzia de nomes enquanto Hattie e Nora abriam caminho pelo salão. Duas dúzias. E Hattie não tinha prestado a mínima atenção em nenhum deles.

Só que esse nome provocou ondas no salão.

Ela estava certa disso.

Ao redor dela, os convidados viraram-se para olhar. Não só as mulheres ficaram, primeiro, curiosas, depois, fascinadas, interrompendo suas frases no meio, mas também os homens, e suas conversas tornaram-se sussurros quando olharam para a escadaria atrás dela. Acima da multidão, ela viu o Duque de Warnick olhar para a entrada e o cabelo vermelho da duquesa subir e descer, como se a mulher tivesse ficado na ponta dos pés para conseguir enxergar.

Hattie não precisaria ficar na ponta dos pés. Um sopro de ar atingiu sua nuca, uma brisa vinda de fora, nada mais. Ainda assim, ela se virou, devagar, sabendo quem estaria ali. Não entendia como o rei das sombras de Londres tinha ido parar sob as luzes feéricas de um salão de baile em Mayfair.

Por um momento, ele pareceu mesmo um rei, parado no alto da escadaria, vestido impecavelmente, impossível de lindo, como se estivesse ali por direito divino.

Mas a realeza não teria interesse numa solteirona comum demais, grande demais, velha demais, largada na multidão como acontecia com uma mulher como ela. Mas aquele homem olhava diretamente para ela.

Hattie sentiu frio e, depois, um calor escaldante. Queria que ele parasse de olhar em sua direção, pois faltava força para ela fazê-lo. Como ele tinha conseguido encontrá-la na multidão de convidados? Hattie supôs que era porque sua cabeça elevava-se vários centímetros acima da maioria. Ela não era o tipo de pessoa que desaparecia com facilidade num ambiente. Mas isso não significava a possibilidade de encontrá-la com tanta facilidade.

E não significava que ele tivesse permissão de olhar para ela daquele modo que a fazia lembrar muito bem como era ele olhando para ela quando estavam longe da sociedade. A sós. Numa taverna. Ou num bordel.

Suas bochechas flamejaram quando as cabeças ao redor se viraram tentando acompanhar o olhar dele, descobrir seu alvo.

Várias pessoas esticaram o pescoço para olhar além de Hattie, por cima dela, ao redor dela. Mas não Nora. Se o sorriso irônico da amiga indicava alguma coisa, tinha plena ciência da direção do olhar de Beast.

Beast, não.

Saviour Whittington.

Whit.

Era um nome.

Hattie tinha lhe perguntado o nome e ele respondeu. *Whit*. Mas, agora, era mais do que isso. Agora, ela sabia o nome todo. Saviour Whittington. Nenhum título, mas ele parecia apenas tê-lo deixado em casa, no bolso de outro paletó, que tinha trocado pelo que vestia esta noite: escuro e sob medida, com uma gravata branca reluzente, um rosto lindo e, de algum modo, um convite para um baile ducal, algo a que nenhuma pessoa que chamasse a si mesma de Beast teria acesso.

– Quem é *ele*? – As palavras saíram da boca de Hattie antes que pudesse segurá-las.

– Você não se lembra? – Nora perguntou ao seu lado, provocando-a, enquanto ele descia a escadaria e o salão ganhava vida outra vez. Hattie deu meia-volta e abriu caminho na multidão. Nora a acompanhou, não seria deixada para trás. Ela tentou esclarecer, como se fosse necessário: – De Covent Garden? – Outra pausa. – Da *taverna*?

– Cale a boca, Nora – foi a resposta, estrangulada, quase inaudível.

Mas Nora não calou a boca.

– Ele parece ainda melhor na luz, Hattie.

Ele estava lindo na luz. Ele era lindo o tempo todo. Hattie evitou dizer isso.

– Eu lhe disse que a duquesa sempre tem convidados interessantes – Nora falou com afetação.

Hattie baixou a cabeça e seguiu em frente, ziguezagueando entre os convivas, ansiosa para chegar na extremidade oposta do salão. O champanhe, de súbito, pareceu mais urgente. Quando chegou ao bufê, ela entornou uma taça.

Nora a observou com atenção.

– Você está curvada – ela disse.

– Sou alta demais.

– Bobagem – Nora disse. – Sua altura é perfeita. Todo mundo adora uma amazona.

Hattie olhou torto para a amiga.

– Ninguém adora uma amazona.

– Parece que o Sr. Whittington não tem muita aversão por elas. – Nora sorriu. – Ainda mais porque ele está aqui por você.

Ele me chamou de guerreira. Bem. Ela não contaria isso para Nora, pois tocaria nessa tecla para sempre.

– Ele *não* veio por minha causa – ela escolheu dizer.

– Hattie. Esse homem nunca tinha posto os pés num salão de baile de Mayfair. Até hoje.

– Você não pode afirmar isso.

A amiga lhe deu um olhar enviesado.

– Você honestamente acredita que um homem desses poderia frequentar os eventos da sociedade como quem não quer nada, sem que as mães de Londres o achassem digno de uma fofoca? Uma fofoca indecente e maravilhosa? Meu Deus, Hattie, nós tivemos que ficar quietas durante seis horas, escutando Lady Beaufetheringstone nos agraciar com a história das cores de colete que vestiam os cavalheiros solteiros da temporada na última vez que fomos obrigadas a tomar chá com ela.

– Não foram seis horas.

– Não foram? Eu senti como se fossem *sessenta*. – Nora bebeu. – A questão é, Hattie, que esse homem nunca esteve na sociedade e, até esta semana, também nunca tinha beijado você.

Hattie arregalou os olhos.

– As duas coisas não estão relacionadas.

Uma das sobrancelhas de Nora subiu, formando um arco malicioso.

– É claro que não.

Hattie se endireitou, dizendo a si mesma que só ia dar uma espiada, uma olhadela para ver se conseguia encontrá-lo na multidão. No momento que o fez, permitindo-se atingir sua altura plena, seu olhar encontrou o dele. Hattie apenas levantou a cabeça e lá estava ele. Como mágica.

– Droga! – Ela se abaixou no mesmo instante.

Nora deu uma risadinha.

– Você sabe que não pode se esconder dele.

– Por que não? Você conseguiu se esconder do Marquês de Bayswater durante uma temporada inteira.

– É porque o Bayswater não conseguiria encontrar um elefante escondido numa casa de boneca. Seu cavalheiro combina mais com você.

Ele combinava perfeitamente. Era o que Hattie gostava nele. A sensação de que, a qualquer momento, os dois podiam se enfrentar e que qualquer um dos dois podia ganhar. Era isso que fazia o coração dela disparar. Foi isso que alimentou seu desespero para voltar a Covent Garden e procurá-lo. Foi isso que a manteve acordada na noite anterior, revirando-se na cama e pensando no que ele quis dizer com *as lutas*, e em que tipo de problema ela poderia se meter se escapasse de sua casa e fosse tentar descobrir.

Imaginar-se no mundo dele era uma coisa. Ele aparecer no dela era totalmente diferente.

Hattie agarrou a mão de Nora, tirando-a de perto do bufê e arrastando-a pela grande porta aberta que dava para o terraço. Após se afastarem de um grupo muito barulhento, Hattie pôs as costas na balaustrada de pedra que se debruçava sobre os jardins dos Warnick.

– Nós não deveríamos ter vindo – ela disse, então.

– Não sei por que – Nora disse. – Estou me divertindo muito. – Quando Hattie gemeu, ela acrescentou: – Além do mais, Hattie, não foi essa a razão de você ter ido ao... – Ela olhou ao redor para ter certeza de que não estavam sendo ouvidas – ...bordel? Para começar o Ano da Hattie com sua ruína? Tudo isso não era para evitar a possibilidade de você se casar? – Mais uma pausa antes de ela continuar. – Esta é sua chance. Vá até ele e torne-se *incasável*.

Nora não estava errada. Com certeza, essa era sua intenção no começo daquilo, uma ruína rápida e pronto. Só o bastante para garantir que seu pai soubesse que casamento não era uma possibilidade para ela. Que ela se casaria com a empresa, da qual cuidaria até que a morte as separasse. Ela sacudiu a cabeça.

– Não posso. Não até entender por que ele está aqui. Não se ele for mudar o jogo. – Ela se interrompeu. Hattie estava tão perto de conseguir o que queria. Por que esse homem não podia ser mais cordato? – Droga! – Ela sussurrou. – Por que ele está aqui?

– Se houvesse um modo de você adivinhar essa resposta. Quem sabe perguntando para ele?

– Se ele contar tudo para o meu pai, Augie vai ser descoberto. E aí eu não vou ficar com a empresa.

Nora bufou.

– Augie merece um pé na bunda. Ele deveria ajeitar as confusões em que se envolve. Nós deveríamos contar tudo para o seu pai. Para esse tal de Beast também. Deixe que ele se entenda com Augie.

Hattie arregalou os olhos para a amiga.

– Ele é meu irmão.

Nora encarou Hattie, que ficou constrangida. Ela conhecia aquele olhar. De análise.

– Mas não é só isso, é? – Nora perguntou antes que Hattie pudesse mudar de assunto.

– Como assim? Claro que é! Não quero que o Augie se machuque.

– Não. – Nora meneou a cabeça. – Você quer resolver isso. Quer provar que consegue resolver. Provar que consegue resolver os problemas da empresa sozinha. Quer provar que é digna da empresa. Para que seu pai a entregue para você. Porque você quer a aprovação dele.

Hattie anuiu.

– Isso mesmo.

– E por isso quer enfrentar esse homem sozinha.

Nora queria dizer *sozinha* no sentido literal. No singular. Hattie negociaria *sozinha* o reembolso das mercadorias roubadas dos Bastardos, sem a ajuda do pai. Mas quando Hattie ouviu *sozinha*, teve uma visão muito clara de *sozinha* no plural. Sozinha na carruagem. Num quarto. No depósito de uma taverna. Sozinha com ele.

De qualquer modo, Hattie descobriu que a resposta era a mesma.

– É o que eu quero.

Ela olhou para a porta. Temendo que ele estivesse ali. Decepcionada por ele não estar.

– Sem ajuda – Nora esclareceu.

– Sem *interferência*. – E seu pai interferiria. Seu pai lhe diria que Hattie mantinha os livros organizados e que ninguém monitorava a distribuição de uma carga melhor do que ela, e, sim, que os estivadores gostavam dela, mas que era preciso deixar os negócios para os homens.

Hattie rilhou os dentes. Quantas vezes tinha ouvido essa resposta horrível? *Deixe os negócios para os homens.*

Ela odiava isso. E não queria mais deixar os negócios para os homens. Ela queria que os negócios fossem deixados para as mulheres. Para uma mulher. Ela.

E ela podia ser a última opção do pai, mas era a melhor. E ela não permitiria que Saviour Whittington tornasse tudo mais complicado aparecendo ali e arruinando tudo, droga. Não quando ela estava tão perto de conseguir.

Ela levantou os olhos para os de Nora, que estavam misteriosos, curiosos e divertidos do modo que só uma boa amiga sabe ser.

– Isso não é engraçado.

Nora soltou uma risada.

– Receio que seja imensamente engraçado. Você me contou que ele lhe prometeu aulas, não prometeu? Ele não concordou em ajudar você com suas descobertas do Ano da Hattie?

Hattie agradeceu à escuridão que cobria seu rubor.

– Ele concordou.

E me chamou de perigosa pra caralho.

Um arrepio percorreu seu corpo com o pensamento. Que coisa deliciosa para alguém pensar dela!

– Então, talvez seja por isso que ele está aqui.

– Não é.

– Deveria ser – disse Nora. – Pelo que você falou, ele não chegou na parte importante.

– Nora!

– Só estou defendendo a igualdade! – Nora abriu os braços com uma risada. – Tudo bem, então, o que nós fazemos agora?

– Como ele sabia que eu estaria aqui esta noite? Eu nunca... – Ela congelou, virando-se para Nora, que parecia hipnotizada pelo céu estrelado acima delas. – Você.

Nora olhou para a amiga.

– Ahn?

– Você disse que eu precisava vir. Você me forçou. Eu queria ficar em casa e conferir os livros-caixa.

– Eu gosto de bailes – Nora disse.

– Você odeia bailes.

– Tudo bem! A Duquesa de Warnick me enviou uma mensagem especial, pedindo que eu comparecesse e trouxesse você e seu pai. Eu não gosto de decepcionar duquesas.

– Você não liga a mínima para decepcionar duquesas.

– É verdade. Mas eu gosto dessa, e ela prometeu que eu me divertiria muito.

Hattie apontou um dedo acusador para a amiga.

– Você é uma traidora.

– Não sou, não! – Nora exclamou.

– Você é, sim! Devia ter me contado que era uma armadilha!

– Eu pensei que seria outro homem precisando de um dote! Eu não sabia que era uma armadilha com seu parceiro de aventuras eróticas!

Foi a vez de Hattie soltar uma exclamação, ficando boquiaberta. Nora continuou, com um sorriso.

– Não que eu não apoie, totalmente, suas aventuras.

– Ele não é meu parceiro de... – Uma pausa. – Nora. Esse homem é tudo que existe entre mim e o sonho da minha vida.

– E as aventuras?

Hattie deu um suspiro curto.

– É óbvio que foram muito boas. – Antes que Nora pudesse falar, Hattie acrescentou: – Mas esta noite ele não está aqui para isso. E me deixa desconcertada pensar que ele veio para outra coisa.

– Você quer dizer outra mulher?

Não era isso, mas a ideia fez o estômago dela pesar, para ser honesta.

– Não. Quero dizer, ele pode ter vindo para outra coisa que vá mexer na nossa negociação. Eu não sei, alguma informação sobre Augie ou, sei lá, falar com o meu pai. Isso *não pode* acontecer. Preciso convencer esse homem a ir embora agora mesmo.

– Hum – Nora fez, um som casual para chamar a atenção de Hattie.

– O quê?

– Bem, não sei se esse é um plano viável.

– Por que não? – Hattie perguntou. – É só eu voltar para o salão e falar com ele primeiro.

– Pode ser difícil – Nora disse.

Uma rajada de ar frio soprou no terraço. Hattie estreitou os olhos para a amiga.

– Por quê?

Nora apontou por cima do ombro, para o salão de baile feérico, emoldurado pela abertura da porta.

– Porque ele está falando com seu pai neste momento.

Hattie se virou na direção que o dedo da amiga apontava.

Claro que ele estava.

Hattie tinha traçado planos tão loucos, maravilhosos para o Ano da Hattie, a princípio. E agora, ali estava ela, preparada para tomar o mundo de assalto, para passar seu 29º ano arrumando o passado, para que pudesse começar o futuro. E parecia que ninguém tinha dito ao Ano da Hattie que ele precisava cooperar com os planos dela.

Com certeza, ninguém tinha dito ao Sr. Saviour Whittington que *ele* precisava cooperar com seus planos.

– Droga – ela sussurrou.

– Quem quer que ele seja – Nora disse em voz baixa –, é muito bom nisso.

Os dedos de Hattie apertaram o cartão de dança bobo que Nora tinha insistido que ela pegasse. Esse era o tipo de coisa que importava para as mulheres que não ligavam para negócios, dinheiro ou vingança, nem para o fato de que o homem que, dias antes, tinha enfiado uma faca no seu irmão (justificadamente), podia recontar toda a história para seu pai. Cartões de dança eram o tipo de coisa que nunca importou para Hattie. Ainda assim, por algum motivo, naquele momento, ela apenas conseguiu encarar o rosto lindo do Beast e se deliciar com a pressão do cartão em sua mão.

Não que ele fosse lhe trazer algum benefício na batalha que estava para acontecer. Se Hattie estivesse segurando um violino, daria na mesma. Aliás, um violino talvez fosse mais útil, já que ela poderia quebrá-lo na cabeça dele, o que seria um escândalo, claro, mas também faria aqueles homens não conversarem.

Como se tivesse sentido a ameaça nos pensamentos dela, Beast levantou a cabeça de onde estava curvado para falar com seu pai, o estranho olhar âmbar encontrando o dela no mesmo instante. E, então, como se *Beast* tivesse passado a vida inteira em salões de baile de Mayfair, ele *piscou* para ela.

– Interessante... – Nora comentou.

– Não. Não tem nada de interessante. Qual é o jogo dele? – E por que ela não estava brava com ele por estar fazendo o jogo ali, na frente de todo mundo? Ela deveria estar aterrorizada. Furiosa. Em vez disso, ela estava *empolgada*.

Guerreira.

– Nós deveríamos ir a mais bailes.

– Nós nunca mais iremos a um baile – Hattie falou por cima do ombro e começou a se mover, seu coração disparado.

De repente, algo cintilou nos olhos dele e ela reconheceu a emoção que se debatia dentro dela.

Expectativa.

Ele continuou a falar com o pai dela enquanto Hattie passava pela porta. Sob outras circunstâncias, seria uma cena cômica: o jovem enorme curvado sobre a orelha do conde mais velho e bem mais baixo. Seu pai gostava de dizer que sua baixa estatura o tornava o marinheiro perfeito, o que em parte era verdade, ele mal precisava se abaixar ao se movimentar nos porões de seus navios. Mas o outro homem, que ela não via mais como Beast e no qual só conseguia pensar como Whit, apesar de ser totalmente indecoroso, eclipsava seu pai como um sol.

Não. Não como um sol. Como uma tempestade, caindo sobre um navio no mar, roubando o céu azul e trocando-o por nuvens escuras e silenciosas.

Uma tempestade enorme, linda e imprevisível.

O que ele estava contando para seu pai?

Podia ser qualquer coisa, já que eram só os dois conversando, parecendo ignorar o resto do salão. Hattie calculou rapidamente a probabilidade de estarem falando de coisas triviais, como o clima, a comida da festa, a temperatura do salão, o número de criados presentes.

Alguma coisa pode ter uma probabilidade menor que zero?

Era muito mais provável que os dois estivessem falando dela.

Hattie aumentou sua velocidade e quase derrubou a Marquesa de Eversley, lançando-lhe um rápido pedido de desculpas. Se fosse qualquer outra pessoa, talvez, *apenas talvez*, ela parasse para se desculpar, mas a marquesa vinha de uma das famílias mais escandalosas da Inglaterra, então, se alguém poderia compreender a necessidade de interromper qualquer conversa perigosa que estivesse acontecendo entre o pai e um homem que sabia demais de seus afazeres nos últimos dias, era a marquesa.

Hattie estava quase chegando neles quando o conde assentiu com a cabeça, uma sombra em seu rosto. Hattie prendeu a respiração. Ela não identificou a emoção, mas não gostou do que viu. E, então, chegou, e as palavras saíram de sua boca antes que pudesse contê-las.

– Agora chega disso.

O conde arregalou os olhos e se voltou para Hattie. Whit se endireitou e... *Oh, céus!*

– Isso é problema – Nora disse em voz baixa de algum lugar atrás do ombro direito de Hattie.

Ninguém deveria ter um sorriso tão deslumbrante. Hattie sentiu o impulso louco de levantar as mãos e bloquear a força daquele sorriso. Para resistir àquela estranha atração. *Não perca a cabeça, Hattie.* Ela engoliu em seco.

– O que você está fazendo aqui?

Ele absorveu a pergunta rude com elegância, estendendo-lhe a mão.

– Lady Henrietta. – As palavras soaram educadas e suaves, livres do sotaque grosseiro e sombrio.

Hattie franziu a testa e inclinou a cabeça para o lado, confusão e algo surpreendentemente parecido com decepção a agitavam. Aquele era o homem que ela conhecia? Não podia ser. Onde estavam os grunhidos? O sotaque cultivado em Covent Garden?

Uma chama iluminou seus olhos, acendendo uma nova brasa dentro dela.

Não. Ele não podia simplesmente forçá-la a ser dócil. Desconfiada, ela baixou o olhar para a mão estendida. Mas não a aceitou.

– Responda a minha pergunta, por favor. – Como ele não respondeu (claro que *essa* característica permanecia), Hattie se voltou para o pai, registrando a censura nos olhos dele.

– Do que vocês falavam?

– Olhe como fala, garota. – O conde apertou os lábios.

Ela engoliu sua repulsa diante das palavras, sem conseguir pensar numa resposta antes de Whit falar.

– Cheadle.

Lá estava a escuridão. O alerta, mais duro e áspero do que a repreensão de seu pai. Ela voltou os olhos surpresos para Whit, vestido com perfeição e lindo como uma estátua grega, de repente mais duro que uma rocha. A transformação deveria tê-la desconcertado, mas não.

A transformação reconfortou Hattie.

O que quase piorou tudo. Ela se empertigou e levantou o queixo.

– Não fale com ele.

Nora soltou uma exclamação de surpresa e as conversas ao redor cessaram, uma coleção dos aristocratas mais reverenciados de Londres fazendo seu melhor para não olhar, mas o possível para escutar. Hattie pigarreou sob o peso da curiosidade do pai.

– Eu quero dizer, Sr. Whittington – ela disse, afinal, vendo os lábios dele se curvarem de diversão quando ela pronunciou o nome –, que o senhor... – Uma das sobrancelhas dele se ergueu na pausa que se seguiu às palavras, e Hattie acrescentou, apressada: – ...deve dançar comigo.

Ela levantou o cartão de dança amassado que segurava.

– Você está no meu cartão de dança. – Ela se virou para o pai. – Ele está no meu cartão de dança.

Um silêncio interminável desceu sobre eles. E durou meses. Anos.

Hattie se voltou para Nora.

– Ele está no meu cartão de dança.

Nora, bendita Nora, pegou a deixa.

– Isso. É por isso que estamos aqui. É óbvio!

Hattie teria preferido sem o *óbvio*, mas aceitava o que fosse possível.

– Você vai dançar com ele – disse o pai.

Hattie abanou o cartão preso ao seu pulso.

– É o que diz aqui.

– É mesmo? – O conde pareceu menos convencido.

– Claro! – Ela exclamou, o tom de sua voz alcançando as alturas de um guincho ao se virar para o homem em questão. – Não é mesmo?

Ele estava em silêncio, os acordes de uma valsa que começava atrás deles era o único som, um tiro de partida para a preocupação de Hattie. Talvez ele não soubesse dançar. Não, talvez, não. *Com certeza* ele não sabia dançar. Esse era o tipo de homem que vestia coldres cheios de facas e acabava inconsciente em carruagens. Ele frequentava bordéis e tavernas de Covent Garden, e ameaçava criminosos de rua. Ele próprio era um criminoso. Ele podia se vestir como um cavalheiro, mas não sabia valsar.

E foi por isso que ela ficou sem fôlego quando ele curvou a cabeça como um aristocrata refinado e experiente, e disse, absolutamente calmo:

– De fato, é o que diz aí, milady.

Foi só a surpresa de ele estar disposto a dançar. Não tinha nada a ver com o título. Nada a ver com o fato de ele antes nunca a ter chamado de lady. Nem mesmo com o fato de que, de repente, aquela palavrinha, que

Hattie tinha ouvido sua vida inteira, tinha adquirido um novo significado nos lábios dele.

E, então, sua mão pousou na dele, e Whit a levou para a multidão na pista de dança, puxando-a para seus braços, as mãos dela ajeitando-se nos músculos debaixo do paletó, duros como aço. *É claro que ele não sabia dançar*, o pensamento lhe voltou. *Ele foi feito para coisas mais exigentes que isso.*

Ela se aproximou o bastante para falar baixo no ouvido dele, para que ninguém mais a ouvisse.

– Se você quiser, eu posso torcer o tornozelo.

Ele se afastou, com surpresa e algo como bom humor nos olhos.

– Na verdade, eu não gostaria disso.

– Mas isso é para você não ter que dançar.

Ele arqueou as sobrancelhas.

– Tem certeza de que não é para *você* não ter que dançar?

– Claro que não. Eu danço muito bem – ela disse. – Só estava querendo ajudar você, que não sabe dançar.

– E você sabe disso porque...

Ela revirou os olhos.

– Porque é claro que não sabe.

Ele assentiu e suas mãos, fortes e seguras e maravilhosamente quentes, se firmaram nela, fazendo Hattie desejar que os dois não estivessem ali, na frente de todo mundo. A respiração dela ficou presa e um desejo se acumulou em seu âmago, distraindo-a tanto que ela não percebeu que estavam se movendo até Whit dizer, ao seu ouvido:

– Eu acho que vou me sair bem.

E ele se saiu bem. Mais do que bem. Ele se movimentava com uma elegância cultivada, como se tivesse valsado todas as noites de sua vida, evitando, com destreza, os outros casais enquanto a conduzia pelo salão. Hattie tinha dançado centenas de vezes no seu tempo, naqueles primeiros anos em que seu dote a tornava um pouco mais atraente para os homens da sociedade, mas nunca se sentiu como naquele momento, em apenas poucos segundos nos braços dele. Como se ela também tivesse cultivado elegância. Seu olhar voou para o dele, âmbar líquido, focado nela.

– Você sabe mesmo dançar.

Ele deu um grunhido como resposta, e o barulho reconfortou Hattie. Enfim, algo nele que não era surpreendente. Ela abriu os dedos sobre a manga do paletó, o calor dele passando pelo tecido, e suspirou, fechando os olhos e permitindo-se embarcar no balanço simples da dança.

Permitindo-se esquecer por um momento. Esquecer Augie e a empresa, e o porquê de estar tão preocupada. Esquecer o acordo que fizeram e seus sonhos para o futuro. E o Ano da Hattie. O mundo ficou mais simples naquele lugar, nos braços daquele homem, com seu calor, seu movimento e sua força envolvendo-a numa nuvem de limão com açúcar.

E, por apenas um momento, Hattie se esqueceu de si mesma.

Mas um momento não dura muito. Logo ela abriu os olhos e o encontrou fitando-a, encantado, e Hattie ficou tensa por estar sendo observada, ciente de tudo que ele podia ver. O rosado intenso de sua pele, nada parecido com um pêssego maduro, nem mesmo com morangos com creme, seu nariz largo demais, suas maçãs do rosto redondas demais, seu queixo grande. Razões evidentes demais para ela estar encalhada.

O silêncio não é amigo de uma mulher pouco atraente. Ele deixa tempo demais para uma análise estética. Quando Whit inspirou fundo, ela não resistiu e acabou com o silêncio.

– Você podia ter me dito que sabia dançar – ela disse, virando o rosto para o lado por um momento antes de se dar conta de que tinha virado a orelha para ele. Orelhas não são a parte mais estranha do corpo humano? Hattie preferia que ele olhasse para seus olhos. Seus olhos eram de tamanho uniforme e de uma cor incomum. Possivelmente, eram seu melhor atributo. Não que ela se importasse que ele reparasse em seu melhor atributo.

Oh, quem ela estava tentando enganar com aquela linha de raciocínio? Ela queria muito que ele notasse seu melhor atributo. Ela queria que ele reconhecesse seus olhos como os melhores. Não só em relação a todos os seus outros atributos, mas em relação aos atributos de todo mundo também. O que não era possível, Hattie sabia, mas precisava reconhecer esse desejo, não? Não era disso que se tratava o Ano da Hattie? De reconhecer seus desejos? De ir atrás deles?

Então, era isso. Ela queria que Whit achasse seus olhos bonitos.

Alguém já tinha usado a palavra "bonita" para descrevê-la?

– Por que eu faria isso? – Ele disse.

Ela piscou várias vezes ao ouvir a resposta dele, pensando por um instante que ele se referia a seus olhos, ficando na defensiva antes de se lembrar de sua pergunta sobre ele saber dançar.

– Porque você deve ter ficado ofendido por eu ter insinuado que você não sabia dançar.

Ele meneou a cabeça, o movimento quase imperceptível.

– Não fiquei.

Hattie não acreditou nele.

– Pensei que você não dançasse, mas é claro que dança. Pensei que você não conhecesse a nobreza e aqui está você, é convidado na casa de um duque. Outra suposição falsa. Subestimei você.

Ele ficou em silêncio por um longo tempo, o balanço da música era a única coisa que unia os dois até ele virar o olhar âmbar para ela.

– Você disse não se importar se eu sabia ou não dessas coisas.

– E não me importo. – A verdade veio no mesmo instante.

O pomo de adão dele subiu e desceu enquanto ponderava suas próximas palavras.

– Você não dá valor a elas.

– E não dou. – Ela meneou a cabeça.

Ele assentiu.

– Então, parece que você me *superestimou*.

Ela soltou uma risada curta ao captar o que ele queria dizer.

– Parece que sim, não? – Uma pausa e, então: – Como você aprendeu a dançar tão bem?

A proximidade que ameaçava brotar com a conversa desapareceu e o olhar dele imediatamente se fechou. Hattie foi inundada por arrependimento, acompanhado de uma quantidade nada pequena de confusão. Por que uma simples pergunta provocou reação tão imediata, tão desagradável?

Sob os dedos de Hattie, ele ficou tenso, os músculos transformando-se em ferro, como se estivesse pronto para o combate. Ela o fitou e viu que os olhos dele estavam fixos num ponto acima de sua cabeça, à distância. Ela se virou, esticando o pescoço para ver, esperando encontrar um inimigo vindo na direção deles. Mas não havia nada ali. Nada a não ser seda, cetim e risadas rodopiando como uma maluquice.

O que tinha acontecido? O que havia de errado? Ela não conhecia bem aquele homem, mas o conhecia o bastante para saber que ele não lhe contaria, se perguntasse. E ele também não responderia a outras perguntas que estavam na ponta de sua língua.

Ela voltou os olhos para o rosto dele, agora um tom cinzento em vez do bronzeado com o qual tinha se acostumado. Uma preocupação desagradável. Ela firmou a mão que estava no braço dele e apertou a mão dele na sua.

– Sr. Whittington? – Disse, baixando a voz. Ele engoliu em seco ao ouvir o nome. Sacudiu a cabeça uma vez, parecendo querer se livrar de um gosto ruim. – Beast? – Ela tentou, a voz ainda mais suave. – Você está passando mal?

A respiração dele ficou mais difícil, o subir e descer do peito impossível de ignorar, pela proximidade. Gotas de perspiração pontilharam sua testa e um músculo no maxilar tremia, como se ele estivesse apertando os dentes, resistindo àquilo que o consumia.

Ela apertou a mão dele com mais força, o suficiente para machucá-lo. Os olhos âmbar encontraram os dela, respondendo à pergunta.

Ela assentiu e os dois pararam de dançar, mas Hattie não soltou a mão dele, mantendo-a apertada com firmeza. Sem hesitar um segundo, ela se virou e andou até a borda do salão de baile, passando por meia dúzia das maiores fofoqueiras da sociedade, depois, pelas portas, indo para a escuridão além.

Capítulo Treze

Ele não conseguia soltar a mão dela.

Ele tinha controle total. Ele desempenhou o papel, fez os ruídos, cumprimentou os cavalheiros, sorriu para as mulheres e conversou com o conde, lançando ameaças no território do inimigo, uma ação pensada para causar medo. Ele tinha colocado em movimento a vingança dos Bastardos.

Sem Hattie.

Hattie, que tinha fugido dele no momento em que o viu entrar no salão, como se ele não fosse notar. Como se essa fuga o distraísse e ele não pensasse mais em persegui-la. E ele não a perseguiu. Não no sentido clássico. Em vez disso, ateve-se ao plano original e lançou as bases para sua vingança.

Mas nunca a perdeu de vista.

Nem quando ela tomou duas taças de champanhe, uma após a outra. Nem quando ela saiu em disparada para o terraço com a amiga, a mulher que, agora, ele sabia que era Lady Eleanora, a temerária filha de um duque e que gostava de correr de carruagem. Nem quando encontrou o pai dela e, deliberadamente, o levou para um lugar onde poderia ficar de olho em Hattie, ciente da possibilidade e da probabilidade de que ela pudesse tentar fugir. Considerando a variedade de locais em que tinha encontrado Hattie antes, Whit não descartou a ideia de que ela pudesse escalar uma parede e arrumar uma carona até o primeiro antro de jogatina, onde ele podia apostar que a encontraria com Lady Eleanora, sua amiga e cúmplice.

Se elas tivessem tentado escapar, Whit as teria seguido.

Ele estava em completo controle da situação.

E manteve esse controle quando ela voltou para o salão e foi até ele alta, forte e determinada, o olhar travado no dele ao se aproximar, sem ligar para as dezenas de olhos que a observavam, a avaliavam, a julgavam. Hattie tinha ido até ele, seu vestido cor de vinho, da cor do pecado, para o qual Whit pretendia conduzi-la se ela permitisse.

E ela permitiria. Ele não tinha dúvida.

Whit terminou de falar com o pai dela sabendo que, quando Hattie chegasse, ele perderia sua chance com o conde. Isso se mostrou verdadeiro quando ela chegou, os olhos violeta faiscando, tão quentes quando o rubor de irritação nas faces. Ele não precisou forçar um sorriso para ela. Ele se instalou naturalmente em sua face e, mesmo assim, ele poderia afirmar que estava no controle.

Mas quando começaram a dançar, o controle começou a desmoronar à sua volta. Ele sentiu, no momento em que se lembrou dos passos, impressos na memória dos seus músculos vinte anos depois, mas retornou com facilidade à dança que tinha praticado, segurando a escuridão nos braços e imaginando a linda mulher que a preencheria quando ele fosse o vencedor e se tornasse duque.

Ele nunca imaginou alguém como Hattie.

Hattie, que de algum modo se tornou um porto seguro na tempestade de seus pensamentos, nas lembranças do canalha de seu pai, da competição em que lançou todos os filhos, do ardor da chibata do duque na parte de trás de suas coxas quando errava um passo. Ou da dor de estômago naquelas noites em que era mandado para a cama sem comer. *O estômago vazio vai deixar vocês com fome de vitória*, o monstro gostava de dizer. Quantas noites eles tinham passado fome nas mãos dele? E quantas mais depois que escaparam dele?

A lembrança foi clara e fria, e seu coração começou a acelerar como se tivesse 12 anos de novo, sofrendo numa lição de dança. E o controle começou a lhe escapar. Ele tentou se segurar. Focou em Hattie, mapeando seu rosto com o olhar, assimilando o cabelo dourado e as maçãs do rosto cheias, coradas de empolgação com a dança. Ele catalogou a longa encosta do nariz, a ponta redonda, e os lábios carnudos, grandes e lindos, com a lembrança de serem impossivelmente macios.

Os olhos dela estavam fechados, seu rosto estava levantado para o dele como uma obra-prima, o que o acalmou. Hattie tinha três pintas escuras equidistantes, que formavam um pequeno triângulo na têmpora direita, e Whit não quis outra coisa senão colocar seus lábios nelas, demorando-se ali para prová-las. Ele inspirou fundo, desfrutando do consolo que vinha de olhar para Hattie.

Ela se virou, num certo momento, e Whit ficou hipnotizado pela curva da orelha, com seu lóbulo macio, suas reentrâncias e curvas. Outra pinta o provocou, uma marca logo atrás da orelha direita, bem na linha do cabelo. Um segredo que só ele sabia. Um segredo que nem ela conhecia, pois não tinha como ela própria ver essa pinta. A mulher tinha orelhas magníficas.

Até que ela se voltou para ele e lhe deu o melhor de tudo: seus olhos. Uma cor louca, impossível, que não era razoável em humanos. Mas ele já tinha admitido que Hattie era mais que humana. Parte feiticeira. Parte guerreira. Toda linda.

E aqueles olhos deslumbrantes eram prova disso.

Um homem podia se perder naqueles olhos.

Um homem podia se render a eles. Ceder o controle. Só uma vez. Só durante a dança. Só até ele conseguir recuperar o fôlego e fugir da lembrança.

E, então, ela lhe perguntou como ele tinha aprendido a dançar. E tudo voltou. A lembrança, o desconforto. Ele ficou tenso sob o toque dela, lutando para recuperar o controle.

Perdendo.

Ele só precisava de um instante. Um pouco de ar. Um sopro frio do mundo além daquele salão de baile. Um lembrete de que seu passado não era seu presente. De que ele não precisava daquele lugar, com excesso de gente e de perfume enjoativo.

Naquele momento, porém, ele precisou de Hattie.

Porque, naquele momento, ela o salvou, pegando sua mão num aperto firme e tirando-o do salão, diante de toda Londres, como um cãozinho na guia. Ele deixou que Hattie o levasse. Ele quis isso. E, de algum modo, ela soube que precisava levá-lo não só até o terraço, mas além, descendo pelos degraus de pedra e escapando da luz que o salão derramava, chegando ao jardim. Na escuridão.

Só depois que chegaram lá, sob a proteção de um grande carvalho, que ela o soltou.

Ele detestou que ela o tivesse soltado.

Detestou, também, que a perda do toque dela tivesse feito ele ter que se esforçar, de novo, para respirar.

Detestou, mais do que tudo, que ela parecesse compreender a situação.

Hattie ficou parada ali, suave, silenciosa e imóvel, por uma eternidade, esperando que ele se recuperasse. Ela não o forçou a falar, parecendo entender que, mesmo que Whit desejasse, ele não saberia o que dizer. Então, Hattie só esperou, observando-o até ele voltar ao presente. Àquele lugar. A ela.

Hattie, cuja inclinação natural era preencher o silêncio com perguntas, não fez nenhuma. Nem sobre a conversa dele com seu pai nem sobre a reação dele à valsa. Ela não perguntou como ele sabia dar um nó impecável na gravata.

Em vez de tudo isso, aquela mulher, que ele conhecia há pouco mais de um instante, e que já assombrava seus sonhos, disse:

– Obrigada.

A palavra foi um choque. Não era ele que deveria ter agradecido? Antes que Whit pudesse lhe responder, ela continuou.

– Eu não dançava uma valsa há três anos. Da última vez, não foi nada bom. – Ela riu. Whit não gostou da autodepreciação no tom da risada. – Ele era um barão de olho no dinheiro do meu pai e eu tinha quase 26 anos. E 26 é o mesmo que 86 quando é temporada em Londres.

Ele não se moveu, temendo que, se o fizesse, ela poderia parar de falar.

– Fiquei grata a ele, na verdade. Era bonito e jovem. Só 30 anos. E com um sorriso que me fez pensar que, talvez, fosse a minha chance. – Whit percebeu que sentiu um ódio repentino por aquele barão jovem e bonito, antes mesmo de Hattie acrescentar em voz baixa: – Eu não sabia que ele era um péssimo dançarino.

Whit ficou confuso com isso. Ela não parecia ser do tipo que se importava com a habilidade de dançar de um homem. Ela não tinha acabado de dizer que não se importava?

– Houve conversas de que ele estava mesmo atrás de mim, o que, claro, deixou meu pai satisfeito. O ducado dele é um título vitalício, sabe, e Augie não vai poder herdá-lo. Então, meu casamento com um barão seria uma dádiva. Meu pai ficou mais feliz ainda quando o barão anotou seu nome para uma valsa. Valsas são um tesouro nos salões de baile de Mayfair. – Ela fez uma pausa, inspirou fundo e olhou para o céu. – É lua crescente.

Ele não queria olhar para a porcaria da lua. Ele queria olhar para ela. Mas olhou para a lua assim mesmo, seguindo o olhar dela até a fatia brilhante da lua sobre os telhados.

– Ela está se pondo – disse Hattie, apenas.

– Sim. – Os olhos dela voaram para os dele e a linda boca de Hattie se abriu de surpresa por ele ter falado. Para absoluto choque de Whit, seu rosto ficou quente. Whit nunca se sentiu mais grato à escuridão do que naquele momento, e olha que já tinha se escondido nela dos soldados da Coroa em mais de uma ocasião.

– Eu pisei no pé dele – Hattie continuou, com suavidade. – Ele não era bom dançarino, eu pisei no pé dele, e o barão me chamou de... – Ela parou. Meneou a cabeça e olhou de novo para a lua antes de falar de novo, a voz tão baixa que mal podia ser ouvida. – Bem. Não foi nada gentil.

Whit compreendeu. Compreendeu o constrangimento dela. Sua dor. Sentiu como se fosse sua própria. Ele iria encontrar aquele maldito barão e iria estrangulá-lo. Ele traria para ela a cabeça ingrata do infeliz.

O coração disparado de Whit começou a se acalmar.

– Então... obrigada pela dança desta noite. Você fez eu me sentir... – Ela parou de falar, e Whit percebeu que entregaria para os ladrões todo o conteúdo do armazém dos Bastardos no cortiço, de bom grado, só pela chance de ouvi-la terminar aquela frase.

Mas Hattie não terminou. Apenas fez um gesto com a mão, o cartão de danças preso ao punho flutuando na brisa. Ele estendeu a mão para o cartão, trazendo-a para mais perto com uma leve puxada no papel frágil, já amarrotado por Hattie.

Ele o virou para ler.

Hattie tentou puxar o cartão de volta, mas Whit não deixou.

– Está vazio. Eu falei – ela disse na defensiva. – Ninguém jamais pede para dançar comigo.

Whit a ignorou, pegando o lápis preso ao cartão.

– Eu pedi.

Ele ouviu o sorriso irônico na voz dela quando Hattie retrucou.

– Na verdade, *eu* pedi para dançar com *você*. – Ele levou o lápis à boca, lambendo a ponta antes de baixá-lo ao pequeno cartão oval. – Está um pouco tarde para marcar sua valsa, você não...

Mas ele não estava marcando uma valsa. Ele escreveu o nome em todo o cartão, pedindo todas as danças. Pedindo toda ela, a mulher que o tinha resgatado, com um garrancho forte e firme. *Beast*.

Hattie olhou para o apelido e seus lábios formaram um pequeno e perfeito "Oh". Ele não respondeu, e Hattie olhou para ele antes de falar.

– É isso, então.

Ele soltou um grunhido contido, receoso do que poderia dizer se falasse.

Ela preencheu o silêncio.

– Você é muito elegante. Como um falcão.

– Como um pássaro? – Whit repetiu, incapaz de se conter. Se Devil ficasse sabendo, nunca ia parar de falar nisso.

Ela riu, o som baixo atingindo-o como um soco no estômago.

– Não. Como um predador. Lindo e elegante, sim, mas forte e poderoso. E dançar com *você* não foi igual a qualquer coisa que eu tenha feito antes. Você *me* fez sentir graciosa. – Ela deu uma risadinha e ele não deixou de perceber a autodepreciação. – Por associação, é claro. Como se meus movimentos fossem uma extensão dos seus. Como se eu também fosse um falcão, dançando ao vento. – Hattie olhou para ele, as luzes do salão distante eram um reflexo tênue nos olhos dela. – Nunca me senti assim. Nunca tinha sentido isso. E você me deu tudo isso, esta noite. Então...

Ele se moveu, enfim, aproximando-se dela com a velocidade da droga do pássaro com o qual Hattie o tinha comparado. Mergulhando nela, pegando-a em suas garras. Whit não suportaria ouvir Hattie lhe agradecer outra vez. Não pelo que tinha acontecido lá dentro. Não pela dança que ele não tinha terminado. Ele não lhe tinha dado a dança que ela merecia.

A gratidão dela se dissolveu numa exclamação surpresa. *Ótimo*. Ele não merecia sua gratidão. Não com os planos que tinha para sua família. Para a empresa do pai.

Não com os planos que tinha para ela.

Então, ele capturou suas palavras com um beijo, roubando-as com as mãos naquelas bochechas atraentes e cheias, seus polegares acariciando as maçãs do rosto enquanto virava o rosto dela para o seu, tomando primeiro sua gratidão, depois, sua surpresa e, enfim, seu prazer, lambendo seu lábio inferior, carnudo, até ela se abrir para ele, recebendo-o na boca como se o tivesse feito mil vezes antes. E, por um momento, enquanto Whit saboreava seu suspiro, pareceu que o tinha feito, mesmo.

Whit poderia jurar que mal tinham começado quando Hattie se afastou, mas a respiração dos dois, pesada e desesperada, sugeria que o beijo tinha durado mais do que ele pensava, mas não o suficiente. As mãos enluvadas de Hattie subiram até as dele, no rosto dela, e Whit quis arrancar aquelas luvas para sentir o calor dela.

Ele quase arrancou. Teria arrancado, se ela não tivesse sussurrado em seus lábios, a língua dela saindo numa passada enlouquecedora, como se ela não desejasse saboreá-lo mais uma vez.

– Você sempre tem gosto de limão... Mesmo quando seus doces não estão à vista.

Ele grunhiu, ficando duro como aço e puxando-a para si, latejando para tê-la mais perto, odiando as saias volumosas e a armadura formada pelo espartilho por baixo do vestido. Se dependesse dele, Hattie nunca mais usaria um espartilho. Ela nunca mais usaria qualquer coisa que o afastasse de sua maciez, de suas curvas. Frustrado, ele a colocou na ponta dos pés.

– Você está errada. É você que é doce. – Ele capturou a língua dela e a chupou antes de soltá-la e acrescentar: – Doce em todos os lugares.

Ele a beijou profundamente, recompensando o modo como ela desceu as mãos por seus ombros e peito, descobrindo-o. Os dedos dela delinearam as correias de couro das facas, descendo até o quarteto de lâminas, parecendo um espartilho sobre as costelas dele e, então, se afastou, só o suficiente para seus olhos se encontrarem no escuro.

– Você veio armado.

Ele grunhiu.

– Ataques podem acontecer em qualquer lugar.

Hattie arqueou uma das sobrancelhas.

– Até num salão de baile em Mayfair?

Ele a puxou para mais perto, sabendo que era loucura.

– Especialmente num salão de baile em Mayfair. Você nesse vestido é um ataque. – Ele curvou os dedos nas costas dela, agarrando a borda da seda vinho e, por um momento louco, ponderou no que poderia acontecer se rasgasse o vestido dela e a deitasse na grama aos seus pés, e lhe desse tudo que ela lhe tinha pedido. Ele sentiu o pau latejar, aprovando a ideia.

– Você gosta? – Ela perguntou, insegura.

Eu gosto de você.

O pensamento o abalou, devastador como a dança, momentos atrás, e ele a soltou como se tivesse se queimado. Ela arregalou os olhos e Whit odiou a surpresa e a decepção fugaz que viu neles ao se afastarem, desgarrando-se do toque um do outro.

Ele a observou sacudir as saias, fingindo não reparar no volume dos seios, mesmo sentindo-se um verdadeiro canalha.

– Eu lhe devo outra valsa – ele disse, após um longo momento.

Ela sacudiu a cabeça.

– Acho que vou parar com as valsas por enquanto. – Uma pausa. – E parece que você também deveria.

Não foi uma pergunta. Ela não esperava que ele respondesse. Ele não esperava responder. Ainda assim, por razões que nunca entenderia, Whit respondeu.

– O homem que me procriou insistiu que eu aprendesse a valsar.

Ela se endireitou cuidadosa e lentamente, como se tivesse acabado de perceber que estava na presença de um cão raivoso. E talvez estivesse.

– O homem que o procriou.

– Eu não o conhecia – ele disse, sabendo que não podia contar tudo, e assim mesmo querendo contar tudo para Hattie. – Não durante os primeiros doze anos da minha vida.

Hattie anuiu, como se entendesse. Mas claro que não entendeu. Ninguém entendia. Ninguém conseguia entender, exceto os dois outros garotos que tinham vivido a mesma vida.

– Onde você ficava antes?

A pergunta cuidadosa, emperrada, soou como se ela tivesse mil perguntas, mas só essa tinha conseguido sair. Foi uma pergunta estranha, que Whit não esperava. Ele sempre pensou na sua vida como dividida em duas: antes do dia em que seu pai apareceu e depois. Mas não tinha sido, simplesmente, o dia em que conheceu seu pai. E ele não se lembrava do tempo antes disso. Ele não queria se lembrar.

Assim, ele nunca entenderia por qual razão contou a verdade para Hattie.

– Holborn.

Ela assentiu de novo. Como se fosse o bastante. Mas, de repente, pareceu para ele que não era o bastante. Whit enfiou a mão no bolso e extraiu um de seus relógios, o ouro quente em sua mão enquanto ele continuava.

– Minha mãe era costureira. Ela remendava roupas de marinheiros que chegavam nos navios.

Quando havia roupas para serem remendadas.

– E o seu... – Ela hesitou e ele entendeu o dilema. Ela não queria dizer *pai*. – Era marinheiro?

O que Whit não teria dado para que seu pai fosse um marinheiro. Quantas vezes ele tinha sonhado com isso, que era filho de sua mãe com um homem que tinha partido para fazer fortuna, com uma miniatura da esposa e do filho bebê bordada no forro do casaco, uma lembrança do lar para onde voltaria depois de enriquecer do outro lado do mundo.

Quantas vezes ele ficou deitado na cama, observando a mãe debruçada sobre uma pilha de roupa suja entregue por homens que sempre pediam mais do que a costura, mal conseguindo enxergar no que trabalhava em razão da luz fraca da vela ao seu lado, sonhando que a próxima batida na porta traria seu pai, que retornava para os salvar?

E, então, veio o dia em que a batida de fato trouxe seu pai, alto e elegante, com um rosto que tinha sido esculpido com o cinzel do desdém aristocrático e olhos parecendo de vidro colorido. Um homem envolto numa fortuna que não precisou fazer, porque tinha nascido com ela, aparente no seu rosto, na trama de suas roupas e no brilho de suas botas.

Vinte anos depois e Whit ainda se lembrava da admiração que sentiu ao ver aquelas botas brilhantes como o sol, como o espelho mais limpo de Holborn. Ele nunca tinha visto algo como aquilo, sem nenhum arranhão, uma prova de riqueza e poder maior do que se ele tivesse anunciado seu nome e título.

Mas, então, ele o anunciou. Duque de Marwick. Um nome que lhe abriu todas as portas, desde o nascimento. Um nome que carregava privilégios além do razoável. Um nome que poderia lhe garantir tudo.

Tudo menos a coisa que ele queria mais do que todo o resto. Tudo menos um herdeiro.

Para isso ele precisava de Whit.

– Ele não era marinheiro – Whit disse, afinal. – Ele não era nada, até o dia em que apareceu na porta do nosso quarto em Holborn e nos prometeu o mundo, mas só se eu fosse com ele.

– E sua mãe? – Havia receio nessa pergunta, como se ela já soubesse a resposta.

Ele não respondeu, seus dedos crispavam ao redor do relógio. Whit apenas virou o rosto para o salão dourado mais adiante, o salão repleto de privilégios que o tinha atraído tantos anos atrás.

– Vão falar de você esta noite, Lady Henrietta – ele disse. – Levou um homem para o escuro.

Magnífica, ela não hesitou diante da mudança de assunto. Hattie acompanhou o olhar dele e sorriu, a expressão carregada de ironia quanto à condição das mulheres no mundo.

– Você não fica preocupado que possam estar falando de você sendo levado? – Uma pausa e, então: – Eu disse que queria ser arruinada, não disse? – A pergunta poderia ter soado provocadora nos lábios de outra mulher, mas não nos de Hattie. Nos de Hattie a pergunta soou honesta e franca. Um passo claro na direção em que tinha decidido seguir.

Um sentimento de admiração.

– Você deveria ter feito isso anos atrás – ele disse.

Ela se voltou para ele.

– Anos atrás, não havia ninguém que teria me ajudado.

Whit estendeu a mão para ela, prendendo uma mecha de cabelo atrás da orelha.

– Acho muito difícil de acreditar nisso. – Aquela mulher podia levar um bom homem para a escuridão e Whit estava muito, muito longe de ser um bom homem.

Ela sorriu, recuando mais uma vez, endireitando os ombros, e ele sentiu a mudança nela. A determinação. Whit já tinha visto isso antes, e a lembrança, combinada com o modo como ela firmou o maxilar, o brilho resoluto nos olhos, provocou uma empolgação nele, pois percebeu que estavam para duelar de novo.

Ele prendeu a respiração.

– O que você estava falando com meu pai?

Ele cruzou os braços sobre o peito, as tiras do coldre de facas apertando ao redor de seus músculos, um lembrete de seu papel naquilo, do trabalho que tinha ido ali fazer.

– Quem disse que estávamos falando de qualquer outra coisa que não este baile tão agradável?

Ela deu uma risada.

– Em primeiro lugar, meu pai nunca, em toda a vida, se referiu a um baile como "tão agradável". Nem você.

Ele arqueou uma sobrancelha.

– Esta noite pode ter mudado a minha opinião.

– Se mudou, foi a parte que veio *depois* de eu tirá-lo do salão que mudou sua opinião, meu senhor.

Essa parte era verdade, por isso foi a vez de Whit soltar uma risadinha. O olhar de Hattie voou para o dele. Whit inclinou a cabeça para o lado.

– O que foi?

– É que você não ri.

– Eu rio – ele disse.

Ela lhe lançou um olhar de incredulidade.

– Você mal *fala*. – Com um gesto da mão, ela dispensou qualquer resposta que ele pudesse lhe dar. – Não importa. Não vou ser dissuadida. O que você contou para ele?

Para seu pai.

– Nada.

Não era verdade e ela sabia.

– Eu lhe disse – ela continuou – que ele não está por trás dos roubos das suas cargas.

Whit sabia disso, mas queria uma informação dela.

– E eu devo acreditar em você.

– Sim.

– Por quê?

– Porque não faz sentido, para mim, mentir para você. – Ele arqueou as sobrancelhas ao ouvi-la. Verdade, mas não era algo que a maioria dos homens de negócios admitiriam. – Eu sei que você está na posição de poder, Sr. Whittington.

– Não me chame assim.

– Não posso chamar você de Beast na frente de todo mundo.

Veio irritação.

– Não é todo mundo, Hattie. É uma parte ínfima do mundo. Uma parte fraca. Inútil. Nada parecida com o resto de nós, que trabalha para comer e dança para se divertir, e vive a vida sem medo de críticas.

Ela o observava enquanto Whit falava, o tempo todo fazendo-o desejar não estar tagarelando na frente dela. Ainda mais quando ela respondeu.

– Ninguém vive sem medo de críticas.

– Eu vivo.

Era mentira e ela percebeu.

– Eu acho que você vive com mais medo do que a maioria. – Whit resistiu ao instinto de se encolher diante das palavras quando ela voltou a conversa para onde tinha começado. – Você não precisa acreditar que eu não mentiria para você. Acredite que a história não mente. Meu pai está no leme da Sedley Shipping desde que voltou da guerra. Ele navega com uma habilidade incomparável. Habilidade que colocou todos os empresários abomináveis da Inglaterra atrás dele, oferecendo-lhe verdadeiras fortunas para que assumisse o comando de seus navios. Ele foi abordado pelos piores vilões do mundo, homens que desejavam transportar armas, ópio, *pessoas*. – Ela meneou a cabeça, como se tivesse visto a face do mal e ainda não conseguisse acreditar que existisse. Whit conhecia esse mal. Ele e Devil tinham recebido as mesmas ofertas que o pai dela. E recusaram sem hesitar, assim como o conde. – Nossa empresa teve seus altos e baixos, mas ele *nunca* teria autorizado que roubassem você. Nunca.

Nossa empresa. Whit já tinha bastante experiência de vida para saber que as filhas ficavam sufocadas pelo sentimento de lealdade quando se tratava de seus pais, mas havia algo a mais nas palavras de Hattie. Ela não estava defendendo apenas a integridade do pai. Ela defendia a integridade da empresa da qual sabia muita coisa. *Dela própria.* Depois que Whit entendeu isso, não hesitou.

– Eu sei.

– *Nunca* – ela repetiu, antes de perceber o que ele tinha dito. – Você sabe?

– Eu sei. Posso lhe dizer o que mais eu sei? – Ela não respondeu e ele continuou. – Alguém cometeu um erro, não é mesmo, Hattie?

Uma hesitação mínima.

– Sim.

– Eu acredito que não foi seu pai. E acredito que não foi você. E acredito que você não quer que eu saiba quem cometeu o erro, porque está com medo de outra coisa.

De perder.
Ela meneou a cabeça.
— Não, porque nós tínhamos um acordo.
O acordo que acabaria com ele se Whit deixasse. O acordo que terminava com ela nua em sua cama.
— Nós tínhamos esse acordo. E ainda temos. Mas eu lhe disse que não podia simplesmente deixar tudo voltar ao normal. Existe muita coisa em jogo.
— Não vai acontecer de novo – ela afirmou. – Você vai ser reembolsado. Meu pai nunca se arriscaria a desafiar você. E eu só quero...
Ele odiou o modo como ela parou, as palavras que se recusou a confiar a ele. *Garota esperta. Não deve mesmo confiar em mim.* Foi bom ela não ter terminado a frase. Se tivesse terminado, Whit poderia decidir dar para Hattie o que quer que ela desejasse.
Então, no rastro do silêncio dela, ele falou, sabendo que mudaria tudo.
— Seu pai não se arriscaria, Hattie. Mas seu irmão se arriscou.
Ela congelou por um instante e foi tempo suficiente para ele ver que as palavras a acertaram como um golpe. Um golpe que ele tentou aplicar da forma mais suave, mesmo sabendo que doeria. Ela escondeu a surpresa quase no mesmo instante e Whit não ignorou o quanto a admirou por isso.
— Há quanto tempo você sabe?
Whit não queria que ela percebesse que ele sabia desde o começo.
— Isso importa?
— Acho que não – ela disse. – Você jurou que descobriria tudo.
— Jurei.
— Você pretende... – Ela hesitou e ele imaginou qual seria a pergunta; o pânico urgente na voz, mas, de algum modo, isenta de medo. Por que ela tentava proteger o irmão com tanto empenho?
A minha Hattie é esperta como uma raposa, o conde tinha lhe dito quando conversaram, o orgulho brilhando nos seus olhos úmidos. *Sempre acreditou ser minha herdeira, o que é culpa minha por gostar da companhia dela. O garoto nunca foi esperto. Mas Hattie precisa encontrar um bom homem e ter um bom filho.*
Hattie era esperta, perspicaz e inteligente, e seria uma sucessora magnífica na empresa do pai. Seria possível que isso tivesse a ver com a frustração dela por Whit ter esclarecido o envolvimento do irmão nos roubos das cargas dos Bastardos?
Antes que ele pudesse seguir essa linha de raciocínio, a frustração dela emergiu e Hattie estreitou os olhos para Whit.
— Você negociou de má-fé. Brincou comigo. Você sempre soube.

– Não foi difícil encaixar as peças, Hattie. Eu imagino que seu irmão tenha pensado em fazer um dinheiro rápido para impressionar o pai.

– Não é tão simples assim.

Ele sabia que ela estava escondendo algo, a falta de ânimo na defesa do irmão deixou isso claro, e Whit percebeu que a confissão tácita nas palavras dela era mais frustrante do que esperava.

– Não, não é tão simples. Porque ele não está agindo sozinho.

Ela congelou, a surpresa nos olhos. Surpresa por Augie não estar agindo sozinho? Ou surpresa por Whit saber?

– Com quem ele está trabalhando? – Ele perguntou.

Whit não a queria perto de Ewan, que a machucaria sem hesitar se soubesse que isso faria Whit sofrer. *E faria*.

– Como você sabe? – Ela insistiu.

Essa era uma pergunta mais fácil.

– Fui procurar informações sobre seu irmão assim que descobri o seu nome e, pelo que eu soube, ele não é muito inteligente.

Hattie não respondeu. Porque ele estava certo.

– Pelo que eu soube – Whit continuou –, Augie Sedley não tem metade do tino para negócios do pai nem um quarto do cérebro da irmã.

Whit percebeu um leve tremor no canto da boca carnuda de Hattie. Ele a tinha agradado com isso. E agradá-la, o agradava. Mas esse não era o momento para agrados.

– Pelo que eu soube, seu irmão tem um ajudante que é tão pouco inteligente quanto ele próprio, mas tem a mão pesada e está disposto a atuar como gorila pessoal do jovem Sedley.

– Russell. – Ela fez uma careta.

Whit ficou tenso ao ouvir o nome. Ao perceber o estremecimento de repulsa de Hattie ao falar o nome. Uma raiva ferveu em Whit quando ele considerou as razões possíveis para essa repulsa. Raiva, não. Fúria. Ira.

– Ele tocou em você?

– Não. – Ela sacudiu a cabeça rapidamente e a verdade o deixou atordoado de alívio. – Não. Ele é só um brutamontes.

– Nisso eu acredito. Ele tem um soco pesado. – Whit levou a mão à nuca, ao local que continuava dolorido desde a noite do roubo.

– Desculpe – ela disse, como se fosse responsável pela pancada.

Ele ignorou o prazer que a palavra suave evocou.

– Se isso tivesse acontecido um ano atrás, eu não estaria nem um pouco preocupado, porque os Bastardos são mais espertos e experientes que o seu irmão e o capanga no melhor dia deles. Mas quatro cargas foram roubadas nos últimos meses. Em três rotas diferentes. Eu sei quem é o responsável e pretendo destruí-lo. Mas preciso do seu irmão para isso.

Houve uma pausa enquanto as palavras caíam entre eles, a lógica dele clara e infalível. Ela anuiu, parecendo compreender que ele não estava pedindo ajuda. Compreendendo que ele não poderia permitir outra afronta. Que ele não permitiria as que já tinham sido cometidas, não quando eram de um inimigo real. Um inimigo com o qual ele precisava se preocupar mais do que com o irmão dela e seu capanga.

– Então, você foi falar com o meu pai – ela disse com delicadeza. Claro que ele tinha ido falar com o conde. A empresa dele estava em perigo. O mundo que ele tinha construído. As pessoas que viviam nesse mundo. E Hattie não sabia o bastante para manter todos em segurança.

– Você contou a ele sobre Augie.

Ele ouviu a devastação nas palavras. O sentimento de traição. E droga, aquilo doeu!

– Contei.

Hattie anuiu, mas não olhou para ele.

– Você devia ter me contado que ia fazer isso.

– Por quê?

– Porque teria sido justo.

Whit desejou poder ver os olhos dela no escuro. Mas também se sentiu grato por não conseguir vê-los. Porque não tinha escolha a não ser decepcioná-la.

– Justiça não ganha guerras.

Uma pausa.

– E isto é guerra?

– Claro que sim. Tem que ser.

– Comigo? – Ela disse.

Não se você lutar do nosso lado. De onde diabos tinha vindo aquele pensamento? Ele o colocou de lado.

– Com nossos inimigos.

– Augie é meu irmão.

Ele não respondeu. Como poderia? Ele também tinha um irmão. Uma irmã. Centenas de pessoas que dependiam dele. Pessoas que ele tinha prometido manter em segurança. Todos estavam ameaçados por Ewan. E pelo irmão de Hattie. Aquele era o único caminho para sua vingança.

Ela falou no silêncio que ele deixou.

– Pensei que nós tínhamos um acordo.

– Você vai ser deflorada. – O mal-entendido foi proposital.

Ela exalou forte na noite escura.

– Não é como se ele fosse lhe entregar Augie, sabe. Você enfiou uma faca na coxa dele, um fato que meu irmão vai ficar feliz em divulgar assim que meu pai for tomar satisfação com ele.

Hattie não sabia que o pai já estava ciente.

Em outros lábios, essas palavras teriam soado agressivas. Mas ali, nos dela, soaram diferentes. Com raiva, sim. Mas, de novo, frustradas. Frágeis. Quase em pânico.

Ele deixou o silêncio cair à volta deles tempo o bastante para ela começar a se remexer sob a atenção dele.

– Do que você tem medo, Hattie? – Ele disse, afinal.

– De nada.

Ele meneou a cabeça.

– É mentira.

– Como você poderia saber, você que tem tudo? – As palavras produziram um choque. – Você, com seu feudo e seu mundo cheio de pessoas que o adoram, e seus negócios, um sucesso imenso que enche seus bolsos. Você, o tipo de homem temido e reverenciado pelos concorrentes, sem que ninguém duvide da sua habilidade. Você é uma droga de rei! E como se não fosse o bastante, também é o homem mais bonito que qualquer pessoa já viu, o que, a propósito, chega a ser ridículo. – Qualquer prazer que ele poderia ter sentido com aquelas palavras desapareceram com a irritação que elas transmitiam. Ela continuou. – Imagine ser *eu*.

Que diabos isso queria dizer?

– Imagine ser sempre aquela que *nunca vence*. Durante a minha vida inteira, fui uma imitação barata do que deveria ser. Ninguém quer Hattie Sedley no seu salão de baile. – Não era verdade. Whit não conseguia imaginar alguém que não a quisesse por toda parte, o tempo todo. – Sou convidada apenas por ser a filha de um homem rico. Amiga de uma mulher linda. Hattie, boa para se dar umas risadas, mas muito extravagante, não acha? Muito alta, não acha? Não pode ser ignorada, mas não precisa ser levada em consideração. *Boa e velha Hattie*. Bem inteligente, eu acho, mas ninguém quer construir um lar com inteligência e *Hattie* a reboque. Como o cachorro de alguém.

Whit rilhou os dentes ao ouvir essas palavras. A dor que traziam, a loucura delas vindas daquela mulher que ele não conseguia esquecer desde o momento em que tocou seu rosto naquela carruagem escura.

– Quem fez você se sentir assim?

A pergunta veio como uma ameaça, porque era mesmo. Whit queria um nome. E ela lhe disse, como se ele fosse uma criança à qual precisasse explicar algo tão simples quanto o nascer do sol.

– Todo mundo.

Houve muitas vezes na vida de Whit em que ele quis dizimar Mayfair, mas, naquele momento, ele se sentiu tomado por um desejo incandescente de destruir o mundo inteiro que tinha feito essa mulher se sentir menos do que perfeita. Ele engoliu em seco.

– Todo mundo está errado.

Ela piscou e algo parecido com decepção apareceu em seus olhos.

– Pare. Se existe algo pior do que saber que você está deslocada, é alguém dizer que não está. – Ela deu uma risadinha que desmentia as palavras. – Além do mais, quando se nasce sendo a antítese de tudo que o mundo valoriza, você aprende a se ajustar. Você aprende a ser um cachorro. Todo mundo gosta de cachorros.

Ele meneou a cabeça e abriu a boca para dizer como ela estava enganada.

Mas Hattie continuou falando, aquela mulher parecia nunca parar de falar. E ele se esqueceu de falar, porque gostava de escutá-la.

– Eu não posso ganhar o jogo disputado naquele salão de baile. Mas pensei que pudesse ganhar outro. Pensei que pudesse ganhar nos negócios.

O pai de Hattie tinha dito o mesmo, mas agora, nos lábios dela, as palavras o prenderam, mais ainda quando ela deu um passo em sua direção, um dedo apontado para ele como um sabre.

– Eu sou *boa* nisso.

– Acredito. – Ele não hesitou.

Ela o ignorou.

– E não só com os livros. Não só com os clientes. Com tudo. Os homens nas docas precisam que a Sedley Shipping os mantenha trabalhando, pagando bem. Os homens que trabalham no armazém. Os cocheiros que entregam as mercadorias. Nós empregamos um pequeno exército e eu conheço cada homem. Conheço suas esposas. Seus filhos. Eu... – Ela hesitou. – Eu me *importo* com eles. Com todos. Com tudo.

A frustração dela crescia, e ele compreendeu a raiva, a preocupação e o *orgulho* que corriam dentro dela. Ele sentia o mesmo quando estava no cortiço, onde Beast, Devil e Grace construíram um mundo para as pessoas cuja lealdade era o maior lucro dos Bastardos. Essa mulher amava sua empresa, assim como Whit amava a dele. Ela amava as docas como Whit amava Covent Garden.

Eles combinavam.

– Você é melhor nisso do que a maioria dos homens de Londres. – Ele não precisava ver para crer.

– Eu consigo prender uma vela no vento forte – ela acrescentou – e fazer um curativo num ferimento de faca. Aliás, muito obrigada por quase matar meu irmão. E consigo corrigir qualquer problema que possa surgir. Incluindo o que o idiota do meu irmão criou ao ir contra dois dos homens mais poderosos de Londres. Mas *isso não basta.*

Agora que tinha começado, ela não conseguia parar e Whit percebeu que não desejava que ela parasse; ele desejava que ela continuasse. Ele escutaria a raiva dela para sempre, ainda que sua cabeça já estivesse trabalhando para cuidar disso. Para resolver a situação. Para dar a Hattie o que ela desejava.

Impossível, se fosse para ele fazer o que era necessário.

– Deveria ser minha. – Ela continuava falando. – Deveria ser minha e não apenas porque eu a quero. Deus sabe que eu a quero. Tudo. Eu quero o tinteiro e os livros-razão antigos, o cordame, a resina e as velas. Eu quero a *liberdade*. Eu fiz por merecer. – Ela parou para respirar e veio uma visão: as manchas de tinta nos punhos dela, no bordel. Prova da paixão de Hattie, como se o modo com que ela vibrava diante dele não fosse suficiente. – E você sabe o que o meu pai disse?

– Ele disse que você é uma mulher e não pode ficar com a empresa.
– Que bobagem!

– Ele disse que eu sou uma mulher e não posso ficar com a empresa – ela repetiu, estreitando o olhar para ele. – Eu ser mulher não deveria ser impedimento.

– Não. Não deveria.

Ela começou a ficar agitada de novo.

– Eu estou tão cansada de ouvir isso. De ouvir que não sei o que eu quero. De ouvir que não sou forte o bastante. Nem inteligente o bastante. Eu sou.

– Você é. – *Cristo! Ela era.*

– Eu sou forte – ela insistiu.

– É. – *Mais forte do que qualquer capanga de Covent Garden.*

– Eu sou inteligente *demais*. Eu sei que uma mulher não devia dizer algo assim, mas, droga, eu *sou*.

Whit adorou que ela afirmasse isso.

– Eu sei.

– O fato de eu ter – ela acenou para o próprio corpo – *partes* diferentes não deveria importar. Ainda mais porque estas partes... – Ela foi parando de falar. Meneou a cabeça. – Enfim.

Ele não trocaria as partes dela por nada.

– Concordo.

Hattie piscou várias vezes.

– Concorda?

Ah! Ela estava de volta.

– Concordo.

As palavras roubaram o vento das velas de Hattie e sua respiração ficou pesada no escuro.

– Oh!

Ele imaginou que deveria ter visto isso muito antes. Deveria ter compreendido. Ela queria a Sedley Shipping. Ela queria os navios, as docas e o mundo, e deveria ficar com tudo.

– Não é nenhuma dificuldade, para mim, acreditar que você pode conduzir sua empresa melhor do que eles.

– Com certeza melhor do que Augie.

Os lábios dele se torceram diante do resmungo suave.

– Pelo que ouvi dizer – começou Whit –, existem alguns gatos muito inteligentes nas docas que se dariam melhor do que seu irmão. Eu estava falando do seu pai.

– Ele se deu tão bem que recebeu um título de nobreza.

– Títulos de nobreza não me impressionam.

Ela o encarou.

– Eu não deveria ter dito aquilo sobre você. Desculpe.

Whit não permitiria isso.

– Você disse que sou lindo. Não pode retirar o que disse.

– O que isso importa? É subjetivo.

Ele sabia que era atraente. Hattie não era a primeira mulher a lhe dizer isso nem a centésima, mas, ainda assim, ouvir dela era diferente de ouvir das outras. Como se ele tivesse feito por merecer, de algum modo. Um calor impossível se espalhou pelo rosto dele outra vez e Whit sentiu-se grato pela escuridão. Se os rapazes de Covent Garden soubessem que a fera imperturbável tinha corado duas vezes na mesma noite, ele nunca mais teria um punhado de respeito. Whit pigarreou.

– Obrigado.

– De nada.

Ele deveria levá-la para dentro, essa mulher que o tinha resgatado e ainda não tinha lhe pedido para se explicar. Nem tinha se demorado no que aconteceu no salão. Ela apenas lhe contou de sua última e miserável dança. E ele não lhe contou nada.

Whit não queria levá-la para dentro. Ele queria contar-lhe algo.

– Eu acho que você ia gostar da minha irmã.

Hattie parou ao ouvi-lo.

– Eu não sabia que você tinha uma irmã.
– Você não sabe muitas coisas a meu respeito.
– Se pelo menos você me contasse algumas coisas. Se tentasse algum tipo de comunicação verbal. Para transformar todos os seus grunhidos e resmungos em palavras compreensíveis. Em algum tipo de linguagem completa, com significado.

Ele grunhiu, achando graça, e ela sorriu.
– Você quer ouvir sobre ela ou não?
Os olhos de Hattie se fixaram nele.
– Claro que sim.
– Minha irmã nasceu num mundo de homens. Meu pai costumava dizer que tinha uma única finalidade, mas que não conseguiu realizá-la.
– Uma decepção desde o instante em que nasceu – Hattie disse, familiar demais com essa noção.
– E em cada instante depois – Whit concordou, evitando a verdade completa da história. A parte em que o pai nunca pretendeu que a garota bastarda, sem seu sangue, útil apenas para guardar o lugar do futuro herdeiro, vivesse além do seu aniversário de 14 anos. Ele pulou para o meio da história. – Quando tínhamos 14 anos, Grace, Devil e eu fugimos para começar a vida longe do controle dele. Nós chegamos a Londres e fomos parar em Covent Garden. Pensei que nós podíamos ficar com...

A *mãe dele*. A única das mães que continuava viva a essa altura.

Ele enfiou a mão no bolso e retirou o segundo relógio. O olhar de Hattie acompanhou o movimento e, por um momento único e louco, Whit pensou em lhe contar tudo. Mas contar tudo para Hattie a traria perto demais. E ele não podia tê-la tão perto.

Whit meneou a cabeça e voltou sua atenção para ela. Pigarreou.
– Basta dizer que não teríamos conseguido sobreviver sem Grace. Ela era mais esperta e mais forte do que Devil e eu. Muito mais. Apesar das partes. – Grace podia não ser irmã de sangue deles, mas era irmã de espírito.

Hattie sorriu ao ouvir isso.
– Onde ela está agora?

Ele não sabia. Grace tinha partido após o retorno de Ewan, sabendo que ele andava procurando por ela. Sabendo que da última vez que Ewan a viu, tentou matá-la. Eles tinham dito a Ewan que Grace estava morta e ele quase matou Devil em razão disso, mas, depois, foi embora, mais louco do que antes. De algum modo, ela mantinha seus negócios de seu esconderijo, mas ainda não tinha voltado.

Hattie interrompeu o silêncio.

— Bem, não importa onde ela esteja, fico feliz por vocês terem um ao outro.

Não seja boa comigo, Henrietta Sedley. Eu não mereço.

Whit encaminhou seus pensamentos para outro caminho.

— Corpo. Negócios. Lar. Fortuna. Futuro. — Ela arregalou os olhos ao ouvir o eco da noite em que se conheceram. — O corpo traz os negócios. Você acha que, se eu a arruinar, vai ficar mais perto de conseguir a Sedley Shipping.

Ela olhou para a casa, onde, sem dúvida, Londres estava pasma pelo modo como Hattie conduziu Whit para os jardins.

— Nós logo descobriremos. Vou ficar arruinada de verdade depois desta noite.

— Você não está tão arruinada quanto gostaria — ele disse, com uma indiferença que não sentia ao pensar em ficar a sós com ela para fazer aquilo do modo certo. — E nós vamos chegar lá, mas, primeiro, o corpo traz os negócios, que trazem a fortuna, que traz o futuro. Supondo que você fique com os negócios.

— Eu vou ficar — ela disse, incisiva.

Ele ignorou a promessa e um fio de culpa apareceu.

— E quanto ao lar? Você acha que seu pai vai lhe dar a empresa, mas não permitirá que continue na casa da família?

— É claro que ele permitirá. Mas uma mulher de negócios precisa de seu próprio lar. Com a vida que ela fez para si mesma. A vida que ela *escolheu* para si.

— Precisa?

— Você não precisa? — Ela perguntou, sem esperar que ele respondesse para continuar. — Eu aposto que sim. Você deve ter algum tipo de covil nos meandros de Covent Garden. Cheio de... — Ela parou e Whit ficou em suspense. — ...plantas ou algo assim.

Ele arregalou os olhos.

— Plantas?

— Você parece o tipo de homem que tem plantas.

— Em vasos?

— Não. — Ela sacudiu a cabeça, como se tudo aquilo fosse perfeitamente normal. — Plantas exóticas. Coisas que alguém não encontraria sem uma excursão para outro continente.

Ele riu disso, surpreso com o modo como ela o deixava mais leve.

— Eu nunca estive fora da Grã-Bretanha.

Foi a vez de Hattie arregalar os olhos.

– Mesmo?

Ele deu de ombros. Aonde um garoto da sarjeta iria?

– Muito bem – ela disse, fazendo um gesto com a mão. – Plantas em vasos, então.

Ele meneou a cabeça.

– Eu não tenho plantas.

– Oh! Você deveria arrumar algumas.

Ele resistiu ao impulso de continuar na fantasia maluca dela.

– E quanto a você – ele disse –, tem um lar em mente? Um lar com suas próprias plantas?

Ela sorriu.

– Na verdade, tenho.

– Onde? – Whit não deveria se importar, mas se importava. Ele queria saber quais eram os sonhos dela, os que ainda não conhecia. Ele queria que ela os dividisse com ele.

O prazer que Whit sentiu quando ela fez exatamente isso foi imenso e preencheu as partes mais escuras dele. Ela estendeu a mão para pegar a dele e levou-o para o lado mais distante do jardim. Ele a acompanhou sem questionar.

Hattie o levou até um banco de pedra a vários passos de distância, encostado no muro de tijolos que separava o jardim dos Warnick do vizinho. Ela segurou com firmeza a mão dele, levantou as saias com a mão livre e subiu no banco. Ele a ajudou no mesmo instante, fornecendo apoio e equilíbrio enquanto ela subia.

– Obrigada. – Ela puxou a mão, mas a estendeu em seguida. Um convite.

Ele não pegou na mão dela, mas subiu no banco mesmo assim.

– Isso é inesperado.

Ela sorriu, empolgada.

– Você não costuma passar seu tempo de pé em bancos com ladies?

Ele respondeu com um grunhido.

– Mas já escalou muros.

Ele arqueou as sobrancelhas.

– Nós vamos escalar um muro esta noite, milady?

– Eu não quero estragar seu belo traje – ela brincou. – Mas podemos olhar. – Hattie apontou por sobre o muro. – Olhe.

Ele olhou e viu o que qualquer um veria nessa situação. Um jardim escuro, uma casa mais escura no horizonte. Ele não entendeu de imediato, não até olhar para ela, observando-a de perfil, a pele clara refletindo a luz da Casa Warnick, os olhos vasculhando a escuridão, como se pudesse ver cada detalhe da casa vizinha e de seu jardim sem precisar de luz.

Contudo, havia mais que isso. Além da observação havia algo diferente, um desejo.

– Essa é a casa – Whit disse.

Hattie se voltou para ele.

– Número 46 da Praça Berkeley. Antiga casa do Barão Claybourne.

– E você a quer.

Ela assentiu com a cabeça.

– Eu a quero.

– E quer a empresa.

Ela o encarou, a sinceridade evidente e inflexível em seu olhar.

– Quero.

E por que não poderia tê-la? Por que não deveria?

– Fique com ela.

Ela lhe lançou um olhar seco.

– Eu pretendia. Augie ia se afastar e dizer ao meu pai para me dar a empresa. Se eu mantivesse você longe dele. – Hattie deu de ombros. – Tudo foi por água abaixo.

Whit crispou os punhos. Ele não podia garantir que, se algum dia encontrasse August Sedley, não enfiaria a mão na cara dele. Que tipo de homem mandava sua irmã inocente para a guerra em seu lugar? O mesmo tipo de homem que atacava os Bastardos sem pensar.

Não. August Sedley não sairia ileso dessa. Mesmo que não tivesse se aliado a Ewan, não se poderia confiar a Augie uma das maiores empresas de navegação de Londres, para que a administrasse bem, mantendo o trabalho dos homens e suas famílias em segurança.

Mas em Hattie... Hattie, que adorava as vagens de Covent Garden e comprava flores murchas por três pence... Dava para confiar nela.

Hattie queria a empresa e Whit cuidaria para que ela a conseguisse.

– E se eu ajudar você?

Desconfiança surgiu nos olhos dela.

– Por que você faria isso?

Porque eu quero que você tenha tudo o que deseja.

– Porque você deveria ficar com a empresa. Porque Sedley Shipping vai prosperar com você no comando. Porque as docas precisam de empresários que conheçam o mundo dos trabalhadores. E você é forte o bastante para ser um deles.

Ela o encarou.

— Para ser o melhor deles.

— Isso. – Um dos cantos dos lábios dela se ergueram num pequeno sorriso.

— Você não sabe disso.

— Eu sei.

— Então, como fica? Você acrescenta isso à lista de exigências para o meu pai? Meu irmão lhe entrega seu verdadeiro inimigo e meu pai me coloca como sua sucessora. Assim você não nos destrói?

Garota esperta. Uma pausa se impôs com a verdade.

— E eu fico com a empresa por causa da sua benevolência.

Um fio de desconforto o inquietou.

— Pelo amor de Deus, Hattie! Importa como você vai ficar com a empresa?

Ela sorriu, a expressão fechada.

— Falou como um homem que nunca teve que provar que merece o que tem. – Outra pausa. – Eu quero a empresa pelo meu próprio mérito ou não a quero de modo algum.

— Você duvida que a merece? – Ele perguntou.

— Não.

— Então, fique com ela. E prove seu mérito no comando.

Hattie ficou o observando por um longo momento. Whit até se sentiu desconfortável com o olhar inflexível dela. Mesmo assim, resistiu ao impulso de desviar os olhos. Ele era um Bastardo Impiedoso, pelo amor de Deus, e se recusava a ser intimidado pelo olhar de uma lady de Mayfair. Mesmo que fosse de uma lady que comandaria uma das maiores empresas de navegação de Londres.

Se o pai dela concordasse.

Ele concordaria. Whit não lhe daria opção.

— Você pode consegui-la para mim – Hattie sussurrou, enfim.

— O Ano da Hattie.

Ela deu um sorriso iluminado e lindo.

— E o que isso faz de nós? Conhecidos do mundo dos negócios?

Por que essa ideia o agradou tanto? Ele grunhiu uma risadinha e a puxou para si.

— Nós já temos um acordo.

Ela ficou sem ar com as palavras, com aquele lembrete da promessa que ele tinha feito, tantas noites atrás, de tirar sua virgindade. De lhe dar domínio sobre seu próprio corpo.

— Quando? – A pergunta foi suave, doce e cheia de expectativa, pontuada pelo rosto dela se levantando para o dele.

Num instante, Whit sentiu o corpo latejar por ela.

– Não num jardim de Mayfair – ele grunhiu, grave e sombrio.

– Se não for logo, não vou ter escolha se não ir atrás de você de novo. Uma agulha no palheiro de Covent Garden. – As palavras o alegraram com sua promessa. Quando ele tinha gostado de uma mulher tanto quanto de Hattie? Quando ele sentiu que combinava tão bem com alguém?

Ele baixou a cabeça e tomou na boca o lábio carnudo daquele sorriso, até ela suspirar.

– Em breve – ele sussurrou depois que terminou. *Talvez esta noite. Ou amanhã.*

Ela não hesitou.

– Por favor.

Que palavras magníficas.

– Volte para o seu baile, guerreira – ele sussurrou, dando um beijo demorado nos lábios dela. – Eu a encontrarei.

Ele a observou voltar pelo jardim, subir a escada e entrar no salão de baile sem perder de vista a seda vermelha daquele vestido lindo. E, por um instante, enquanto Whit a observava, seus pensamentos vagaram por lugares que nunca lhes tinha permitido. Lugares que o provocavam com palavras como *felicidade*. E *prazer*.

E *esposa*.

Ele ficou rígido com esta última, mas não a afastou, deixando que permanecesse, circulando-o até o último fio de seda vermelha ser engolido pela multidão e ele ser deixado sozinho, admirado pelo sentimento singular que o arrebatava, algo que não sentia há duas décadas.

Esperança.

A palavra estrangeira lhe tirou o fôlego e, inconscientemente, ele levantou a mão, massageando o aperto que veio com a palavra, o modo como ela ameaçava sua razão.

Não havia tempo para esperança. Nem mesmo quando esta vinha em pacotes lindos e ousados, cheirando a amêndoas, com manchas de tinta nos punhos e sorrisos largos, com covinhas. Ele disse isso para si mesmo quando deu as costas para as luzes da casa.

E encontrou Ewan parado na escuridão.

Capítulo Catorze

Nós não devíamos estar aqui.

A lembrança atingiu Whit em cheio quando fitou os olhos do irmão, um âmbar brilhante, idênticos aos de Whit e Devil e do duque, pai deles. No mesmo instante, foi transportado para aquele momento, anos atrás, quando, pequeno, cheio de coragem e de algo parecido com esperança, foi levado até uma sala de estar na casa de campo Marwick para encontrar os garotos que se tornariam seus irmãos e aliados durante os próximos dois anos. Whit se lembrou deles como se estivessem ali, naquele momento, nesse jardim de Mayfair: Devil, atrevido e corajoso, escondendo seu medo; e Ewan, firme como pedra, seus olhos calculistas analisando tudo, um garoto brilhante, no mesmo instante tornando-se o favorito do pai, que nunca pareceu enxergar a fúria gelada que queimava como fogo dentro dele.

Esse fogo não era mais frio. Nessa noite, ameaçava incendiar o mundo.

Houve um tempo em que Ewan era o maior deles, o mais alto, o mais largo e o mais forte. Na lembrança de Whit, era como um deus. Saudável e arrogante. Nada parecido com o homem diante de si, uma imitação pálida do garoto que tinha sido. Magro, quase esquelético, com as roupas penduradas em seu esqueleto comprido, e oco, sem se barbear, com olhos insanos. Selvagem.

Se vinte anos nas ruas tinham ensinado algo a Whit, era que homens que não tinham pelo que viver se tornavam as feras mais perigosas. Um alerta apitou dentro dele e Whit levou a mão até dentro do sobretudo para pegar uma de suas facas.

Ele se sentiu reconfortado pelo instrumento frio e pesado em sua mão, por saber o ângulo exato do arremesso que derrubaria seu irmão num instante. Ewan tinha sido o melhor lutador dentre eles anos atrás, nunca disparava um soco sem atingir seu alvo. E quando planejaram sua fuga daquele monstro que era o pai deles, acreditaram no sucesso da empreitada em razão da habilidade de Ewan.

Vinte anos de ducado deviam ter igualado o placar.

Mas não igualaram.

Da última vez que os irmãos enfrentaram Ewan, Devil tinha sido declarado morto. Não fosse por Felicity, Whit teria ficado sozinho para guerrear com o Duque de Marwick.

E talvez precisasse fazê-lo nessa noite.

– Estou com um garoto lutando pela vida, em Covent Garden, por sua causa. – Whit deixou o punho cair ao lado do corpo, segurando a arma. – Me dê um motivo para eu não me vingar agora mesmo.

– Matar um duque é punido com enforcamento.

– Nós dois sabemos que você não é um duque – Whit respondeu, gostando de ver como Ewan ficou tenso com as palavras. – Augie Sedley não vai mais lhe obedecer, mano.

– Não me importa; nunca me importei com isso – Ewan disse, aproximando-se, as palavras frias e perturbadoras. Whit apertou a mão no cabo da faca. – Só me importava atingir você. – O olhar dele foi além do ombro de Whit, até a casa. – E agora eu sei como fazer isso.

Com Hattie.

Algo quente e aterrador passou pelo corpo de Whit.

– Olhe para mim, Marwick. – Se ele se aproximasse a menos de dez passos de Hattie, Whit o destruiria. – Estou aqui, pronto para encarar a luta que você quer.

Estava na hora de castigar Ewan. Pelo que tinha feito com eles quando crianças. Pelo que tinha feito a Devil. Pelo que tinha feito com seus homens.

– Quero mesmo. Eu queria ver você sangrando nesta porra de jardim. Mas não posso – Ewan disse e Whit ficou em silêncio. – Por causa dela.

Grace. A garota que Ewan tinha amado e perdido.

Quando eles fugiram, Grace tinha feito Devil e Whit prometerem que não machucariam Ewan. Ela implorou aos dois. *Vocês não sabem de tudo*, tinha lhes assegurado. E, por duas décadas, os Bastardos mantiveram a palavra. Mas e agora? Com o olhar frio de Ewan acompanhando o caminho que Hattie tinha seguido.

Protegê-la.

Se era para haver uma batalha, seria nesta noite.

– Grace não está aqui para nos fazer cumprir nossas promessas.

O rosto de Ewan ficou rígido como pedra.

– Não diga o nome dela. – Whit não respondeu, notando como os olhos insanos de Ewan ameaçavam algo pior. Algo que Whit não queria perto de Hattie. – Vocês deixaram que ela morresse. Eu a deixei ir. Deixei que fugisse com vocês e vocês não a mantiveram em segurança.

Não era verdade. Devil e Whit vinham escondendo Grace de Ewan desde que eles fugiram, sabendo que ele iria atrás dela, que seria incapaz de se conter. Grace, a criança que tinha nascido da Duquesa de Marwick, filha de um homem que não era o duque. Falsamente batizada como garoto e herdeiro. Anunciada como garoto e herdeiro. Apenas guardando o lugar do futuro herdeiro do Ducado de Marwick.

Grace que, se fosse descoberta e revelada, poderia trazer todo o ducado abaixo, e Ewan cairia junto. Usar falsamente um título era punível com a morte.

Não que Grace fosse algum dia fazer isso.

Porque Grace e Ewan foram forjados com o mesmo fogo. Um o primeiro amor do outro, e também a primeira traição. E Grace nunca aceitaria que matassem o garoto que um dia amou. Não naquela época, após Ewan deixar Whit quebrado no chão e tentar matá-la a pedido do pai. Nem depois que Ewan levantou a faca e quase a acertou. Nem depois que ele quase a matou e teria matado se Devil não tivesse interferido. Intervenção que lhe valeu a pavorosa cicatriz no rosto.

Devil, Whit e Grace fugiram naquela noite, mas não antes que Whit tivesse visto o pânico desesperado nos olhos de Ewan. E também a fúria, a frustração e o medo que o tinham lançado atrás deles. O desespero para conquistar o ducado. Para ser o herdeiro do pai deles. Para o inferno todo o resto!

Whit e Devil fizeram o que podiam para manter Grace escondida, para escondê-la em Covent Garden, fora do alcance do irmão, que tinha procurado por eles desde o momento em que se tornou adulto, com dinheiro e determinação. A lealdade de Covent Garden, acima de qualquer coisa, tinha mantido os três em segredo até meses atrás, quando Ewan os encontrou, enlouquecido com a busca interminável.

Whit e Devil mentiram quando Ewan perguntou de Grace.

Eles disseram para Ewan que Grace tinha morrido.

E, assim, o enlouqueceram.

– Você a deixou morrer – Ewan insistiu, aproximando-se de Whit como um cão raivoso, segurando-o pelas lapelas e empurrando-o para a escuridão. – Eu devia ter matado você no instante em que o encontrei.

Whit usou o movimento para girar os dois e empurrar Ewan contra uma árvore, que atingiu com um baque pesado.

– Eu não sou mais o menorzinho, duque. – Ele levantou a faca e a apertou no pescoço do irmão, com força suficiente para Ewan sentir o fio da lâmina. – Você tirou a vida de três homens, duque. Homens inocentes, trabalhadores. Para quê? Brincar conosco? Eles tinham *nomes*. Niall. Marco. David. Eram rapazes fortes com futuros brilhantes e você *acabou com eles*.

Ewan se debateu, mas décadas nos cortiços tornaram Whit mais forte e mais rápido.

– Diga por que eu não devo acabar com você agora.

Ele podia. Podia cortar o pescoço do canalha ali mesmo. Ewan merecia. Pela traição, anos antes, e pelos ataques de agora.

Ewan levantou o queixo.

– Vá em frente. *Saviour.* – Ele cuspiu o nome. – Faça isso.

Eles permaneceram nessa cena assustadora por um segundo. Um minuto. Uma hora. A respiração de ambos se tornou difícil e furiosa no escuro, à sombra do mundo que eles quiseram com tanta vontade que a promessa daquilo tudo tinha jogado um contra o outro.

Os olhos âmbar de Ewan estreitaram-se sob a luz fraca que vinha do salão de baile. A cor dos olhos era a única evidência física dos laços sanguíneos entre eles. Enquanto Whit possuía cabelo escuro e pele morena, herdados da mãe espanhola, Ewan era quase uma cópia do pai deles: alto, de cabelo claro, com ombros e queixo largos.

Whit recuou um passo. Soltou Ewan. Desferiu um golpe diferente. Pior.

– Você se parece com ele.

– Acha que eu não sei disso? – Uma pausa. – O que você teria feito para matá-lo, naquela época?

A verdade foi instantânea.

– Qualquer coisa.

– Por que não me mata agora? – Ewan perguntou.

Uma dúzia de respostas, nenhuma boa o bastante. Grace, implorando para que não o machucassem, quando garota, e, como mulher, ameaçando-os se o fizessem. A ameaça de prisão por matarem um nobre. A ameaça para Devil e Whit. Para Grace. Para os cortiços.

Whit observou o meio-irmão por um longo momento, vendo as bochechas fundas, os círculos escuros debaixo dos olhos delirantes.

– Seria uma bênção – Whit disse – se eu tirasse de você a vida. As lembranças. A culpa.

O olhar de Ewan ficou ainda mais atormentado. E, então, do nada, Whit acrescentou:

– Você se lembra da noite na neve? – O outro se contraiu. – Começou com aquele banquete, lembra? Torta de carne, caça, batatas e beterrabas regadas com mel, queijo e pão de centeio.

Ewan desviou o olhar.

– Essa foi a primeira pista. Nada de bom vinha dos confortos da Casa Burghsey.

Após a refeição, os três garotos foram levados para fora da casa sem nada além da roupa com que jantaram. Nada de casacos ou chapéus, nem cachecóis ou luvas. Era janeiro e estava um frio cortante. Vinha nevando há dias e os três tremeram juntos enquanto o pai os castigava por ofensas desconhecidas.

Não. A ofensa era evidente. Eles tinham se aliado. Contra ele. E o Duque de Marwick teve medo disso.

Vocês não estão aqui para serem irmãos. Ele disparou, o olhar carregado de uma fúria inabalável. *Vocês estão aqui para serem Marwick.*

Não foi novidade. Ele já tinha tentado desuni-los uma dúzia de vezes. Uma centena. Tantas vezes que eles tentaram fugir em mais de uma oportunidade, até descobrirem que era inevitável serem pegos e que os castigos do pai pioravam a cada infração. Depois disso, pararam de fugir, mas continuaram unidos, sabendo que, juntos, eram mais fortes.

Depois que o pai exaltou a lealdade ao título acima de tudo, até acima de Deus, ele os deixou tremendo no frio com instruções claras. Dentro de casa havia uma cama para um deles. Mas apenas para um. O primeiro a trair os outros ficaria com a cama. E os outros passariam a noite na neve. Sem abrigo. Sem fogo. Se a morte sobreviesse, que assim fosse.

Whit ficou observando o rosto daquele que um dia tinha sido seu aliado.

– Quando ele nos deixou no frio, você se virou para mim. Lembra-se do que me disse?

Claro que ele se lembrava. Ewan permaneceu lá, mas foi arrasado pelo lugar assim como eles. E agora era o duque, usando o rosto do pai, o título e seu legado infame.

– Eu disse que não deveríamos estar lá.

Com o duque. Na propriedade. Eles não deveriam ter ido atrás das belas promessas do pai, que eram saúde, riqueza e um futuro sem preocupações. Sem problemas. Com privilégios e poder e tudo que vinha com a benevolência aristocrática.

Em seguida ao pronunciamento do pai, os garotos entraram em ação, sabendo, por experiência, que viveriam ou morreriam juntos naquela noite. Eles procuraram qualquer coisa seca que pudessem achar na neve, qualquer coisa que pudesse aquecê-los.

Whit ainda conseguia se lembrar do frio. Do medo. Da escuridão quando se amontoaram. De saber que morreria e que seus irmãos morreriam com ele. Do desespero, das tentativas fúteis de continuar vivo. Da aflição de uma criança querendo sua mãe.

– Mas não era verdade, era duque? Eu não deveria estar lá. Nem Devil. Mas você, você se encaixou direitinho, né? Porque você é o personagem de um livro. O garoto nascido na sujeira de Covent Garden que conseguiu um ducado. O herói de merda da história.

Ewan não demonstrou nenhuma vergonha ao ouvir as palavras e isso foi o bastante para fazer Whit continuar.

– Mas isso também é mentira. Você nunca foi um herói. E nunca vai ser. Não com o nome roubado e seu ducado de merda, construído nas costas de seus irmãos. – Ele fez uma pausa para que o outro assimilasse as palavras. – E da garota que você afirma ter amado. Que salvou todos nós naquela noite.

Eles teriam morrido se não fosse por Grace.

Grace, que os encontrou no frio e os resgatou, arriscando a própria pele. Naquela noite, a turma de três se tornou de quatro.

– Coisa de que você parece não se lembrar.

– Eu me lembro – Ewan disse, a voz entrecortada e difícil. – Eu me lembro de cada inspiração dela na minha presença.

– Mesmo a que ela deu para gritar, quando você tentou matá-la? – O que restava da compostura de Ewan desabou e Whit afastou a lâmina, deixando seu ódio transparecer na voz, acompanhado do sotaque de Covent Garden. – Não. Eu não vou ser enforcado por furar um duque em Mayfair, mano. Mesmo você merecendo. Você não vai ter tua briga.

A fúria retornou ao rosto de Ewan. Fúria e algo estranhamente parecido com traição.

– Eu não posso matar você – Ewan disse, as palavras saindo num frenesi. – Não posso acabar com você. – *Por quê?* Whit não perguntou. Não foi preciso. – Vocês dois são o que restou dela.

Grace. A garota morta que não estava morta.

Whit encarou o olhar delirante – tão parecido com o seu.

– Ela nunca foi para você, mano. – Não era para as palavras terem soado como um golpe, mas congelaram Ewan onde ele estava. E, então, incendiaram-no.

— Não posso matar você — ele repetiu, tomado de uma fúria ensandecida. — Mas posso acabar com você.

Whit se virou, sabendo reconhecer um homem que tinha perdido a razão. E então...

— É melhor tomar cuidado com sua lady, Saviour.

Whit congelou com essas palavras, com o modo como foram jogadas, como pedras, na escuridão entre eles, como se faladas por um homem totalmente diferente. Não mais cheias de uma raiva explosiva, mas de uma ameaça fria, mais perturbadora do que o rompante anterior.

Mais ameaçadora.

Whit se virou, o coração na garganta e a faca na mão, resistindo ao impulso de fazê-la voar até aterrissar no peito do homem que um dia pensou ser seu irmão. Em vez disso, ele lançou a Ewan um olhar gelado.

— O que foi que você disse?

— Pelo que eu ouvi dizer, Henrietta Sedley passa boa parte de seu tempo sem a proteção de Mayfair e de acompanhantes. — Uma pausa e, então, uma risada baixa. — O que explica como ela surgiu aqui esta noite, com seus olhos apaixonados, fazendo planos com você.

O corpo inteiro de Whit ficou tenso como a corda de um arco, preparado para lançar a flecha.

— Não se aproxime dela.

— Não me faça ter que me aproximar.

— O que diabos isso quer dizer? — Whit não precisava perguntar. Ele sabia.

— Eu vi vocês juntos. Vi como você prometeu o mundo para ela. Vi as estrelas nos olhos dela. Nos seus. Como se ela fosse sua felicidade. Sua esperança.

Aquela palavra de novo. Como uma arma.

Como a verdade.

— Mas você nunca vai conseguir protegê-la. Não de mim.

Whit não atirou a faca. Ele tinha perdido a frieza necessária para calcular o arremesso, para fazê-la penetrar fundo no peito esquerdo de Ewan e parar seu coração e sua loucura com um golpe perfeito. Whit foi atrás dele como fez quando eram crianças, medo e fúria lançando-o numa luta que teria deixado seu genitor orgulhoso.

Só que, desta vez, Whit não era o menor. Ele era o Beast.

Whit derrubou Ewan no escuro, rolando com o irmão pelas folhas e pela terra, mantendo a vantagem quando enfiou o punho que segurava a faca no rosto do outro. Uma vez. Duas. Sangue jorrou do nariz de Ewan.

– Experimente. – Outro contato direto, Ewan contorcendo-se debaixo dele. – Me teste. Vinte anos me deixaram afiado como uma faca. E vou protegê-la até meu último suspiro, Vossa *Graça*.

Tudo mudou com o tratamento dito para invocar outra Grace, o que deixou Ewan ainda mais enlouquecido. Com a loucura, veio a força. Na fúria, ele reagiu, atirando-se em Whit como um touro em disparada.

– Não diga o nome dela!

Em instantes, Whit estava com as costas no chão, a mão que segurava a faca presa pela impossível garra de aço do irmão. Eles lutaram pelo controle até Ewan conseguir uma vantagem e bater a cabeça de Whit no chão, onde uma pedra grande, escondida pela noite, fez ele ver estrelas.

Ele deixou escapar o cabo da faca.

E, então, a lâmina foi parar em seu pescoço. Ele congelou, seus olhos abrindo-se para encontrar Ewan encarando-o, enlouquecido.

– Você saberia se ela morresse?

Whit franziu a testa diante da pergunta estranha.

– O quê?

– Ela se foi – Ewan disse, sem fazer nenhum sentido. – Eu a confiei a vocês e ela morreu e eu não... – Ele sacudiu a cabeça, perdido no pensamento. – Eu saberia se ela estivesse morta. E isso está me deixando... – Ele se interrompeu.

Whit esperou, sob sua própria faca, vendo a verdade.

Eles tinham arrasado Ewan para proteger Grace.

E agora ele ameaçava Hattie.

Como se tivesse ouvido o pensamento de Whit, Ewan olhou para ele.

– Se eu não tenho amor, você também não o terá. Se eu não tenho felicidade, você também não a terá. Se eu não tenho esperança, você também não a terá.

Com o coração ribombando como um trovão, Whit tentou parecer calmo. Sem emoção.

– Você não tem nada a ganhar com a morte dela. Se quer se vingar em alguém, venha me pegar.

– Você estava tão ocupado odiando nosso pai que não aprendeu nada com ele – disse Ewan. – É assim que eu vou pegar você. E ela é a arma que não vou hesitar em usar. Você gosta dela.

Não.

Sim.

– Você gosta dela e vai desistir dela. Como eu fiz. Ou eu vou tirá-la de você. Como você fez.

Ali, naquelas palavras, estava o eco do passado deles. Frio e calculista, Ewan sempre soube o melhor modo de lutar. A melhor rota para o triunfo. Tal e qual o pai deles, que sempre soube o melhor caminho para a dor.

A cabeça de Whit já estava a toda, desfazendo os planos do início da noite, refazendo-os para manter Hattie em segurança. Para mantê-la longe dele. Do perigo.

Ela vai pensar que eu a traí.

E vai ter razão.

Não importava. Whit ficou tenso sob a faca, furioso com aquele momento, mais uma vez à mercê de Ewan. Mas dessa vez não era sua vida que estava em jogo. Era algo muito mais precioso.

– Se você a machucar, juro, para você e para Deus. Que se dane o ducado, que se dane Grace! Que se dane o passado! Vou mandar você para o inferno.

Ewan o observou por um momento antes de falar.

– Já estou lá.

Então, ele levantou a mão. E nocauteou Whit.

Capítulo Quinze

– Agora, esse é um sorriso encantador!

Hattie terminou de conferir uma caixa de sedas que tinha chegado num navio da França, destinadas à Rua Bond assim que o armazém Sedley atestasse que estavam incólumes. Com um aceno para o estivador, ela se voltou e viu Nora se aproximando pelo passadiço, o sol brilhando em seu vestido diurno verde.

O sorriso de Hattie ficou maior.

– O que você está fazendo aqui?

Nora subiu no convés.

– Uma mulher não pode ver a nova chefe da Sedley Shipping em função?

Hattie riu, a descrição deixando-a mais leve do que estava no começo do dia. Do que no dia anterior. E no dia antes desse, na manhã após ter deixado Whit no jardim escuro da Casa Warnick, com sua promessa de corpo e negócios. Ela acenou para um rapaz que carregava uma caixa se aproximar.

– Não sou chefe ainda.

Nora bufou ao ouvir a palavra.

– Se eu aprendi alguma coisa sobre aquele homem, é que quando ele promete algo, cumpre.

Hattie espiou dentro da caixa aberta, considerando os pacotes de doces. Ela olhou para o rapaz que segurava a caixa.

– Devia haver uma dúzia disso aqui.

Ele anuiu.

– Treze.

Ela marcou o item em sua lista e aquiesceu.

– Para o armazém. – Ela pegou um pacote de balas de framboesa. – Você tem meninas em casa, Miles?

O rapaz, com não mais do que 23 anos, sorriu.

– Tenho. Gêmeas. Isla e Clare.

Ela tirou mais dois pacotes e os enfiou no bolso aberto do casaco dele.

– Elas vão ficar bem alegres ao ver o papai esta noite.

O sorriso ficou maior.

– Obrigado, Lady Henrietta – ele disse.

Quando ele passou por Nora, cumprimentando-a com a cabeça, a amiga se virou para Hattie.

– Ora, isso foi muita gentileza! E uma boa estratégia para a nova chefe da empresa.

– Pare de me chamar assim. Vai dar azar.

Nora fez um gesto de pouco caso. Claro. Essa era Nora, afinal.

– Quantas vezes você acha que Augie distribuiu doces no convés?

– Eu acho que Augie nunca se deu conta de que os navios precisavam ser descarregados – Hattie disse, irônica, dando as costas à risada de Nora para analisar um barril de cerveja belga que era tirado do porão. – Isso pode ser entregue diretamente para o Jack & Jill – ela disse para o homem que içava o barril, apontando para o bar em questão, mais adiante nas docas, depois dos quatro grandes navios cargueiros que tinham sido esvaziados nos últimos dias, suas mercadorias levadas aos armazéns Sedley.

Os navios silenciosos eram estranhos. Os proprietários costumavam não deixar suas embarcações vazias no porto, principalmente algo tão necessário quanto cargueiros, capazes de cobrir longas distâncias com seus porões imensos carregados. Talvez estivesse na hora de a Sedley Shipping aumentar suas operações de exportação.

– Posso dizer algo? – Nora chamou a atenção de Hattie. – Nunca vi você tão tranquila. – Ela baixou a voz. – Parece que o Sr. Whittington sabe como conquistar o coração de uma lady.

Hattie não conseguiu segurar o sorriso provocado por essas palavras. Sorriso constrangido, alegre e cheio de expectativa.

– Meu pai tem uma reunião com ele, hoje.

– Que coisa mais patriarcal – Nora disse, com um sorriso irônico. – Ele vai pedir sua mão?

Por um segundo, Hattie imaginou o que aconteceria, se o gracejo fosse real, se o homem que toda Londres chamava de Beast adentrasse o escritório de seu pai e pedisse permissão para casar com sua filha.

Ela logo se lembrou de que o casamento significaria nunca poder ser a verdadeira dona da empresa, mas Hattie estaria mentindo se não admitisse que sua primeira reação a essa fantasia foi o coração acelerado e uma imagem fugaz dela com Whit ao seu lado nas docas.

– Posso lhe garantir que ele não vai pedir minha mão – Hattie disse, afastando a imagem. – Não o vejo desde a noite em que ele prometeu me ajudar.

– Você quer dizer desde a noite em que ele a chamou de guerreira e disse que era mais esperta do que todos os homens de Londres.

Um rubor subiu pelo rosto de Hattie.

– Do que a *maioria* dos homens – ela corrigiu a amiga.

– Tenho certeza de que ele quis dizer *todos*.

– A questão é – disse Hattie, olhando para o pacote de doces em sua mão, passando o polegar por cima do belo rótulo em francês. – Ele prometeu me procurar. E não apareceu.

Nora arregalou os olhos.

– Faz três dias. Demora algum tempo para riscar o item *negócios* do Ano da Hattie.

Hattie bufou um suspiro de concordância. Três dias longe dele pareciam uma eternidade. E não demoraria para riscar o outro item. Aquele do *corpo*.

Mas ele tinha lhe dado uma prova desse item. E tinha sido a tortura mais maravilhosa que Hattie podia imaginar. Como seria o resto? E quando isso acabasse, o que ela faria quando não tivesse mais motivo para vê-lo?

Talvez ele continuasse a procurá-la.

O pensamento fez um tumulto dentro dela, com a lembrança dos beijos, dos toques, das coisas magníficas que ele fez com ela nos fundos da Cotovia Canora. Talvez ele quisesse continuar as aulas.

Sinceramente. Três semanas antes, Hattie estava planejando uma noite no bordel, e agora ponderava como seduzir um homem para que a tomasse como amante. Em tomar *esse homem* como amante.

– Bem. Esse vermelho no rosto é muito revelador e eu gostaria muito de saber o que o causou – Nora disse, em voz baixa e irônica. – Mas nós estamos para ser emboscadas.

Antes que Hattie pudesse seguir o olhar de Nora, ela ouviu o pai gritar, à distância.

– Hattie. Garota!

Ela acenou para o conde, que se aproximava com Augie ao lado. Ver o irmão com uma aparência horrível, por causa de alguma bobagem que tivesse feito na noite anterior, amarrotado e com a barba por fazer, fez Hattie se preparar para o confronto que, sem dúvida, viria. Ela se preparou para o Conde Cheadle passar um sabão no filho mais novo e insistir em saber dos detalhes de como Augie tinha entrado no mundo do crime em nome da Sedley Shipping.

Ela se preparou para o pai insistir que Augie cooperasse plenamente com Whit.

E, com o coração disparado, Hattie se preparou para o anúncio de que o pai estava, de fato, transferindo o controle da Sedley Shipping para ela.

– É agora – ela sussurrou.

O Ano da Hattie estava para começar.

– Vou ficar aqui para comemorar com você quando isso acabar – Nora disse. – Coragem.

Hattie desceu do bardo até a doca, indo ao encontro do pai, cujo cabelo prateado brilhava sob o sol da tarde. Ela tentou se manter calma, mas fracassou, incapaz de não sussurrar de novo, desta vez para si mesma. É agora.

Era o momento.

Ela estava pronta.

Só que ela não estava pronta para o que o pai disse, antes mesmo de Hattie chegar à sua frente.

– Termine de descarregar esse navio e venha até o escritório. Eu vendi a empresa.

Hattie estava olhando diretamente para o pai quando ele falou aquilo. Sua audição era perfeita e, também, sua compreensão do idioma.

Mas simplesmente não entendeu o que o pai tinha dito.

Ela só poderia ter entendido mal.

Seria possível que ele tivesse falado em outro idioma?

Não, o pai tinha falado em inglês, claro e franco, na voz firme e envelhecida que usava com os homens que trabalhavam à volta deles, que tiraria a empresa dela, que a tinha vendido.

– O quê? – Hattie olhou para Augie, cujo olhar clareou no mesmo instante, espantando a devassidão da noite anterior. – Você sabia disso?

Augie negou com a cabeça.

– Por quê? – Ele perguntou para o pai.

O conde arrasou Augie com um olhar frio.

– Porque se você ficar com a empresa, vai arruiná-la.

Augie franziu a testa e o coração de Hattie disparou.

– Não é verdade – Augie disse.

— Rá! — O pai debochou, os anos na doca emergindo em sua voz. — Você nunca quis nada disso. Nunca se importou. Tá, você queria o dinheiro que a empresa dá, a vida que ela proporciona, mas não o trabalho... — Ele meneou a cabeça. — Você nunca quis a empresa. E eu cansei de esperar que você mude. — Ele fez um gesto de pouco caso com a mão. — Vendi.

— Mas você não pode! — Augie disse.

— Eu posso — o conde retrucou. — E vendi. Ela é minha. Eu que construí. Não vou ficar vendo a empresa naufragar. Ela vai ficar com um homem que vai mantê-la próspera.

Veio uma sensação confusa. Nada daquilo acontecia de acordo com o plano.

Ela olhou para as ripas de madeira embaixo dos pés. A brisa do rio os envolveu. Quantas vezes tinha estado ali, naquela doca, e ficava escondida na sombra dos carroções enquanto o pai concluía seu trabalho?

— Pai...

Ele a interrompeu, levantando a mão enrugada.

— Não, Bean. — Ela apertou os lábios ao ouvir o apelido da infância. — Você é uma boa garota. Mas a empresa nunca ficaria com você.

As palavras, tão diretas, roubaram o ar de seus pulmões, substituindo-o por uma fúria incandescente.

— Por que não?

— Você sabe o porquê. — Ele fez um gesto com a mão.

— Na verdade, eu não sei. — Ela levantou o queixo, detestando o modo como ele evitava seus olhos. — Diga-me.

Após uma eternidade, ele a fitou nos olhos.

— Você sabe o porquê.

— Porque sou mulher.

Ele aquiesceu.

— Ninguém levaria você a sério.

Ela ficou tensa com o golpe desferido pelo pai.

— Isso não é verdade.

Não é nenhuma dificuldade, para mim, acreditar que você pode conduzir sua empresa melhor do que eles. A lembrança veio, espontânea. As palavras de Whit no escuro. E ele tinha sido sincero.

Será? Ele não tinha sido sincero com o resto, obviamente.

Este não era o plano.

O que tinha acontecido? Onde estava Whit? Um fio de desconforto passou por ela. Ele estaria doente? Será que alguma coisa tinha acontecido com ele?

Sem notar o tumulto de pensamentos da filha, o conde fez um gesto de pouco caso.

– Uma dúzia de homens nas docas – ele disse. – Um punhado dos nossos clientes.

A raiva cresceu como fel.

– Um *punhado*?! – Ela exclamou. – Você sabe o quanto eu me correspondo com nossos clientes? Como eu conheço bem os homens das docas? Como eu conheço bem as cargas, os navios, as tábuas das marés? Eu venho mantendo esta empresa em pé desde que você ficou doente. Enquanto ele... – Hattie apontou para Augie. Olhou para ele, observando seus olhos arregalados. *Enquanto ele tentava pôr tudo a perder.* – Não importa. Eu sou *boa*, pai. Eu conheço o negócio, todo ele, melhor do que ninguém.

O vento pegou suas palavras e as levou para longe, junto com seu futuro. A respiração de Hattie saiu forçada com sua frustração e seu desejo de mostrar do que era capaz.

Pavorosamente, lágrimas ameaçaram emergir.

Não. Hattie afastou-as. Ela não podia chorar. *Não ia chorar.* Droga, por que os homens podiam ficar furiosos e gritar sem cessar e, quando as mulheres sentem uma raivinha qualquer, lágrimas aparecem do nada?

Ela exalou, o ar entrecortado.

– Isso é tudo o que eu sempre quis.

O conde a observou, procurando o que dizer.

– Bean.

– Não me chame assim.

– Eles conhecem você. – Cheadle recomeçou após uma pausa. – Eles gostam de você, até. Você combina com eles; é esperta e rápida nas respostas. Mas Hattie, eles não teriam trabalhado com você. Não sem um homem para garantir que as engrenagens funcionassem bem.

As lágrimas começaram a arder no nariz dela, e na garganta, onde se acumularam num nó doloroso.

– Isso é uma merda!

O antigo capitão do mar não se assustou com a imprecação da filha.

– Talvez... – ele acrescentou – ...se você tivesse um marido.

Ela não conseguiu evitar a risada de frustração que veio com as palavras do pai.

– O fantasma de um marido sempre foi uma preocupação sua, pai. Quantas vezes você invocou a possibilidade de eu me casar como a razão pela qual eu nunca poderia assumir a empresa?

– Continua sendo a razão. Eu falava sério. Talvez se você tivesse conseguido arrumar um marido. Um marido decente. Com a cabeça no lugar. Mas isso nunca vai acontecer, não é?

Não. Porque ninguém queria se casar com Hattie. Nenhum homem decente, com a cabeça no lugar, queria como esposa uma mulher imperfeita, que falava o que pensava e tinha jeito para os negócios.

Impetuosa demais. Ousada demais. Grande demais. *Tudo demais.*

Tudo demais e, ainda assim, de algum modo, não era o bastante.

Ela olhou para baixo de novo, onde suas botas sujas contrastavam com a madeira, clareada por décadas de chuva londrina. Ainda segurava o pacote de balas e o manifesto do navio que descarregava na mão manchada de tinta. Quando tinha sido a última vez que ela as viu sem essas manchas?

Quanto tinha trabalhado por isso? Sonhado com isso?

E assim seguia o Ano da Hattie.

Uma lágrima grande e solitária caiu na doca.

Augie praguejou em voz baixa e falou, surpreendendo a todos.

– Por que agora?

– Porque recebi uma oferta.

– De quem? – Augie perguntou.

Uma pausa enquanto o pai parecia pensar na resposta. Pensar se responderia. Nessa pausa, Hattie viu a verdade. Ela respondeu por ele, o vento açoitando-a, puxando seu cabelo das presilhas e lançando suas saias numa dança frenética.

– Saviour Whittington – ela disse.

O conde olhou para a doca, para além dos navios vazios e do único atracadouro vazio na extremidade das docas.

– Você sempre foi a mais inteligente – ele disse.

– Mas não inteligente o bastante para você me dar uma chance – Hattie retrucou.

– Quem é Saviour Whittington? – Augie perguntou.

O conde deu um olhar frio para o filho.

– Você devia se esforçar para saber os nomes dos homens que tenta roubar.

A compreensão o atingiu.

– Os Bastardos.

– Maldição, Augie! – O conde trovejou, atraindo a atenção de meia dúzia de homens nas docas. – Eu deveria entregar você para eles.

Mas não era preciso. Eles já sabiam do envolvimento de Augie. Whit já sabia. Ele não precisava do nome de Augie, nem do próprio Augie. Ele queria ser pago com o conhecimento de Augie. Essa foi a primeira das duas exigências.

Ela se aproximou do pai, colocando a mão aflita na manga de seu casaco.

– Espere. Ele não quer a empresa. Ele quer que Augie diga onde encontrar o homem por trás dos ataques. – Ela olhou para o irmão. – Você sabe onde encontrá-lo?

Augie negou com a cabeça.

– Mas o Russell...

– Bem, então nós precisamos do Russell. – Hattie soltou um grunhido. – Como eu detesto essa ideia!

– Tarde demais – o conde disse. – O Bastardo disse que não precisa mais do nome. E, assim, me fez uma oferta generosa, com o combinado de que se eu não aceitasse e não fosse embora das docas, ele acabaria conosco.

Confusão, de novo. Aquilo não era nada do que eles tinham combinado. Whit deveria ter pedido ao conde que passasse a empresa para Hattie. Ele não tinha elogiado sua capacidade? Não tinha compreendido o desejo dela? Não tinha lhe dito que a ajudaria?

– Não – ela disse. – Ele prometeu...

O pai e o irmão lhe lançaram olhares idênticos.

– Você também está enrolada com eles? – Hattie detestou a decepção na voz do pai. Augie foi um pouco mais gentil.

– Hattie, de que vale uma promessa de um contrabandista de Covent Garden?

Valeu muito.

A confiança dele. A promessa.

Tinha sido maravilhosa. E uma mentira.

A confusão se desfez em outro surto de raiva. Um novo tipo de raiva, uma raiva que a deixava mais do que à vontade para agir.

Eles tinham feito um acordo. E Whit não o cumpriu. Item por item.

Ela crispou os dentes.

– Maldição, não sei qual de vocês dois é pior! – O conde disse, olhando para Hattie. – Você, por confiar na palavra de um Bastardo Impiedoso, ou Augie, por não saber quem eram.

– Eu ouvi falar deles. – Augie tentou se defender. – É claro que ouvi!

– Então, por que foi *roubar* deles, seu idiota? – O conde vociferou. – O pior é que Whittington nem precisou me contar. Posso estar velho, mas tenho um cérebro na cabeça e conheço minhas cargas bem o bastante para saber a diferença entre um depósito cheio de tulipas e um cheio de bebida. – Ele apontou um dedo para Augie. – Foi quando eu percebi que você nunca serviria para tocar a empresa.

– Pode ser – Augie concordou. – Mas Hattie é boa nisso e você sabe.

Num outro dia, em outro contexto, Hattie podia ter ficado surpresa e mais do que grata pelo apoio de Augie. Mas, naquele momento em particular, ela estava ocupada demais sentindo-se furiosa com o irmão. E com o pai. E com Saviour Whittington. Ou Beast, ou qualquer que fosse a droga do nome dele.

Esses homens, membros do único sexo considerado apto a tocar um negócio, e nenhum deles fazia nenhuma porcaria para proteger a empresa. A fúria veio quente e ela crispou os punhos, esmagando o manifesto e o pacote de balas, pensando que não aguentaria passar nem mais um segundo com aqueles homens. Que eles se preocupassem! Que pensassem em como resolver aquilo! Ela não queria fazer parte de mais nada.

Mentirosa.

Claro que queria. Era o que ela sempre quis.

Mas não podia ter a empresa. Então, iria embora. Estava *farta.*

Ela olhou para as docas, para a fila de navios vazios. *Os navios.* Ela olhou para o pai.

– Ele não comprou só a empresa.

– O quê? – O conde voltou seu olhar frustrado para a filha.

– Os navios estão vazios. – Ela acenou para as embarcações. – Ele comprou os navios, também. Para não nos deixar usar.

O conde anuiu com a cabeça.

– Sim. Esses navios deviam estar subindo a costa, transportando nossa carga. E, de repente, nenhum deles está disponível para a Sedley Shipping.

– Nós temos contratos com os proprietários – Augie argumentou.

– Não com os novos proprietários – Hattie disse em voz baixa.

– Nem com qualquer um dos outros – acrescentou o conde. – Eles cercaram todas as outras transportadoras que navegam no Tâmisa. Ninguém quer trabalhar conosco. E, esta manhã, ele me fez uma oferta.

– Para nos comprar.

O conde aquiesceu.

– Eram essas as opções. Vender para ele ou perder tudo.

– Não é bem uma oferta – Augie disse.

Porque não era uma oferta.

– Não há nada de honrado nessa transação.

– Eles se chamam Bastardos Impiedosos, Hattie – Augie observou. – Não são exatamente honrados.

Mas eram. Hattie tinha visto isso nele, desde o começo. Whit não tinha mentido para ela. Na verdade, ele valorizou a honestidade entre os dois desde o começo. Mesmo quando ela se recusou a lhe dar o nome do irmão e a dizer qual era seu papel no roubo, ele a admirou pela lealdade.

Mais do que tudo isso, ele tinha *acreditado* nela. Quando ela lhe confessou seus planos, suas esperanças para o futuro, seu desejo de ficar com a empresa, seus planos para ela. E ele tinha acreditado em Hattie. Ele tinha se oferecido para ajudá-la. Tudo uma mentira?

Por que a sensação era de uma grande traição?

Frustração e tristeza arderam em sua garganta.

– Ele prometeu que não faria isso.

– Ah! – O pai fez. – Ele mentiu. Homens como os Bastardos sempre se vingam, Bean. Por que você acha que nunca me meti com eles? Vocês foram pegos.

Ela se recusava a acreditar nisso. A reconhecer isso. Ela olhou de novo para o grande navio, seu olhar se enternecendo com a madeira quente do casco. Sua cabeça trabalhou, revirando os eventos dos últimos dias, examinando as possibilidades. Tinha passado anos ali, trabalhando nessas docas, amando-as.

Esse era o território *dela*, não dele.

Ela não deixaria que Whit o roubasse dela.

Bastardo mesmo!

Enfim, ela olhou para o pai.

– Você não devia ter vendido. Nem para ele nem para ninguém. – O silêncio se estendeu por uma eternidade, o único som era o dos gritos dos homens no navio, descarregando o que podia ser o último frete da Sedley Shipping se os Bastardos Impiedosos conseguissem o que queriam.

– Você tinha tanto medo de me deixar tentar. Medo de que eu pudesse fracassar e envergonhar você. E perdeu tudo.

Naquele momento, Hattie percebeu que o pai, há tanto tempo imenso em seus pensamentos, era muito menos do que ela sempre tinha visto. Menor e mais fraco, com os cabelos brancos e um rosto curtido, marcado; com uma covardia que tinha escondido durante anos, mas que agora estava exposta, para quem quisesse ver.

Esse homem, que tinha construído uma empresa com a qual sustentou sua família e centenas de outras, com seu suor e sua disposição, agora estava cansado e superado, encarando o fim ignóbil e medroso de seu legado, pois não conseguiu perceber que sua filha poderia ter ajudado a mantê-lo vivo.

E ainda podia.

Ela olhou para o irmão e, depois, para o pai.

– Você pode ter concordado em vender, mas eu não concordo.

As sobrancelhas de Augie se arquearam de surpresa e algo mais... Admiração?

– Está feito, garota. Não havia opção.

– Sempre existe uma opção – Hattie disse. – Sempre existe a opção de lutar.

E seu pai a estudou por um longo momento, um brilho fraco nos olhos. Um brilho de algo mais que dúvida.

– Nenhum homem jamais enfrentou os Bastardos e sobreviveu.

Talvez tenha existido um tempo em que ela daria ouvidos àquele alerta. Mas Hattie percebeu que já não tinha paciência para alertas.

O que tinha a perder? Ele já tinha ficado com tudo.

– Então, está na hora de uma mulher enfrentá-los.

Capítulo Dezesseis

Naquela noite, Nora e Hattie foram até Covent Garden com a carruagem mais rápida de Nora.

– Eu não quero morrer hoje – Hattie disse por cima do som das rodas barulhentas, agarrada à porta do cabriolé que passava em disparada pela Rua Drury, virando à esquerda, depois à direita, e então à esquerda em rápida sucessão. – Nora!

– Ninguém vai morrer! – Nora fez pouco caso. – Por favor! Eu corri com esta belezinha pelo calçadão do Tâmisa e você acha que Covent Garden vai acabar com ela?

– Não vamos desafiar o destino, só peço isso! – Hattie suplicou, segurando o chapéu na cabeça ao apontar para uma rua curva à esquerda. – Ali.

Sem diminuir, Nora virou os cavalos cinzentos pela rua de paralelepípedos, mais escura do que as ruas pelas quais vinham.

– Tem certeza?

Hattie assentiu com a cabeça.

– Ali. Mais acima. À direita.

Uma lanterna brilhante pendia no alto do edifício, iluminando a placa de A Cotovia Canora. Nora freou os cavalos.

– Eu não sabia que você passava tanto tempo em Covent Garden e que tinha até um bar favorito.

– Espere aqui – Hattie ignorou o comentário irônico.

– Não existe nenhuma possibilidade de isso acontecer – Nora desceu do cabriolé e ajeitou o sobretudo que usava por cima das calças justas de camurça antes que Hattie pudesse responder. – Ele está aí?

– Não sei – Hattie disse, o coração batendo forte quando desceu à rua, grata pelas calças que também vestia, na esperança de que a ajudassem a não chamar atenção, pela liberdade de movimento que lhe davam. – Mas este é o melhor lugar para nós começarmos a busca.

Ela não iria embora de Covent Garden sem encontrá-lo. Sem questioná-lo.

– Você acha que alguém vai nos reconhecer? – Nora perguntou.

– Acho que não. – Embora, para ser honesta, da última vez em que Hattie esteve naquele bar, não estivesse interessada em mais ninguém a não ser no homem que a levou até ali. Um calor se espalhou nela com a lembrança do prazer que ele lhe deu ali, seu corpo ficando tenso com a expectativa de encontrá-lo.

Não. Ela não estava ali por prazer. Ela estava ali para castigá-lo.

Para questioná-lo.

Nora sorriu.

– Então, acho que as pessoas aí dentro vão ver o que nós mostrarmos. Dois cavalheiros bem-vestidos, mas não ricos demais. Querendo tomar uma cerveja.

Hattie olhou torto para a amiga.

– Não estamos aqui para nos embebedar, Nora.

– Eu sei. – O sorriso de Nora ganhou cumplicidade. – Estamos aqui para encontrar seu Bastardo.

– Ele não é meu – Hattie protestou. – Mas é um bastardo.

O bar estava fervilhando de gente, homens e mulheres de todos os tipos. Hattie logo reconheceu meia dúzia de estivadores, três acompanhados das esposas, todos de rosto corado e felizes por não estarem trabalhando nessa noite.

Baixando a pala do chapéu para esconder o rosto, Hattie estudou a multidão ali reunida, com muitas pessoas sentadas de frente para um palco vazio, iluminado por dois grandes candelabros. Nenhum sinal de Whit na plateia, mas Hattie não conseguia imaginá-lo interessado em qualquer espetáculo que estivesse para acontecer ali. Nora se virou para ela, apontando o queixo para a outra extremidade do salão.

– Aquela é Sesily Talbot?

Hattie olhou para aquela direção e viu a mulher de cabelo e olhos escuros no balcão, vestindo um exuberante vestido ametista com corte ousado, projetado para qualquer coisa, menos para não chamar atenção.

– Não é que tem almofadinhas aqui! – Nora disse, alegre, aproximando-se de Sesily, que estava debruçada sobre o balcão de mogno, sorrindo à vontade para o norte-americano que atendia na taverna da primeira vez que Hattie esteve ali. Contudo, Hattie demorou um instante para reconhecê-lo, pois o rosto amigável tinha sido substituído por uma careta irritada.

Nora se achegou a Sesily, que se virou no mesmo instante com uma expressão de frustração diante da chegada da outra, mas que logo se transformou quando reconheceu Nora.

– Olhe só para você! – Sesily disse alegremente, o olhar deslizando de Nora para Hattie, arregalando só um pouco os olhos ao notar a roupa das duas amigas. – E para você!

– Estamos disfarçadas – Nora disse, aproximando-se mais.

– É claro que estão! – Sesily riu, encantada, como se a coisa toda fosse uma brincadeira, e Hattie imaginou que fosse, para a outra. Sesily era a última das escandalosas irmãs Talbot, a única que continuava solteira e, ao que parecia, estava absolutamente feliz nessa condição. – Vocês estão magníficas! – O olhar dela desceu pelo casaco e pelas calças de Hattie. – Sobretudo você, Hattie. Mas ninguém com meio cérebro pensaria que é um homem.

Isso era verdade. Hattie tinha enfaixado os seios antes de sair, mas não dava para achatar tanto seios como os dela. Hattie deu de ombros.

– Eu só quero que as pessoas não reparem em mim – ela disse.

Sesily apertou os lábios.

– Por quê?

– É claro que é impossível, para você, imaginar não ser notada. – As palavras debochadas vieram do norte-americano, que passava um tempo enorme limpando o balcão perto delas.

Sesily se virou para ele com um sorriso esfuziante.

– Você me fornece o bastante dessa experiência, Caleb. Afinal, faz questão de mostrar que não repara em mim.

Um músculo se contraiu no maxilar do homem e ele se voltou para Hattie e Nora.

– Algo para beber, *cavalheiros*? – O reconhecimento apareceu no olhar dele. – Bem-vinda, outra vez.

As palavras dele não tinham nada de escandalosas, mas a lembrança que evocaram fizeram o olhar de Hattie deslizar para a porta do depósito. Sua boca ficou seca e uma cerveja apareceu diante dela.

– Obrigada – ela disse, levantando o copo. – Olá, de novo.

– Vocês se conhecem? – Sesily perguntou.

– Hattie já esteve aqui antes – Nora disse, distraída pela multidão. – Vai ter algum espetáculo esta noite?

— Vai! — Sesily exclamou, alegre. — A Cotovia vai se apresentar.

Nora se virou para a outra.

— A verdadeira Cotovia? Sério? Pensei que estivesse em turnê pela Europa.

— Ela voltou para Londres. — Sesily sorriu.

O olhar de Nora se iluminou de empolgação.

— Você a conhece?

— Na verdade, conheço. — Ela fez um gesto de pouco caso em relação a essa informação fascinante e virou os olhos brilhantes para Hattie. — Por que você está disfarçada?

— Nenhum motivo — Hattie disse.

— Hattie está caçando — Nora respondeu ao mesmo tempo que a amiga.

Hattie revirou os olhos e Sesily abriu os lábios, formando um *Oh*.

— Que delícia! Quem?

— Quem disse que é um *quem*? — Hattie fingiu inocência.

Sesily olhou com ironia para ela.

— É sempre um *quem*.

Justo. Nora distraiu Sesily com outra pergunta e, enquanto as duas tagarelavam, Hattie voltou-se para o norte-americano, que continuava por perto, do outro lado do balcão.

— É um *quem*.

A compreensão relampejou nos olhos dele, seguida por algo como pena. Ele fez um gesto com a cabeça.

— Desculpe, mas não posso ajudar você.

— Não pode ou não quer?

— Não posso. Eu não o vejo desde que você esteve aqui.

Ela se sentiu grata pela iluminação fraca da taverna, que escondeu seu rubor. Ela se recusou a desistir.

— Preciso encontrá-lo. — O fracasso não era uma possibilidade nessa noite. Ela estava farta de deixá-lo bagunçar sua vida. — É muito importante.

Caleb Calhoun passou os olhos pela multidão atrás dela. Hattie acompanhou o olhar dele, passando pelos homens que reconheceu ao entrar.

— Tem estivadores demais aqui para que ele esteja nas docas. — Ela sorriu quando o Calhoun pareceu impressionado. — Não sou boba.

— Procurar um Bastardo em Covent Garden sugere o contrário — ele disse, mas seus olhos examinaram os dela, buscando o quê? Honra? Ela quase riu ao pensar que alguém pudesse acreditar que fosse Hattie a pessoa sem honra naquele jogo dela com os Bastardos Impiedosos. O que quer que estivesse procurando em seus olhos, o americano encontrou. – É noite de quarta-feira. Ele deve estar nas lutas.

As lutas. Ela avançou.

– Onde?

– Eu não sei. – Ele meneou a cabeça. – O ringue é itinerante. Se não querem que você o encontre, não vai encontrar.

Veio a frustração e ela levou a mão ao bolso, de onde tirou dois pence e os colocou sobre o balcão. Calhoun gesticulou para ela ficar com o dinheiro.

– Por conta da casa. – Ele disse. A gentileza nos olhos dele foi um consolo para Hattie.

– Obrigada.

Sesily desviou os olhos de sua conversa com Nora.

– Caleb, você nunca foi tão simpático comigo.

O *barman* grunhiu uma resposta, afastando-se enquanto Sesily ainda olhava para ele. Se Hattie não a conhecesse, pensaria que era desejo no rosto da irmã Talbot. Desejo e algo parecido com frustração.

Deus sabia como ela entendia *disso.*

– Pronta? – Nora perguntou para Hattie.

E como. Elas precisavam encontrar uma luta.

Ela abriu um grande sorriso para Sesily antes de inclinar a cabeça numa despedida formal.

– O dever chama.

Elas abriram caminho pela multidão, mais densa e barulhenta do que quando chegaram. Hattie se sentiu grata pelo ar frio ao alcançar a rua. Quando chegaram ao cabriolé, Hattie parou e inspirou fundo. *Onde ele estaria?*

Aquele homem, que ela antes não conhecia, que não *queria* ter conhecido, e que de algum modo tinha virado sua vida inteira de cabeça para baixo com sua presença, sua vingança e seus malditos *beijos.* Hattie tinha dúvidas de que não estava atrás de mais beijos, e isso era exasperante.

Onde ele estaria?

Ela precisava dizer umas coisinhas para ele.

– Hattie? – Ela levantou os olhos ao ouvir seu nome. Nora estava na boleia, pronta para partir, encarando-a. – Para onde vamos?

Hattie meneou a cabeça.

– Não sei. – E, então, porque não conseguia se segurar... – *Aquela porcaria de homem está estragando tudo!*

A frustração de Hattie ecoou nos edifícios à volta delas. Quando o silêncio voltou, Nora assentiu.

– Nós vamos encontrá-lo.

E a segurança que veio com aquelas palavras, junto com o *nós*, poderia ter feito Hattie chorar. Teria feito, não fossem as palavras que logo se seguiram, faladas na escuridão atrás dela.

– Está precisando de ajuda?

Hattie se virou e três mulheres saíram das sombras, todas vestindo sobretudo, calças e botas altas, com o cabelo preso por boinas. Debaixo do casaco da mais alta, que era quase da altura de Hattie, e que esta identificou como líder das três ao avistá-las, brilhou uma arma. Enfiando a mão no bolso e segurando a faca guardada, Hattie recuou um passo.

– De que tipo de ajuda?

Não havia malícia no sorriso da mulher.

– Lady Henrietta, fico muito feliz em lhe dizer onde encontrar o Beast.

Como ela sabia...

– Já nos conhecemos? – Hattie franziu a testa.

– Não.

– Então, como sabe meu nome?

– Isso importa?

– Acho que não, mas eu gostaria de saber mesmo assim.

A mulher soltou uma risada baixa e vigorosa.

– Eu me ocupo de saber o que as mulheres procuram e o que vai lhes dar satisfação.

– Isso é útil – Nora disse de seu assento no cabriolé.

A mulher misteriosa não desviou os olhos de Hattie ao alertar Nora, com ironia.

– Lady Eleanora, esta noite é de Lady Henrietta. Sua vez vai chegar.

– Concordo totalmente – Nora disse, como se aquilo tudo fosse normal.

Não era nada normal, mas algo tinha sido desde que Hattie conheceu Whit? Desde que ela descobriu Covent Garden e esse mundo todo se abriu para ela? Hattie não negava a empolgação que sentia. A mulher estava certa. Não importava como ela conhecia Hattie. O que importava era ela estar disposta a ajudar.

– Você sabe onde ele está?

A outra assentiu com a cabeça.

– E vai nos levar lá?

– Não – ela disse, a decepção atingindo Hattie como um golpe. – Mas vou lhe dizer aonde ir.

– Por favor – Hattie disse, aliviada.

– Tão educada. – Os lábios vermelhos formaram um sorriso irônico. – Ele não merece você, sabe.

Hattie usou o mesmo tom irônico.

– Posso lhe garantir, madame, que ele merece o que eu pretendo lhe dar.

A risada da mulher foi plena e honesta, e Hattie imaginou que ela era o tipo de pessoa que daria uma amiga maravilhosa, se não fosse tão misteriosa.

– Está certo, então – a mulher disse. – Você vai encontrar Beast no celeiro. Siga o alarido da multidão. Ele vai ser o que estiver ganhando.

Hattie assentiu, um fio de empolgação se espalhando por ela quando olhou para Nora.

– Nós vamos encontrar o local – garantiu a amiga.

Hattie subiu na boleia e olhou para a mulher.

– Devo dar seus cumprimentos para ele?

– Meus cumprimentos chegarão com milady – veio a resposta das sombras, onde as mulheres desapareceram enquanto o cabriolé entrava em movimento.

Demorou menos de quinze minutos para elas chegarem ao celeiro, com sua meia dúzia de silos escuros e ominosos situados na margem fria do rio. O vento de outubro varria o Tâmisa, afiando sua lâmina ao serpentear pelos edifícios desabitados. Em outra noite como essa, em que a ausência de lua tornava impossível enxergar, não haveria como entrar no local, mas a poucos passos da rua, presa à esquina de um edifício, havia uma tocha acesa.

– Ali! – Hattie disse, descendo do cabriolé e apertando o casaco ao seu redor, para bloquear a mordida do vento. – Naquela direção!

– Agora, Hattie, você sabe que estou sempre disposta a uma aventura – Nora disse, num sussurro alto –, mas você tem certeza absoluta disso?

– Certeza *absoluta*, não – Hattie admitiu.

– Bem, acho que você ganha pontos por honestidade.

– A fúria se presta ao destemor – disse Hattie, dobrando a esquina com a tocha e notando outra na borda do primeiro silo. Ela foi nessa direção e Nora a acompanhou.

– Você pronunciou *estupidez* errado – Nora disse. – Acho que deveríamos voltar. Não tem ninguém aqui. Isso é o mesmo que chamar os assassinos até nós.

Hattie olhou de esguelha para a amiga.

– Pensei que você fosse a corajosa entre nós.

– Bobagem. Eu sou a *imprudente*. É uma coisa totalmente diferente.

Hattie riu. O que mais ela poderia fazer?

– E eu, o que sou, então? – A pergunta foi pontuada por gritos distantes. *Siga o alarido da multidão!* Hattie olhou para Nora.

– A corajosa. – Não havia ironia na declaração. Apenas sinceridade. Sinceridade e o tipo de amor que vem de uma amiga querida. – A que sabe o que quer e faz o necessário para conseguir. – Nora endireitou os ombros. – Muito bem, então, vamos lá!

Passando pelo segundo silo, Hattie viu um brilho laranja no terceiro. Sem pensar, pois não havia lugar para reflexão na aventura desta noite, ela continuou em frente.

– Você sabe que Macduff mata Macbeth depois daquela parte, não sabe? – Hattie perguntou.

– Não é hora de verdades literárias, Hattie – Nora retrucou. – Além do mais, você não é o assassino que me preocupa agora. – Hattie parou de repente e Nora quase trombou nela. – Bom Deus!

Essa era uma boa avalição do que elas viram à frente.

Sob o maior dos silos, com cerca de doze metros de diâmetro e suportado por grandes pilares de ferro, uma imensa multidão formava um círculo enorme, com as mãos nos bolsos e os colarinhos levantados como proteção contra o vento que buscava passar entre as pessoas.

Outro rugido enlouquecido veio e braços subiram para comemorar. Hattie se aproximou depressa, sua respiração foi ficando mais acelerada. Ela sabia, sem precisar perguntar, por quem os homens torciam, como se o próprio Senhor estivesse na luta.

Com elas observando, o círculo cuspiu um homem, um derrotado, com o nariz sangrando e um olho fechando de inchado. Ninguém fez menção de segui-lo enquanto o homem ia na direção da rua, passando por Nora e Hattie, que tentaram não olhar para o sujeito, que passou por elas provavelmente pensando que eram apenas dois homens indo ver o espetáculo.

Mesmo assim, Hattie o reconheceu. Michael Doolan.

Como requisitado, ele tinha encontrado Whit nas lutas, sendo despachado com facilidade. Prazer e orgulho a agitaram, mesmo sabendo que não devia se sentir assim. Whit tinha prometido vingança, e aí estava.

E ele não tinha prometido o mesmo para ela?

Hattie afastou o pensamento. Era diferente. Ele tinha feito parecer que os dois estavam no mesmo time.

Ao se aproximar, a cena ficou mais clara. No círculo de espectadores, havia uma dúzia de fogueiras dentro de barris e nem de longe forneciam calor suficiente para aquele espaço estranho e surpreendente, mas supria bastante luz trêmula para o círculo interno, local em que estavam acontecendo as lutas.

No centro desse círculo, como o Minotauro no meio do labirinto, havia um homem vestindo apenas botas e calças, um corte sangrando numa maçã do rosto sobre o que parecia um ferimento antigo, e um hematoma recente destacava-se na lateral do tronco, para o qual Hattie não deveria estar olhando. Ela sabia disso, mas quem não olharia?

Ele era magnífico.

Hattie nunca tinha visto um homem comum sem camisa. É claro que tinha visto estátuas, esculturas da Grécia e de Roma, e pinturas. Quando mal tinha começado a usar saias longas, ela foi a uma exposição do Museu Real e passou mais tempo do que seria razoável observando as saliências e reentrâncias de uma certa estátua de Apolo.

Hattie sempre supôs que essas saliências e reentrâncias eram reservadas aos deuses e suas representações. Mas parecia que não. Parecia que homens perfeitamente comuns também as tinham.

Era assim que ela o descreveria? Perfeitamente comum?

Ela engoliu em seco.

Aproximou-se, sua altura facilitava olhar por cima dos ombros dos dois homens à sua frente, que juntaram seus gritos aos dos outros espectadores quando Whit se virou para o outro lado, revelando mais saliências e reentrâncias nos maravilhosos músculos de suas costas.

Não, Whit, não! Aquele não era Whit. Era Beast, com as calças baixas no quadril, os punhos dos lados do corpo, envolvidos em tecido que um dia poderiam ter sido brancos, mas não eram mais. Um dos nós tinha se soltado e Hattie estava hipnotizada pelo modo como ele ignorava a extensão de tecido pendurado, a mão quase fechada num punho, pronta para um novo combate.

– Beast no ringue esta noite, meus amigos! – Gritou um garoto com não mais de 14, 15 anos, provocando uma resposta ruidosa. – É melhor apostar nele quem quiser tomar cerveja hoje! – O garoto empurrou a pala de seu boné. Garoto, não. Uma garota! E seus olhos pretos brilharam quando ela abriu um grande sorriso, encantador, que fez Hattie querer também abrir a bolsa. – Apostas fechando em cinco, quatro, três...

A garota parou a contagem para aceitar uma aposta.

– Obrigado, senhor – ela disse, inclinando a cabeça. – E, agora sim, a próxima luta começou! Beast contra o Trio O'Malley!

Hattie não conseguia desviar o olhar dos ombros dele, do modo como estavam, retos e fortes, como se pudessem disparar um golpe a qualquer momento. Ela admirou a força daqueles ombros até o momento em que reparou no tamanho dos três homens que se aproximavam, cada um mais alto e mais largo do que Whit, com os narizes quebrados e maxilares que pareciam feitos de granito.

– Jesus – Nora sussurrou para Hattie. – Olhe só para eles. Parecem a droga do Cérbero.

– Não acredito que ele vai lutar contra os três. Deve ter alguém para ajudá-lo – Hattie disse.

– Ele vai lutar contra todos, e eles vão precisar de médico, depois – veio uma resposta de um dos homens à frente dela. – Vai vendo.

Como se ela pudesse despregar os olhos da cena! O trio foi para cima dele, aproximando-se devagar, os corpos curvados, e Hattie segurou a respiração. Quando eles atacariam? Ele não se protegeria? A multidão ficou em silêncio e ela levou a mão à boca para conter o grito que queria soltar, um grito que diria para ele fugir.

Os três chegaram nele em segundos, mas Whit se moveu como um relâmpago. Ela arfou, tentando respirar. Hattie nunca tinha visto nada como aquilo. Quando ele se abaixou para desviar do punho imenso do primeiro homem, acertou o nariz do segundo enquanto chutava o tronco do terceiro, jogando-o para trás com um baque pavoroso.

– Isso, Beast! Manda ver! – Gritou uma mulher a vários metros de Hattie. – É isso que eles ganham por desafiar você! – Então, baixando a voz, ela se virou para a mulher ao lado. – Eu quero dar um prêmio pra ele pela vitória.

A companheira riu, concordando, e Hattie resistiu ao ciúme que sentiu ao ouvir essas palavras, enquanto deixou de olhá-lo para observar os espectadores na plateia. Havia diversas mulheres bonitas, cujos olhos cintilavam de desejo ao observarem os movimentos dele. Todas elas adorariam se oferecer como despojos daquela guerra particular. Claro que sim! Hattie também adoraria. Ela não era feita de pedra.

E sabia como era ser o prêmio dele.

Como era tê-lo para si.

Não que esse fosse o motivo para ela estar ali. Hattie estava furiosa com ele. E tinha vindo para enfrentá-lo.

Ele tinha esse hábito? De levar essas mulheres para casa?

A pergunta se perdeu num estalo assustador quando Whit acertou um soco no nariz de um dos brutos com quem lutava, fazendo o homem cambalear para trás e, lentamente, cair de joelhos, terminando de cara no chão de terra como uma árvore abatida.

A multidão explodiu.

– Apagou! O que eu te disse? – Falou o homem à frente de Hattie, que depois acrescentou, berrando: – Mais um, Beast!

Hattie pensou que a parte difícil da luta foi quando eram três os oponentes, mas logo mudou de ideia quando o último adversário em pé focou sua atenção em Whit. Com os braços enormes abertos e esperando, as mãos gigantescas fechadas em punhos que pareciam de pedra.

– Venha receber o teu, Beast! – Ele gritou.

Loucura.

Eles se moviam de lado, em torno de um círculo imaginário, com Whit praticamente dançando, até que Hattie pôde ver seu rosto mais uma vez, e seu corpo, agora com uma nova mancha de sangue abaixo do ombro esquerdo. A respiração dele era pesada e o tecido que tinha se soltado da mão continuava ignorado e agora chegava ao joelho.

O oponente disparou um soco, que Whit evitou. Mas era uma manobra. Veio, então, o outro punho do homem, que acertou em cheio o queixo de Whit, jogando sua cabeça para trás como uma maçã. Whit girou e o segundo golpe, com sua cabeça como objetivo, acertou seu ombro, desequilibrando-o e jogando-o no chão.

A multidão uivou de decepção quando o gigante deu um chute na barriga de Whit, fazendo-o rolar pela terra.

– Não! – Hattie gritou. Ninguém ia parar a luta?

Ela começou a empurrar de lado os homens à sua frente.

– Levanta, Beast! – Gritou um deles. Quando Hattie forçou passagem para ver melhor, ele acrescentou: – Ei! Vá pro seu lugar, folgado.

Grata pelo disfarce que usava, Hattie o ignorou, entrando no ringue, indo na direção de Whit, que já estava se movendo, levantando-se. Ele virou a cabeça na direção dela e, como por mágica, seus olhos encontraram os dela. O coração de Hattie falhou uma batida com a ferocidade que enxergou nele. Teria ele a reconhecido?

Ele se machucaria. Talvez até fosse morto, homem estúpido! Ele não poria um fim àquele espetáculo insano?

Ela não teve tempo de descobrir, pois o homem atrás dela agarrou seu braço, puxando-a para trás.

– Aonde você acha que vai?

Ela tentou se soltar, mas o sujeito era forte. Tirando os olhos de onde Whit se levantava, ela se voltou para trás, deixando sua raiva vencer. Ela encarou o homem, um pouco mais baixo do que ela.

– Tire as mãos de mim!

Fúria chispou nos olhos dele e seus dedos apertaram mais.

– Eu ponho as mãos onde eu quiser, garoto. E jogo você no chão se não sair da frente.

– Ei! – Nora disse, sabia o que estava prestes acontecer. – Parem!

A multidão gritava de alegria atrás deles. Whit devia ter se levantado. Hattie sentiu-se aliviada, mas não conseguiu olhar. Ela pôs a mão no bolso da calça, sentindo a faca ali.

– Vou falar mais uma vez. Tire a mão de mim!

Agora que Hattie podia vê-lo, teve quase certeza de que estava bêbado. O homem olhou para o fundo do silo por um momento e, depois, para ela.

– Acho que não.

Ele armou um soco e Hattie puxou o braço com toda a sua força, tirando a faca do bolso enquanto o punho vinha em sua direção.

Ela não ouviu o grito de Nora, nem o rugido furioso que precedeu o soco que a jogou no chão.

Capítulo Dezessete

A luta fez Whit se sentir livre pela primeira vez em dias.
Ele não conseguia se lembrar de outra vez em que sentiu tanta vontade de lutar. O vaivém com Hattie. A culpa que o atormentava sempre que pensava na confissão dela de administrar a empresa do pai. Do que ele tinha prometido para ela. De sua raiva diante da ameaça de Ewan. De seu medo da ameaça. De acreditar nela. E do ódio que sentiu de si mesmo quando pensou no modo como tinha traído Hattie para mantê-la em segurança.

Tudo isso estava acabando com ele, por isso queria muito uma luta, mesmo antes de os hematomas causados por Ewan começarem a sumir.

Whit queria acertar a cara de alguém, lembrar como era vencer. Estar no controle. E como sua cunhada não ficaria nada feliz se brigasse com Devil, Whit aceitou um "Mate ou Morra", o que significava que ele lutaria com todos os candidatos até ser derrotado. A notícia se espalhou por Covent Garden como um incêndio descontrolado, como sempre acontecia quando os Bastardos ofereciam esse tipo de espetáculo. Eles mudaram o evento de lugar três vezes, até decidirem pelo celeiro, que era longe o bastante para evitar uma batida da polícia e grande o suficiente para acomodar a multidão que, certamente, apareceria.

Ele tinha despachado meia dúzia de desafiantes bêbados e fanfarrões, e dois homens com pouco mais de 20 anos que deviam ter perdido alguma aposta ou estavam tentando impressionar alguma garota. Depois deles, Michael Doolan apareceu para receber seu castigo e Whit mal conseguiu controlar sua fúria quando o derrubou, para depois levantar o idiota e lembrá-lo de que, se voltasse a ameaçar uma mulher em Covent Garden, o jogaria no Tâmisa, onde ninguém o procuraria.

Basta dizer que Whit quase não tinha suado quando entrou no ringue o Trio O'Malley, cuja chegada o deixou empolgado. Porque, ainda que Whit gostasse de se exercitar, Beast adorava uma luta e os irmãos O'Malley eram exatamente o tipo de luta que ele estava procurando, já que não podia fazer o que, na verdade, desejava: ir até Mayfair, encontrar Hattie e ficar na cama com ela até o fim dos tempos.

Para protegê-la, ele nunca mais poderia vê-la.

Então, sim, os brutamontes O'Malley serviam aos seus propósitos.

Whit despachou os dois primeiros rapidamente e voltou sua atenção para o terceiro dos irmãos, o que possuía os punhos mais pesados. Tudo estava indo bem, com Whit pronto para ganhar a luta e se preparar para o próximo desafiante, quando algo chamou a sua atenção na multidão, atrás do ombro de Peter O'Malley.

Ele tirou os olhos do oponente por um momento, incapaz de entender o que tinha visto. Não era nada de extraordinário, um mar de rostos assistia à luta, alguns mais vermelhos que os outros, graças à bebida que era servida para esquentá-los. No círculo mais externo, estavam Devil e Felicity, esta com grande preocupação estampada no rosto e ele entediado com a coisa toda. A segunda em comando dos Bastardos, Annika, estava ao lado deles, o que não era surpresa, pois nunca perdia uma luta, a menos que algo a impedisse.

Nada de extraordinário.

Nada a não ser o que ele não conseguia ver, mas que sabia estar lá.

O que era?

Ao se distrair, Peter O'Malley se aproximou dele e desferiu um soco que Whit fintou sem hesitar. Um soco que, se ele estivesse prestando atenção, teria visto o que era. Um truque. Antes que conseguisse se corrigir, Peter desferiu o golpe verdadeiro, um gancho que jogou a cabeça de Whit para trás e fez seus dentes rangerem. Ele já tinha levado socos assim antes, e estava se virando para voltar quando Peter deu o segundo golpe, desta vez no corpo, e Whit não teve chance.

Foi parar no chão.

Ele começou a se levantar, as mãos espalmadas na terra fria. Ficou de joelhos por um segundo. Talvez dois. Não foi tempo suficiente para qualquer outro oponente chegar nele, mas foi o bastante para Peter O'Malley ficar em vantagem. Ele fez Whit sair rolando pelo chão com um chute que o Bastardo teria admirado se não tivesse sido dado nele.

Então, Whit ouviu Hattie gritar.

Primeiro, pensou estar enganado. Pensou que o golpe na cabeça estivesse fazendo ele ouvir coisas. Havia outras mulheres na plateia. Podia ter sido uma delas. Mas assim que ouviu o timbre da voz, ele soube. A dor em suas costelas diminuiu no mesmo instante e ele virou a cabeça, tentando encontrá-la.

Beast não precisou procurar muito.

Como ela o tinha encontrado?

Ela não poderia estar ali. Se Ewan a visse...

Ela estava dentro do ringue, usando calças, que se moldavam bem demais às suas curvas, e um sobretudo que não era quente o bastante para aquele vento. Ela devia estar com frio. Isso bastou para que ele decidisse ir até ela. Para tirá-la daquele lugar e aquecê-la.

Para protegê-la.

O pensamento o distraiu, estava arriscando a luta, mas, então, o homem atrás dela a tocou, os olhos apertados de raiva e sua boca solta pela bebida. Ela se virou para o bêbado, cujos dedos se apertaram em seu braço. Whit focou naquele lugar, nas marcas da mão dele afundando na carne de Hattie.

Whit se levantou. A multidão rugiu.

– Quer mais, Beast? – Peter O'Malley perguntou, abrindo os braços, querendo fazer espetáculo. A multidão tinha vindo para se divertir e O'Malley era ótimo em entretenimento. Mas Whit não tinha tempo para isso. Desferiu um único golpe, quase sem olhar para O'Malley, que desabou, e já correu na direção de Hattie, que pegava alguma coisa em seu bolso. Whit torceu para que fosse uma arma.

O homem que a segurava ficou tenso e não eram necessários vinte anos de experiência em lutas para saber o que ele pretendia. Sua mão se fechou.

Fúria nublou a visão de Whit.

Ele começou a correr para chegar até Hattie antes que o homem morto desferisse o soco. E ele seria um homem morto se acertasse o soco. Whit o mataria antes que pudesse respirar de novo.

Quase lá.

Um rugido selvagem emanou dele quando se lançou na direção dela, empurrando-a para baixo, para longe do soco do bêbado, virando-se enquanto caía para absorver toda a força da queda, protegendo-a do chão duro.

Eles caíram, Hattie com os olhos bem fechados, e o tempo parou até que ela os abrisse, a poucos centímetros dele. Alívio o atingiu com mais força do que o pontapé que levou antes. Ele resistiu ao impulso de beijá-la, o público já tinha presenciado espetáculo demais. Então, em voz baixa, ele disse a única coisa que lhe veio à cabeça.

– Você não deveria estar aqui.

Ela não perdeu a deixa.

– Eu vim pela minha empresa.

Uma empolgação vibrou dentro dele. Ela era magnífica.

Ela não estava machucada. Ele a examinou rapidamente, para ter certeza disso, então a rolou para o chão e se levantou, indo no mesmo instante até o homem que quis acertá-la.

O homem cuja raiva tinha se transformado em medo.

– Se você quer brigar, vai ser comigo – grunhiu Whit, fazendo o homem empalidecer sob a luz de uma das fogueiras próximas.

– Eu... – O homem sacudiu a cabeça. – Ele me empurrou primeiro!

Whit pôs as mãos nos ombros do homem e o empurrou. A multidão se abriu para deixá-lo cair sentado.

– Agora *eu* empurrei você. Quer brigar comigo?

– N-não. – Ele recuou como um inseto.

Não bastava. Whit tinha sumido, se transformado em Beast. Ele deu um passo na direção do inimigo, queria apenas acabar com ele.

A mão de alguém desceu sobre seu ombro com um peso familiar. Seu irmão.

Whit parou.

– Deixe para lá – Devil disse em voz baixa no ouvido dele. – Pegue sua garota e tire-a daqui antes que as pessoas entendam o que aconteceu e comecem a fazer perguntas.

Era tarde demais para isso. Ele se virou para ela, a mulher que Devil chamou de sua. Ela não era sua, claro. Mas ele precisava protegê-la. Era um hábito. Não tinha nada a ver com ela.

Mas ele não podia protegê-la de Ewan.

Whit se virou, encontrando Hattie a vários metros de distância, de pé outra vez, com sua amiga Nora, que, aparentemente, era tão complicada quanto Hattie. Felicity estava cuidando dela, tirando terra de sua manga e conversando, como se tudo aquilo fosse normal. Nora estava hipnotizada por Annika, a mão no quadril revelando a lâmina comprida.

Quando seu olhar parou em Hattie, Whit ficou rígido, sua fúria, renovada. O chapéu dela estava torto e seu rosto, sujo de terra. O sobretudo tinha se rasgado no ombro, fato que o fez querer causar um estrago imenso. Um pensamento louco veio à mente. O homem que a tocou tinha sido enviado por Ewan?

Um rugido baixo emergiu de sua garganta e ele começou a se voltar para o sujeito, mas Devil o deteve, parecendo compreendê-lo.

– É só um bêbado. – E então, uma palavra forte. – Ela.

Era ela que importava. Cristo! Ele quis pegá-la e carregá-la para longe dali, como uma droga de Neanderthal.

– Ela não pode ser vista comigo.

Devil o encarou.

– Ele não está aqui.

– Mas poderia estar.

– Poderia – Devil assentiu. – Mas não está.

Whit se virou e foi até o grupo de mulheres, consciente dos olhos de Hattie nele, que foram se arregalando conforme ele se aproximava.

– Você... – Ela disse e o tremor em sua voz quase acabou com ele. – Você está sangrando!

Ele não diminuiu o passo quando baixou os olhos para encontrar um corte de dez centímetros no seu flanco direito. Um ferimento de faca. Ele olhou para ela, que estava parada, segurando um canivete.

– Você me esfaqueou.

Ela ficou boquiaberta.

– Não esfaqueei, não! – Ela olhou feio para ele. – Mas você bem que merecia, seu bastardo!

Devil riu, baixo o bastante para que só Whit pudesse ouvir.

– Agora eu entendo por que você gosta tanto dela. Ela vai fazer picadinho de você.

Antes que Whit pudesse dizer que não gostava dela e que ela, de modo nenhum, faria picadinho dele, porque não chegaria mais perto de Whit depois que a levasse para casa, Devil já tinha se afastado, à procura de Sarita, a jovem que recebia apostas e que tentava acalmar a multidão, que agora argumentava que a interrupção de Hattie tinha atrapalhado o resultado da luta.

– A gente disse pra vocês que os três O'Malley iam beijar a terra e os três estão lá – gritava a garota, ladeada por dois grandalhões da turma dos Bastardos. – Ninguém apostou que Beast ia levar uma facada da plateia, então, vão se danar. E eu não pagaria por isso, porque ele está ali, firme como um poste.

Devil acenou para a garota, que veio como um relâmpago para receber suas ordens, as bochechas coradas de empolgação. Enquanto os dois conversavam, Whit fez o possível para se controlar, para não pegar a mão de Hattie, para não ralhar com ela por aparecer ali, onde podia acontecer de tudo. E se ele não estivesse ali? E se ele não tivesse conseguido protegê-la?

Era uma ideia insuportável.

Ele massageou o peito para aliviar o aperto que sentia ali quando Devil se aproximou dele, colocando um saco com gelo em suas mãos.

– Leve a garota para casa. Cuide-se.

Tirando o casaco, Devil foi até sua mulher, a quem o entregou, junto com a bengala. Os olhos de Felicity mostraram confusão, depois satisfação, quando ela entendeu.

– Você vai lutar? – Ela perguntou, sem fôlego.

– Você poderia ficar um pouco menos empolgada com a ideia de me ver no ringue, esposa?

– Você pretende perder?

O sentimento de afronta de Devil era palpável.

– Claro que não!

O sorriso de Felicity ficou mais amplo.

– Então, vou lhe dar um prêmio adequado depois que ganhar.

– Vamos trocar um Bastardo por outro esta noite, pessoal! – Sarita gritou no centro do ringue. – Quem vai querer desafiar o próprio Devil?

Um punhado de azarões insensatos logo fez fila para levar uma sova, evidentemente, pensando que Devil, alto e magro, que pouco aparecia no ringue, seria um adversário mais fácil do que Beast. Estavam enganados.

Devil tirou a camisa pela cabeça e um punhado de mulheres à esquerda de Whit se dissolveu em suspiros. Não que Devil tivesse olhos para qualquer uma delas. Ele puxou a mulher para perto, tirando seus pés do chão e beijando-a com intensidade antes de se voltar para a multidão, braços abertos, sorriso no rosto marcado pela cicatriz brutal.

– Vocês viram o Beast, pessoal! Agora é a vez do Devil!

A multidão enlouqueceu, correndo até Sarita para fazer suas apostas.

Na confusão, Whit enfim conseguiu ficar a sós com Hattie. A preocupação dela estava estampada em seu rosto, não conseguia desviar o olhar do corte no flanco dele. Sua respiração estava apressada, os lábios, ligeiramente entreabertos. Ela olhou nos olhos dele e examinou seu rosto.

– Estou muito brava, mas não quero que você morra.

Ele a puxou para fora do círculo, afastando-a da multidão. Ela engoliu em seco. Whit foi atraído pelo movimento no pescoço dela, sentindo a boca secar com o pensamento de se inclinar e pôr os lábios ali. Lambê-la. Arrastar os dentes naquela pele macia.

Ele podia ouvir o suspiro que Hattie soltaria. Os gritos que extrairia dela.

Seu pau latejou com a promessa que sentiu.

Nada de promessa. Ele não podia tocá-la.

Ele era um perigo para Hattie.

Whit a encarou, vendo o fogo em seus olhos. Sentindo-o por toda parte.

– Vou levar você para casa – ele disse.

Hattie engoliu em seco de novo, e um grunhido baixo veio do fundo da garganta dele. Ela baixou os olhos novamente e ficou olhando para o ferimento que tinha provocado.

– O correto seria eu fazer um curativo nisso.

Whit teve uma visão daqueles dedos delicados no corpo dele, cuidando de sua ferida. Dando-lhe prazer. Ele grunhiu, anuindo.

Ela pigarreou, obrigando sua voz a ficar gelada.

– E se acha que vou embora antes de falarmos da sua traição, está redondamente enganado.

Ele não deveria concordar com aquilo. Deveria, sim, mandar Nik, a apenas alguns passos de distância deles, acompanhá-la até sua casa. Em segurança. Deveria ficar longe dela. Ele meneou a cabeça.

– Não há nada para discutir.

Os olhos de Hattie chisparam.

– Eu gostaria de discutir o fato de você ser um canalha.

Nik tossiu, disfarçando a graça que achou na declaração de Hattie. Nora sorriu antes de falar.

– Se você acha que ela vai deixar que você suma, ainda não conhece minha amiga... – Ela fez uma pausa antes de continuar. – Qual é o seu nome?

– Beast – ele respondeu.

Nora inclinou a cabeça para o lado.

– Acho que prefiro chamá-lo de bastardo, pelo modo como tratou minha amiga.

Dessa vez Nik virou os olhos, arregalados e divertidos, para Nora.

– Eu gosto de vocês duas.

Nora piscou para a norueguesa.

– Espere até nos conhecer.

Isso não aconteceria.

Por acaso Nik ficou corada?

Ele não tinha tempo para isso. Então, fez uma careta para sua tenente e grunhiu:

– Leve-a para casa.

Nik aquiesceu, sem hesitar.

– Primeiro, eu sei muito bem onde fica minha própria casa. – Nora disse e Whit rilhou os dentes. Que Deus o livrasse de mulheres que pensavam ser donas do mundo! – E, segundo, não vou embora até ela me dizer que quer ficar sozinha.

Ele ignorou o prazer que vibrou nele diante da lealdade daquela mulher a Hattie, que merecia o mesmo de todo o mundo. *E não poderia ter essa lealdade dele.*

– Imagino que você tenha vindo em uma de suas carruagens? – Ele perguntou para Nora.

Ela inclinou a cabeça, confusa.

– Isso mesmo.

Whit olhou para Nik.

– Você vai ter que encontrar a carruagem.

– Alguém roubou meu cabriolé? – Nora exclamou, indignada.

Nik se voltou para ela, claramente achando graça na situação.

– Você deixou uma carruagem atrelada, neste bairro, no meio da noite. Sim, alguém a roubou. – Nora gemeu e a norueguesa continuou. – Não se preocupe. Vou colocar os rapazes na missão. Os ladrões não foram longe.

– Talvez eu deva... – Hattie fez menção de deixá-lo, para ir com a amiga, e Whit crispou os dentes, querendo puxá-la para si, mantê-la perto, mas resistiu ao impulso. Whit queria que ela fosse. Queria Hattie longe. Queria que ela ficasse em segurança.

Ele a queria.

Nora meneou a cabeça e acenou para Hattie, olhando para Nik.

– Eu vou ficar bem com a... – Ela franziu a testa.

– Annika.

– Annika – Nora disse, a voz suave. – Muito prazer em conhecê-la.

Se a outra não tinha ficado vermelha antes, ficou agora.

Nora tirou seu olhar de Nik e voltou-se para Hattie.

– Você veio com um objetivo. – Um sorriso de compreensão. – E deve ir até o fim.

Hattie encarou Whit com firmeza.

– Eu vim para dizer a este homem o que ele pode fazer com sua tentativa de intimidar meu pai e de não honrar nosso acordo.

– Então, diga. – Ela baixou a voz. – Não guarde nada. Ele merece ouvir tudo. – *E mais.* – Vejo você pela manhã.

A boca de Whit ficou seca ao ouvir aquelas palavras. Pela visão que elas trouxeram. Pelo presente que eram: uma noite inteira, até o nascer do sol. Ele não deveria aceitar.

Mas como poderia resistir a uma noite com ela?

A primeira noite dos dois.

A *última*.

Não conseguiria. Em poucos minutos, chegaram à sua carruagem. Whit ajudou Hattie a subir no veículo e ocupou o assento à frente dela, colocando o gelo que Devil tinha lhe dado no olho, que ficaria preto por um ou dois dias após as lutas.

Ele soltou um longo suspiro depois que a porta foi fechada, mantendo os dois em segredo do resto do mundo. Mantendo-a fora de vista. Segura.

Segura de tudo, exceto dele.

Hattie o observava em silêncio, fazendo-o imaginar o que pensava. Fazendo-o querer livrá-la de qualquer pensamento enquanto a livrava de suas roupas e dava, aos dois, o que ambos queriam.

Porque o silêncio não era simplesmente silêncio.

Estava cheio dos pensamentos de Hattie, loucos o bastante para acelerar a respiração dela, que ele ouvia ficando cada vez mais rápida e errática, lembrando-o dos sons que ela fazia quando suas mãos e boca a tocavam. Ele tentava não olhar para ela, tentava não imaginar os seios dela escondidos sob o que deveria ser algum instrumento medieval de tortura, como se fosse possível esconder aquelas maravilhas.

Ele tentou não pensar em remover esse instrumento e o resto das roupas que pareciam não diminuir seu desejo por ela. Linda, exuberante, cheirando a confeitos de amêndoa e à sua frente naquela carruagem pequena demais.

Ele tentou não pensar no toque dela quando Hattie se inclinou para a frente, no meio da viagem, e pegou a longa tira de tecido solto que pendia de sua mão direita. Tentou ignorar a expectativa que ferveu dentro dele quando Hattie usou os dentes para tirar as luvas de homem que usava.

A droga dos dentes.

Para que mais ela usava os dentes? Qual seria a sensação deles em sua pele? Arranhando seu ombro, mordendo seu peito? Cristo, aquela mulher estava acabando com ele! Ela sabia? Era esse seu plano?

Ele lhe daria tudo se ela pusesse a boca nele.

Ela não pôs. Hattie apenas enrolou o tecido ao redor dos nós de seus dedos, com cuidado, como se o preparasse para o combate. Como se ele fosse um cavaleiro e Hattie uma bela donzela concedendo-lhe sua graça.

Ao terminar, ela deu um nó perfeito, que escondeu dentro do tecido antes de passar o polegar pelas juntas de seus dedos, e sussurrou tão baixo que ele quase não ouviu.

– Pronto.

Mas ele ouviu. O presente delicado que foi aquela palavrinha.

A satisfação que lhe trouxe.

Whit nunca sentiu o ardor do prazer de forma mais aguda após uma noite de violência e temeu não possuir a capacidade de resistir a ela.

Ela inspirou fundo antes de falar.

– Agora, sobre a minha empresa.

Ele deitou a cabeça no estofamento da carruagem, deixando o saco de gelo agir.

– *Minha* empresa.

Ela o observou por um longo momento, os cascos nos paralelepípedos eram o único som.

– Sua traição. – Ela não podia saber como suas palavras doeram. – O que você vai fazer com a Sedley Shipping?

Vou manter você em segurança.

– O que eu quiser.

Silêncio. Então...

– Por quê?

A pergunta quase fez o que os desafiantes não conseguiram no ringue. Uma pergunta simples, perplexa e devastadora. Nessa pergunta, ele ouviu a verdade. Ele a tinha magoado.

E essa era sua única opção.

– Você é um bastardo – ela disse quando ele não respondeu, apertando os olhos.

– Sou – Whit respondeu, tentando ignorar o desdém na voz dela.

– O que você quer de mim?

– Nada. – Era verdade. *Eu quero que você seja feliz. Que fique em segurança.*

– Olhe para mim.

Ele obedeceu à ordem sem hesitar. Cristo, ela era deslumbrante, sentada ereta e determinada, os ombros retos como uma rainha.

– Você está estragando tudo.

– Eu sei. – Um sentimento de culpa bateu forte.

– Você me disse... – Ela olhou pela janela para a escuridão das ruas lá fora. – Você me disse que acreditava em mim. – Ela voltou o olhar para ele. – E eu acreditei em você.

Ele preferiria encarar os irmãos O'Malley mil vezes a isso.

Eu acredito mesmo em você.

– É porque... – Ela parou e, então, recomeçou. – É porque você acha que não sou capaz?

– Não. – Cristo, não!

Ela olhou como se tivesse algo para dizer, como se tivesse mil coisas para dizer. E ele quis puxá-la de seu lugar para seu colo e lhe dizer tudo o que achava impressionante nela.

Mas isso era impossível, tinha que a manter longe.

– Por quê? – Ela hesitou. – Por que você nos quer fora do mercado? Para castigar Augie? Ele estava pronto para lhe contar quem é o comparsa, que, eu imagino, é muito mais um benfeitor do que um comparsa.

– O comparsa dele não importa mais – Whit disse, rápido demais. Ele não queria Hattie perto de Ewan. Não agora que ele sabia até onde o duque iria para castigá-lo. Para machucá-la. – Nós podemos estar querendo nos legalizar. Começar um negócio legítimo.

Ela fez uma careta de deboche.

– Não minta para mim. É indigno de você.

Não era. Mas Whit não queria que ela percebesse isso.

– Você está fazendo isso para me punir. Ninguém compra todos os navios que usa.

– Nós compramos. – Não compravam.

– Conversa mole – ela retrucou. – Vocês não podem se dar ao luxo de ter navios ou a Coroa vai descobrir que estão trazendo contrabando a cada duas semanas.

Ele arqueou as sobrancelhas diante da astúcia de Hattie.

– Surpreso com a minha inteligência? – Ela perguntou com um sorriso irônico.

– Não. – Surpreso, não. Atraído.

Ele queria levá-la para cama e pedir que lhe ensinasse sobre fretes. Manifestos e tábuas de marés e o que mais ela quisesse conversar com ele.

O que era completa loucura.

Antes que ele pudesse começar uma loucura, ela o fitou no fundo dos olhos e desferiu um golpe mortal.

– Eu confiei em você. Acreditei em você. Pensei que fosse melhor do que isto. – Uma pausa. – Pensei que nós...

Não termine essa frase.

Ele não sabia se conseguiria sobreviver àquilo. Ele mal conseguia respirar após aquele *nós*, pelo modo como a palavra os unia. Pelo modo como ele queria que os unisse. Por um momento breve e insano, ele quase se rendeu. Quase entregou tudo para ela. Quase lhe deu a empresa, as docas e sua ajuda. Mas se lembrou de Ewan, louco na escuridão, prometendo usar Hattie para castigá-lo.

Você vai desistir dela. Ou vou tirá-la de você.

A lembrança correu como gelo em suas veias.

Não era possível. Não havia negócio. Hattie não podia ter sua empresa e permanecer em segurança. E ele não podia tê-la. Não enquanto Ewan respirasse.

A carruagem parou. Ele abriu a porta e desceu à rua antes que o veículo parasse de balançar, estendendo a mão para ajudá-la a descer. Um erro. As mãos dela estavam nuas, agora, e a pele dela, impossivelmente macia na dele, tão macia que fez Whit pensar que seu toque pudesse machucá-la.

Claro que machucaria. Seu toque não traria nada a ela que não fosse dano.

Ele apertou a mão dela mesmo assim. De modo algum ele a soltaria. Não nesta noite.

Uma noite.

Ele ignorou o pensamento e a levou até a casa, agradecido pela hora adiantada e pela falta de criados. Depois que Devil se mudou para construir seu lar com Felicity, Whit não teve coragem de demitir nenhum criado. Ele tinha mais criados do que precisava, o que significava que sua casa era muito bem cuidada. Alguém tinha deixado uma luminária acesa na entrada para ele, luminária que ele pegou ao levar Hattie pela escada até seus aposentos, a única parte da casa que ele ainda pensava como só sua.

Hattie o seguiu e Whit percebeu a curiosidade dela ao subirem a escada. E a sentiu, quando viraram num corredor comprido e escuro, no modo como ela diminuiu o passo, virando a cabeça para olhar na outra direção.

Enfim, a tagarela não conseguiu continuar em silêncio.

– Aonde você está me levando?

Ele não respondeu.

– Você sabe que seu silêncio é de enlouquecer, não sabe?

Como se o som da voz dela, lindo e lírico, também não fosse. Ele pôs a mão livre na porta de seus aposentos e olhou por sobre o ombro.

– Eu imaginei que você quisesse continuar nossa conversa.

Um instante antes da resposta dela.

– Eu disse que deveríamos conversar depois que seu ferimento for tratado.

Os dois baixaram os olhos e descobriram que a camisa de Whit estava manchada de sangue. Ele não era do tipo que pedia para ser cuidado, mas não conseguiu conter o ronco baixo que veio com a ideia.

– Hum.

Ele esperava receio da parte ela. Hesitação. Nervosismo. Tinha se esquecido de que aquela era Hattie, ousada e corajosa.

Os olhos violeta se fixaram na mão dele, congelada na maçaneta da porta, e seus lábios se curvaram num sorriso curioso.

– Aí dentro? – Ela perguntou. – Seu covil?

Ele soltou uma risada baixa e inclinou a cabeça.

– Nada de plantas.

– Você vai ficar com a empresa.

– Vou – ele confirmou. Ele não tinha escolha.

– Você sabe que não vou aceitar a derrota sem lutar.

– Não imaginei que pudesse ser de outro modo. – Ele imaginou que a luta com ela seria a melhor de toda a sua vida. Porém, ela nunca o venceria. Esse era seu mundo. Seu jogo.

E ele nunca quis tanto uma vitória quanto queria manter Hattie em segurança.

Ainda assim, quando um lado da boca de Hattie se curvou num sorriso irônico, fazendo surgir uma covinha, ele sentiu o golpe, que o deixou zonzo.

Ela endireitou as lapelas do sobretudo ridículo que vestia, alisando o paletó sobre as curvas que não escondia, antes de se endireitar.

– Não tem acordo, então. Nós somos rivais.

O modo como ela falou, com simplicidade, como se não houvesse mágoa, nenhum mal naquilo, fez com que ele a quisesse mais do que nunca.

– Resta um acordo. – Ele não sabia por que tinha dito isso. Mas ela sabia exatamente porquê.

A compreensão iluminou os olhos dela. Compreensão e expectativa.

– Corpo.

Whit ficou teso como uma corda de arco. Ele podia lhe dar uma noite. Ele podia mantê-la em segurança por uma noite. Uma noite e a deixaria ir.

– Vamos, então – ela sussurrou, indicando a porta com a cabeça. – Abra.

Capítulo Dezoito

Ela não deveria ter gostado da conversa com ele. Ela não deveria ter ficado depois de ele admitir que não tinha interesse em ajudá-la com seus planos. Ela deveria ter largado aquele homem que tinha ido de quase sócio a rival absoluto em menos de uma semana.

Mas Hattie não queria. Ela não tinha terminado com ele, fosse nos negócios, fosse no prazer, e após ela jurar que triunfaria nas duas coisas, sentiu-se livre.

Essa liberdade, aliada à verdade entre os dois, fez do desejo tudo o que importava.

Ela entrou no quarto que cheirava a mel e limão, com um toque de louro, o que a fez pensar no sol quente de verão, e se deixou mergulhar no momento, que só existia a serviço de seu desejo.

E essa foi a liberdade mais magnífica que Hattie sentiu em toda a sua vida.

Ele se afastou quase imediatamente, deixando-a fazer sua inspeção silenciosa, uma tarefa quase impossível, pois a única fonte de luz era um brilho laranja que tremeluzia depois de uma porta na outra extremidade do quarto. Ela foi até lá, seus pés afundando num tapete grosso, o que explicava a acústica do lugar, quieto e acolhedor no escuro. Ela pôde ouvir a totalidade do aposento e imaginou o que havia ali, ao redor dela, isolando-a do mundo exterior.

O quarto passava, mesmo no escuro, a sensação de um casulo. Proteção de tudo fora dali, de qualquer ameaça. Qualquer coisa que não prometesse prazer.

Deveria estar frio lá dentro, pelo modo como a escuridão e o vento se impunham do lado de fora, mas não. Ela não deveria se surpreender com isso. Havia algo de frio nele?

Hattie conseguiu distinguir a silhueta dele na outra extremidade, os ombros largos se contraindo para tirar o casaco antes de jogá-lo sobre o braço de uma cadeira, revelando quadris estreitos e pernas longas. Ela sentiu a boca secar quando ele se agachou junto à lareira, onde o carvão incandescente virava brasa. Ele atiçou o fogo e jogou lenha nele, levantando-se em seguida para acender meia dúzia de velas na cornija.

Ela foi descobrindo o espaço aos poucos e percebeu estar no quarto mais luxuoso que já tinha visto. As paredes estavam recobertas com um papel acetinado em tons de azul e verde, e o quarto era mobiliado com uma coleção de peças estofadas e extravagantes, cada peça maior e mais acolhedora do que ela já tinha visto. Um sofá bordô de dois lugares com o dobro da profundidade de qualquer outro em Londres; uma poltrona creme com um assento estofado que ela estava morrendo de vontade de experimentar. Cetim safira cobria uma espreguiçadeira no canto mais distante, cheia de almofadas multicores que rivalizava com a coleção de um rei. Mais almofadas estavam espalhadas diante da lareira, como se tivessem colocadas ali para o conforto de alguém que passava as horas esquentando os pés.

As cores eram escandalosas, tons de verão e outono, e essa exuberância encontrava paralelo apenas na exuberância dos tecidos. Os dedos de Hattie coçavam, queria tocar cada centímetro do quarto e se deleitar com aquele luxo.

Se tinha notado a reação dela, Whit a ignorou. Ou, talvez, quisesse uma reação maior, pois saiu de perto da lareira, uma mecha na mão para acender uma dúzia de velas, cujo cintilar fazia os tecidos reluzirem. Então, ele subiu numa banqueta alta e acendeu outro tanto de velas numa impressionante arandela de bronze que subia pela parede como uma trepadeira plantada pelos deuses.

Ela deu um passo na direção dele, a maciez debaixo de seus pés chamando a sua atenção para o chão, onde diversos tapetes se sobrepunham por todo o piso do quarto de um modo que pareceria aleatório para quem não conhecesse Whit. Hattie não imaginou por um momento que conhecesse Whit, não o conhecia muito bem mesmo, mas sabia, sem dúvida, que não havia nada de aleatório naquele quarto.

Esse era, sem dúvida, seu covil.

Ele tinha lhe dito a verdade. Não havia nenhuma planta, exótica ou comum. Mas havia livros *por toda parte*.

Estavam empilhados sobre mesas e perto do sofá. Uma pilha balançava perto da lareira. No canto mais próximo à porta, um aparador pesado sustentava ao menos vinte, empilhados perto de uma garrafa de *scotch*, *bourbon* ou qualquer que fosse aquele líquido âmbar. Ela se aproximou, estendendo a mão para uma das pilhas aleatórias. *Opiniões filosóficas e físicas*, de Margaret Cavendish; *Emma*, de Jane Austen; uma biografia de Zenóbia; uma coleção de obras de Lucrezia Marinella; e algo chamado *Dell'Infinità d'Amore*. Um belo exemplar de A *cidade das damas*, de Cristina de Pisano, estava no topo da pilha, junto com um par de *óculos*.

O quarto não era uma biblioteca. Não havia um trabalho de marcenaria extravagante. Nada de prateleiras, nenhum expositor de livros. Aqueles livros eram lidos.

E aquele homem... Era ali que ele lia. *Com óculos*.

Em toda a sua vida, Hattie nunca tinha imaginado que óculos pudessem ser excitantes. Mas lá estava ela, resistindo à vontade de pedir a ele que os colocasse.

Essa era a descoberta mais reveladora da vida de outra pessoa que Hattie já tinha experimentado. Reveladora e deliciosa, e tão absolutamente *inesperada* que ela queria passar a próxima semana investigando todos os cantos do lugar até compreender o homem que os tinha preenchido.

Só que ela desconfiava que nunca o compreenderia totalmente.

– Este quarto – ela disse. – É...

Perfeito.

Ele tinha sumido, desaparecido na extremidade oposta daquele espaço magnífico. Ela não podia vê-lo, mas ainda assim Whit a puxava para si como se a tivesse presa num cordão.

– Whit? – Ela chamou ao entrar no outro quarto, de formato estranho, mais comprido do que largo, com três janelas redondas enormes na parede oposta, todas transformadas em espelhos pela noite sem lua e pela luz interna.

A janela mais à esquerda refletia uma imensa banheira de cobre, com água pela metade, de um dos lados da lareira. A atenção de Hattie foi logo chamada pela peça enorme, maior do que qualquer outra banheira que já tinha visto. Calor emanava da água, sugerindo que criados estiveram ali poucos minutos antes.

Dentro da lareira, duas chaleiras grandes fumegavam alegremente, como se tivessem esperado o dia todo pelo retorno de seu dono, e continuariam esperando até ele se banhar.

Hattie inspirou fundo, desejo vibrando dentro dela, seguido de nervosismo. Mais cedo, ela sentiu tanto orgulho de sua coragem; mas agora, diante

da intimidade surpreendente dos aposentos dele, e de seu banheiro, ela ficava cada vez menos corajosa. Ela quis se mostrar forte quando perguntou:
– Você pretende tomar banho?

Ele estava perto do lavatório, desenrolando a tira de tecido de sua mão esquerda. Por um instante, Hattie ficou hipnotizada pelo movimento, uma das mãos passando rapidamente sobre a outra, de um modo que revelava força, tamanho e destreza.

– Pretendo – ele respondeu, repetindo as ações com a mão direita antes de se curvar sobre a bacia e lavar as mãos, esfregando-as com um cuidado meticuloso.

Ela engoliu em seco. Tentou parecer despreocupada, indiferente.

– Oh! – Esse ganido não foi despreocupado nem indiferente, e ela nunca se sentiu tão grata por estar olhando para as costas de uma pessoa. Pigarreou. – Isso é bom. Você está sangrando.

Ela estava dizendo isso para ele ou para si mesma?

Ele olhou para ela por cima do ombro. Era um sorriso no olhar dele?

– Não estou mais. Você precisa caprichar mais a mira no nosso próximo combate.

Ela franziu a testa.

– Eu nunca tive a intenção de... – Ela parou. Se, por um momento, tivesse pensado que poderia machucá-lo, jamais teria tirado a faca do bolso. – Eu pensei que fosse precisar me proteger.

Whit congelou e Hattie imaginou o que estaria pensando, embora soubesse que ele nunca revelaria isso a ela.

– Não imaginei que você fosse me proteger. – Ela forçou uma risadinha.

Whit olhou para ela, então, por sobre o ombro, seus olhos âmbar como fogo, e ela o imaginou dizendo algo magnífico. Algo como *sempre protegerei você*.

O que era absurdo, claro. Ele não tinha roubado sua empresa? Transformando-os em rivais? Hattie pigarreou.

– De qualquer modo, o corte precisa ser limpo, receber um curativo.

Ele secou as mãos numa toalha e se afastou do lavatório, indo buscar água quente na lareira.

– A agressora torna-se a enfermeira.

Ela engoliu em seco ao ouvir as palavras, diante da visão que provocavam. Pelo modo como faziam seus dedos coçar de vontade de tocá-lo. Pelo modo como a deixaram nervosa, se sentindo completamente perdida. Quando começou o projeto do Ano da Hattie, em que pretendia seguir um plano simples para assumir o controle da sua vida, ela estava preparada, pronta para dominar o mundo.

Não era mais o caso. Whit tinha bagunçado seu plano.

Agora, ele ameaçava bagunçar o resto dela também.

E o pior era que Hattie queria ser bagunçada.

– Vou dar o meu melhor para me redimir – ela disse, as palavras mais baixas do que pretendia, abafadas pelo quarto.

Ele a ouviu, hesitando por um instante enquanto pegava a segunda chaleira, uma pausa imperceptível para alguém que não estivesse prestando atenção. Mas Hattie prestava mais atenção nele do que jamais tinha prestado em alguém, e, quando Whit soltou um grunhido curto, que um dia ela teria julgado como de pouco caso, ela ouviu outra coisa. Algo categórico.

Desejo.

Não era possível, era? Ele nem a tinha tocado. Ficaram na carruagem por uma eternidade. Sozinhos, no escuro. E Hattie quis tanto que Whit a tocasse. Quase gritou para que ele a beijasse.

Mas ele não fez nada.

Agora, o coração de Hattie estava disparado. Parecia impossível que ele a quisesse.

Ele jogou a camisa manchada no chão e foi se sentar numa cadeira de encosto alto para tirar as botas.

Hattie não conseguia parar de se maravilhar com ele, com o modo como seu corpo se acomodou na cadeira, revelando músculos que, tinha quase certeza, humanos comuns não possuíam, contraindo-os e alongando-os. Ela engoliu um suspiro, que teria sido mais do que constrangedor se ele ouvisse.

Whit se dobrou para tirar uma bota e fez uma careta. Foi quase imperceptível, sumiu antes que pudessem notar, menos a alguém que estava fixada em cada movimento dele. Ela se aproximou, não gostou de vê-lo com dor.

– Posso ajudar?

Ele congelou com a pergunta, ficando tão imóvel que Hattie pensou ter cometido um erro terrível. Ele não olhou para ela ao negar com a cabeça.

– Não – ele disse, em voz quase inaudível.

A bota saiu bruscamente e ele fez outra careta de dor. Ignorando os sinais de alerta de seu corpo, voltou-se à segunda bota. Hattie se aproximou mais e, dessa vez, ele levantou os olhos.

– *Não* – ele repetiu, dessa vez mais alto.

Quando a segunda bota foi jogada, ele se levantou, enfiando a mão no bolso para tirar o relógio. Os relógios.

Dois relógios. Sempre.

Ele os colocou sobre uma mesinha, perto de uma cesta cheia de bandagens e fios, provavelmente porque precisava de curativos com regularidade após as lutas. Hattie estava hipnotizada pelas peças de metal.

– Por que você carrega dois relógios? – Ela perguntou, sem desviar o olhar dos objetos.

Houve uma pausa longa o bastante para Hattie pensar que ele não responderia. Whit levou as mãos à faixa da cintura.

– Eu não gosto de me atrasar.

Ela meneou a cabeça.

– Eu não... – Ela começou, mas suas palavras foram sumindo conforme ele começou a desabotoar as calças. Hattie manteve os olhos nele, sem querer ser rude, mas podia contar os botões pelos movimentos bruscos dos ombros de Whit enquanto os abria. Três. Quatro. Cinco.

Ela não conseguia parar. De olhar. *Claro* que ela o olhava. A luz tênue do aposento tornava impossível enxergar qualquer coisa além de um "V" sombrio, emoldurado pelas mãos fortes dele, os polegares enfiados no tecido como se ele pudesse ficar ali, para sempre, sob o olhar de Hattie, se ela assim desejasse.

E ela desejava.

Entre os polegares, a sugestão de algo mais. Pele. Ela engoliu em seco, desgrudando seu olhar dali, o rosto em chamas. Whit a observava, os olhos âmbar cintilando à luz da lareira, e, por um momento único e louco, Hattie imaginou o que ele faria se ela se aproximasse e o tocasse. Se colocasse suas mãos nas dele, ali, nas sombras.

Com a mesma rapidez do pensamento dela, Whit relaxou, fechando os olhos, como se ele também pensasse nisso. Como se ele fosse aceitar o toque dela, se Hattie o oferecesse.

Ele ainda lhe devia sua ruína.

Em todas as outras vezes que os dois estiveram juntos, o momento ou o local tinham impedido o cumprimento do acordo. Mas agora, ali...

Ele poderia arruiná-la do modo certo.

Ela queria. E ceder ao seu próprio desejo era uma liberdade magnífica. Não que ela fosse dizer qual era seu desejo.

Ele preencheu o silêncio, em voz rouca e baixa, como se as palavras saindo de seus lábios fossem arrastadas através de pedregulhos.

– Você quer perguntar algo?

Ela sacudiu a cabeça, com dificuldade de encontrar palavras.

– Não.

Um sorriso de compreensão brincou nos lábios dele e Whit se virou, como se tudo aquilo fosse absolutamente normal, e baixou as calças preparando-se para o banho. Ao ver as nádegas, Hattie desviou o olhar para a janela além da banheira, agora um espelho que revelava...

Oh, céus!

No mesmo instante, ela deu as costas para aquela cena.

– É assim que você costuma fazer negócios? – Ela perguntou.

A pergunta foi recebida com silêncio. Não. Silêncio, não. Som demais. O som de Whit entrando na banheira, a água recebendo o peso dele. O grunhido baixo de Whit acomodando-se naquele calor prazeroso.

O som era puro hedonismo e o desejo se acumulou nela, espalhando uma onda de calor por seu corpo, como se ela também estivesse no banho.

Como se estivesse com ele.

E se estivesse?

Ela deu uma risadinha ao pensar nisso, incapaz de imaginar uma situação em que tivesse coragem suficiente para tirar a roupa sem hesitação. Incapaz de se imaginar o tipo de mulher que se convida para o banho de um homem.

Outro som veio da água e ela resistiu ao impulso de se virar para olhar, para ver o que ele tinha feito. Ela se concentrou na luz intensa do quarto ao lado, nas bordas dos tapetes sobrepostos.

– Você não me prometeu uma luta? – Ele falou, depois de se acomodar.

Ela ficou tão surpresa com a pergunta provocadora que se virou para ele, e não estava preparada para aquela visão: ele relaxado, os braços descansando na borda da banheira de cobre, a cabeça inclinada para trás, os olhos fechados; o cabelo castanho molhado e alisado para trás, expondo aquele rosto lindo; o sangue seco sumido de sua face, restando apenas um pequeno corte, rodeado por um hematoma que escurecia rapidamente.

A ferida deveria ter afetado sua beleza, mas não. Ao contrário, ela o tornava acessível, trazendo-o para a terra, entre os meros mortais. A ferida fazia Hattie querer tocá-lo. Pegá-lo para si. Fazia que ela quisesse...

– Você já teve sua luta esta noite – ela disse com delicadeza.

Ele abriu os olhos, encontrando os dela no mesmo instante.

– E daí? O que você me oferece?

– Eu só quero... – Ela olhou para a janela, para a cena refletida em seu negrume. Ela, vestindo roupas de homem, os olhos bem abertos, e ele, grande e bronzeado na banheira. O que Hattie tinha para lhe oferecer? Havia tanto que ela queria dele. Toque. Palavras. Prazer. E algo mais, algo que ela não ousava dizer.

Algo que ela não podia ter.

Ela despregou o olhar da janela. Olhou para ele.

– Eu quero cuidar de você. – Com isso, o relaxamento dele acabou. Seu maxilar ficou firme e os músculos dos ombros, tensos. Ela se apressou a acrescentar: — É claro que eu não devia querer cuidar de você. Nós somos inimigos.

— Somos? — Ele pegou um pano pendurado na banheira e o puxou para a água com mais força do que o necessário.

— Pretendo lutar de verdade pela minha empresa.

— E vou enfrentá-la para valer — ele disse. — Amanhã.

Um arrepio atravessou Hattie quando ele pronunciou essa palavra. Pelo modo como ela a libertava. Libertava os dois. Amanhã não era esta noite.

— Não vou gostar de você amanhã — ela disse, sentindo que era importante dizer isso.

Ele anuiu com a cabeça.

— Não culpo você.

Só que ela receava que fosse gostar dele. Embora não tivesse razão nenhuma para isso. Embora ele tivesse mentido para ela. E a magoado. Mas, agora, ele não parecia ser aquele homem. Ele parecia...

Ótimo.

Os movimentos dele embaixo da água eram rápidos e automáticos, e Hattie preocupou-se que ele pudesse agravar os ferimentos. Ela deu um passo adiante e estendeu a mão, como se pudesse detê-lo. Whit voltou sua atenção para ela e o foco nos olhos dele foi o bastante para fazê-la recuar.

— Amanhã, então — ela soltou, sem fôlego.

O único som na sala de banho era o movimento fluido da água enquanto ele terminava de se lavar. Até que ele perguntou, baixo, a princípio, e ela quase não acreditou no que ele disse.

— Como você cuidaria de mim esta noite, guerreira?

Ela enrubesceu.

— Já lhe disse.

— Disse mesmo?

— Eu faria curativos em você.

— E quando isso acabar?

Ela engoliu em seco.

— Eu não sei. Imagino que lhe agradeceria. Por me proteger.

Ele meneou a cabeça.

— Eu não mereço sua gratidão. Não quero que nada aconteça esta noite por causa da sua gratidão. Quero que aconteça porque você quer.

Ela queria.

— Tudo bem.

— Diga para mim o que você está pensando — ele disse.

— Estou pensando que eu gostaria de falar do nosso acordo.

Ele se inclinou para a frente, o som da água do banho parecendo disparos de arma de fogo.
– Diga.
Ela engoliu em seco outra vez.
– O prazer.
– Você ainda quer ser arruinada.
Ela anuiu.
– Por favor.
– Esta noite. – Ele não hesitou.
A expectativa tumultuou-a por dentro. Ela não podia continuar parada, só esperando que ele terminasse o banho. Ela aquiesceu.
– Esta noite. Ou você pretende renegar esse acordo também?
Ele arqueou uma sobrancelha com essa pergunta e, com o hematoma no rosto, ficou parecendo um verdadeiro malandro. Hattie tinha mesmo dito aquilo? Ela não acreditou que o tinha desafiado. Mas o que estava feito, estava feito, e uma empolgação a agitou, ameaçando transbordar quando ele soltou um demorado "Aaah", que soou ao mesmo tempo como dor e prazer.
– Não, amor – ele grunhiu, apoiando as mãos nas bordas da banheira outra vez. – Não vou renegar.
Ele se levantou, a água escorrendo por seu torso, pelos montes e vales de seus músculos, descendo pelo "V" entalhado em seu abdome. Ela arregalou os olhos ao ver como era longo e grosso, reto e liso, e *sumiu*. Os olhos dela voaram para os dele quando Whit enrolou uma toalha em seus quadris, escondendo-se dela.
Ele arqueou uma sobrancelha para ela, e Hattie ouviu a pergunta irônica no gesto. *Decepcionada?*
Sim. Sim, ela estava decepcionada.
Ela engoliu em seco quando ele pegou outra toalha, secando o resto do corpo com movimentos seguros e despreocupados, como se tudo aquilo fosse perfeitamente comum. E talvez fosse. Talvez ele passasse as noites banhando-se para uma série de mulheres, cada uma mais ansiosa que a outra para assistir ao espetáculo.
– Imagino que você faça isso sempre – ela disse, arrependendo-se no mesmo instante. Com certeza um comentário desses não era adequado à situação.
– Que eu faço o quê? – Ele arqueou as duas sobrancelhas.
Ela sacudiu a cabeça, mas as palavras ainda saíram.
– Tomar banho na frente de mulheres. Trazê-las aqui, como um príncipe em seu palácio. – O canto da boca dele tremeu e os nervos de Hattie

não resistiram. – Não ouse rir de mim – ela disse, apontando o indicador para ele. – Você não sabe o que é ser a inexperiente. Ser aquela que sabe que você fez isso centenas de vezes com centenas de outras mulheres, todas muito lindas e muito sensuais, usando roupas íntimas feitas para...

Ela parou, arregalando os olhos ao ouvir suas próprias palavras.

Ele deixou a toalha cair no chão, sem tirar seus olhos dela.

– Não pare agora, Hattie. Fale mais das roupas íntimas.

Ele a estava desafiando, aquele homem que ela odiaria se não gostasse tanto dele. Hattie estreitou os olhos.

– Devem ser lindas. Todas cheias de rendas e babados. As minhas não são.

O que ela estava fazendo?

– Não? – Ele se virou para pegar uma calça limpa em uma cadeira próxima.

Ela desviou o olhar quando ele a vestiu, e as palavras foram saindo de sua boca.

– As minhas servem a um propósito diferente. Quero dizer, quando uso.

Whit olhou por sobre o ombro, aquele quase sorriso brincando em seus lábios de novo. Hattie fechou os olhos.

– Você sabe o que eu quero dizer.

– Juro que não.

– Quero dizer, estou usando, mas é um tipo de coisa diferente quando a pessoa está vestindo... – Ela gesticulou mostrando o próprio corpo.

Ele acompanhou o movimento e fechou os olhos por um momento, como se pensasse em todas as roupas íntimas que Hattie podia usar vestindo roupas masculinas.

Bom Deus! Aquela roupa de homem não a ajudava muito, ajudava?

Ela pigarreou.

– De qualquer modo, tenho certeza de que você costuma fazer isso com gente muito mais qualificada.

Então, ele foi na direção dela, com suas longas passadas e seus músculos perfeitos, a calça não estava completamente abotoada, fazendo-o recuar pelo banheiro com uma elegância de predador, até Hattie recuperar a razão e se dar conta de que não queria escapar dele.

Ela parou. Ele, maravilhoso.

Ele mal parou quando a alcançou, derrubando o chapéu de sua cabeça, tomando o rosto dela em suas mãos, abaixando-se para beijá-la sem hesitação, seus lábios firmes e impossivelmente macios roubando o fôlego dela quando ele levantou-lhe o queixo e tomou sua boca, a língua saindo para acariciar o lábio superior de Hattie, fazendo-a se abrir com a promessa de prazer, deixando-a na ponta dos pés para encontrá-lo, ansiosa por ele.

Quando Whit soube que a tinha, e como poderia não saber, com ela pendurada em seus ombros quentes, as mãos deslizando pelos músculos volumosos de seus braços, ele sorriu nos lábios dela, oferecendo-lhe um pequeno grunhido ao puxá-la para perto, realinhando suas bocas e, enfim, aprofundando o beijo, dando-lhe o que ela queria, de novo e de novo, até os dois estarem ofegantes.

Ele se afastou para que respirassem e Hattie abriu os olhos, sentindo-se inebriada pelo beijo, esforçando-se para retomar o foco.

– Fico feliz que você tenha mencionado a questão da qualificação – ele disse, a voz suave, baixa e deliciosa.

– Fica?

– Hum. – Ele a encarou por um longo momento, como se estivesse procurando algo. – Porque receio não estar à altura das suas.

Quê?

Antes que ela pudesse perguntar, ele se inclinou para ela. Quando sussurrou as palavras seguintes, Whit estava tão próximo que ela pôde sentir as palavras em seus lábios.

– Quer que eu faça uma lista? Não posso tornar minha altura média nem meu corpo médio, amor. Nem posso fazer meus cabelos ficarem claros.

Um calor tomou as faces dela diante da referência à lista que tinha fornecido ao bordel no que parecia um século atrás, mas Hattie se recusou a deixar que o constrangimento a impedisse de aproveitar o momento. Hattie levantou a mão e a colocou no ombro dele, nu, liso e quente como o sol. Os dois inspiraram fundo com o toque.

– Você também é lindo demais. Mas acho que vou ter que me virar com isso.

Ele grunhiu, a mão subindo ao rosto dela, o polegar acariciando seu rubor.

– Também não sou encantador. Nem afável.

Hattie não ligava para isso. Ela inclinou o rosto para o dele, mas Whit recuou, recusando o beijo que ela tanto queria.

– Mas você não quer nada disso, quer?

– Não – ela disse num suspiro, ansiando para que ele a beijasse.

Os dedos dele firmaram-se no cabelo dela.

– O que você quer?

Ela ficou na ponta dos pés e sussurrou nos lábios dele, mais corajosa do que jamais tinha sido.

– Eu quero você – ela disse.

– E eu quero você – ele devolveu, encontrando-a num beijo longo e exuberante, seu polegar acariciando a pele macia da face dela enquanto lambia sua boca em passadas demoradas e arrastadas, um gostinho delicioso do que viria.

— Posso dizer o que *eu* posso prometer? — Ele sussurrou junto aos lábios dela.

— Por favor.

— Eu vou ser *muito* minucioso.

Ela sorriu com aquelas palavras, o prazer fervilhando dentro dela.

— Extremamente, até?

Ele grunhiu sua anuência e a beijou de novo, a língua doce e azeda passando pela dela.

Os dedos de Hattie desceram pelo tronco dele, a palma de sua mão deslizando pelas magníficas saliências do corpo dele, deleitando-se no calor que ele emanava, até que chegou nos ferimentos do flanco e Whit inspirou fundo. No mesmo instante, ela se afastou. Ele estendeu a mão para ela, puxando-a de volta para seu calor.

— Nem pense nisso.

Hattie pôs as duas mãos no peito dele.

— Não pensar no fato de você estar machucado? — Ela hesitou. — Você levou um chute nas costelas, droga. Para não falar da minha facada. Vai ter que me deixar dar uma olhada.

Ele sorriu por causa da insistência dela.

— Eu não sabia que você era uma profissional de saúde.

Hattie olhou com irritação para ele.

— Descobri que não gosto quando você fala demais.

Ele soltou uma risada alta e lhe deu um beijo curto, delicioso.

— Você não pode me culpar por estar mais interessado no seu corpo do que nos meus ferimentos, Hattie.

Ela amoleceu com as palavras.

— Sério?

— A culpa é sua. Agora estou curioso até com a sua roupa íntima.

Ela resistiu à excitação e à graça que as palavras trouxeram e fingiu uma expressão mais séria.

— Mas *eu* estou interessada nos seus ferimentos.

Uma pausa e, então, um grunhido de concordância.

— Se eu permitir que você cuide das minhas feridas, me permite arruinar você?

Lá estava de novo, a tentação da liberdade. A resposta que ela podia dar sem hesitação. Hattie encarou os olhos dele, adorando o fogo que viu neles.

— Deixo.

Capítulo Dezenove

Ao contrário do que Hattie acreditava, Whit nunca tinha levado uma mulher para seus aposentos.

A casa tinha uma grande recepção no térreo, além de um escritório para Whit e Devil, de modo que nunca houve motivo para Annika ou qualquer uma das mulheres do armazém irem aos seus aposentos. Grace tinha estado lá algumas vezes, mas só tempo suficiente para debochar da decoração extravagante.

Quanto às outras mulheres, Whit nunca as levou ali. Ele não queria responder a perguntas sobre o espaço. Não queria ter que defender o ambiente de formato estranho, repleto das coisas que ele mais amava no mundo. E, com toda certeza, não queria dar acesso aos seus prazeres particulares a outra pessoa.

Mas ele não hesitou em levar Hattie para dentro, embora recebê-la ali, no lugar que ela chamava de seu covil, fez ele se sentir mais exposto do que quando tomou banho na frente dela.

Enquanto tomava banho, queria puxá-la para a banheira, arrancar aquele disfarce ridículo e lavá-la até os dois estarem ofegantes de desejo e ele não ter opção senão fazê-la gozar até gritar.

Sendo sincero, Whit pensou ter sido imensamente comedido por não fazer isso.

E, então, a mulher começou a falar de roupas íntimas. Ele deveria ser canonizado por interromper aquele beijo delicioso, cheio de paixão, descobertas e promessas, para deixar que ela cuidasse dele com curativos e unguentos quando ele queria apenas os lábios e as mãos dela.

Whit pensou ter demonstrado imenso controle, mas desejava provar que seus ferimentos não o limitavam em nada e que mesmo ferido era bastante capaz de colocá-la no ombro e levá-la para a cama.

Mas não. Ele apenas ficou sentado, observando enquanto ela escolhia uma tira larga de bandagem, pegava um pote de unguento e, depois, se sentava ao seu lado.

– Vire-se para a luz – ela disse, fitando seu tronco nu, profissional como um médico.

Ele a obedeceu e ela estendeu a mão, lenta e hesitante.

– Agora, eu vou...

– Me tocar – ele grunhiu. Whit acreditava que não aguentaria muito tempo sem os dedos suaves dela em seu corpo.

Hattie fez o que ele disse e os dois inspiraram fundo. O olhar dela voou para o dele e ela tirou a mão como se a tivesse queimado.

– Desculpe.

– Não – ele disse, pegando os dedos dela e recolocando-os em sua pele. – Não pare.

Nunca mais pare.

Ela não parou e começou a alisar a pele manchada.

– Esse hematoma está feio.

Ele grunhiu, tentando ignorar o prazer que veio com o ardor.

– Você deveria ver um médico. Você tem um médico?

– Eu não preciso de um médico – ele retrucou.

Eu preciso disso. Preciso de você.

Ela passou os dedos sobre a parte mais escura do hematoma.

– Acho que uma costela pode estar quebrada.

– Não seria a primeira. – Ele aquiesceu.

Ela franziu a testa.

– Não gosto disso.

Prazer não é uma palavra suficiente para descrever o modo como a resposta severa de Hattie vibrou dentro dele, elétrica e livre. Ele inspirou fundo com a sensação e quis amenizar a preocupação dela.

– Elas saram.

Hattie não pareceu convencida, mas abriu o pote de unguento, levando-o até o nariz.

– Louro – ela disse, a voz baixa, antes de fitá-lo nos olhos. – Você usa isso com frequência.

– Eu luto com frequência.

Ela estremeceu com as palavras e Whit desejou poder retirá-las.

– Por quê? – Ela perguntou.

Ele não respondeu, apenas deixou que ela espalhasse a pomada por seu tronco, os movimentos suaves e seguros, delicados o bastante para sentir uma dor totalmente diferente. Quando foi a última vez que alguém cuidou dele?

Fazia décadas.

Ele descobriu que não queria voltar atrás, não agora que conhecia a sensação das mãos dela em sua pele. Seu toque calmante. O modo como ela despertava cada centímetro de seu corpo ao envolvê-lo em limão e louro.

– O que tem aqui? – Ela perguntou. – Como funciona?

– Casca de salgueiro e folha de louro. – Se qualquer outra pessoa perguntasse, Whit terminaria sua resposta aí. Mas era Hattie e tudo era diferente com ela. – Minha mãe usava algo parecido. Ela chamava de *suave de sauce*. Massageava nas mãos antes de ir deitar.

– As mãos doíam da costura.

Whit odiou a facilidade com que ela compreendeu algo que ele tinha demorado anos para entender. Odiou a culpa que o abalou.

– Eu fazia o que podia para trazer dinheiro para casa, para que ela não precisasse trabalhar tanto, mas minha mãe não me queria nas ruas. E pagava para eu ter aulas no quarto dos fundos de um armarinho na Travessa Clements. Insistiu que eu aprendesse a ler. Algumas semanas, o que eu gastava com vela custava mais do que ela ganhava trabalhando. – Uma lição que Whit nunca esqueceu. Da qual ele lembrava toda vez que acendia as velas em seu quarto, e tinha mais velas do que ele precisava, como se agora pudesse iluminar aquele quarto para sua mãe, caso se esforçasse o bastante. – Sempre que eu dizia para ela que queria trabalhar, ela me lembrava de que as aulas não tinham reembolso. Costumava dizer que...

Ele parou.

A mão de Hattie não vacilou. Ele se concentrou naqueles toques maravilhosos.

– Ela costumava dizer que, mesmo que aquilo a matasse, eu me tornaria um cavalheiro quando crescesse.

Foi por isso que ele a deixou. Seu pai o fez lutar por um ducado que nunca tinha sido para ele herdar.

E isso a tinha matado.

Ele engoliu o pensamento, deixando o amargor baixar antes de continuar, a voz baixa.

– O que ela pensaria de mim agora?

Hattie manteve-se em silêncio por um longo tempo, longo o bastante para Whit pensar que ela não fosse responder. Mas respondeu, porque ela sempre sabia o que dizer.

– Eu acho que ela estaria orgulhosa de você.

– Não estaria, não – ele disse. Sua mãe teria odiado a vida que ele levava. Ela teria odiado a violência que ele vivia todos os dias, a imundície de seu mundo. E teria considerado inescrupulosa a forma como Whit tinha traído Hattie. – Ela teria detestado tudo, a não ser os livros.

Ela sorriu ao ouvi-lo, seu toque constante.

– Aqui tem um monte de livros.

– Nós não tínhamos dinheiro para isso. – Whit não queria contar isso para ela. Não era assunto dela. E, de algum modo, ele não conseguiu parar de falar. – Ela não sabia ler, mas reverenciava os livros. – Ele passou os olhos pelo quarto. – Ela não tinha dinheiro para livros, e eu nem tenho o cuidado de colocá-los numa estante. – Outro modo de decepcionar sua mãe.

Hattie não levantou os olhos do curativo que fazia.

– Parece, para mim, que a melhor maneira de você honrar essa reverência que sua mãe tinha é lendo livros. E todos estes me parecem bem lidos.

Ele grunhiu. Ela sorriu.

– Esse grunhido significa – Hattie continuou – que você quer mudar de assunto. – Ela olhou para ele e seu sorriso doce foi uma distração bem-vinda. – Estou aprendendo a interpretar seus sons.

Ela passou os dedos pelas costelas de Whit, onde um hematoma roxo crescia rapidamente, e ele inspirou fundo.

– Não preciso ser uma aluna muito boa para saber o que isso significa. – Ela tirou a mão ao terminar a tarefa. – Posso enfaixar você?

Outro grunhido e ela sorriu, pegando o rolo de bandagem ao lado.

– Vou aceitar isso como um sim.

– Sim – ele confirmou.

Ela começou a passar, com cuidado, a faixa pelo tronco dele, seu toque uma tentação constante. Na terceira passada, seus lábios se entreabriram e sua respiração começou a ficar mais rápida.

– Por que você faz isso? – Ela falou virada para o curativo. – Você é rico além da conta e tem o respeito de todos os homens entre o Tâmisa e a Rua Oxford. E além. Por que deixar que o machuquem?

Porque ele merecia ser machucado.

Ele não disse isso para Hattie.

– Foi assim que nós sobrevivemos – ele escolheu dizer.

O toque dela vacilou.

– Seu irmão e sua irmã? E você?

Ele baixou os olhos, observando os dedos longos dela desenrolarem a bandagem. Ficou fascinado por eles. Por ela. Pelo modo como extraía suas palavras.

– Nós fugimos do nosso pai. E do nosso irmão. – Ele odiava até falar de Ewan, o que o fazia existir para ela, ameaçando-a como um fantasma.

– Por quê? – Essa mulher maravilhosa, compassiva, com um irmão que protegia mesmo que ele tivesse arruinado tudo para ela.

Hattie não conseguiria entender a verdade de seu passado, mas ele falou assim mesmo.

– Nós púnhamos em risco tudo pelo que o velho vivia. Tudo pelo que o jovem tinha trabalhado. E Ewan estava disposto a fazer *qualquer coisa* pelo amor do meu pai. – Ele soltou uma risada sem graça. – Não que o bastardo tivesse algum amor para dar.

Hattie franziu a testa.

– Ele estava disposto a deixar vocês fugirem?

– Ele *garantiu* que nós fugíssemos. – Whit baixou os olhos para a cesta de bandagens e unguentos. – Naquela noite, ele veio atrás de Grace. Devil o impediu, tomando a facada pelos dois.

Ela soltou uma exclamação.

– O rosto dele. A cicatriz.

– Um presente do nosso irmão. E do nosso pai.

Ódio surgiu nos lindos olhos dela.

– Eu gostaria de ter uma palavrinha com eles dois.

– Meu pai morreu.

– Ótimo. – Hattie pegou uma tesoura de costura e ele arqueou a sobrancelha. Ela parecia pronta para entrar em combate com o instrumento de corte. Considerando a raiva que ela demonstrava, Whit pensou que apostaria nela. – E seu irmão?

– Não está morto. – Ele meneou a cabeça.

Vivo demais. Perto demais.

Ela terminou o curativo, amarrando as pontas num nó perfeito.

– Bem, é melhor ele não me encontrar num beco escuro. – Whit poderia ter achado graça se não estivesse irracionalmente perturbado com a ideia de Hattie encontrar Ewan.

Você vai desistir dela. Ou vou tirá-la de você.

Ele colocou as mãos nos ombros dela e olhou bem em seus olhos.

– Escute. Se algum dia você encontrar meu irmão, corra para o outro lado.

Hattie arregalou os olhos ao ouvir aquilo, suas palavras carregavam seriedade.

— Como você escapou?

— Não escapei. — Veio uma lembrança. A noite escura e Grace gritando. Ele e Devil derrubando uma porta para encontrar Ewan com uma faca imensa. O pai num canto do quarto, assistindo a tudo. Orgulho e algo mais em seu rosto. Certo prazer.

Malditos monstros!

Whit entrou na briga, mas Ewan era muito forte. Ele sempre tinha sido o mais forte. A manifestação perfeita de sangue ducal. Devil era o cabeça quente. Whit, pequeno demais. E Ewan era forte o bastante para derrubar Whit. Com força suficiente para que ele não conseguisse levantar.

Devil entrou na luta. Recebeu o golpe destinado a Grace.

E foi Grace quem derrubou Ewan.

— Devil e Grace me arrastaram para fora. Para a noite. Eu não teria nada sem eles.

— Vocês eram crianças.

— Catorze anos. Nós nascemos no mesmo dia. Ewan também. — Ela inclinou a cabeça, uma pergunta óbvia em seus olhos. — Mães diferentes — ele explicou. — E Grace, a mais sortuda de todos, pai diferente também. Ela nunca precisou sofrer com a ideia de ter o sangue dele nas veias.

— Então, não é sua irmã?

— É irmã no que importa — ele disse, se lembrando da garota de cabelo vermelho e queixo reto que protegeu os dois sem hesitar, mesmo perdendo muito mais do que eles jamais tiveram. Mesmo perdendo o único garoto que tinha amado. — Nós fugimos. Fugimos e não paramos até chegar a Londres. Aqui, não tivemos escolha a não ser dormir na rua. Mas dormir não bastava. Nós também precisávamos comer.

Ela estava imóvel, uma rocha, e essa foi a única razão pela qual ele continuou falando.

— Devil roubou pão para nós. Eu encontrei os restos de meia dúzia de maçãs. Mas era pouco. Nós precisávamos sobreviver e, para isso, precisávamos de mais.

Ele ainda conseguia sentir o frio das ruas úmidas dos cortiços. Chegava a doer em seus ossos e era a única dor que chegava perto da dor pela perda de sua mãe. Mas não contou isso para Hattie. Não quis perturbá-la com isso.

Whit nem sabia por que estava contando tudo isso para ela.

Ele não a queria por perto. *Mentira.*

Ele não podia tê-la por perto.

Então, mudou o assunto da conversa para as lutas.

— Na nossa terceira noite, Digger apareceu. — Ele a encarou. — Ele era outro tipo de bastardo. Cruel, não ligava para ninguém a não ser para si mesmo, mas controlava um jogo de dados e lutas de rua. E precisava de lutadores.

— Vocês eram crianças — Hattie disse, franzindo a testa.

Todas as vezes que ela repetia isso, Whit se lembrava de como pertenciam a mundos diferentes. Só poderia sujá-la. Ele se agarrou a esse pensamento na esperança de que o impedisse de fazer alguma loucura.

— Catorze é idade mais que suficiente para dar uns socos, Hattie.

Ela voltou sua atenção para o corte no rosto inchado.

— Para levar socos também?

Um dos lados da boca dele se torceu num sorriso convencido.

— Não precisa levar se for rápido para desviar.

Ela sorriu porque a voz dele ganhou o sotaque de Covent Garden.

— E você era rápido?

— Eu tinha que ser. Não era nada forte. O menorzinho da ninhada.

Ela avaliou o corpanzil dele.

— Acho isso muito difícil de acreditar.

Whit deu de ombros.

— Eu cresci.

— Notei.

Ele sentiu prazer nas palavras dela e ficou duro com uma rapidez que o surpreendeu. Antes que pudesse fazer algo a respeito, Hattie falou.

— Continue — ela pediu e Whit não teve escolha a não ser obedecê-la.

— Devil e eu éramos lutadores medianos. Nós sabíamos nos esquivar e fintar, e quando acertávamos um soco, conseguíamos pôr força nele. Nem sempre ganhávamos, mas sempre dávamos um *show* para o público.

Essa história deveria ser triste. A saga de irmãos que não tinham escolha, a não ser lutar para conseguir abrigo e comida. Mas não era. As lutas eram algumas das melhores lembranças daquela época.

— Foi ele que lutou depois de você, não foi? O que estava com Felicity Faircloth?

Surpresa veio e foi embora.

— Eu esqueço que ela era uma almofadinha.

Hattie sorriu.

— Sempre tive um pouco de inveja dela por ser capaz de abandonar a aristocracia. E por ter uma razão tão boa para isso. — Uma pausa e, então, Hattie diz: — Vocês têm olhos iguais.

Os olhos Marwick.
– Eu queria ter falado com ele.
– Com Devil? – Whit meneou a cabeça. – Ele não é para você.
Hattie ficou vagamente ofendida.
– Por que não?
– Ele não é bom o bastante para você.
Ela curvou os lábios num sorriso que quase o deixou sem fôlego.
– E você é?
– Nem de longe.

Hattie levantou a mão ao ouvi-lo, devagar, como se receasse que ele pudesse fugir. Whit quase riu dessa ideia. Não havia nada que o faria perder esse momento. Nada que ele não faria para mantê-la ali. Para tirar a roupa dela e possuí-la. Finalmente. E quando ela roçou sua têmpora com a ponta dos dedos, de leve, só o suficiente para afastar uma mecha de cabelo do rosto dele, Whit prendeu a respiração, desejando puxá-la para perto. Desejando beijá-la.

– Bastardos Impiedosos – ela disse, então. – Foi assim que vocês dois conseguiram esse nome.
– Nós três?
Ela demorou um momento para entender.
– Grace?
– Você nunca viu alguém lutar como Gracie. Ela podia derrubar uma fileira de brutamontes sem derramar uma gota de suor. Quando ela entrava no ringue, os adversários tremiam. O mundo pensa que nós dois somos os reis de Covent Garden? Bobagem. Não estaríamos aqui sem Grace. Ela nasceu para mandar. – Ele deu um sorriso pequeno e particular. – Ela me deu minha primeira faca. E me ensinou a arremessar. Uma arma que não exigia que eu fosse o maior ou o mais forte.

Admiração relampejou nos olhos de Hattie.
– Retiro meu comentário anterior de conhecer seu irmão. Prefiro mesmo é conhecer sua irmã.
– Devil vai ficar profundamente ofendido de ouvir isso. – Ele fitou Hattie nos olhos. – Mas Grace vai gostar de conhecer você. Disso eu não tenho dúvida.

Ela sorriu e, por um instante, Whit imaginou como seria ter conhecido essa mulher num lugar diferente, num momento diferente. Se ele tivesse frequentado suas aulas como a mãe queria. Se tivesse recusado ir com o pai para lutar por um ducado que nunca teve chance de ganhar. Ele teria se tornado um comerciante? Teria uma loja? Algo simples que poria comida na barriga deles e um teto sobre suas cabeças? E teria convencido essa mulher, tão acima dele que mal conseguia vê-la, que era um homem de valor?

Ele voltaria para casa todas as noites, cansado e feliz, encontrando conforto nela. Os dois leriam livros perto da lareira, dividiriam um saco de balas enquanto discutiam o clima, ou o barulho do mercado, ou as notícias, ou qualquer coisa que pessoas normais faziam em dias normais.

O que poderia ter sido.

Uma dor explodiu em seu peito com esse pensamento, que veio com um desejo agudo por algo tão impossível que ele deveria pôr um fim naquela noite ali mesmo. Porque, de repente, ele teve plena consciência de que poderia sofrer para sempre se deixasse Hattie Sedley chegar mais perto.

É claro que, quando se deu conta disso, estava desesperado de vontade de ficar com ela.

E, assim, em vez de mandá-la para casa, ele a encarou longamente, tempo suficiente para corar outra vez as lindas maçãs do rosto dela e fazê-la desviar os olhos com um sorriso constrangido em sua boca exuberante e acolhedora.

Ele a queria.

E ela o queria.

Nessa noite, era só o que importava.

– Hattie – ele disse com delicadeza, sem querer assustá-la com sua avidez.

Hattie olhou para ele, seus olhos violeta, enormes.

– Sim?

– Já acabou de cuidar de mim?

A atenção dela voltou-se para a faixa ao redor do tronco dele.

– Acabei.

Ele estendeu a mão, passando os dedos pelo rosto dela, a pele macia como seda.

– Nós ainda temos um acordo? – Ele perguntou.

Hattie assentiu.

– Temos.

Ele pegou uma mecha do cabelo dela, que à luz das velas parecia feito de fios de ouro, e a colocou atrás da orelha. Ela inclinou a cabeça em direção à mão dele e ele pegou seu rosto, aproximando-se, baixando a cabeça para sentir seu aroma.

– Jesus! Seu cheiro é doce. Você tem cheiro dos bolos da vitrine da confeitaria.

Ela deu uma risada abafada.

– Obrigada?

– Quando eu era garoto, havia uma confeitaria em Holborn que fazia o bolo de amêndoa mais delicioso. Eu só o comi uma vez. O confeiteiro era um belga, verdadeiro canalha, e corria atrás de nós com uma vassoura se aparecêssemos na porta. Mas, ficando no lugar certo do outro lado da rua, um pouco mais para baixo, dava para sentir o cheiro daqueles bolos toda vez que a porta abria.

Ele se aproximou mais e roçou o nariz na têmpora dela, baixando a voz para um sussurro.

– Em toda a minha vida, nunca senti uma tentação como a daqueles bolos. Até você aparecer. – Ele encostou os lábios na pele quente dela e lhe disse a verdade. – Eu nunca quis nada como quero você.

Ela pôs a mão no ombro dele, seus dedos longos então se curvaram ao redor do pescoço e, por um momento, ele entrou em pânico, pensando que Hattie poderia afastá-lo. Mas não. Na verdade, ela virou a cabeça e o beijou, colocando sua própria ruína em andamento.

E a dele também.

– Whit – ela sussurrou, o som delicado e carregado de sensualidade, sem nenhuma resistência. Ele estendeu as mãos para ela, desabotoando o casaco, deslizando as mãos por baixo da lã quente para senti-la: mais quente, incandescente. Deliciou-se sentindo o corpo dela, a curva da cintura, a elevação dos quadris, as coxas fortes quando a puxou para mais perto, virando-a, erguendo-a para que se sentasse em seu colo.

Ela arfou de prazer quando ele a acomodou em suas coxas e Whit recuou, a mão em seu cabelo, só o bastante para encarar seus olhos, que o fitavam de cima. Uma ruga de preocupação marcou a testa de Hattie, que resistia em colocar todo o seu peso nele.

– Eu sou...

– Você é perfeita demais – ele disse, aproximando-se para tomar seus lábios e provar o que dizia.

Após um longo momento, Whit soltou seus lábios e ela, o cabelo desalinhado e a boca ardendo do beijo, reclinou-se para fitá-lo. A incerteza que havia no olhar de Hattie tinha sumido por completo, substituída por excitação. E deleite. Ela abriu um sorriso pequeno, recatado, as covinhas aparecendo quando mordeu o carnudo lábio inferior.

Jesus, ela era linda!

Ele meneou a cabeça.

– Não.

– Não? – A dúvida veio.

Ele abriu a mão sobre o traseiro dela e a puxou para mais perto, sentando-a com firmeza enquanto enfiava a outra mão no cabelo dourado e a puxava para si.

– Esse lábio não é seu esta noite, amor. É meu.

Ele se aproximou para capturá-lo, mordiscando-o antes de passar sua língua nele em um movimento longo. Hattie apoiou as mãos nos ombros dele e se entregou à carícia. Whit reagiu com um grunhido profundo, demorando-se no beijo intenso, lento, adorando o sabor agridoce dela, melhor do que qualquer confeito que já tinha provado.

Como ele conseguiria desistir dela?

Ignorando o pensamento, ele se concentrou nela, nos dedos que brincavam no seu cabelo, mantendo-os parados enquanto ela se abandonava ao beijo. Hattie se contorcia junto a ele, que se deliciou com a manifestação de prazer desenfreado e apertou os dedos nos quadris dela, acompanhando o movimento que ela fazia, balançando-se nele, no lugar em que Whit já estava duro, e ficava cada vez mais duro com os doces sons que vinham dela, com o deslizar macio das coxas dela nas suas, com o calor de Hattie em seu pau.

Ele nunca desistiria disso.

Ele grunhiu e a agarrou, detendo-a, erguendo-a para poder admirá-la, observá-la acima dele como uma deusa. Incapaz de se conter, ele jogou seus quadris nos dela, vendo-a fechar as pálpebras e inspirar fundo.

Ele abriu o casaco dela, tirando-o, deliciando-se com o modo como Hattie movia o corpo, virando-o e alongando-o, revelando as curvas com que ela o provocou a noite toda. Não. Nem todas. Ele deslizou a mão do quadril pelo flanco até sentir as marcas do tecido por baixo da camisa que ela vestia.

Como um relâmpago, ele agarrou as costas da camisa dela, puxando-a de dentro da calça.

– Hattie.

Ela arregalou os olhos quando ele repetiu o movimento na frente, revelando o torso nu. No mesmo instante, ela segurou a bainha da camisa e a puxou para baixo.

– Não.

A palavra ardeu.

– Não? – Ele perguntou.

Ela sacudiu a cabeça.

– Está muito claro.

– Eu sei. – Ele sorriu.

Ela sacudiu a cabeça de novo, seu olhar fugindo para a porta do quarto ao lado.

– Você não tem uma cama em algum lugar? Algum lugar escuro?

Ele tinha. Mas não era isso que ela estava dizendo.

– Hattie, me deixe ver.

Ela fechou os olhos.

– Prefiro que não.

Ele se recostou no sofá, recusando-se a tirar suas mãos dela, deixando seus dedos deslizarem pelas coxas, parando no alto das botas de couro.

– Posso lhe dizer o que eu quero fazer?

Ela abriu os olhos e ele quase riu; tinha conseguido a atenção dela. Sua garota curiosa não conseguiria resistir a ouvi-lo descrever, precisamente, o que Whit desejava fazer com ela. Nos mínimos detalhes.

– Eu quero tirar sua camisa, que é simples demais para você – ele disse com delicadeza, seus dedos subindo de novo até a bainha da camisa, sem parar, até estarem debaixo do tecido, sobre a pele quente dela. Whit provocou-a naquela região, logo acima da calça, e sussurrou: – Eu preciso tirar essa coisa, sabe, porque não vou conseguir saborear você até tirar. – Os lábios dela se entreabriram num suspiro breve. – Você gostaria disso, não? De que eu a saboreasse?

– Eu... – Ela hesitou.

– Eu queria passar minha língua em você, aqui – ele disse, abrindo a mão sobre a curva suave da barriga de Hattie, seu pau ficando mais duro a cada centímetro novo dela. Alguma coisa tinha a sensação tão boa quanto a seda daquela pele da curva do corpo dela?

Ele se endireitou, enterrando o nariz na curva do pescoço, enquanto passava os braços ao redor dela.

– Me deixe fazer isso – ele sussurrou no ouvido dela antes de capturar o lóbulo da orelha com os dentes. – Me deixe saborear você.

Ela exalou um "sim" como se fosse a única palavra que conseguiu encontrar.

Whit deu um beijo molhado logo abaixo da orelha e a soltou, suas mãos voltando à bainha da camisa, que puxou pela cabeça dela e foi jogada através do quarto, sendo esquecida antes de chegar ao chão, porque ele estava concentrado demais no que tinha acabado de descobrir.

A visão daquela faixa, do modo como escondia os lindos seios dela, o incitaram a querer destruir algo. Ele enfiou o dedo na borda superior da faixa, onde a pele dela estava branca de tão apertada.

– Sabe, milady, quando falou de roupa íntima, eu não esperava...

Ela deu uma risadinha estrangulada que ele adorou, porque a libertava de qualquer dúvida que tivesse.

– Imaginei que não – ela disse.

– Hum – ele grunhiu antes de se inclinar para a frente e delinear a linha branca, logo acima da faixa apertada demais, com a língua.

– Minha nossa – ela sussurrou, levando as mãos à cabeça dele, enfiando os dedos no cabelo. – Isso é tão...

Não era nada comparado ao que ele ia fazê-la sentir. Ele encontrou a ponta do tecido e a soltou antes de começar a desenrolar Hattie.

Ela fez menção de ajudá-lo.

– Não – ele disse, enquanto trabalhava para desnudá-la. – Isto é meu. Você, no meu colo, embrulhada como um presente. Parece Natal.

Ela corou com as palavras.

– É mesmo?

Whit parou, encarando-a por um longo momento antes de responder.

– Como você não sabe disso ainda? – A faixa, então, caiu e ela fechou os olhos com o prazer da libertação, tão intenso que Whit o sentiu como um golpe, sua mente com o único objetivo de fazê-la sentir um prazer cada vez maior, para sempre.

Hattie recobrou a razão rápido demais, quase imediatamente, e logo fez menção de se cobrir, uma tarefa impossível, pois aqueles lindos globos transbordavam de suas mãos. Era a visão mais erótica que Whit já teve e ele não conseguiu conter o rosnado que emergiu do fundo de sua garganta quando se inclinou para beijar a carne que se derramava por cima de cada mão, lambendo lentamente a pele avermelhada, machucada.

– Pobrezinha – ele sussurrou. – Você precisa se cuidar melhor.

Ele cobriu as mãos dela com as suas, entrelaçando os dedos enquanto traçava as linhas vermelhas que riscavam os seios dela. Outro beijo, e mais outro, e ainda outro, para acalmar a pele sensível com beijinhos carinhosos, lambidas demoradas, sugando a pele impossível de tão macia nas bordas de um seio. E, depois, do outro.

Whit a venerou até Hattie voltar a balançar o corpo contra o dele, até ela esquecer sua vergonha. Até esquecer seu nervosismo. Até ela mover suas mãos e as dele, revelando-se.

Roubando-lhe o fôlego.

A pele dela estava vermelha, manchada pelas amarras, mas seus mamilos, rosados e perfeitos, esticavam-se no ar frio do quarto, e ele tomou um bico teso na boca, passando a língua nele antes de chupar com delicadeza, uma vez após outra, até ela ficar ofegante de prazer, as mãos agarradas no cabelo dele.

Whit deliciou-se com o ardor em seu couro cabeludo enquanto voltava sua atenção para o outro seio, repetindo suas ações. Ele raspou os dentes no bico, então o acariciou com a língua e os lábios. Ela gritou e, por um momento insano, Whit pensou que fosse gozar na calça, como um garoto.

Ele a soltou, sentindo a necessidade de se recompor, de controlar a confusão de emoções que sentia com essa mulher em seus braços, e arrastou sua atenção para os olhos dela mais uma vez, lendo o desejo ali, e também a incerteza. Ele queria incendiar um e destruir a outra, e assim fez a única coisa que podia: levantou-a nos braços e a carregou até as almofadas espalhadas diante da lareira.

Ele se deitou ao lado dela, adorando o modo como Hattie virou o corpo para o dele, relaxando-o. Uma das mãos dele desceu pelo tronco nu de Hattie, brincando com a cintura de sua calça.

– Mais amarras – ele disse em voz baixa, os dedos no fecho.

– Eu queria estar vestindo algo mais excitante – ela respondeu.

– Eu não – ele disse, aproximando-se para mordiscar o queixo dela antes de tirar-lhe as botas com movimentos rápidos. – Essa calça está me provocando a noite toda, revelando suas curvas. Fazendo promessas que eu espero, muito, que você pretenda cumprir. – Ele agarrou a cintura da calça e a puxou. Gloriosamente, ela o deixou tirá-la.

Ele ficou sem fôlego ao vê-la, nua e linda, os picos e vales de seu corpo, as curvas suaves deslumbrantes sob a luz trêmula da lareira, e ali, no encontro das coxas lindas, um tufo de pelos que lhe deu água na boca.

– Jesus, Hattie! Você é a coisa mais linda que eu já vi.

Ela sorriu, tímida e doce, começando a se cobrir com as mãos.

– Você quase me faz acreditar nisso.

Whit deslizou as mãos pelas pernas dela, beijando o dorso da mão que bloqueava sua visão, o doce aroma dela transformando suas palavras num grunhido enquanto ele ia subindo pelo corpo dela.

– Não vou soltar você até acreditar em mim.

– Isso pode demorar um tempo – ela disse, em voz baixa, quase baixa demais para ele ouvir.

– Eu tenho a vida inteira.

A cabeça dela estava virando para o fogo, fitando as chamas. Em algum momento, tinha perdido os grampos e seu lindo cabelo louro se espalhava pelas almofadas como fios de seda. Whit queria se enterrar naqueles fios. Nela.

– Você tem esta noite – ela disse.

Ele odiou essas palavras, detestando a verdade que traziam e a certeza de que, após esta noite, nada seria igual. Então, depositou um beijo na curva suave da barriga dela, depois lambeu a curva do seio, deleitando-se com o sabor dela.

Uma noite não era tempo suficiente para descobri-la.

– Então eu vou ter que fazer parecer uma vida inteira.

Ele chupou um mamilo com os lábios, adorando o modo como ficou duro em sua língua, o modo como ela arfou com a sensação, movimentando os quadris nas almofadas acetinadas.

– Whit – ela sussurrou, colocando uma das mãos em seu cabelo, seu tremor ecoando na voz quando ela acrescentou – Por favor.

Tudo. Ele lhe daria tudo o que ela pedisse.

Seu pau latejava nos botões de sua calça, desesperado para ser libertado. Desesperado por ela.

Devagar, ele pensou. Essa era a primeira vez dela.

Jesus, era a primeira vez dela!

Outro homem, um cavalheiro, nesse momento a vestiria e a mandaria para casa. Um homem que fosse melhor que ele. Mais forte. Ele não tinha o direito de fazer aquilo. De arruiná-la. Hattie merecia algo mais do que um garoto de Holborn que tinha sobrevivido com restos e lutado por tudo que possuía.

Ele sabia de tudo isso, mas não a mandaria para casa.

Não era à toa que o chamavam de Beast.

Ele podia mantê-la em segurança esta noite. Aqui.

E uma noite seria suficiente.

Capítulo Vinte

Durante todo o tempo em que se preparou para esse momento, e em todas as vezes que imaginou como poderia ser, Hattie nunca imaginou o quanto ela *sentiria*.

Ela não era uma tola, claro. Ela sabia que certa quantidade de sensação era esperada. Ela sabia o básico do ato e tinha ouvido que, possivelmente, sentiria prazer e, provavelmente, alguma dor, mas não esperava o modo como todo o seu ser vibrava.

Ela não esperava ser bombardeada com sensações. O cetim macio das almofadas em suas costas, o calor do fogo num lado do corpo, e ele, quente como o sol, no outro. Ela não esperava as mãos dele, seu toque áspero em suas curvas e elevações que tinha passado a vida inteira tentando esconder e diminuir. E não esperava os lábios dele, seguindo aquelas mãos magníficas, acompanhando-as como se Hattie fosse mesmo o que ele dizia. Como se ela fosse *linda*.

Foi disso que ele a chamou.

Ela não acreditou nele. Tinha olhos na cabeça que levava sobre os ombros e sabia como era a aparência das mulheres lindas. Sabia que não era como elas. Ainda assim, enquanto ele passava a mão grande e quente sobre sua pele, ela se sentia viva.

— Whit — ela sussurrou, invocando os deslumbrantes olhos âmbar para os seus, adorando o modo como ficaram aguçados, lendo seus pensamentos.

— Me diga o que está sentindo — ele pediu, a voz baixa e grave carregada de promessas.

Uma das mãos dela desceu sobre a dele, acompanhando as carícias que subiam e desciam por seu corpo em movimentos firmes, seguros.

— Eu sinto... — Ela parou de falar, procurando uma resposta. — Eu sinto que estou *viva*. Ninguém nunca me tocou assim.

— Ótimo — ele grunhiu baixo e ela sorriu.

— Isso é muito primitivo da sua parte, considerando que nos encontramos num bordel.

— Não consigo evitar. Quero ser o primeiro a tocar você. Aqui. — Ele acariciou seu estômago, subindo até os seios. — Aqui. — Ele envolveu o seio com a mão, passando o polegar pelo mamilo teso uma vez, duas, até Hattie arquear as costas e apertar o peito na mão dele. Whit a soltou quase no mesmo instante e ela suspirou de frustração quando ele voltou pelo mesmo caminho, descendo até seus dedos encontrarem os dela, que cobriam seu lugar mais íntimo. — E aqui.

Ela não o deteve. E por que o deteria? Ele a incendiava com prazer. Então, Hattie levantou sua mão e se entregou ao toque dele, muito leve a princípio. Ele apenas a cobriu com a mão forte, os olhos varrendo o corpo dela.

— Eu quero ser o primeiro a saber do que você gosta — ele disse, baixando os lábios para a curva do ombro dela. — Eu quero ser o primeiro a ver seu corpo corar de prazer. — Ele desceu os lábios pela curva do seio e chupou o bico. — Eu quero ser o primeiro que você manda lhe dar prazer.

Ele contraiu os dedos no cerne dela e Hattie levantou o quadril para ele.

— Não sei se consigo mandar em você.

— Não? — Outra chupada. Outra contração, sugerindo mais.

Ela fechou os olhos e meneou a cabeça.

— Eu não sei o que pedir.

Ele mal se movia junto ao calor dela. Hattie balançava o quadril nas almofadas.

— Não? Você não tem nada para pedir?

— Não — ela mentiu, mordendo o lábio.

Uma passada de língua na curva do seio. Outro toque delicado com a mão não era suficiente. Nem de longe. Ela deixou que as pernas se abrissem.

— Hum. — O prazer nesse grunhido baixo que ele soltou foi suficiente para fazer o desejo se acumular no âmago dela, e a mão enlouquecedora dele fazia círculos sem pressa, como se ele não tivesse considerado a possibilidade de se mover com mais rapidez.

Ela desceu a mão pelo braço dele, até aquela mão. Pôs mais pressão.

Whit riu no ouvido dela.

— Parece que você quer me pedir algo. — Ele estava insistindo de propósito. E, embora devesse se sentir frustrada, não era assim que ela se sentia. Hattie estava *encantada*.

Talvez um pouco frustrada.

– Whit – ela disse, levantando o quadril para encontrar o toque dos dois.

– Hattie? – Ele perguntou em seu ouvido, deixando um dedo deslizar, só um pouco, não chegando nem perto de onde ela o queria.

Hattie abriu os olhos e o encarou.

– Você sabe.

– Eu quero que você diga.

Outra mulher não teria notado a dificuldade na voz dele, o desejo presente. A prova de que ele não estava impassível. Mas Hattie, talvez porque nunca tivesse ouvido esse som, notou. E percebeu que gostou dele. Com a mão livre, ela o puxou para si, beijando-o como a libertina que se tornava com ele. E quando recuou da carícia, a respiração ofegante dos dois, ela era essa mulher.

– Você quer que eu mande em você?

Ele não desviou o olhar. Não deixou que ela desviasse. Seus dedos, perversos e maravilhosos, continuaram a carícia.

– Quero.

Dessa vez, quando ela aumentou a pressão, ele fez o mesmo. A exclamação de Hattie foi pontuada pela imprecação dele, ultrajante e deliciosa. Ele se inclinou e a beijou no pescoço, arrastando os dentes por sua pele enquanto grunhia.

– Jesus, que perfeição! – Ela movimentou os quadris ao ouvir essas palavras e ele a mordeu de leve, a dor um complemento perfeito ao toque suave lá embaixo. – Me use.

Foi o que ela fez, orientando-o até a pressão estar perfeita, afastando as coxas para ele aprender o seu prazer, o peso dele, o modo como a fazia se contrair cada vez mais.

– Whit – ela arfou. – Por favor.

Ele levantou a cabeça, encontrando os olhos dela ao descobrir um ponto que ela mesma nunca tinha percebido.

– Ah! – Ele exclamou. – Bem aqui, não é? – Um dos compridos dedos deslizou para dentro de Hattie, o polegar circulando o ponto que destilava todo o prazer dela. – Tão linda e molhada, minha garota linda – ele sussurrou, e ela se perdeu nas palavras graves, sensuais, que vinham dele enquanto Hattie se movimentava de encontro à sua mão.

Ela envolveu o punho dele com a mão.

– Não pare – ela pediu.

– Por nada, amor. – Ele se inclinou e sussurrou no ouvido dela: – Nunca vi nada igual a você recebendo prazer. Igual a você cavalgando minha mão até ser dona dela. Não precisa mais nada para colocar um homem de joelhos.

Ela fechou os olhos ao ouvi-lo, pelo modo como as palavras a agitavam, fazendo-a se contrair ainda mais.

— Por favor — ela ofegou.

— Depois que você encontrar seu prazer, vou lhe dar de novo.

Ela se agarrou nele.

— Mais forte.

Whit colocou mais pressão, fazendo círculos menores.

— Com a minha boca...

— Mais rápido.

Mais rápido.

— Mais.

Mais.

— E depois de usar a boca, vou fazer você gozar no meu pau.

— Oh, Deus! — Ela exclamou. O prazer a atingiu em cheio, quase impossível de acreditar, e ela se agarrou nele, desesperada para que continuasse para sempre, embora implorasse para ele parar. De algum modo, ele sabia o que fazer, parando sem abandoná-la, pressionando a palma da mão no centro do prazer dela, até Hattie se desfazer por completo.

Whit a beijou, lenta e demoradamente, enquanto ela voltava ao momento, terminando a carícia com uma sugada que a fez suspirar.

— Foi a coisa mais linda que eu já vi — ele disse, abaixando-se para chupar um mamilo teso.

Ela se voltou para Whit, seus dedos indo brincar no cabelo dele.

— Obrigada.

Whit riu junto à sua pele, o hálito do som provocando um arrepio delicioso nela.

— Não me agradeça, amor. Foi um presente do caralho.

Ela não teve tempo de corar com a linguagem chula, pois ele começou a se mover pelo corpo dela, dando beijos em sua pele enquanto se acomodava entre suas coxas. Hattie abriu os olhos.

— Você não pode...

— Hum — ele fez, ignorando o protesto dela enquanto a abria, encontrando seu olhar por cima do corpo. — Você não achou que, se eu a visse assim, servida para mim como um banquete, não fosse querer me deliciar? Você não achou que eu fosse querer me deliciar por dias?

Ela prendeu a respiração, incapaz de ignorar a lembrança do prazer que tinha experimentado na boca dele.

– Sim – ela disse, a mão deslizando na cabeça dele.

Os olhos de Whit ficaram pesados de desejo quando ela agarrou seu cabelo.

– Você gosta disso. – Ela sorriu.

Ele não respondeu, apenas colocou a boca nela, pressionando a língua na maciez de Hattie numa lambida longa, demorada, que a fez se entregar para ele. Whit gemeu, acomodando-se, saboreando-a, fazendo amor com ela em passadas lentas, quase insuportáveis.

– Whit – ela sussurrou, contorcendo-se debaixo dele, apertando-o mais contra seu corpo, incapaz de se segurar quando ele encontrou seu ponto latejante com lambidas longas, lentas, que a incendiaram. – Mais.

Hattie estava ávida por ele, por seu toque, por seu beijo, quando ele agarrou seu traseiro, trazendo-a até a boca. Ela abriu os olhos e encontrou o olhar dele acima de seu corpo, e a visão de Whit adorando-a ameaçou lançá-la ao clímax no mesmo instante. Os olhos dela começaram a se fechar, mas Whit sacudiu a cabeça, insistindo com um grunhido que Hattie continuasse com ele. E assim ela fez, esquecendo como ladies deviam se comportar, como virgens deviam se comportar. Esquecendo tudo a não ser ele, ali, com ela.

Hattie se contorcia contra ele, incapaz de parar de se mexer, e ele colocou a mão grande e bronzeada sobre sua barriga, segurando-a enquanto trabalhava nela, tirando seu fôlego e seu pensamento com aqueles beijos deslumbrantes, uma vez após a outra, sem parar, cada vez mais rápido, até que...

Ela se desfez debaixo dele, incapaz de manter os olhos abertos, deixando-os fechar enquanto ele grunhia a contragosto, mas Whit não parou. Homem maravilhoso, magnífico. Ele não parou. Ele a embalou durante o orgasmo selvagem, diferente de tudo o que já tinha experimentado antes. De algum modo, ele tinha pegado prazer puro e o concentrado ainda mais. Prazer encarnado.

Ele a trouxe de volta para a terra, como se estivesse lá apenas para mantê-la em segurança e nada mais. E, por um momento louco, Hattie imaginou como seria se aquele homem a mantivesse em segurança para sempre. Se ele a quisesse para sempre. Se ele a amasse para sempre.

Impossível.

Lágrimas rolaram e ele levantou a cabeça, uma expressão de preocupação, os músculos de seus ombros e braços ficando tensos.

– Hattie? – O nome dela saiu áspero de seus lábios. Ele se inclinou sobre ela, a mão subindo para segurar seu rosto. – O que aconteceu?

– Nada. – Ela sacudiu a cabeça.

Ele desceu e subiu a mão pelo corpo dela.

– Eu machuquei você?

Ela não conseguiu segurar a risada.

– Não. *Não* – ela disse. – Não. Meu Deus, você me fez sentir... – As lágrimas ameaçaram transbordar de novo. – Whit, você fez eu me sentir *maravilhosa*. Tão maravilhosa que eu desejei...

Ele não acreditou nela. Whit estava concentrado demais no rosto dela, os lindos olhos âmbar vasculhando os dela, enxergando tudo.

– Eu queria... – Ela tentou de novo.

– Diga – ele pediu com delicadeza. – Diga para mim o que você quer.

Eu queria que nós pudéssemos ter mais de uma noite.

Ela se aproximou dele e o beijou intensamente, conduzindo a carícia de um modo que nunca tinha feito. Colocando cada parte de si nele: a Hattie que resistia ao passado; a Hattie que sonhava com o futuro e a Hattie que queria um homem como esse para amá-la da maneira que sempre sonhou. Discretamente, no escuro, quando ninguém estava olhando.

Hattie o beijou para que os dois não pudessem falar, porque ela estava com medo demais para falar, com medo demais de dizer para Whit que desejava algo que ele não poderia lhe dar. Medo demais de que ele a deixasse antes da hora. Antes que ela o provasse por inteiro.

– Eu quero o resto – ela sussurrou nos lábios dele quando se separaram.

Ele a observou por um longo momento e o coração dela parou quando pensou na possibilidade de que Whit não lhe daria tudo.

Ela deslizou a mão pela frente dele, por cima do curativo, até alcançar a cintura da calça, deixada sem abotoar quando ele as vestiu. Ela hesitou ali, na beira da abertura tentadora, sabendo que outra mulher o teria tocado com mais segurança.

Quando Hattie hesitou, Whit também parou, congelando sobre ela, segurando a respiração. Ela o encarou. Fez uma pergunta silenciosa.

– Agora – ele disse. – Faça.

E Hattie fez, enfiou a mão dentro do promissor "V" de tecido e deliciou-se com a inspiração profunda de Whit quando ela o tocou.

– A sensação é...?

– É – ele respondeu.

Hattie sorriu.

– Eu nem terminei a pergunta.

– A sensação é maravilhosa, amor.

Ela meneou a cabeça.

— Mas pode ficar melhor.

— Acho que não vou aguentar se ficar melhor — ele disse, fechando os olhos.

Ela se aproximou e o beijou no queixo.

— Acho que você vai ficar bem. Mostre para mim.

Ele a procurou com o olhar.

— Você não é uma guerreira. É uma deusa. Sabia disso?

Hattie gostou muito de ouvir isso. Sem conseguir conter o sorriso, ela se repetiu:

— Mostre para mim.

E ele mostrou. Colocando sua mão sobre a dela, Whit mostrou como gostava de ser tocado, seu calor firme e liso deslizando pela palma dela, acariciando-o.

— Você é tão macio — ela sussurrou, seus olhos acompanhando as mãos na abertura da calça dele. — Tão duro.

— Nunca estive mais duro — ele grunhiu.

— É verdade? — Ela procurou os olhos dele.

— É.

Hattie queria tocá-lo, aprender a retribuir todo o prazer que Whit tinha lhe dado.

— Mostre para mim. Me ensine. — Ele deixou que ela puxasse sua calça, revelando-o por completo: longo, grosso, forte e... — Lindo.

Ele praguejou baixo e ficou impossivelmente mais duro com essa palavra, orientando-a como tocá-lo, apertando-a ao redor dele, quase forte demais, até ela acariciá-lo e Whit grunhir, o som, um presente. Ela sorriu, observando as mãos unidas trabalhando nele.

— Você gosta disso.

— Gosto muito — ele disse, as palavras ásperas chamando a atenção para o rosto dele, onde os músculos do maxilar ficaram tensos. Ele parecia a ponto de perder o controle.

Ela continuou a massageá-lo. Para baixo. Para cima. A garganta dele se contraía com a sensação, e então ela parou, esfregando o polegar na ponta dele, e Whit fechou os olhos, jogando a cabeça para trás.

— *Cacete*, Hattie.

Ela sorriu satisfeita. Não conseguia conter a alegria.

— Você gosta *muito* disso. — Ela fez de novo, e ele gemeu, puxando-a para um beijo demorado, com a língua penetrando profundamente enquanto ela aplicava suas lições. Hattie nunca tinha se sentido tão poderosa.

Após um tempo curto, ele a afastou.

— Pare.
— Mas... — Ela parou. — Eu estava gostando.
Ele soltou uma risada abafada.
— Eu também. Mas você pediu o resto, não?
As palavras honestas agitaram Hattie.
— Você me prometeu o resto.

Whit a encarou, os dedos delineando o rosto dela, afastando seu cabelo enquanto vasculhava os olhos, de repente mais sérios do que era possível dizer com palavras.

— Tenha certeza. Certeza de que quer isso. De que me escolheu. — Ele passou o polegar pela face dela e baixou a voz para um sussurro. — Tenha certeza de que deseja me dar isso, porque eu vou aceitar. Então, vou ficar com isso e você nunca poderá ter de volta.

Naquele momento, com aquelas palavras pairando entre eles naquele quarto impressionante, luxuoso, cheio de sedas e promessas, Hattie soube a verdade: ela nunca ia querer aquilo de volta. Porque nunca ia querer outro homem do modo que queria Whit.

Mesmo sabendo que, sem dúvida, nunca mais o teria de novo.

Ela fechou os olhos ao entender isso, inspirando fundo antes de falar.

— Na minha vida, fui filha, irmã e amiga. Recebi amor e respeito, e tive uma vida mais feliz do que muitas... Bem, do que a maioria das pessoas. — Uma pausa. — Mas nunca fui igual a elas. Mesmo lutando por todas as coisas que eu queria, nunca tive escolha. Não de verdade. Sempre tive um pai, um irmão ou amigos me dizendo o que eu deveria escolher. O que eu poderia ter. Quem eu sou.

Ela o fitou nos olhos, cujo fogo âmbar não a abandonava.

— Então, conheci você. Desde o início, você me ofereceu escolhas. Você nunca me disse o que eu deveria querer. O que eu podia ou não ter. Você me fez sua igual. — Ela sorriu.

Ele franziu a testa.

— E então tirei tudo de você.

Ela aquiesceu.

— E amanhã seremos rivais. Mas esta é a verdade: eu não poderia ser sua rival se não fosse sua igual.

Ela pousou a mão no peito dele e sentiu o batimento forte, constante, do coração sob sua palma. E Hattie imaginou, loucamente, como seria se ela fosse igual a ele em todas as coisas.

— Eu nunca tive mais certeza na vida. — Ela se aproximou para um beijo e Whit foi ao seu encontro. — Me arruíne.

Ele não falou, apenas lhe deu o beijo que tinha lhe pedido, movendo-se sobre ela, descendo os lábios pelo pescoço e, depois, pelos seios, demorando-se nos bicos duros até ela enfiar os dedos no cabelo dele, puxando-o para trás, para mais beijos demorados, lentos e lânguidos que a incendiaram.

Hattie abriu as pernas e Whit se colocou entre elas. Os dois arfaram com a sensação, a cabeça lisa dele acomodada no calor dela. Ele ficou sobre ela, sem tocá-la em nenhuma outra parte, sustentando o próprio peso nos braços fortes.

– Eu nunca fiz isso antes – ele sussurrou.

– Não acredito. – Ela sorriu.

Ele sacudiu a cabeça.

– Não assim. Não tão importante. Não com esse objetivo. – Ele balançou os quadris para a frente, sua extensão dura pressionando o calor dela, e Hattie suspirou. – Eu quero que você se lembre disso.

– Eu vou lembrar – ela disse, colocando as mãos nos quadris dele. – Como poderia não lembrar?

Como ela conseguiria esquecer o olhar dele? Seu rosto lindo, os olhos como chamas e o calor daquele corpo esculpido?

– Bem, amor – ele disse –, eu quero que você lembre bem.

Ela deslizou as mãos até o cabelo dele, encarando-o.

– Eu vou lembrar. Como poderia me esquecer disso? Do modo como você olha para mim? Como se eu fosse...

Linda.

Perfeita.

– ...como se eu fosse preciosa.

Ele praguejou e a beijou, sua língua acariciando a dela, lenta e intensamente. Ao fim da carícia, ele encostou a testa na dela.

– Você é preciosa, Hattie. Mais preciosa do que imagina.

Não diga. Não desse jeito. Não me faça querer mais do que eu posso ter.

Como se ela já não tivesse ido impossivelmente longe nisso.

Como se ela já não tivesse cometido o erro terrível de se apaixonar por aquele homem que era demais para ela.

– Eu não quero ser preciosa – ela disse, a voz suave. Coisas preciosas não eram amadas. Eram protegidas. Ela queria ser algo de que ele não suportasse se separar. Ela queria ser amada. Ela queria ser corriqueira.

– O que, então?

Ela engoliu o pensamento.

– Eu quero ser desejada. – Hattie levantou o corpo, pressionando-o nele, e os dois gemeram quando Whit deslizou sobre ela uma vez. Duas.

Ele a fitou nos olhos, a verdade exposta neles, tirando o fôlego dela.
– Eu nunca desejei tanto algo como eu desejo você – disse Whit.
Hattie deslizou a mão pela lateral do corpo dele.
– Prove.
E ele provou, entrando nela com delicadeza, abrindo caminho de leve, preenchendo-a com sua ponta grossa e quente, alargando-a do modo mais estranho e delicioso. Ela arregalou os olhos com a sensação e se contorceu debaixo dele.
– Isto é... Isto é...
Ela se moveu de novo e ele grunhiu.
– Cacete. Que gostosa! Você é tão macia. Está tão molhada. – Ele desceu uma das mãos até o quadril dela, os dedos curvando-se na carne, levantando a coxa para facilitar seu movimento, mas ele não se mexeu. Os lindos olhos âmbar, plenos de preocupação, estavam no rosto dela. – Como você está se sentindo?
Hattie sorriu para ele.
– Eu pensei que fosse doer.
Ele deu uma risadinha.
– Não deve doer. – Ele se abaixou e a beijou de novo. – Nunca deve doer, você entende? A sensação deve ser maravilhosa. – Ela se contorceu de novo e ele acrescentou, entredentes: – Desse jeito.
Hattie sorriu.
– Tem mais?
– Eu... O quê? – A preocupação deu lugar à surpresa.
– Ouvi dizer que tem mais. Tem mesmo?
A surpresa deu lugar à compreensão. Então, ao riso.
– Sim, milady. Tem mais.
Ela arqueou as sobrancelhas.
– E você faria a gentileza de me mostrar?
Por um instante, Hattie pensou que tivesse ido longe demais. Afinal, o coito deveria ser algo sério, era o que sempre tinha pensado. Mas não estava parecendo que deveria ser sério. Parecia que deveria ser divertido. Parecia que deveria ser prazeroso.
Ele concordava?
Um dos lados da boca dele se levantou num sorriso satisfeito.
– Mais – ele disse e afundou nela, vagarosa e suavemente, até estar inteiro dentro dela, respirando como se tivesse acabado de sair de uma luta.
Hattie chiou com a sensação, apertada e preenchida, não muito confortável, mas também não muito desconfortável.

— Hattie — ele ofegou, procurando o rosto dela. — Converse comigo, amor.

— Eu... — Ela hesitou, ponderando. — E se eu... — Ela levantou os quadris, deslizando só um pouco para cima, depois voltando. — *Oooh!*

— Hum — ele grunhiu. — Pensei o mesmo.

Ela fez de novo, um movimento breve.

— Isto é... — E de novo, dessa vez com a ajuda dele. — Oh!

Ele praguejou.

— Você gostou disso.

— Como você sabe? — Ela sorriu.

Ele a fitou, os olhos cheios de desejo.

— Não tem segredo nisso. Dá para sentir. — Ele mexeu os quadris, movimentando-se dentro dela, e se abaixou para beijá-la no pescoço, fazendo-a suspirar. — Milady gosta de movimentos curtos.

Hattie gostava. Demais.

— E o cavalheiro?

Ele roubou seus lábios num beijo demorado.

— Eu gosto do que você gosta.

Que coisa deliciosa de ouvir!

Antes que ela pudesse lhe dizer isso, Whit começou a falar. Essa foi a melhor parte. As sensações eram maravilhosas, mas, para Hattie, nunca superariam o prazer de tê-lo conversando com ela. Principalmente, quando as coisas que ele dizia eram tão escandalosas.

— Eu adoro como você fica apertada ao meu redor, tão apertada — ele disse, a última parte quase para si mesmo. — Eu gosto como seus olhos meio que se fecham quando eu faço isso... — Ele deu uma estocada curta o bastante para esquentar as terminações nervosas dela. — Eu gosto de como seus lábios amolecem com meus beijos, e como seus dedos apertam meu corpo. — Outra estocada, e mais outra, e outra, e os suspiros dela se transformaram em exclamações, e Hattie quis que aquilo nunca acabasse.

E não acabou, não enquanto ele se movia com mais certeza, indo cada vez mais fundo, até ela estar pendurada nele, os dois revestidos por uma camada de suor enquanto descobriam o prazer um do outro.

— Mas do que eu mais gosto... — Ele fez uma pausa, sustentando-se em um só braço, deslizando o outro entre eles, descendo até encontrar o ponto latejante no centro dela. — ...é de fazer você gozar.

Ele descreveu um círculo lento e lânguido com o polegar, sincronizando-o com estocadas curtas, e ela começou a se contorcer debaixo dele.

— Você gosta disso também — ele grunhiu.

– Demais – ela admitiu, adorando como sua admissão o chocou. Whit tomou seus lábios e se moveu, recuando até quase sair dela, até ela pensar que fosse chorar por perdê-lo, para depois voltar, devagar e decidido. Os olhos dela se arregalaram com a sensação. – De novo. – O polegar dele trabalhava nela. – *De novo.*

– Minha garota gulosa.

Gulosa por você, ela quis dizer. *Por você todo. Por cada parte de você. Por tudo que nós podemos ser juntos.* Mas Hattie segurou as palavras e disse outra coisa.

– Eu sou gulosa. Você me tornou gulosa.

Ele grunhiu, aprovando.

– Vou lhe dar tudo o que você deseja.

Sim.

– Tudo?

– Todas as partes. – Ele começou a se mover com mais firmeza, indo mais fundo, e seus dedos ainda acariciavam onde Hattie precisava deles, e nada mais parecia estranho. Agora, tudo parecia perfeito. Ele parecia perfeito.

– Não existe nada mais lindo do que você em êxtase, amor, nada é mais macio, nada é mais doce, nada é mais...

Whit perdeu a palavra para as sensações, mas Hattie a ouviu assim mesmo. *Perfeita.*

– Mais – ela disse, a única palavra que lhe vinha.

– Tudo – ele respondeu, e foi perfeito. Os dois eram perfeitos juntos. E então apareceu aquele ponto de tensão, bem retesado, cada vez mais apertado, e Hattie fechou os olhos, suas costas se arqueando para ele, que trabalhava cumprindo sua promessa, dando-lhe tudo o que ela desejava. Surgiu uma visão na mente de Hattie, uma lembrança viva de dançar no baile, quando ele a tomou nos braços e tornou sua elegância a dela.

Nesse momento, ela sentiu isso de novo. Os movimentos lentos e maravilhosos dele, a pressão suave dos quadris, o modo como ele a conduzia cada vez mais alto até Hattie não sentir mais a atração da terra debaixo deles.

– Por favor! – Ela exclamou, desesperada pelo alívio que, sabia, só Whit poderia lhe dar.

– Goze para mim, amor – ele grunhiu e enfiou fundo nela, numa estocada longa e deslumbrante, esfregando o polegar nela uma vez, duas, então... – *Agora.*

Hattie se perdeu no toque dele. Em seus movimentos. *Nele.* Prazer a assaltou, tão intenso que veio com um toque de medo e ela se agarrou em Whit, que a pegou nos braços e a abraçou enquanto ela se desfazia, a voz baixa em seu ouvido.

– Aproveite. É para você. É tudo para você.

Foi o que Hattie fez, convulsionando debaixo dele, ao redor dele, espremendo a extensão dura dele em pulsos até terminar. Ele a manteve em seus braços fortes, protegendo-a. Quando a razão voltou, ela suspirou, saciada de modo magnífico, como nunca tinha se sentido antes.

Whit a beijou na testa e caiu para o lado, puxando-a para si; ela ficou deitada nele, escutando seu coração bater, maravilhosamente satisfeita. Se aquilo era estar arruinada, ela não conseguia compreender por que alguém escolheria viver uma vida decente.

Hattie pensou que talvez conseguisse convencê-lo a fazer tudo isso mais uma vez antes do dia seguinte. Antes que se tornassem rivais. No rastro desse pensamento, veio outro. *Talvez eles não precisassem ser rivais.* Talvez o que ela pensava que não poderia ter estivesse mais uma vez em jogo.

Com certeza o que tinha acontecido entre eles era incomum. Se fosse comum, por que as pessoas não passavam a vida em seus quartos?

Talvez eles pudessem se amar.

Ela sorriu com o pensamento, curvando-se sobre ele, passando uma perna sobre a dele. Ela congelou quando se deu conta.

Ele não tinha terminado.

Uma incerteza fria a inundou quando estendeu a mão para ele, ainda duro e quente encostado nela.

– Whit...

Mas ele segurou sua mão antes que pudesse pegá-lo.

– Não.

– Mas você... – Ela protestou.

Ele trouxe a mão dela até os lábios, beijando seus dedos.

– Isso foi para você. Não para mim.

Ela congelou, o deleite tranquilo que a insuflava, momentos antes, desaparecido, substituído por confusão e um toque de algo muito mais perigoso.

– Mas por que você não...

– Você queria corpo, Hattie – ele disse. – Não futuro.

Ela meneou a cabeça.

– Futuro?

Corpo. Negócios. Lar. Fortuna. Futuro.

Ele grunhiu.

– Chega de grunhidos. Agora não – ela disse, a irritação crescendo.
– Por que você não...
Oh, céus! Será que ele não tinha gostado?
Ela arregalou os olhos.
Será que ela o tinha levado a fazer algo que não queria?
A dúvida a atingiu, seguida por pânico e horror. Hattie sentou, desesperada para se cobrir. Como ela compreendeu tão mal a situação? Como pensou que ele estivesse tendo prazer?
Pensou que ele estivesse tendo prazer porque ela estava tendo tanto prazer.
Porque ela estava tão perdidamente apaixonada por ele.
Não. Ele não.
Ele não a queria.
Ela fechou os olhos com esse pensamento, com a humilhação que lhe trouxe.
– Preciso ir embora.
– Hattie. – Ele também sentou.
Ela sacudiu a cabeça, lágrimas ameaçando aflorar. Ah, não! Ela não o deixaria vê-la chorar. Hattie pegou a calça com uma das mãos e foi até a borda do sofá procurar sua camisa, por sorte comprida o bastante para cobrir suas partes essenciais enquanto pegava as botas. Ela vestiu a calça.
– Muito obrigada por... seus serviços.
– Meus o quê? – Ele perguntou, levantando-se no mesmo instante.
Hattie começou a se vestir mais depressa.
– Foi isso, não é mesmo? Quero dizer, você nem mesmo... – Ela apontou para a ereção dele, ainda evidente.
– Hattie... – Ele andou na direção dela e, então, parou. Recompôs-se.
– Eu não queria engravidar você.
Ela se virou para ele e abriu a boca, depois fechou-a.
– O quê? – Ela perguntou.
– Você queria sua reputação arruinada. Não sua vida – ele disse. – Eu não queria engravidar você.
Engravidar.
Veio a visão de um garotinho com cabelos castanhos e olhos âmbar. Uma garotinha de sorriso grande, com uma covinha no queixo.
– Uma criança não arruinaria minha vida – ela disse. – Eu nunca pensaria algo assim. – As palavras a surpreenderam. De algum modo nunca imaginadas, mas completamente formadas, como se estivessem com ela o tempo todo.

Como se tivesse sonhado com uma vida com aquele homem desde seu nascimento.

Mas não importava.

E mesmo que importasse, havia outros modos de evitar gravidez e ainda assim ter prazer. Camisa de vênus. Um modo de que ela ouviu falar no salão das mulheres em um baile, certa vez. Na ocasião, aquilo lhe pareceu meio nojento, mas esta noite teria sido, na verdade, algo excitante.

Se Hattie tinha *ouvido falar* nessa solução, ela imaginava que Whit poderia tê-la *usado*.

– Uma criança a teria prendido a mim – ele respondeu. – E eu não podia deixar isso acontecer.

As palavras doeram. Ela não tinha pensado nisso. Uma criança vinha acompanhada de sua mãe. E ele não queria isso. Fazia sentido. Por que ia querer isso? Uma mulher que, para ele, não era nada além de um acordo. Um arranjo. Uma mulher que ele não desejava.

Ele não a desejava.

Whit não tinha acabado de provar isso?

– Eu cresci sem pai – ele acrescentou. – Eu sei como é difícil para uma mãe criar um filho sozinha. Eu nunca faria isso com você. Ou com uma criança.

Hattie sacudiu a cabeça.

– Nunca imaginei que você faria.

Ele pareceu procurar algo para falar.

– Garotas como você não se casam com garotos como eu, Hattie. Garotos que cresceram no lodo dos cortiços, vivendo todos os dias nesse fedor.

– Que monte de merda! – Ela disse, as palavras saindo de sua boca antes que pudesse detê-las, assustando a ambos. Mas estava furiosa. – Existem mil razões pelas quais eu não me casaria com você, e onde você cresceu nem aparece entre elas. – Era verdade. Hattie tinha conhecido homens nascidos numa classe social muito superior à dele, mas que possuíam um caráter muito inferior. Ela calçou uma bota. – Não existe nada de errado no seu passado.

– Existe tudo de errado nele. Olhe para o meu rosto, Hattie. O hematoma vai estar maior amanhã.

– Você o conseguiu porque quis, não foi por acaso. Nem por um segundo pense que tenho pena de você, Saviour Whittington.

Ele congelou.

– Nunca me chame assim.

– Por quê? – Ela estrilou, calçando a segunda bota. – Tem medo de ter que sair de trás do Beast e encarar o mundo como um homem?

Ele estreitou os olhos para ela. Ótimo, que ela ficasse furiosa! Ela não ia ter medo dele. Como Whit ousava arruiná-la e então arruinar a noite dela?

– Não posso amar você – ele disse, as palavras parecendo extraídas sob tortura.

Palavras que atingiram Hattie como tapa gelado, dobrando a vergonha que ela já estava sentindo. Mas Hattie sabia, claro. Sabia que não servia para ser amada. Ela não servia nem para sexo.

Boa e velha Hattie.

Ela precisava ir embora daquele lugar antes que morresse de vergonha ou antes que encontrasse uma das famosas facas e o furasse.

– Eu não lhe pedi amor – ela disse, grata por ele não enxergar a mentira. Ela levantou a mão antes que ele falasse. – Nada disso importa, afinal. Você garantiu que não importaria. Fico feliz que um de nós tenha conseguido manter distância durante os eventos desta noite.

Whit passou as mãos pelo cabelo, furioso e frustrado, e Hattie tentou não reparar como os músculos dele se retesaram e ondularam com o movimento. Ela quase conseguiu.

– Eu não estava distante – ele protestou.

– Não. É claro que não – ela disse, vestindo o casaco, feliz por estar coberta, afinal. – Todo mundo sabe que homens profundamente envolvidos no coito, em geral, não conseguem completar a tarefa.

Raiva e choque tumultuavam o olhar dele.

– Eu completei a tarefa, Lady Henrietta. Três vezes, pelas minhas contas.

– Mas eu não! – Ela exclamou, sentindo-se um verdadeiro fracasso. Bom Deus, todo prazer que ele tinha lhe dado e ela não conseguiu fazer o mesmo por ele! Ela era assim *tão* indesejável que Whit conseguia ignorar o prazer que quase a destruiu?

Ela nunca tinha sido tão humilhada.

Whit não respondeu e Hattie usou o silêncio para transformar sua frustração em raiva. Ela adorou o modo como a fúria que corria em suas veias incinerou seu constrangimento.

– Sabe, eu gostaria de ter sabido que seria dessa forma. Eu teria voltado ao bordel.

– Que porra isso quer dizer? – Ele rosnou.

– Pelo menos lá eu saberia exatamente o que o acordo incluía. – Uma pausa. – Pelo menos lá eu poderia ter pagado pelo privilégio de não fazerem eu me sentir como uma obrigação.

O músculo do maxilar dele ficou saltando enquanto ele a observava.

– Nada nesta noite foi uma obrigação.

Nunca, em toda a sua vida, Hattie quis acreditar mais em algo do que naquilo.

Os lábios dela começaram a tremer. Não. Maldita fosse ela se deixasse ele perceber o quanto a tinha magoado. Ela enfiou a mão no bolso do casaco e segurou o pacote de balas que tinha pegado mais cedo naquele dia.

– Bem, agora acabou. – Ela jogou o pacote de balas no sofá. – Achei que você fosse gostar disso.

Ele não olhou para as balas.

– Muito bem, então – ela disse, sentindo-se traída mais uma vez. Com mais intensidade. Mais fúria. – Rivais, então.

Silêncio.

Ela assentiu com a cabeça e seguiu na direção da porta.

Capítulo Vinte e Um

—Beast.

Whit levantou os olhos de onde estava, em silêncio no telhado acima dos escritórios da Sedley Shipping, para encontrar Devil parado a vários passos de distância. Era evidente que seu irmão tinha falado algo mais que seu nome e estava esperando uma resposta, mas Whit estava concentrado demais na rua abaixo, onde um fluxo contínuo de estivadores entrava e saía do edifício, sem dúvida para receber o último pagamento da empresa, enquanto uma dúzia de empregados da Sedley corria para dentro e para fora do armazém, preparando-o para o novo proprietário.

Sem saber que ele estava lá em cima, observando sua nova aquisição.

Odiando-se por ter adquirido a empresa.

— Como você me encontrou?

— Você pôs todos os vigias que temos para procurar sinais de Ewan. Achou que eu não saberia que você estava aqui? Vigiando-a?

Hattie.

Fazia três dias que ela o tinha deixado sozinho em seu quarto, após destruí-lo sistematicamente com o espectro de sua presença. Ele não conseguia fazer nada em casa sem pensar nela. Nem comer, nem tomar banho, nem mesmo acender uma droga de vela sem reviver seus momentos com ela, que cheirava a bolo de amêndoa e sugeria pecado.

Por isso, ele não ia para casa há três dias.

E ficava vigiando-a. Ele a seguia à distância desde o momento em que o deixou, três noites antes. Na casa em Mayfair, nas docas, no armazém, no cabriolé de Nora.

Ele observava Hattie, que andava de cabeça erguida e ombros retos, como se ele não a tivesse magoado. Como se ele não tivesse destruído o Ano da Hattie sem nenhum motivo que ela pudesse entender, só porque era um monstro.

Porque ele não podia dizer a verdade. Se dissesse, sua guerreira destemida iria atrás de Ewan ela mesma. E Whit não poderia concordar com isso.

Então, ele a vigiava sem ela saber, garantindo sua segurança. Garantindo que Ewan não cumprisse sua ameaça.

E esse era um castigo devastador, porque ele sabia que a tinha machucado. Era pior do que a perder. Quase pior do que a lembrança de sua pele macia e de sua risada rouca, do sabor dela e da sensação de ela se desfazer debaixo dele, e do enorme feito de autocontrole que foi necessário para *não* continuar dentro dela e compartilhar do seu prazer com o dele próprio.

E, de algum modo, nesse ato, que garantiu que Whit desse a Hattie apenas o que ela lhe tinha pedido e nada mais, que garantiu que ela obtivesse sua ruína, mas não arrependimento, Whit foi atingido pelo arrependimento.

Porque no momento em que teve Hattie Sedley nua diante de si, tudo que Whit queria era mantê-la consigo para sempre.

Mas ele não podia. Não conseguiria protegê-la.

Devil parou ao lado dele na beira do telhado.

– Ela está lá dentro?

Whit não respondeu.

– Os garotos me disseram que você ficou aqui o dia todo.

– Ela também. – Hattie tinha chegado cedo esta manhã, parecendo um raio de sol. Ela entrou no edifício e não saiu mais, então, ele ficaria ali, guardando-a, a imobilidade e a incerteza um teste cruel, como Orfeu saindo do inferno. – Alguém o encontrou?

Devil meneou a cabeça, tristeza nos olhos.

– Não. Mas os telhados estão de olho. Se ele aparecer aqui nas docas, vamos encontrá-lo. – Uma pausa. – E você está de olho na sua lady. – *Não é minha.* – Ele não vai machucá-la.

Era uma promessa vazia. Ewan estava louco de pesar e raiva, e cada movimento seu era motivado por paixão, não por razão. Whit estava começando a entendê-lo.

– Não vai machucá-la depois que o encontrarmos – Whit disse. – Eu vou matá-lo.

– E vai ficar com sua lady?

Não. Ele destruiria Ewan por ameaçar Hattie. Mas isso não mudaria nada. Sempre haveria um inimigo. Uma ameaça. E ele nunca conseguiria mantê-la em segurança. Ele olhou para a rua, onde um par de estivadores saía do armazém com um sorriso no rosto.

Inveja agitou Whit. *Será que eles a viram?*

Devil se apoiou na mureta baixa que delimitava o telhado. Os irmãos ficaram em silêncio por longos minutos e, à distância, um observador teria admirado a força deles; um, alto e letal; o outro, um lutador corpulento.

— Você não pode vigiá-la para sempre, Beast.

Ele podia. Ele podia vigiá-la até Hattie encontrar uma vida nova em Mayfair, longe dele. Ele podia vigiá-la até Hattie encontrar outro caminho para um futuro diferente. Com outro homem.

Ele crispou os punhos com o pensamento, odiando-o mesmo sabendo que seria melhor assim.

Esse outro homem poderia salvá-la do perigo. Whit não.

Ele engoliu em seco, observando dois homens saírem do edifício abaixo com caixas nas mãos e colocá-las na carruagem do pai de Hattie.

— O que você quer?

Devil bateu a bengala na bota.

— Jamie recebeu alta. O médico atestou que ele pode trabalhar. Jamie quer pegar uma carroça de entrega.

— Não. — Da última vez garoto tinha levado um tiro no flanco e esteve nas garras da morte. Whit o tinha visto; ele não poderia estar totalmente recuperado, não importava o quão bom o médico fosse. Ele deixaria Jamie voltar às carroças depois que tivesse certeza de que o rapaz estava cem por cento.

— Ele vai trabalhar no armazém até estar pronto para as entregas.

— Foi o que eu disse para ele. — Devil concordou. — Mas ele não gostou.

— Diga para ele vir falar comigo.

— Sempre o protetor — Devil disse, irônico, levantando o colarinho. — Cristo, como está frio! — Como Whit não respondeu, ele continuou. — As carroças desta noite estão prontas. — Eles tinham um navio no porto, cheio até a borda de gelo e álcool, baralhos e vidro, tudo esperando para ser levado ao armazém e, depois, distribuído por terra para toda a Grã-Bretanha. Meia dúzia de carroças entrariam e sairiam das docas esta noite para esvaziar o cargueiro.

— É trabalho honesto — disse Whit, tirando os relógios do bolso. *Seis e meia.* Ele olhou por cima dos telhados para as docas, onde uma fila de navios aguardava, todos envolvidos pela aura dourada do sol da tarde. — E o gelo, quando sai?

– Nik está verificando o derretimento, mas faz dois dias que está escorrendo. Nós contratamos todos os estivadores disponíveis para as dez e meia. – Devil apontou para o céu acima do rio, onde nuvens cinzentas e ominosas pairavam. – Parece que vai ficar nublado. Vamos aguardar uma semana. – Uma pausa. – Supondo que você ache seguro mover a carga.

A pergunta tácita era: Ewan atacaria de novo?

– Ele não está interessado na mercadoria. Nunca esteve – disse Whit. Devil permaneceu em silêncio, mas bateu sua bengala infernal. Whit olhou para ele. – Diga o que você quer dizer.

– Que não estou preocupado só com Ewan?

– O que isso quer dizer? – Whit grunhiu.

– Estão dizendo que os Bastardos amoleceram porque Beast encontrou uma mulher.

Eu encontrei uma mulher. E depois a perdi.

– Quem achar que eu amoleci pode vir falar comigo. – Ele olhou para o armazém Sedley. – Eu diversifiquei nossos negócios.

– Negócios? Ou foi pessoal?

– As duas coisas – Whit disse, sabendo que era mentira. – Isso a mantém em segurança. E agora nós podemos embarcar...

– O quê? – Devil arqueou uma sobrancelha.

– Sei lá. Salmão enlatado. Ou bulbos de tulipa.

– Que monte de merda! O que diabos você sabe sobre bulbos de tulipa? Whit apertou os olhos.

– Estou ficando cansado de dizerem que eu falo merda.

As sobrancelhas de Devil deram um salto.

– Oh! Quem, além de mim, está falando a verdade para você? – Os olhos dele se acenderam e um sorriso apareceu no rosto comprido. – Vou lhe dizer uma coisa, mano, eu gosto dela.

Whit olhou torto para o irmão.

– Não goste dela. Ela não é para ser gostada.

– Ela é para ser amada?

De repente, uma lembrança desagradável. *Não posso amar você*, ele tinha dito enquanto ela se vestia com a maior velocidade possível, desesperada para ir embora da casa dele após Whit ter arruinado a noite dos dois. Que tipo de homem imbecil dizia uma coisa dessas para uma mulher depois de fazer amor com ela?

Claro que deveria haver outro modo de mantê-la em segurança sem insultá-la. Ele poderia se esfaquear como castigo. Mesmo aquela sendo a verdade.

– Outro homem vai ter a sorte de amar você, Hattie.
– Por que não você?
Ele fitou Devil nos olhos.
– Ewan a ameaçou, Devil. Sem rodeio.
Devil o observou por um longo minuto, batendo aquela bengala infernal na ponta da bota.
– Se vamos diversificar – ele disse, então –, precisamos ter uma conversa sobre os navios.
– Por quê?
– Bem, primeiro nós precisamos aprender um pouco sobre salmão enlatado e tulipas, mas, além disso, os navios estão parados, vazios, nas docas. Isso não é bom para eles.
– O que você sabe sobre o que é bom para navios?
– Eu não sei porcaria nenhuma, mas agora nós somos donos de uma porra de frota e acho que um de nós tem que fazer algo a respeito, concorda? Parece que nós precisamos encontrar alguém que entenda de navios. – Uma pausa. – Você conhece alguém que adore navios?
Whit se virou para o irmão.
– O que você quer de mim?
– Foi você que inventou isso – Devil disse.
– E você acha que eu não sei? – Whit resistiu ao impulso de enfiar um soco na cara do irmão sem motivo algum. – Ele ameaçou *matá-la*.
– E você tirou a empresa dela. Você a castigou pelos pecados dos homens. É mal de família. – Esse foi o plano que Devil tinha feito antes de se apaixonar por Felicity. – Cristo, as coisas que nós fazemos com as mulheres!
– Conversa mole – disse Whit. – De que outro jeito eu posso garantir que ela fique em segurança?
– Não tem outro jeito! Para manter sua lady em segurança, você precisa trancafiá-la. E se eu sei de uma coisa, é que as mulheres não gostam de ser trancafiadas.
– Ela é brilhante. Deveria estar tocando os negócios. E estaria, mas o pai não quis dar a empresa para ela.
Devil assentiu com a cabeça.
– Então, que o marido dê a empresa para ela. – Aquilo atingiu Whit em cheio, antes mesmo de o irmão acrescentar: – Case com ela.
As palavras vieram como uma ironia, como se o casamento fosse uma solução simples que Whit não tivesse considerado. Como se ele não estivesse consumido pela ideia de se casar com ela. Como se não tivesse imaginado que o casamento a manteria perto dele. Mas não a manteria em segurança.

— Acho que me lembro de recomendar algo semelhante a você não muito tempo atrás. E você não recebeu muito bem a sugestão.

Devil recuou e cruzou os braços sobre o peito com a segurança tranquila de um homem que era bem-amado.

— Depois que eu aceitei a ideia, tudo funcionou muito bem.

Whit meneou a cabeça.

— Casamento não é uma opção.

— Por quê? Você pode muito bem se casar com ela, se vai segui-la como um cão de guarda pelo resto dos seus dias. Você quer a garota, Whit. Eu vi como você correu para ela na luta, outra noite. Eu vi o modo como ela deixa você tenso.

Claro que ele a queria. Qualquer homem com a cabeça no lugar a desejaria. Ela era brilhante, corajosa, forte e linda, e quando gozava, era um pecado como se movia debaixo dele.

Mas como ele poderia trazê-la para o seu mundo? Colocando-a em perigo?

Devil arqueou uma sobrancelha.

— Você quer saber o que eu acho?

— Não.

— Ela quer você?

Existem mil razões pelas quais eu não me casaria com você, e onde você cresceu nem aparece entre elas.

Ele ainda ouvia a raiva de Hattie nas palavras.

— Não. — *Não mais.*

O irmão franziu a testa.

— Por que não? Você é rico como um rei, forte como um touro e quase tão bonito quanto eu.

Whit arqueou a sobrancelha.

— E isso é o bastante?

— Bem, se ela for inteligente como você diz, com certeza é boa demais para você. Mas isso não impediu Felicity de casar comigo.

— Felicity cometeu um erro.

— Nunca se atreva a contar isso para ela — disse Devil, com um sorriso idiota lampejando em seu rosto antes de ficar sério de novo. — Diga-me, ela quer você?

Silêncio.

— Ah! Então foi por isso que você comprou a empresa.

— Não! — Whit disse, resistindo à verdade incômoda no fundo de sua cabeça. — Eu comprei a empresa para mantê-la em segurança. Como nós conversamos.

— Correndo o risco de me repetir: que monte de merda! — Devil deu um sorriso irônico. — Você comprou a empresa para a Henrietta Sedley. Como naquela vez, quando éramos garotos, que você tentou ganhar a atenção daquela menina comprando o bolinho em que ela ficou de olho a tarde toda. — Ele fez uma pausa, distraído pela lembrança. — Qual era o nome dela?

— Sally Sasser — respondeu Whit, ficando na defensiva. — E eu dei o bolinho para ela!

— Mas você comprou só para conseguir a atenção dela, em vez de dizer que queria passear com ela ou sei lá o quê. Como um imbecil.

— Você quase destruiu a reputação da sua mulher por diversão — Whit observou.

— Ah, rá! — Devil sorriu. — Então admite que quer se casar com a garota!

Não posso amar você.

Ela seria outra pessoa de quem teria de cuidar. Outra pessoa para proteger.

Outra para perder.

— Eu me recuso a admitir isso! — Exclamou Whit, transbordando frustração. — Comprei a empresa para mantê-la longe dos Bastardos. Comprei a empresa porque isso vai mantê-la em segurança.

— Ótimo. E por que ficou com a empresa?

— Faz menos de uma semana que eu a comprei!

— Hum. Por que você ficou com ela, mano?

Whit parou.

Por ela.

Cristo! Whit esfregou a mão no rosto.

Ele ficou com a empresa por ela. Porque Hattie tinha lhe dito que queria a empresa de transporte. E ele quis lhe dar o que ela queria.

Porque a esperança era uma vagabunda volúvel.

— Aí está!

— Vá se foder! — Disse Whit. — Você quase morreu numa vala antes de perceber o quanto tinha errado com Felicity.

— E aqui está você, são e saudável. Deveria me agradecer pela sabedoria que eu lhe proporciono. — Devil sorriu. — Agora, me conte como você errou, para que eu possa lhe proporcionar minha sabedoria como seu irmão mais velho e mais sábio.

— Nós nascemos no mesmo dia.

— Sim, mas é evidente que minha alma é mais sábia.

— Vá se danar! — Devil não se mexeu, deixando o silêncio cair entre eles, sabendo que o silêncio nunca era silêncio quando Whit estava presente.

Silêncio era pensamento a quilômetros por minuto. Enfim, ele falou. – Ela é boa demais para mim.

Não apareceu negação nos olhos de Devil. Nem ironia.

– Não tenho nada que ela merece. Um bastardo nascido do pior tipo de homem, que cresceu num cômodo em Holborn e se formou na sujeira das sarjetas e lutas. – Uma pausa. Então... – E Ewan. Não posso pedir a ela que viva à sombra dele.

Uma das sobrancelhas escuras de Devil subiu.

– Não sei bem se Henrietta Sedley é o tipo de mulher que vive à sombra de alguém. Eu soube que ela quase acertou o Michael Doolan com uma faca que roubou de você.

Whit bufou uma risada.

– Ela estava pronta para cortar o verme em pedaços.

– Que bom que você apareceu! – Devil deu um sorriso irônico.

– Não adianta – ele disse. – Ela não é como nós, não sabe jogar sujo. Ela é tão limpa que parece que se eu tocar nela, posso arrastá-la para sarjeta comigo.

– Tão acima de você que mal consegue vê-la – Devil disse, a voz suave. As palavras carregadas de lembranças.

– Isso – Whit confirmou, olhando para a rua vazia abaixo.

– E o que ela diz?

Como eu poderia me esquecer? Ela sabia o que eles tiveram? Como era raro? Não importava, porque Whit tinha arruinado tudo. Ele a fez se sentir uma obrigação.

Como se ele não fosse passar o resto de seus dias procurando o prazer que tinha sentido com ela.

Não posso amar você.

Eu não lhe pedi amor.

– Você já contou para ela? – Devil interrompeu os pensamentos do irmão. – Sobre o passado?

Whit encarou o irmão.

– Não sou bom o bastante para ela.

Devil sentou-se na mureta.

– Está enganado, mas eu nunca consegui convencer você disso. Nem Grace. Mas veja se me escuta, mano! Você é o melhor de nós.

A vergonha veio com as palavras do irmão e Whit desviou o olhar.

– Não é verdade. Eu não consegui proteger você. – Ele parou, pensando na noite em que fugiram. – Não consegui proteger minha mãe. E não vou conseguir proteger Hattie.

Devil suspirou.

– Ewan é um cretino, mas sempre foi o mais esperto de nós três. E sempre soube quais eram as nossas fraquezas. – Uma pausa. – Eu pensava que era igual a ele.

Whit girou a cabeça para Devil ao ouvir a confissão.

– Você não é nada parecido com ele.

– Na maioria dos dias, sei disso. E gostaria que você entendesse... – Os olhos âmbar cintilaram com frustração e insistência. – Gostaria que você visse que o Duque Louco de Marwick está ameaçando sua felicidade pela segunda vez e, desta vez, você tem algo muito mais devastador em jogo.

Hattie.

– E eu gostaria que você entendesse que não castigou apenas a si mesmo nos últimos dias; você castigou Hattie. E, pior, você decidiu por ela. – Ele se levantou e colocou a mão no ombro do irmão. – Você é mais do que nosso salvador.

Whit fechou os olhos, se lembrando da noite em que os três fugiram.

– Eu mal conseguia me mexer. Vocês deviam ter me deixado para trás.

– Não. – Devil apertou de leve o ombro do irmão. – Você era um de nós. E Ewan veio atrás de todos nós aquela noite. Ewan, que está perdido, e o duque, que está morto, e está na hora de você se dar conta que, sem você, Grace e eu não teríamos chegado a lugar nenhum. Está na hora de você se dar conta que, sem você, os cortiços não seriam nada. Os homens não teriam empregos, as mulheres não teriam orgulho e as crianças não teriam geladinho de limão toda vez que um navio chega ao porto com as nossas mercadorias. Tudo isso é coisa sua. Não construí nada. Eu sentia muita raiva, só queria me vingar. *Você* construiu isso tudo. Porque você sempre cuidou de nós. E sempre vai ser o melhor de nós.

As palavras pairaram entre eles até Devil continuar.

– Henrietta Sedley pode ser a melhor mulher que o mundo já viu, mas nem por um segundo acredite que você não é igual a ela.

Você me fez sua igual.

Palavras de Hattie, carregadas de espanto.

A descrença do próprio Whit.

– Não vou conseguir convencer você – Devil disse, com carinho, levando a mão à nuca de Whit e puxando-o para perto, até suas testas se tocarem. – Infelizmente, nem ela.

Whit inspirou fundo.

– Não posso garantir a segurança dela.

– Não – Devil meneou a cabeça. – Essa é a pior verdade. Mas pode amá-la.

Amar Hattie.

– Sinto muito interromper esse que parece ser um lindo momento, mas temos um problema.

Os irmãos levantaram os olhos para ver Annika, alta e loura, atravessando o telhado, seu casaco ondulando no vento e sua testa franzida como se estivesse em pleno inverno norueguês.

– Nik! – Devil exclamou, soltando Whit e se endireitando com um sorriso largo no rosto. – Você não vai acreditar nos boatos que eu tenho ouvido.

– Não me interessa – Nik disse sem olhar para ele.

– Eu soube que você arrumou uma nova amiga.

A norueguesa parou e olhou para Whit com súplica nos olhos.

– Diga para ele calar a boca.

Whit não conseguiu segurar seu próprio sorriso, uma sensação boa após os acontecimentos dos últimos dias.

– Onde você estava vinte minutos atrás, quando ele apareceu aqui em cima? Eu também queria que ele fechasse a matraca.

– Um dos garotos me contou que na noite passada você levou uma cocheira de corrida para o telhado, para mostrar as estrelas – Devil disse.

Nik pigarreou.

– Foi só para me desculpar pelos seus criminosos, que roubaram a carruagem dela.

Veio a compreensão. Nik e Nora. Não que Whit pudesse culpar a mulher que estava diante dele. Se Nora fosse um pouco parecida com Hattie, seria irresistível. Mas primeiro o que era importante.

– Diga a ela que vou tirar as rodas de cada um dos veículos dela se não aprender a conduzir com mais cuidado – disse Devil.

Nik revirou os olhos e fez uma careta para Devil.

– Foi o Brixton? Aquele garoto precisa aprender a parar de fofoca.

– Não foi o Brixton, na verdade – Devil disse, batendo a ponta da bengala em sua bota. – E você não precisa ficar com vergonha. Só toquei no assunto porque Felicity e eu já visitamos aquele telhado mais de uma vez. – Ele se voltou para Whit. – Acho que você deveria trazer Lady Henrietta até aqui.

A ideia de levar Hattie até os telhados e deitá-la nua sob as estrelas foi devastadora.

– Você é um idiota! – Whit debochou do irmão. Olhou para sua tenente e resistiu ao impulso de comentar o rosto vermelho dela. – Qual é o problema?

Gratidão pela mudança de assunto despontou nos olhos dela.

— Nós deveríamos ter quarenta estivadores nas docas, esta noite, para ajudar a descarregar.

Whit anuiu.

— Mas não vamos ter quarenta — ela disse. — Nem quatro.

Whit não ficou preocupado. Ainda não. Mas ficou intrigado.

— Como assim?

Ela esticou o longo braço em direção às docas distantes.

— Está tudo parado.

— Porque Whit comprou todos os navios — Devil brincou. — Eu já tive uma conversinha com ele a respeito. Vamos cuidar disso. O que você sabe de salmão enlatado?

Nik franziu a testa, confusa por um momento, mas sacudiu a cabeça e voltou ao assunto em questão.

— Não é por isso. Não tem ninguém para fazer o trabalho.

Devil forçou uma risadinha.

— Isso é impossível.

— Eu juro — Nik disse. — Não há ninguém trabalhando nas docas. Nenhum estivador para contratarmos. E temos noventa toneladas de gelo derretendo nos porões enquanto pensamos no que é ou não impossível.

— Eu vi estivadores passando o dia todo — Whit disse, apontando o queixo para o armazém do outro lado da rua. — Eles ficaram entrando e saindo da Sedley, para receber o pagamento.

— Seja como for... — Ela levou a mão ao bolso interno do casaco e tirou um pedaço de papel, que estendeu para Whit. — Não tem ninguém para movimentar a carga nas docas. E acredito que você seja o motivo.

Ele pegou a carta.

Beast,
Parabéns por sua nova empresa.
Boa sorte para encontrar homens dispostos a trabalhar para você.
Espero sua resposta.

Respeitosamente, etc.,
Lady Henrietta Sedley
Futura proprietária, Sedley Shipping

Whit riu, espantado, e olhou para Nik.

— Onde você encontrou isto?

– Sarita disse que a lady pregou o bilhete no mastro do *Siren* há menos de uma hora.

Ele franziu a testa.

– O que é o *Siren*?

– Um de seus novos navios.

– Impossível. Ela não saiu do armazém desde que chegou.

– Parece que saiu. – Ela levantou uma sobrancelha para o bilhete. – Nós o encontramos balançando no vento, praticamente o único som nas docas.

As docas ficavam cheias sempre que aportava um navio. Os homens corriam para lá, pois sabiam que qualquer um com as mãos firmes e as costas fortes poderia ganhar dinheiro. Ele voltou os olhos para o bilhete.

– Nenhum estivador para contratarmos?

Nik meneou a cabeça.

– Em lugar nenhum. Temos nossos homens, mas o número não é suficiente para esvaziar o navio com a rapidez que precisamos esta noite.

Como Hattie tinha conseguido?

Devil deu um assobio longo e baixo.

– Eu pensei que você tivesse dito que ela não jogava sujo.

O coração de Whit começou a bater forte. Ele tinha dito isso, não é mesmo? Mas aquilo era jogo sujo. Vingativa e maravilhosamente sujo. Ele trouxe o papel até o nariz, deliciando-se com o aroma de amêndoas.

– Ela não precisa ser protegida – Devil disse, suas palavras carregadas de ironia. – Cristo, *nós* é que precisamos ser protegidos *dela*. Lady Henrietta começou uma guerra bem debaixo do seu nariz.

– Você precisa falar com sua garota, Beast. Ela está colocando em risco a carga toda. Não preciso lhe dizer quantos meses vai demorar para conseguirmos de novo a quantidade de champanhe que temos naquele porão se algo acontecer com a carga.

Whit deveria estar furioso. E estava. Hattie tinha se colocado em perigo para lhe dar o troco. Mas também vibrava de empolgação. Ele não a tinha perdido. Aquilo era um tiro de advertência.

Sua guerreira não tinha terminado com ele.

– Ela prometeu que seria minha rival.

Outro assobio longo de Devil.

– Isso é prova de que vigiar a lady não é suficiente, mano. Se quer protegê-la, o melhor é ficar ao lado dela.

Capítulo Vinte e Dois

Após uma infância subindo e descendo de conveses de navio, correndo atrás do pai, Hattie raramente se sentia mais à vontade do que na água, mesmo quando a água estivesse presente apenas em um balanço quase imperceptível, causado pela cheia do Tâmisa. Ela estava parada no convés superior do cargueiro, lanterna aos seus pés, olhando para o rio preto, assombrada com o silêncio das docas ao anoitecer quando havia um navio no porto para ser descarregado.

Hattie tinha conseguido.

Foram necessários três dias, uma boa quantia de dinheiro, cada favor que ficaram lhe devendo durante o tempo que trabalhou na Sedley Shipping, e toda a boa vontade que tinha conquistado dos homens e das mulheres do porto, para, nesta noite, ter impedido cada estivador disponível nas docas de trabalhar. Whit não teria escolha a não ser procurá-la.

Ela sabia que era bobagem, mas queria que ele a procurasse. Por mais constrangida e envergonhada que tivesse ficado quando saiu do quarto dele, três noites atrás, ela ainda queria provar para ele que era uma adversária poderosa. Uma rival de respeito.

Mentira.

Hattie queria que Whit visse que os dois eram perfeitamente iguais.

Não posso amar você.

Por sorte, ela não precisou encarar a lembrança daquelas palavras, porque ele chegou. Ela o sentiu antes mesmo de falar, sua presença mudou o ar ao redor dela, fazendo-a se sentir ao mesmo tempo sem fôlego e poderosa.

Hattie se voltou para ele, empolgação corria em suas veias quando levantou o queixo, a brisa fria açoitando o Tâmisa, esvoaçando suas saias ao redor das pernas. Ela desejou parecer tão forte quanto se sentia naquele momento. E ela estava forte. Mais forte com a aproximação dele.

Seu rival.

Seu igual.

Mais que isso. Como ele não sentia?

As passadas longas de Whit cobriram o convés, seu olhar era resoluto. Ela não se moveu e, por um instante curto e maravilhoso, o mundo inteiro desapareceu e ela se sentiu triunfante, como se seus planos para o Ano da Hattie não tivessem desmoronado por completo.

Afinal, ela o tinha convocado.

Ele parou ao pé da escada que levava até Hattie.

– Você está invadindo propriedade privada – ele disse.

Hattie arqueou uma sobrancelha.

– Você veio para me despachar assim depressa?

– Este barco é meu, Lady Henrietta.

As palavras saíram firmes e inflexíveis, ditas num tom que, sem dúvida, intimidariam legiões de homens. Mas Hattie não era um homem. E aquilo não a intimidou nem um pouco. Fizeram-na querer reinar.

– Este *navio* – ela exagerou na correção – está parado no porto. Vazio. Apodrecendo.

Ele praguejou baixo e olhou para o céu.

– Eu adquiri essas porcarias de barcos há uma semana, então, não precisa planejar o funeral deles ainda.

– Nós não precisamos planejar nenhum funeral – ela disse, levantando a lanterna que estava aos seus pés e aproximando-a do alto da escada em que ele estava. – Se você os negociar comigo.

– Em troca de quê? – Ele arqueou a sobrancelha.

– Dos homens que eu contratei. Aqueles que você precisa para salvar seu gelo. Aqueles que você veio procurar.

– Você não pode mantê-los sob contrato para sempre.

– Eu posso ficar com eles tempo suficiente para... – ela deslizou o olhar pela fileira de navios até o cargueiro que boiava mais fundo do que todos os outros, avaliando-o por um momento – ...para que cerca de oitenta toneladas de gelo derretam.

– Cerca de noventa – ele a corrigiu.

– Não vai continuar sendo noventa por muito tempo – ela disse. – O que há dentro do gelo? Mais daquele *bourbon* de que você tanto gosta?

Algo brilhou no olhar dele. Surpresa. Admiração.

E Hattie resistiu ao impulso de sorrir por seu triunfo.

– Não ligo para a carga verdadeira. Você não quer esses navios, mas eu quero. E eu acredito que você vai perceber que é muito difícil conduzir uma empresa de navegação nestas docas, com os homens daqui, se eu não quiser que você o faça.

– Você não sabe com quem está brincando.

– Parece que estou brincando com meu igual, se você quer saber. – Ele arqueou uma sobrancelha e ela se empolgou. – Afinal, contratei cada estivador daqui até Wapping e nenhum dos seus outros rivais nunca tinha feito algo assim. Quais são suas opções agora?

Ele a observou em silêncio por um instante.

– Você está muito orgulhosa de si mesma, não está, guerreira? – Ele disse, enfim.

– Estou mesmo. – Ela sorriu. – Você tem que admitir que foi uma jogada magnífica.

Ele não respondeu, mas Hattie viu a ligeira flexão dos lábios dele, um movimento que a fez querer se jogar em seus braços e beijá-lo, apesar de ser sua inimiga. Ela resistiu ao impulso e mudou a abordagem.

– Você sabe por que os navios têm carrancas? – Ela perguntou.

– Não sei.

Ela sorriu e levantou a lanterna.

– Elas são usadas desde o início da navegação, em todo o mundo. Os *vikings*, os romanos, os gregos. Todas as culturas conhecidas que navegaram em mar aberto usaram carrancas. – Ela aproximou a lanterna do rosto. – Antigos marinheiros nórdicos acreditavam que a carranca era uma manifestação do destino. Uma embarcação grande poderia ter oito, dez carrancas, ocupando espaço e tonelagem valiosos. Elas eram usadas para proteger o navio e os marinheiros de qualquer eventualidade. Uma para mares calmos, outra para tempestades, outra para agradar os ventos. Se houvesse uma doença a bordo? Havia uma carranca para isso. – Ele continuou em silêncio. – Quando uma tempestade se aproximava em mar aberto, a tripulação corria para selar as escotilhas e recolher as velas, preparando o navio para o mar encapelado à frente. Mas havia tripulantes cuja função era trocar a carranca, colocando uma que os protegeria do mal, das tempestades, e conduziria os marinheiros ao Paraíso se o pior acontecesse. – Ela o observava atentamente. – Dizem que se um navio afundar sem uma carranca, os marinheiros mortos assombrarão o mar. – Ela fez uma pausa.

– Continue – ele pediu, os olhos cintilando.

Whit sempre a escutava. Ele fazia Hattie se sentir como se fosse a única outra pessoa no mundo inteiro.

— Essas que encaravam as tempestades? As que conduziam os marinheiros para sua morte? Eram sempre mulheres. — Ela olhou para o rio preto, onde a maré descia e os navios se acomodavam no leito lamacento. — Quando eu era garota, achava isso maravilhoso. Afinal, diziam que mulheres a bordo traziam má-sorte, mas todo navio tinha meia dúzia de figuras femininas no porão, só esperando para encarar o mar. — Ela fez uma pausa, se lembrando dos mitos de navegação que seu pai costumava lhe contar.

— Só quando você era garota?

Ela o encarou.

— Agora eu sei que mulheres trazerem má-sorte é só uma bobagem que as pessoas dizem para evitar que as mulheres vivam como querem.

Ele aquiesceu.

— Conte-me o resto.

— É só uma história — ela disse. — Uma história para convencer os rapazes a ir para o mar, abandonando suas vidas na terra. Uma lenda passada de homem para homem, para que, quando encontrassem a morte inevitável, parecesse exatamente isso, inevitável. E também para que não parecesse tão ruim, porque era esperada.

— E?

— Nós acreditamos nas histórias, principalmente, quando parece que não podem ser verdadeiras. — Hattie começou a descer a escada na direção dele. Whit não se moveu. — Seu sequestro não vai se transformar em lenda. A pancada na cabeça? — Ela fez um gesto de pouco caso. — Você já levou centenas. — Ela parou no último degrau, cuja altura era suficiente para que seus olhos ficassem no mesmo nível. — Mas a noite em que as docas ficaram em silêncio?

Ele deu uma risada abafada.

— Uma história para a eternidade.

— A história que faz de mim uma rainha. A mulher que domou o Beast.

Ele baixou as pálpebras e, por um momento, seus olhos se encheram de sensualidade.

— Você gosta disso — ele disse, então, em voz baixa e grave.

Sim. Ela gostava. *Mas só se fosse a rainha dele.*

Hattie ignorou o pensamento impossível.

— Se abrir mão desses navios, seus porões serão descarregados esta noite, como você planejou. E ninguém precisará saber que eu travei sua operação. Caso contrário...

— Isso é chantagem — ele disse.

— Bobagem — ela retrucou. — É negociação. Entre rivais.

– Ah – ele disse, e ela percebeu que, se inclinasse o corpo, só um pouco, ficaria perto o bastante para tocá-lo. Ele não parecia interessado nisso.

Odiando esse pensamento, ela continuou.

– Se você não gosta da negociação, tenho uma proposta.

Ele arqueou as sobrancelhas, curioso.

– Estou ouvindo.

– Você é poderoso em Covent Garden e esta noite provei que eu sou poderosa nas docas. – Ela se interrompeu.

– Uma sociedade.

– Negócios – ela concordou.

– Tudo legal – ele disse.

– Bem, pelo menos a minha parte – Hattie respondeu, adorando o modo como os lábios dele se torceram. Adorando-o. Desejando poder propor uma parceria maior. Uma que terminasse com os dois juntos de dia e de noite.

Desejando que ele a amasse.

Whit tirou os relógios dos bolsos, estudando os dois discos de metal antes de retorná-los ao bolso. Ele desviou o olhar, remexeu-se, e, por um momento, Hattie pensou que ele iria embora. Mas não. Whit inspirou fundo e soltou o ar lentamente. Então, como se tivesse carregado as palavras por um século, ele falou.

– Eu nasci em St. Thomas. Em Southwark.

Ela congelou. O choque das palavras, daquela revelação pessoal, foi devastador. A mãe dele era solteira. St. Thomas era uma maternidade para mulheres solteiras, um lugar terrível. A maioria dos bebês nascidos ali eram despachados para orfanatos em toda a cidade. As mães eram levadas a acreditar que criar seus filhos sozinhas colocaria tal estigma nos bebês que estariam condenados a um destino pior do que por terem nascido naquele hospital.

Como se orfanatos fossem melhor do que lares, pobres ou não. Como se instituições fossem melhores do que famílias, qualquer que fosse o formato destas.

– Saviour – ela sussurrou, incapaz de se conter.

Nunca me chame assim.

O eco da raiva dele na outra noite, quando ela atirou o nome na cara dele, foi rápido e desagradável

– Desculpe – Hattie acrescentou. – Eu não queria...

– Não – ele disse, um sorrisinho nos lábios, como se quisesse tranquilizá-la. – Você tem razão. Fui batizado com o nome do lugar em que nasci e com o sobrenome do homem que fundou a maternidade. Foi como minha mãe pagou pelo leito. Existe uma centena de homens com o meu nome. Centenas.

Hattie teve vontade de tocá-lo, sabendo que ele não permitiria.

– E sua mãe? Qual era o nome dela?

– Maria. – Ele olhou para o horizonte, para o rio escuro, onde meia dúzia de barcos a remo abriam caminho pelo nevoeiro na maré baixa, as lanternas que traziam transformando-os em nuvens flutuantes. – Maria de Santibáñes. Fazia vinte anos que eu não falava o nome dela. – Ele exalou. – Ela costumava me dizer que era o nome de uma parente antiga, dama de companhia de uma rainha. – A voz dele assumiu tom de desdém. – Como se isso tivesse alguma importância.

– Tinha, para ela.

– Ela ficaria feliz da vida se soubesse que estou aqui, falando com a filha de um conde.

– Filha de um conde por sorte – ela o lembrou. – Quando meu pai morrer, isso acaba. E vou depender apenas do meu próprio mérito.

– Nas poucas semanas desde que a conheci, Henrietta Sedley, aprendi que seu mérito é superior ao de todos os outros. Deveriam dar um condado a você.

Ela bufou de escárnio.

– Não ligo para o título.

– Meu pai era um duque.

Hattie ficou boquiaberta ao ouvir aquilo, falado como se estivessem rodopiando por um salão de bailes em Mayfair. Ela sacudiu a cabeça, como se para clareá-la.

– Você disse que...

Ele soltou uma risada sem humor.

– Fazia vinte anos que eu não dizia o nome da minha mãe, mas nunca tinha falado o do meu pai. Sim, é verdade, meu pai era um duque.

– E você nasceu em St. Thomas.

– Os pais da minha mãe vieram da Espanha para trabalhar na propriedade do meu pai. – Ele fez uma pausa, como se tivesse lhe ocorrido pela primeira vez: – Meu avô. – Após um momento, ele continuou. – O pai da minha mãe era um grande cavaleiro. Ele foi trazido de Madri para cuidar dos cavalos da propriedade. Minha mãe nasceu lá e foi criada a poucos passos da grandiosidade.

Criada numa propriedade ducal na Inglaterra, filha do chefe dos estábulos, a mãe dele devia ser feliz, destinada a uma vida de esposa e mãe, bem-casada. Whit teria nascido numa vida em nada comparável à dos cortiços de Covent Garden.

– O que aconteceu?

– Os pais dela morreram cedo e ela recebeu uma posição na casa principal.

Hattie ficou apreensiva. Tinha ouvido essa história milhares de vezes. Homens poderosos e o modo como destroem mulheres jovens ao seu redor.

– Whit... – Ela estendeu a mão para ele, que se afastou.

– Ela nunca disse uma palavra ruim sobre ele. Gostava de inventar desculpas para o que ele tinha feito. Era um duque, afinal, e ela uma, uma criada, e eles não podiam se casar. Mas minha mãe era linda, ele, charmoso... E homens são homens... – Ele parou de falar e Hattie estudou as maçãs do rosto altas e os lábios carnudos que a tinham deixado sem fala quando o conheceu. Não era difícil acreditar que a mãe dele tinha sido muito linda.

Quando Whit olhou para ela, havia algo naqueles belos olhos âmbar iguais aos do irmão, deveriam vir do mesmo pai.

– Na minha vida, fiz muitas coisas. Algumas delas vão me mandar direto para o inferno. Mas eu nunca repeti os pecados do meu pai.

– Eu sei disso. – Sem dúvida, ela sabia disso.

Ele inspirou fundo.

– Eu era criança e não entendia. Acreditei nela. Acreditei que tínhamos ido embora da propriedade porque era assim que se fazia, e que deveríamos ser gratos por nossos colchões infestados de pulgas, em Holborn, e pelo dinheiro que não era o bastante nem para acender velas suficientes para minha mãe enxergar direito. Mas agora... – Ele parou de falar e Hattie aguardou. Detestando a história. Desesperada por conhecê-la.

– Eu sei agora que ela fugiu do hospital – ele continuou. – Que ela fugiu para que não a tirassem de mim. – Hattie sentiu um aperto no peito ao perceber a angústia na voz dele. – Diriam que estavam me tirando dela. Mas não era isso. Isso teria sido bom para ela. Teria a salvado. Mas não, ela se sacrificou por mim.

Não era verdade.

– Não foi sacrifício – Hattie argumentou.

– Mas foi – ele disse, perdido nas lembranças de uma mulher que devia tê-lo amado desesperadamente. – Quando nos encontrou, ele nem olhou para ela. Ele veio por minha causa.

– Ele tirou sua mãe de você – Hattie disse delicadamente.

Whit a encarou com algo como gratidão nos olhos e andou para o lado. Hattie o acompanhou, como se estivesse presa a ele. Quando chegou ao mastro central do navio, ele estendeu a mão para tocar as marcas na madeira, onde, ao longo de sua existência, milhares de coisas tinham sido pregadas.

– Você me deixou um bilhete aqui – ele falou virado para o mastro.

Ela não hesitou diante da mudança de assunto.

– Eu tenho inclinação para o drama.

Whit olhou para ela.

– O Ano da Hattie.

– Está dando tudo errado.

– As coisas precisam de tempo – ele disse.

– Eu já esperei um bocado de tempo.

Ele anuiu com a cabeça, enfiando as mãos nos bolsos e recostando-se no mastro, o chapéu baixo na testa, o sobretudo ondulando em suas pernas, tornando-o o retrato de um marinheiro malandro e, por um momento, Hattie imaginou como seria se ela fosse dele. Se não tivesse que enfrentá-lo. Se ele apenas a envolvesse com seu sobretudo, a deixasse se deliciar em seu calor e pôr os braços ao redor de seu pescoço e...

Amá-lo.

Como seria se este homem notável permitisse que ela o amasse?

– Eu quero contar o resto para você.

– E eu quero ouvir. – O olhar dele voou para o dela, estudando-a, como se Hattie o tivesse surpreendido. – Vai ser horrível, não vai?

– Sim – ele disse.

– E você nunca contou para ninguém.

– Não. – Ele não teria conseguido contar.

– Deixe-me carregar um pouco desse fardo.

Ele olhou para o mastro, onde as velas estavam bem enroladas e presas.

– Por que você quer isso?

Porque eu o amo.

Ela não diria isso. Então, apenas deu um passo à frente, aproximando-se o bastante para que suas saias ondulassem envolvendo as pernas dele.

– Porque eu posso – ela afirmou, e isso pareceu ser o bastante.

– Nós éramos quatro. Todos nascidos no mesmo dia. – Ele já tinha contado isso para ela.

– A mãe de Devil era mulher de um marinheiro. A minha era uma criada. A do Ewan, uma cortesã. A de Gracie, uma duquesa.

Hattie arregalou os olhos.

– Ela é legítima? Mas eu pensei que...

– O pai de Grace não é o nosso, mas a mãe dela era a duquesa, que ficou grávida junto com as nossas. Ou, pelo menos, ao mesmo tempo. –

Hattie permaneceu em silêncio, estupefata com a loucura que acompanhava título e privilégios. – O duque estava desesperado por um herdeiro e ele sabia que sua melhor chance era o bebê na barriga da esposa, embora a criança não tivesse seu sangue.

– Por que ele não esperou que a duquesa ficasse grávida de novo? Para tentar um menino? Que fosse filho dele?

Whit sorriu ao ouvir isso. Um sorriso largo e tão encantador que deslumbrou Hattie.

– Porque a duquesa se ocupou de que fosse impossível ele ter mais herdeiros.

– Como? – O sorriso dele era contagioso.

– Ela atirou nele.

– Matou? – Não era possível.

– Não. Deu um tiro nas bolas dele.

– Não! – Hattie exclamou, arregalando os olhos, depois estreitando-os com raiva. – Que bom!

– Grace herdou a pontaria da mãe, caso você queira saber.

– Eu quero, sim, e gostaria de voltar a isso, se pudermos.

– Com prazer – ele disse e Hattie sentiu-se reconfortada pelo modo como a resposta sugeria que eles ainda tinham muita conversa pela frente. Ele continuou. – A duquesa deu à luz um bebê, mas era uma garota. E o canalha do meu pai a batizou como seu herdeiro, afirmando que era um garoto, e enviou mãe e filha para o interior.

– Isso é ilegal. – Hattie meneou a cabeça. – É trair a sucessão.

– É mesmo – Whit concordou. – Um crime punível com a morte, se o herdeiro falso for empossado.

Ela o fitou no fundo dos olhos.

– Foi por isso que você teve que fugir. Porque sabia a verdade. E ele temia que você contasse para alguém.

– Garota esperta – ele disse, a voz baixa, com admiração nos olhos. – E ele tinha razão. Estou contando para você, não estou?

E para ninguém mais. Nunca.

– Não estou entendendo... – Ela hesitou. – Quem ele pretendia que fosse o herdeiro?

– O duque era ambicioso e orgulhoso. E queria um herdeiro para moldar à sua imagem. Para transmitir seu legado. Ele teve três filhos. Mas nós não sabíamos que tínhamos um pai. Ele vinha nos observando. Devil, no orfanato. Ewan, num bordel de Covent Garden, e... – Ele parou de falar.

– E você – Hattie completou. – Com sua mãe. – A mulher que o amava. Um lar que era seguro. Com aulas de leitura. Hattie sentiu um aperto no peito.

– Não por muito tempo – ele replicou. – Ele nos levou, os três, para o interior, para a sede do ducado. E nos contou o plano. Um de nós seria seu herdeiro. Este herdaria tudo. Dinheiro, poder, terras, educação. Nunca passaria necessidade. – Uma pausa e, então: – Nem sua família.

Ela sabia que essas palavras viriam. Sabia que, no fim, aquele duque louco e monstruoso ameaçaria a única coisa que Whit amava. Sua mãe.

– Como? – Ela perguntou, a palavra num sussurro. Ela não queria saber.

– Nós tivemos que lutar. De cem maneiras. Mil. No começo foi fácil. Corridas a pé e dança. – A valsa. Ele tinha contado que o pai o fez aprender a valsar. – Testes quanto ao uso dos pronomes de tratamento adequados. O uso de talheres. A identificação das taças corretas. Então, enquanto ele nos estudava, ficou claro que não se importava com nada disso. O que ele queria era um filho forte que carregasse sua linhagem e impressionasse o mundo.

Se havia um homem que podia ser esse herdeiro, e fazer tudo isso, era Whit.

– O que ele fez vocês fazerem?

– Existe uma razão para que nós fôssemos bons lutadores quando chegamos a Londres.

Ela arregalou os olhos.

– Ele fez vocês lutarem entre si?

Whit aquiesceu.

– Isso até que foi fácil. Nós podíamos não nos conhecer, mas éramos irmãos e gostávamos de uma boa briga quando necessário. Aprendemos com rapidez a dar um soco e fazer parecer que era para valer, mas aliviando a força no último momento, para não machucar de verdade. Ewan era melhor nisso do que todos nós – Whit ficou assombrado com a lembrança. – Parecia que eu ia ser atingido por um rochedo, mas o soco chegava como uma pena de ganso.

Por um instante, Hattie sentiu-se grata àquele homem que, ela sabia, se tornaria o vilão da história, tentaria matar Grace e cortaria o rosto de Devil.

– Nós pensamos que éramos geniais, trabalhando juntos para derrotar nosso pai. O que nós não sabíamos era que tudo fazia parte do plano. Ele nos transformou num time para poder usar um contra o outro. E foi o que ele fez. Começou a brincar conosco. Ameaçava um de nós para fazer os outros lutarem. – Whit desviou o olhar. – As ameaças eram doidas. Se dois de nós não lutassem até um cair, o terceiro apanhava de chibata até os dois terminarem.

– Você queria salvá-los.

– Queria – ele disse. – É claro.

Saviour. Não só no nome. Todo ele.

– Nosso pai nos dava doces e, depois, os tirava. Presentes. Brinquedos. Animais. Qualquer coisa de que nós gostássemos. Ele adorava nos fazer implorar pelas coisas de que gostávamos. – Whit olhou para ela. – Você brinca comigo por causa das balas de limão? É por causa dele. Aliás, obrigado pelas balas de framboesa.

– De nada. – Ela aquiesceu. Hattie queria lhe dar doces para sempre. Para assim trazê-lo para perto e abraçá-lo bem apertado. Mas ele não deixaria, aquele homem orgulhoso e maravilhoso.

– Depois de um tempo, eu não aguentava mais e comecei a fazer planos para escapar. Eu sabia que se voltasse para cá, para Holborn, conseguiria encontrar minha mãe. E nós poderíamos fugir. Esse era o meu plano. Voltar para cá e fugir.

Hattie teria dado tudo o que tinha, empresa, navios, fortuna, futuro, *tudo*, para mudar o que ele estava para dizer.

– O duque me disse que, se eu ficasse, ele a manteria viva. Ficou claro que eu não estava ali para vencer. Que eu nunca estive na competição para ser duque. Ele detestava eu ter saído à minha mãe. Ficava furioso por eu ser pequeno demais. Moreno demais. Ele tinha me levado para treinar os outros. Eu estava ali para que Devil e Ewan praticassem, e se eu aguentasse as surras, se eu perdesse a competição, poderia voltar para minha mãe com dinheiro para salvá-la da vida em que ele a tinha colocado.

Whit ficou quieto por um longo tempo e Hattie sofreu em silêncio pelo garoto lindo que ele tinha sido e pelo homem magnífico que tinha se tornado.

– Eu conseguiria salvar minha mãe. – Tinha sido uma mentira. Hattie não precisava da confirmação. Ela sabia, em sua alma, que tinha sido uma mentira.

– Ele era um monstro – Hattie disse. – Um homem fétido, podre, covarde.

– Você está furiosa! – Whit pareceu surpreso.

– É claro que estou! Vocês eram crianças! E ele era um homem adulto com dinheiro e poder. Que tipo de pessoa manipula crianças? Os próprios filhos!

– Um homem que deseja um herdeiro.

— Herdeiros não são nada depois que você vira um cadáver — ela estrilou antes de se dar conta. — Espere. Herdeiros. Você fugiu. Com Devil. E Grace.
Ele anuiu.
— Ewan se tornou herdeiro. Um duque. *Ele traiu vocês.*
Whit confirmou de novo com a cabeça.
— E agora? Onde ele está?
— Eu não sei. — As palavras saíram carregadas de frustração.
— Mas ele está aqui — ela disse, compreendendo. — Por perto.
Um músculo vibrou no maxilar dele.
— Não vou deixar que ele machuque você. Vou protegê-la.
E ali estava. Sua resposta.
— Então, é disso que se trata. Você quer me proteger dele.
Ele a fitou nos olhos.
— Até meu último suspiro.
— Não tenho medo dele. — Hattie sacudiu a cabeça.
— Deveria ter. Eu tenho.
— Ele é que deveria ter medo de mim — ela ameaçou, sentindo a fúria vir quente e poderosa. — Eu gostaria de enfrentá-lo. Com minhas próprias mãos.
Ele arregalou os olhos e soltou uma risada abafada, surpreso.
— Você está *muito* furiosa.
— Não ouse rir. Isso não tem graça. Não está vendo? Eles já tiraram muita coisa de você. Não vou deixar que ele tire de mim também. — Ela vibrava de raiva, incapaz de controlar seus sentimentos ou as lágrimas que passaram pelo nó em sua garganta. — Eu queria poder encontrá-los e destruí-los. Eu queria pegar a sua faca mais afiada e enterrá-la no coração podre deles.
— Amor, não chore. — Whit estendeu a mão para ela. — Isso é passado.
— Não é — ela afirmou, afastando a mão dele. — Você carregou isso por anos. Vai carregar para sempre. E eu *odeio* isso. Odeio aqueles dois. Você não achou que eu fosse ouvir essa história, sobre o homem que eu amo e as pessoas que *ele* ama, e não fosse desejar machucar seriamente todas as pessoas que o prejudicaram.
— Hattie — ele disse, atônito.
Ela não notou. Estava enfurecida demais.
— Arruinar a vida de *crianças*? Por uma droga de título? Que bobagem absurda! Meu único consolo é que o miserável do seu pai, fico feliz em dizer, está apodrecendo no inferno.
— Hattie — ele repetiu, em voz baixa e tensa, como se tivesse algo urgente para dizer.
— O quê? — Ela perguntou, a respiração rápida e furiosa.

– Você me ama?
Uma onda de calor passou por ela, seguida de frio e, então, de puro pânico.
– Quê? Não. O quê? – Ela fez uma pausa, a respiração difícil. – O quê?
Os lindos olhos dele se acenderam com alegria.
– Você disse que me amava, Hattie. Você me ama?
– Eu não disse isso. – Ela não tinha dito. Tinha?
– Você disse, mas não é a questão mais importante a esta altura.
– E qual é?
– Você me ama?
– E... – Uma pausa. – Eu odeio seu pai.
Whit sorriu.
– Bem, ele está morto. Então, nisso você ganhou. – Ele estendeu as mãos para ela e a puxou para perto.
– Foi uma morte muito dolorosa? – Ela falou no ombro dele, adorando o modo como ele a envolveu com os braços. Ela estava desesperada pelo toque de Whit, pela prova de que ele tinha sobrevivido ao inferno que foi sua infância e que estava ali, saudável e forte.
– Agonizante – Whit respondeu, dando um beijo na testa dela. – Diga que me ama.
Ela mergulhou no calor dele, incapaz de resistir aos músculos firmes e acolhedores. Ele era tão grande e ela gostava demais disso. Ela gostava demais *dele*. Amava-o mais do que deveria, pois Whit nunca retribuiria seu amor.
– Não – ela sussurrou.
Ele inclinou o queixo dela, procurando seu olhar.
– Por favor?
– Não. – Ela negou com a cabeça.
Ele se inclinou e a beijou, um beijo curto, suave e perfeito.
– Por que não?
Porque você não me ama. As palavras que Whit tinha falado no quarto dele, naquela noite gravada na memória dela. *Não posso amar você.* Ela não declararia seu amor. Não se ele não a amasse também.
– Porque não quero ser um fardo maior.
– Como isso seria um fardo?
– Você passou sua vida toda protegendo os outros. Sentindo-se responsável pelas pessoas. Salvando-as. Entregando-se, mesmo quando não precisava. Eu não quero ser parte disso. Não quero ser outra pessoa pela qual você se sente responsável. Eu não quero ser outra pessoa a quem

você pertence porque não há outra saída. – Ela inspirou fundo, tentando se acalmar. – Não quero ser uma obrigação.

Ele ficou rígido, a brisa fria soprando ao redor deles e, por um momento, Hattie pensou que ele fosse soltá-la. Ela imaginou que seria razoável. Imaginou que deveria se afastar dele, pois tinha deixado claro que não queria ser um fardo para ele.

Mas a verdade era que ela não queria se afastar dele.

Ela queria ficar com ele.

Para sempre.

Porque Hattie amava Whit. Porque ela queria protegê-lo.

Os braços dele a apertaram mais e ela inspirou, enchendo os pulmões com o cheiro dele, de limão e louro, e seu calor delicioso. Ela fechou os olhos e se entregou, o mastro às costas de Whit, o que o tornou um homem forte e robusto ainda mais robusto. Ainda mais forte.

– *Siren* – ele disse após uma eternidade. As palavras se perderam na brisa vinda do rio, mas ficaram no ouvido dela. – O nome do navio é *Siren*.

– É o maior dos seis navios que você comprou para me castigar.

– Para castigar você, não. – Ele deu um beijo na testa dela. E falou junto ao seu cabelo. – Acredite que não fiz isso para prejudicar você.

Ela queria acreditar, mas nada daquilo fazia sentido. Antes que ela pudesse perguntar, ele falou.

– *Siren*. Sereias, mulheres lindas que faziam um homem se jogar no mar. Tentação encarnada. Cantavam os desejos mais profundos dos homens, fazendo o impossível parecer possível. Elas faziam que eles acreditassem que seus sonhos tinham se tornado realidade.

– Pobre Odisseu, tropeçando nessas mulheres más – ela gracejou. – Se pelo menos ele tivesse pegado o caminho mais longo, ao redor da ilha.

Ele riu, o ronco baixo uma linda tentação.

– Ah, mas Odisseu não tropeçou nelas. Ele saiu à procura das sereias, sabendo o que o aguardava. – Ele a fitou, seus olhos âmbar cintilando à luz da lanterna. – Como o resto de nós, ele pensou que poderia experimentá-las sem se perder.

A história deixou Hattie vibrando de prazer, desejando que ele a tocasse. Uma sereia de próprio direito.

– É um bom nome para um navio seu.

– É mesmo? – Ela perguntou. – Pensei no contrário. – Ele inclinou a cabeça numa pergunta silenciosa que ela respondeu: – Eu não sou exatamente conhecida pelas minhas artimanhas femininas. Parece que me faltam as habilidades de uma sedutora.

Ele soltou um rosnado curto. Concordando? Discordando? Era impossível dizer.

– Hattie... – Ele começou, seu nome sumindo num grunhido. – Não é possível que você acredite nisso. Nunca, em toda a minha vida, me senti seduzido do modo que você me seduz.

– E você adora doces – ela brincou.

– É verdade. – Ele não riu.

– É muito gentil da sua parte. – Ela sorriu, embora não sentisse vontade de sorrir. – Mas você não cedeu à minha sedução e, então, deve concordar que eu poderia ser uma sedutora melhor. E tenho léguas a percorrer antes de chegar perto de me tornar uma sereia. – Ela soltou uma risada autodepreciativa. – Nenhum homem vai se lançar ao mar pela boa e velha Hattie.

– Que bobagem! – Whit disse. Havia algo em seu grunhido que Hattie nunca tinha ouvido.

– Odisseu precisou se amarrar ao mastro para evitar a tentação das sereias. Cada vez mais apertado, até ele sangrar por causa das cordas, gritando para que seus homens o soltassem para ele poder chegar às sereias. A sedução delas o levaria à *morte*. – Hattie recuou, saindo dos braços dele, afastando-se de seus braços, sabendo que não conseguiria combatê-lo outra vez. Não agora que o conhecia. Não agora que ela o queria tanto. Não agora que ela o amava tanto.

Ela perderia seus barcos e perderia sua empresa.

Mas tudo isso parecia minúsculo comparado a perdê-lo. *E ela nunca o teve.*

Hattie o fitou nos olhos e disse, tanto para ele como para si mesma.

– Eu nem consegui seduzi-lo o bastante para lhe dar prazer.

Ela se virou para sair, para desembarcar e ir para longe dele. Mas Whit foi atrás dela, seu nome nos lábios, seus dedos capturando os dela e virando-a para si, tomando o rosto dela nas mãos e beijando-a. Um beijo demorado, exuberante e desesperado, como se ele tivesse medo de que, se não a beijasse, ela poderia desaparecer para sempre.

Hattie arfou com a sensação e ele a apertou mais, roubando-lhe o som, passando a língua por seus lábios e tomando sua boca em passadas longas, lentas, lindas, até os joelhos dela ficarem fracos e ela se soltar em seus braços, bêbada de Whit. Só então ele soltou seus lábios, sem soltá-la, mas continuando com os beijos até a orelha, onde ele disse, quente e devastador:

– Você me seduziu. Você me seduziu em todos os segundos desde que acordei na sua carruagem, amarrado. – Ele mordeu o lóbulo da orelha de Hattie forte o bastante para arder e, então, chupou-o até ela se agarrar nele. – Você me seduziu e me deu prazer milhares de vezes. Eu quis tirar suas roupas milhares de vezes. Eu quis deixar você nua sob o sol, a lua e as estrelas, adorando-a até nós dois esquecermos nossos nomes.

Ela ficou louca com aquelas palavras. Com o modo como elas a incendiaram.

– Eu pensei que você não me desejasse. Pensei que você não gostasse de mim...

Ele mordeu seu pescoço dessa vez, uma punição rápida seguida pelo prazer da língua lenta.

– Falta de desejo não deixa um homem duro por dias.

– Você ficou? – Ela engoliu em seco, ao mesmo tempo constrangida e excitada. – Duro por dias? – *Não era possível.*

– Estou duro desde a primeira vez que ouvi sua voz. – Uma das mãos desceu pelo corpo dela, puxando-a para ele pela cintura. – Desde a primeira vez que toquei seu corpo.

Ela recuou para encarar os olhos sensuais e ávidos dele.

– Mesmo?

Ele arqueou uma sobrancelha.

– Está feliz por saber da minha aflição?

– Estou.

Ele riu da resposta instantânea.

– Muito bem, então, Hattie. Sim, eu ficava duro de pensar em você, de pensar em estar dentro de você, de pensar em gozar dentro de você, de pensar em ficar dentro de você para sempre. E eu queria você de volta, para poder lhe dizer o quanto eu a desejo e que nunca seria uma obrigação fazer amor com você.

– Tudo isso parece ótimo – ela disse com um sorriso maroto.

– Fico feliz por poder diverti-la, milady. – Ele a puxou para perto, para mais um beijo. – Mas você deveria saber que Odisseu foi um herói. Eu, não. – E mais um. – Ele queria resistir. Eu não quero. Eu quero tudo. Quero cada pedacinho de você. É só no que eu penso desde o momento que você partiu. Desde antes. – Ele encostou a testa na dela. – Cristo, Hattie! Eu quero tudo. Eu ficaria feliz de ser amarrado a um mastro se isso significasse poder ter um gostinho das minhas fantasias mais íntimas. E todas elas incluem você.

Hattie esquentou com as palavras, com a visão que invocavam. Aquele homem magnífico amarrado a um mastro a menos de três passos. Ela desviou o olhar para o mastro e, quando se voltou para ele de novo, Whit grunhiu de prazer.

– Cacete, Hattie! Você está imaginando a cena. Dá para ver nos seus olhos.

Ela sorriu para ele, sabendo que deveria negar.

– Eu sou muito boa em desatar nós – ela disse.

Ele exalou um longo suspiro e, então, abriu um sorriso sensual.

– Prove.

Ela arregalou os olhos.

– Você não quer dizer...

Ele a puxou para perto.

– Na outra noite, tudo foi para você. Mas esta noite... E se eu disser que é para mim? – As palavras saíram num ronco baixo. – Me amarre no mastro, sereia; me deixe ouvir o seu canto.

Capítulo Vinte e Três

Não era para sempre, ela sabia. Ficava repetindo isso para si mesma enquanto ele se afastava sem tirar seus olhos dela.

Hattie o acompanhou sem hesitação. *Não é para sempre*, ela ficava repetindo sem parar, porque aquele homem, aquele homem magnífico, fazia ela sentir que o *para sempre* poderia ser possível. Como se o passado, as ações da família dela e o fato de ele estar entre Hattie e todos os seus sonhos não importassem nem um pouco, porque Whit estava para deixar que ela desse prazer a ele como nunca havia imaginado.

Nunca tinha imaginado porque ela nunca soube que tal homem e tal momento eram possíveis. Mas *eram* possíveis. E percebeu isso quando ele tirou seu sobretudo de um jeito descuidado, deixando-o cair no convés.

Ela passou os olhos pelo navio, grata pelo convés central rebaixado e pela escuridão das docas, vazias.

— Alguém pode nos ver — ela disse.

— É improvável, pois alguém esvaziou as docas para esta sedução em especial. — Ele deixou o paletó cair aos seus pés, revelando as facas, o coldre de couro por cima do colete e a camisa por baixo. Sem conseguir se conter, Hattie estendeu as mãos para ele, que congelou quando os dedos dela passaram pelas tiras de couro.

— Está faltando uma. — Whit ficou tenso e ela imaginou onde ele a teria deixado. Por quê. Mas haveria tempo para isso mais tarde. Agora, só havia tempo para uma coisa. Ela o encarou. — Posso?

Ele prendeu a respiração quando Hattie passou as mãos pela tira grossa que cruzava seu tronco para abrir a fivela de latão. Seus movimentos eram firmes e decididos, como se ela já tivesse feito isso uma centena de vezes.

Com certeza Hattie já tinha sonhado com isso uma centena de vezes. Quando terminou, escorregou as tiras de couro pelos ombros largos e pelos braços fortes, deitando as armas cuidadosamente aos seus pés.

Ela recuou um passo, estudando-o, e Whit praguejou no escuro.

– Hattie, parece que você planos para mim.

Ela procurou os olhos dele.

– E tenho mesmo.

– Depressa, amor. – Ele exalou com força.

Dando um passo à frente, ela tirou a camisa dele de dentro da calça, adorando o modo como ele se movia com ela, ajudando, seus músculos se contraindo com prazer cada vez que os dedos dela o roçavam. Ele tomou a camisa em suas mãos e a tirou pela cabeça, jogando-a no convés. Então, puxou Hattie para outro beijo. Ela se entregou à carícia, deslizando as mãos pelo peito dele, suas palmas estendidas na pele quente, fazendo os músculos abdominais dele se contraírem sob seu toque e Whit chiar de desejo.

Ela mordeu o lábio inferior dele e se afastou.

– Você não está com frio?

– Estou quente como a porra do sol – ele disse, puxando-a para outro beijo. – Agora, quanto aos seus planos...

Hattie riu e entrelaçou os dedos nos dele, levantando as mãos acima das cabeças até um gancho no mastro onde as pontas das cordas que serviam à vela grande estavam presas. Ela não precisou lhe dizer para agarrar o gancho. Não precisou lhe dizer para manter as mãos ali. Nem mesmo quando se afastou dele.

– O que você está fazendo? – Ele grunhiu, sem gostar do modo como ela se afastou dele.

Hattie sorriu, rodeando o mastro até encontrar o que estava procurando, um pedaço de corda solto desde que o navio tinha atracado. Voltando a encará-lo, perto o bastante para sentir seu calor, ela se esticou e passou a corda ao redor dos pulsos dele, com cuidado, para que não o machucasse nem mesmo enquanto ela atava um nó perfeito.

– Você gosta disso – ele grunhiu, testando o nó, enquanto Hattie recuava.

– Gosto. Gosto muito. – Não havia nada do que não gostar. Ele era a coisa mais linda que ela já tinha visto, com seus membros compridos e músculos grossos, e aquela imagem lhe deu água na boca. E o desejo nos olhos dele fez ela ansiar tocá-lo de novo.

– Pare de olhar, sereia. – Ela levantou os olhos para os dele. – Está na hora de você fazer o que deseja.

– E você, o que deseja? – Ela perguntou, aproximando-se.
– Tudo. – A resposta foi instantânea. – Eu quero tudo o que você deseja.
Ela meneou a cabeça.
– Não basta. Isso é para você.
– Dar prazer a você é o que eu quero. – Ele tinha dito isso antes, em seu quarto. E ela não tinha acreditado. Mas esta noite, ela quase acreditou.
Hattie se aproximou mais, incapaz de permanecer afastada.
– O que as sereias cantariam para você, Beast? – A mão dela deslizou pelo peito dele, o polegar acariciando o mamilo. Ele inspirou fundo. Ela capturou o olhar dele. Acariciou-o de novo. E viu a contração do maxilar. Hattie se inclinou e encostou a boca ali, demorando-se, beijando-o até ele suspirar com força.
– Aaaah! – fez Whit.
Ela sorriu na pele dele.
– Eu gosto disso.
– Eu também.
As mãos dela subiram pelos braços dele, depois desceram pelo peito e tronco, acariciando a pele macia, acompanhando a trilha de pelos, descendo cada vez mais, até a cintura, onde os pelos desapareciam na calça. Ela abriu o primeiro botão; depois o segundo; o terceiro.
– Quando eu vi você na outra noite – ela disse, baixo –, pensei que fosse se tocar aqui. Por mim.
Um ronco baixo ecoou no peito dele.
Ela deu um beijo suave no peito largo enquanto abria a calça dele, e mais um enquanto a empurrava para baixo dos quadris, revelando a extensão dura. A respiração dele ficou ofegante, difícil, quando ela estendeu a mão para ele e parou de uma vez quando Hattie o pegou na mão.
– Tão quente – ela disse. – Tão duro.
– Por você, amor. – As palavras saíram à força dele, seguidas por um gemido baixo e grave quando ela deslizou o polegar suavemente pela grande cabeça. Hattie sorriu junto ao peito dele.
– Você gosta disto.
– Eu gosto. – Ele exalou com força.
Ela o encarou.
– Do que mais você gosta?
Ele inclinou a cabeça para trás, apoiando-a no mastro, fitando as estrelas.
– Eu gosto de tudo. Meu Deus, Hattie! – Ela lhe deu outro beijo, acariciando-o com a mão; para baixo, depois para cima, até ele praguejar baixo na escuridão. – Eu quero tocar você.

Ela meneou a cabeça e lambeu o mamilo antes ignorado.

– Agora, não. Estou ocupada seduzindo você. – Outro movimento com a mão. – Você gosta disto.

– Gosto.

– Me diga do que mais você gosta.

Os olhos dele se abriram e o desejo cresceu nela ao vê-lo louco de prazer.

– Não – ele disse.

Ela se esticou e o beijou. Whit estava faminto; devorou a boca de Hattie. Quando ela se afastou, ele reclamou.

– Me solte.

Ela sorriu.

– Você acha que era assim que Odisseu se sentia?

– Não me importa. Me solte. Eu quero tocar você.

Ela negou com a cabeça, baixando sua atenção para a vara de aço em sua mão. Ele olhou também e os dois assistiram a Hattie acariciá-lo sem parar, até as cordas acima deles rangerem com o esforço dele. O som, combinado com o ritmo da respiração dos dois e o calor dele faziam Hattie latejar de desejo.

– Você não vai me dizer?

– O quê? – Ele perguntou, engolindo um grunhido.

– O que você quer? – Ela o encarou.

Ele sacudiu a cabeça, mas não tirou os olhos dela.

– Isto é para você – ele disse.

Hattie sorriu, sentindo-se uma rainha.

– E se eu lhe disser que também quero.

Ele exalou com força, como se estivesse com dor, mas Hattie já estava em movimento, descendo pelo corpo dele, ajoelhando-se.

– Porra, Hattie – ele disse em voz baixa. – Você não tem que...

Ela sorriu ao ouvi-lo e deu um beijo no músculo acima da coxa, o músculo que mergulhava em direção ao membro teso dele.

– Eu gostei muito quando você fez isso comigo.

– Eu também gostei, amor – ele gemeu.

– Você também vai gostar?

– Vou. – A palavra saiu espremida. – Deus, como vou!

– Posso? – Ela perguntou em voz baixa.

Ele grunhiu, seus lábios movendo-se na direção dela. Uma súplica silenciosa.

Hattie abriu os lábios sobre a ponta pulsante, passando a língua nele com delicadeza, hesitante, sem saber ao certo do que ele gostava. Ele puxou as cordas com força, arqueando as costas com o contato, e gritou o nome dela na escuridão.

Ele gostou disso.

Hattie também gostou. A sensação e o gosto dele, a força de Whit em suas mãos e língua, e o poder puro, incomparável que ele lhe dava. Hattie nunca tinha se sentido assim; tão segura de si. Tão forte. Tão desejada. Ela sentiu como se ele fosse fazer qualquer coisa para tê-la.

Era desejo.

Ela o engoliu, o salgado e o doce dele diferente de tudo que já tinha experimentado, enquanto ele falava acima dela. Aquele homem forte e silencioso que parecia só encontrar as palavras sob a tortura do prazer. Ele sussurrava palavras sensuais como *mais forte* e *mais fundo,* palavras como *língua* e *chupe* e *cacete, Hattie, assim mesmo.* E ela seguia as orientações dele, tomando-o devagar e profundamente, deleitando-se no prazer dele. No seu próprio.

Ela gostava disso.

Ela gostava dele.

Ela o amava.

Whit latejava na língua dela e Hattie encontrou o ritmo que deixava os dois loucos e, então, ele começou a fazer declarações obscenas, *Por favor, Hattie... Mais, Hattie... Se você não parar, eu vou gozar,* mas Hattie não queria parar, principalmente quando ele perdeu todas as palavras. Todas menos uma.

– Hattie... – De novo e de novo, sem parar, até ela também se esquecer de todo o resto, e então ele se entregou ao prazer e a ela, e, finalmente, ao êxtase, barulhento, desenfreado e magnífico. Apenas eles, o navio, as docas e o céu.

E quando ela o soltou, só pensava numa coisa.

Mais.

Mais desse poder, desse prazer, dessa parceria. Ela estava ávida por mais.

Por ele.

Ela abriu os olhos e encarou Whit, cujos olhos estavam fixos nela. Seu coração bateu mais forte.

– Me solte – ele disse, as palavras difíceis e duras, e Hattie se perguntou se tinha exagerado.

Ele estava bravo?

– Agora. Me solte. – Ela se levantou e estendeu as mãos para o nó, aproximando-se dele. Chegando perto o bastante para ele baixar a cabeça e sugar a pele macia de seu pescoço, provocando-lhe arrepios. Perto o bastante para passar os dentes na curva do queixo dela. Para enviar os dentes no lóbulo de sua orelha antes de sibilar: – Enfim, vou fazer amor com você. Do jeito certo.

A urgência na voz dele fez os dedos dela se atrapalharem nas cordas e ela o encarou, enlouquecida de desejo. Ele se debatia contra a corda, louco como lhe valia o apelido.

– Agora – ele insistiu, uma ordem decisiva.

– Sim – ela disse, ofegante de carência, mas seus dedos não funcionavam e ele grunhia de frustração, com Hattie fazendo-lhe eco e, então, ela lembrou. Ela se afastou e encarou os olhos selvagens dele. – Seu homem magnífico. Você tem facas.

Ela tirou uma do coldre aos seus pés e, num instante, ele ficou livre, os braços envolvendo-a, a faca que Hattie tinha usado caindo no convés sem que nenhum deles se importasse quando Whit a pegou nos braços como se ela não pesasse nada, girando-a, girando seu mundo todo, até ela estar com as costas apoiadas na pilha de roupas dele no chão.

Whit a beijou nos lábios, depois desceu pelo pescoço, pairando sobre ela, a lanterna jogando uma luz dourada nele, os ombros nus se contraindo e as mãos dele puxando as saias dela para cima, cada vez mais, até ele encontrar as calçolas.

– Gosto menos desta roupa de baixo do que das da outra noite – ele disse, encarando-a.

Ela anuiu com a cabeça.

– Chega delas. – Com um puxão decidido, elas sumiram e...

– Oh – ela gemeu quando ele grunhiu junto ao seu pescoço.

– Tão molhada. – Ele mergulhou os dedos nela, observando-a enquanto penetrava fundo. – Eu gosto disso.

Ela sorriu com a lembrança de suas palavras.

– Eu também.

– Hum. – Ele baixou a cabeça para beijá-la demorada e lentamente, até o desejo se acumular, incendiando o corpo dela. Hattie levantou os quadris, acompanhando as estocadas dele, e ele sentou nos calcanhares, observando-a por um momento. – Me mostre o quanto você gosta. – Ela mostrou, acompanhando os lindos olhos âmbar enquanto mapeavam seu corpo, seus movimentos. Enquanto faziam ela acreditar que ele a desejava tanto quanto tinha dito. Além da razão. – Você é tão linda. Eu poderia ficar olhando para você fazer isso para sempre.

Ela se movia de encontro aos dedos de Whit, que colocou o polegar no ponto logo acima, massageando-o uma, duas vezes, até ela gemer.

– Whit!

Ele sorriu, voraz.

– Foi isso que eu senti quando você me tocou.

Hattie deu um olhar maroto para ele.

– Faça de novo. Para eu poder lembrar.

Ele riu, baixo e grave, e repetiu o movimento, o fogo subindo por ela como uma onda.

– Minha linda, ousada e gulosa. – Ele a penetrava fundo, uma vez após a outra, num ritmo lento e perfeito, maravilhoso e regular, até ela estar se contorcendo em sua mão.

Então, ele a soltou, e Hattie arfou de desgosto.

– Não!

– Hum. – Ele lambeu os dedos e se inclinou sobre ela, beijando-a demoradamente. – Não. Você precisa esperar, agora.

Whit alcançou os laços do vestido, desamarrando-os e afrouxando o corpete, abrindo-o para revelar a *chemise* e o espartilho, despindo-a com cuidado até Hattie ficar nua e ele poder chupar o bico de um seio, depois o outro, até ela ficar latejando e enfiar os dedos no cabelo dele.

– Por favor, Whit. Por favor.

Ele a beijou de novo, baixando o corpo sobre ela, bloqueando a brisa fria do Tâmisa com seu corpo impossivelmente quente.

– Por favor o quê, meu amor?

– Você prometeu fazer amor comigo. – Ela abriu as pernas, sabendo que não devia. Sabendo que ladies não faziam assim. Sem se importar. – Enfim – ela repetiu as palavras dele, adorando o modo como ele se ajeitava nela, a extensão longa e dura deslizando nela, a ponta se acomodando bem onde ela ansiava para ser tocada de novo. Ele grunhiu com a sensação e Hattie foi inundada por uma sensação de triunfo. – Do jeito certo.

Ele soltou uma risada.

– É o que eu quero, amor. – Ele se movimentou contra ela, que suspirou de prazer. – Quero tanto. Eu nunca senti nada parecido com você gozando ao meu redor. – Outro deslize. E outro. Mais um gemido.

– Então, faça – ela disse, movendo-se, e ele parou, a ponta de seu membro beijando a abertura latejante.

Ele soltou uma imprecação baixa e grave.

– Hattie. Por Deus. Você *é* uma sereia.

Ela arqueou os quadris e os dois gemeram quando a cabeça deslizou para dentro dela, só um pouco, o bastante para provocar os dois. Ela apertou os dedos no cabelo dele.

– Agora – ela sussurrou. – Por favor, Whit. Agora!

Então, ele deu o que Hattie pedia, entrando nela com uma estocada lenta e firme, sem hesitar como da primeira vez, pois Whit sabia que ela podia aguentar o que quer que ele lhe desse. E podia mesmo. Pelo menos, ela podia aguentar a sensação. Mas o prazer, as sensações, o conhecimento do que estava por vir... Hattie não sabia se tudo isso não a deixaria louca.

– Você está tão duro – ela disse, quando ele estava inteiro dentro dela, sem conseguir esconder o espanto em sua voz. – Tão grande.

Whit mordeu o ombro dela, grunhindo.

– Duro por você, amor. Só por você.

– Hum. – Ela sorriu.

Ele soltou uma risadinha.

– Nunca vou me cansar do modo que você aproveita seu prazer, amor. Você merece.

– Eu mereço mesmo. – Ela o encarou, corajosa e ousada.

– Claro que sim – ele anuiu. – E tudo o que eu quero é dar prazer a você.

– Você gosta disso. – Ela sorriu.

– Eu gosto de você.

O coração dela falhou uma batida. Que homem magnífico! Que homem magnífico, forte, lindo e decente. Lágrimas vieram e ele notou. Claro que notou.

– Amor, está doendo? – Ele perguntou, o rosto marcado pela preocupação. – Quer que eu...

– Não – ela respondeu, agarrando os braços dele. – Não ouse sair de mim.

Ele parou.

– Eu... – Ela sacudiu a cabeça, incapaz de não sussurrar: – Eu amo você.

Ele baixou a cabeça ao ouvi-la, encostando a testa na dela.

– Eu não mereço.

Que mentira! As mãos dela subiram até a nuca de Whit, seus dedos deslizando no cabelo.

– Merece, sim.

– Não mereço – ele sussurrou. – Mas vou aceitar.

Ele voltou a se mover e Hattie se perdeu nas longas e deliciosas estocadas que lhe tiravam o fôlego e o pensamento. Ela só conseguia suspirar o nome dele. Ele a observava, atento ao prazer dela, alterando o ritmo, até tudo desaparecer: as docas, o navio e o mundo além deles. Além *dele*.

Ele beijou seu pescoço. A linha do maxilar. Os lábios.
– Minha Hattie. Minha linda Hattie.
E ela acreditou nele, acompanhando uma estocada longa com a inclinação dos quadris, provocando um choque de prazer nos dois. Seus olhares se encontraram.
– Gostei disso – ela falou, tímida e provocadora.
– Hum. Vamos ver se conseguimos de novo?
Eles conseguiram, a vibração do desejo se transformando em risadas. Era assim para todo mundo? Sempre tão alegre e claro? Como se o sol tivesse nascido e espantado toda a escuridão?
– Hattie – ele sussurrou. O olhar dela buscou o dele. – Diga mais uma vez.
Você vai perder seu coração.
– Por favor – ele pediu, sem parar os movimentos.
O coração dela já estava perdido.
– Eu amo você.
Ele empurrou os quadris para a frente.
– De novo.
– Eu amo você. – Ela se agarrou a Whit e ele pôs a mão entre os dois, encontrando o ponto teso logo acima de onde estavam unidos. – Isso, Whit.
– Não aguento esperar muito mais, amor. Estou desesperado para gozar em você.
– Não espere – ela disse, o toque dele deixando-a cada vez mais tensa, levando-a mais e mais para o alto. – Por favor, amor. Por favor, não espere.
– De novo – ele sussurrou. – Só mais uma vez.
– Eu amo você. – Ela disse as palavras um instante antes de se perder no prazer, desfazendo-se em mil pedaços debaixo dele e do céu de Londres, gritando seu nome e agarrando-se a ele, que continuou num ritmo lindo, resoluto, carregando-a para um clímax, depois outro, antes de Whit chegar ao seu próprio com um grunhido alto e grave, o som mais delicioso que Hattie já tinha ouvido.
Quando eles retornaram ao presente, a respiração, uma sinfonia difícil, a maré do rio batendo na lateral do navio, Whit apertou-a contra si, virando-se para ficar com as costas no convés e cobrir os dois com seu sobretudo.
– Linda – ele exalou devagar, com um beijo na testa dela.
A palavra aqueceu Hattie, que se aninhou mais perto dele. Whit deu um beijo no ombro dela.
– Eu não mereço você – ele disse.
Ela sorriu.

— Acho que você concorda que eu dou tanto trabalho quanto sou encantadora.

Ele não respondeu. Seus dedos largos e ásperos desenhavam padrões no ombro nu dela, padrões macios e hipnotizantes o bastante para Hattie esquecer onde estavam, quem eram e todas as razões pelas quais não podiam ficar juntos. Ela acompanhou os movimentos, o deslizar lento dos dedos e a respiração dele em seu cabelo, lenta e regular, até seus olhos ficarem pesados, e Hattie imaginou o que poderia acontecer se ela adormecesse ali, nos braços dele, em pleno rio.

E bem quando ela decidiu que não se importava com o que poderia acontecer se fizesse isso, porque ele não parecia interessado em sair dali, Whit falou, as palavras soando como um ronco suave debaixo de sua orelha.

— Case comigo.

Capítulo Vinte e Quatro

Claro que ele se casaria com ela.
Ele planejou se casar com ela no momento em que pisou no maldito navio e a avistou de pé na proa, uma guerreira completa, esperando para entrar em combate. *Sua* guerreira, esperando para tomá-lo como um despojo de guerra.

Como se ele não fosse de boa vontade para os braços dela. Ainda mais depois que ela lhe disse ter vontade de matar tanto seu pai quanto seu irmão. E completou a coisa toda com perfeição ao lhe dizer que o amava.

Ela o amava.

Se Whit nunca mais ouvisse aquilo, ele se lembraria do momento para sempre. Quando desse seu último suspiro, seria com a fúria indignada de Hattie como lembrança, e o *eu amo você* dela nos ouvidos.

Ela o amava e isso mudava tudo. Isso a tornava dele, sem dúvida.

Então, ela o amarrou no mastro e o tornou seu, após deixá-lo louco de desejo e enchê-lo de prazer, de satisfação e de uma certeza tranquila. Pela primeira vez em sua vida, Whit não tinha dúvida. Ele sabia.

Whit se casaria com Henrietta Sedley.

Nada tinha mudado e, de algum modo, tudo tinha mudado.

Assim, era esperado que, quando ele sugerisse a ideia, fosse menos uma pergunta e mais uma conclusão, mas, com certeza, ele não esperava o que veio a seguir. Ele não esperava que Hattie congelasse junto a ele, como se as palavras fossem um golpe. E ele não esperava, certamente, que ela levantasse a cabeça devagar, movendo-se como alguém se move perto de um cão raivoso. E, com toda certeza, Whit não esperava que ela respondesse casualmente, como se ele tivesse lhe oferecido chá.

– Não.
Que diabos?
– Por que não?
– Porque eu amo você.

A respiração dele ficou presa ao ouvir as palavras, as mesmas que ele quis antes, tão desesperadamente, mas não conseguiu se deleitar no prazer que elas poderiam lhe dar. Whit estava preocupado demais com todo o resto.

– Droga, essa é uma razão para você se casar comigo, Hattie!

– Não se você também não me amar. – Uma pausa. – Não se você não conseguir me amar como sua igual. Você consegue?

Sim. Não.

Não do modo que ela queria.

Maldição!

Medo se espalhou nele, quente e desagradável. Ele sabia o que ela queria dizer com igual. Ele tinha ouvido a proposta de sociedade.

Mas se os dois fossem sócios, ele não conseguiria mantê-la em segurança. Nem de Ewan, nem de todo o resto.

Se ele a amasse, ele a perderia.

Ela se sentou em silêncio, pegando suas roupas, e Whit detestou que tivessem chegado àquele ponto outra vez: ela se vestindo e ele sentindo como se tivesse levado uma bandeja de chá na cabeça, um golpe que ele merecia com certeza.

Ajoelhando-se, ela puxou as saias pelos quadris e colocou o corpete ao redor do tronco antes de falar em voz baixa.

– Eu não quero forçar a questão. Não quero ser a pessoa que você talvez ame. A que você precisa refletir para saber que ama. – Uma pausa. – Eu quero ser a resposta que cai dos seus lábios, não importa o quão estoico você seja. Eu não quero ser a pessoa para quem você reserva dias especiais e feriados, porque quero estar ao seu lado todos os dias. – Ela era preciosa demais para todos os dias. – Eu mereço isso. Parceria. Igualdade. Você me ensinou isso. – Ela abriu um sorriso tímido. – Eu sei que é impossível. Então, não. Não vou me casar com você.

Havia tantas emoções nas palavras dela, tristeza, resignação e honestidade, que parecia que Hattie já as conhecia muito antes de pronunciá-las. Como se estivesse preparada para esse momento. Deus, ele odiou a ideia de que ela tivesse se preparado para esse momento.

– Hattie. – Ele levantou, puxando a calça e pegando a camisa, que vestiu pela cabeça. – Você não entende.

Ela suspirou antes de falar.

– Não quero ser sua rival. Eu quero ser... – Hattie meneou a cabeça, o que ele detestou. – Vou liberar os estivadores amanhã. – Ela gesticulou na direção do bolso dele. – Imagino que seus relógios possam confirmar isso, mas acredito que está tarde demais para trazer todos os homens para trabalhar esta noite.

Ele pegou um relógio, mal notando o metal quente ao ler a hora.

– Faltam seis minutos para as dez.

Ela tirou os olhos dos laços de seu corpete e estudou o navio que flutuava mais baixo do que todos os outros.

– Você deve conseguir tirar metade da carga e despachar esse gelo em carroças pela cidade.

– Metade, não. Mas você chegou perto. Hattie...

Ela o interrompeu:

– Vou liberar os homens amanhã – ela repetiu.

– Como você fez? Para afastar os homens?

Ela sorriu.

– Você não é o único que tem amigos leais, Beast.

O apelido vibrou dentro dele.

– Não tenho dúvida disso. – Ele gostaria que ela o incluísse entre esses amigos. – É raro alguém me chamar de Beast sem que o apelido esteja carregado de medo.

– Eu não tenho medo de você.

Ele sabia e isso lhe deu mais prazer do que era possível pôr em palavras. Ele procurou a coisa certa para dizer.

– Você sempre foi destemida. Sempre soube o que queria e como pretendia conseguir. Nunca permitiu que os outros determinassem o seu caminho. – Uma pausa e, então, ele disse a verdade. – Eu nunca fui assim destemido.

Ela franziu a testa e ele continuou, sacudindo a cabeça.

– Eu sou puro medo. Fui forjado em medo. Com o pavor de que, um dia, alguém que eu ame esteja em perigo e eu não consiga salvar essa pessoa. – Ele exalou, trêmulo. – Não consigo proteger você.

Os lindos olhos violeta de Hattie não hesitaram.

– Claro que não consegue. – As palavras o cortaram como uma lâmina. – Eu não tenho nada de destemida. Sinto medo *todos os dias*. Medo do mundo inteiro e de como me encaram e debocham de mim, sussurrando quando pensam que não consigo ouvir. Sinto medo de viver uma vida pela metade, cheia de sombras de emoções, indícios de possibilidades e milhares de coisas que eu poderia ter conseguido se tivesse tentado chegar um pouco mais longe.

Ele meneou a cabeça.

– Essa nunca será sua vida.

Ele faria qualquer coisa para garantir isso.

Lágrimas afloraram nos lindos olhos violeta e uma dor apertou o peito de Whit. *Por que ela estava chorando?*

– Houve um tempo em que eu quis me casar, sabe. Eu quis filhos e um idílio doméstico. Claro que eu quis. É o que as mulheres ouvem desde o nascimento. Nossos pais nos dizem isso, nossos irmãos e todo mundo ao nosso redor. Só que, quando se é como eu, espalhafatosa demais, grande demais, e com ideias demais, não se consegue ter os sonhos que todo mundo insiste que você tenha. Porque esses sonhos não são para você.

Ele resistiu ao impulso de falar para ela parar. Ele odiou o modo como Hattie se qualificava. Odiou o modo inferior como Hattie sempre se via, quando ela era tão infinitamente superior.

Mas ele compreendia essa qualificação melhor do que ninguém.

– Hattie – ele suspirou, o nome saiu com delicadeza de seus lábios enquanto ele massageava o próprio peito.

Ela continuou, ignorando-o.

– Não foi difícil eu me convencer de que não queria nada disso, nem casamento nem companhia. Afinal, muitas mulheres permanecem solteiras. Muitos homens ficam solteiros. E eu tinha um plano.

– O Ano da Hattie – ele disse.

Ela sorriu para ele.

– Tudo isso parece uma bobagem, agora, não é?

Eu vou lhe dar um ano. Vou lhe dar uma vida toda.

Ela pareceu ouvir os pensamentos dele, como se ele os tivesse dito em voz alta.

– Eu não quero que você me dê nada.

As palavras doeram.

– Eu aprendi a me adaptar. Aprendi a querer a empresa e a ser a comandante do meu próprio destino. Aprendi a aceitar que eu não podia ter tudo.

No entanto, ela podia. Hattie o amava e ele estava disposto a lhe dar tudo o que ela queria. Os navios, a empresa e tudo mais que tivesse ouvido que não poderia ter. Antes que ele pudesse falar, ela continuou.

– Então você apareceu. – Ela meneou a cabeça. – Você apareceu e ameaçou tudo o que eu queria. Você ameaçou a empresa que eu ajudei a construir, que eu planejava comandar. Você ameaçou o futuro que eu planejei com tanto cuidado.

Whit sacudiu a cabeça. Não mais. Ele não tinha acabado de oferecer tudo isso para ela?

Hattie o encarou e inspirou fundo.

– Mas – ela continuou – o pior de tudo é que você me fez querer o resto. Tudo que eu sempre disse para mim mesma que não queria. Você me fez querer. E não com qualquer pessoa. Você me fez querer essas coisas com você. – Uma pausa. – Não em vez de. Mas além de. Tudo. Cada pedaço da vida que eu poderia ter. Vibrante, louca e cheia de manhãs no mercado de Covent Garden, tardes nas docas e noites nos seus lindos aposentos, rodeada por velas, livros e almofadas de todas as cores.

Ela olhou para longe, onde uma lanterna balançava ao vento no convés do navio que continha a carga mais recente dos Bastardos, e falou tão delicadamente que as palavras poderiam se perder no vento.

– Eu sei que parece loucura. Sonhos malucos de uma garota sem juízo. Mas não é loucura. Eu não preciso ser protegida dos meus sonhos. Eu preciso de um parceiro para vivê-los comigo. Eu quero tudo.

As palavras não se perderam, contudo. Whit as ouviu. E elas causaram um tumulto dentro dele ao ter a visão de Hattie vivendo essa vida. Ele viu as saias de Hattie ondulando na brisa do rio enquanto ela observava os homens com seus ganchos, homens que provaram que a adoravam pelo modo como Hattie os tirou dos Bastardos nessa noite. E continuariam a adorá-la, esperando por sua orientação e suas ordens, e Hattie reinaria sobre eles como uma rainha.

Como a rainha *dele*. Porque Whit estaria ao lado dela. Ele estaria atrás dela, protegendo-a do vento. E, talvez, com o tempo, haveria filhos, também, que aprenderiam a subir nos navios da mãe e brincariam de esconde-esconde no armazém do pai. Garotinhas de olhos violeta, gritando para ele do cordame, e garotos com sorrisos alegres que gostavam de balas de framboesa e geladinhos de limão.

Whit estendeu a mão para Hattie e a puxou para si, adorando o fato de ela ir sem hesitar, mesmo nesse momento em que lhe negava o que ele mais queria no mundo.

– Fique com tudo, então. Eu lhe dou, de graça. Tudo o que você quiser.

Seus olhos encontraram os dele, a lanterna fazendo-os cintilar.

– Eu quero amor. E você não pode me amar e me manter trancada, preciosa e protegida do mundo. Você não pode me proteger e me deixar ao seu lado.

As palavras o congelaram. Quantas vezes ele não tinha dito para si mesmo que poderia salvar o mundo apenas se não amasse? Ele não podia ter outra fraqueza. Não uma fraqueza que o enchesse de medo de, um dia, não poder protegê-la.

Ela já era uma fraqueza grande o bastante.

Ela já o tinha derrubado.

Se ele a amasse, nunca estaria livre.

Tarde demais.

Ela meneou a cabeça e se afastou, saindo dos braços dele.

– Eu não quero nada pela metade. Nem a empresa, nem a fortuna, nem o futuro. E, com certeza, não quero você pela metade.

Ela saiu do alcance dele, passando os próprios braços ao seu redor, e o coração de Whit começou a bater mais forte, sua mente resistindo à separação dela, sentindo raiva de si mesmo. Ela mesma estava se protegendo.

Dele.

E Whit quis gritar ao se dar conta. Ele queria gritar, ir até ela e pegá-la nos braços e prometer tudo o que ela queria. A vida inteira. Ele incluso no pacote. Ele a amaria.

E os dois encarariam o mundo, Ewan e todo o resto juntos.

Perfeitamente iguais.

Nessa constatação, algo mais.

Ele foi na direção dela, maravilhado por sua força, pelo modo como ela defendia sua posição, sua guerreira linda e corajosa. Ele enxergava tanta coisa nos olhos dela. Dúvida, sim, e preocupação, porque ele tinha sido um cretino antes, e o que o impedia de ser de novo? Mas havia algo mais ali. Algo que se acendeu quando ele se aproximou. Algo que ele reconheceu, porque sentia o mesmo.

Esperança.

Mas antes que ele pudesse dar voz ao sentimento, antes que pudesse dizer o que sentia, antes que pudesse implorar para que ela lhe desse uma chance, antes que ele pudesse lhe dizer que aprenderia, antes que pudesse seduzi-la com todas as coisas que Hattie queria, todas as coisas que *ele* queria.

Uma explosão cortou a noite, incendiando as docas.

Capítulo Vinte e Cinco

Hattie observou-o se aproximar, decidida e lentamente, os olhos claros e um sorriso nos lábios, temendo seu toque maravilhoso, suas palavras suaves, as promessas com as quais, ela sabia, Whit tentaria seduzi-la, para fazê-la acreditar que poderia lhe dar tudo o que ela queria. Ela se preparou para qualquer coisa que ele estivesse para dizer, sabendo que seria impossível resistir a esse homem que ela amava além do racional, sabendo que logo ele a alcançaria com carícias suaves e beijos quentes, preocupada porque não conseguiria suportar esses toques, pois os desejava *intensamente*.

Mas ele não a tocou como Hattie esperava. Quando a explosão estrondosa sacudiu as docas, ele voou na direção dela, os olhos carregados de terror, derrubando-a, rolando no ar, recolhendo-a em seus braços e aguentando o pior do impacto quando os dois deslizaram pelo convés e atingiram a mureta do navio.

No instante em que pararam de deslizar, Hattie se voltou para ele.

– Como você está...

As mãos dele estavam em toda parte, deslizando pelos braços e tronco dela.

– Você se machucou?

– Não. – Ela negou com a cabeça e colocou sua mão no peito dele, sentindo o coração disparado sob sua palma. – Você não deveria ter feito isso. Deve estar cheio de lascas de madeira do convés.

– Você acha que eu me importo com lascas de madeira quando você poderia ter... – Ele estendeu a mão e a puxou para si, apertando-a. – Nós temos que tirar você daqui.

– O que aconteceu? – Ela se afastou e olhou para o céu. Fagulhas flutuavam no céu noturno. Gritos ecoavam mais além nas docas. – Atacaram alguma coisa.

– Fique aqui. – Ele se moveu pelo convés como um relâmpago, pegando seu coldre e vestindo-o antes de se virar para investigar. Ele avaliou a situação em segundos. – O carregamento.

– Meu irmão? – Ela perguntou, sentindo um pavor frio.

– Não – ele respondeu sem encará-la. – O meu.

Ela arregalou os olhos.

– Ewan.

Whit foi até ela, estendendo a mão para ajudá-la a se levantar.

– Precisamos tirar você daqui.

– Claro que não – Ela reagiu chocada. – Eu vou ajudar.

– Não. – Ele agarrou a mão dela e a puxou para a passarela. Dali, os dois desceram do navio, chegando ao chão firme, onde homens começavam a surgir para apagar o fogo. – Se ele estiver por aqui, você corre perigo.

Hattie olhou para o navio queimando no porto.

– Quantos homens?

Ele não estava prestando atenção, concentrado demais na multidão que se reunia ali perto.

– O quê?

– Quantos homens havia no navio?

Ele se virou para ela, encontrando seu olhar.

– Eu não sei. – Ele segurou um garoto que passava correndo, quase levantando-o do chão. – Brixton!

– Beast! Você tá bem? – O garoto arregalou os olhos. – A Sarita disse que te viu vindo pra cá, mas não te viu sair.

– Estou bem, garoto – ele disse, e Hattie viu o alívio nos olhos do menino. E o compreendeu. Ela também teria vindo correndo por ele. – Vá para casa! – Whit continuou. – Aqui está perigoso.

– Não, chefe. – Brixton olhou para os navios e levantou o queixo. – Eu vou ajudar.

– Quem está de vigia?

– É dez horas, Beast – o garoto disse e ela ouviu o medo em sua voz. – Tá?

Whit ficou rígido e Hattie viu-o hesitar. Viu-o resistir a algo primitivo.

– Tá. Pode. Mas se alguma coisa parecer errada, caia fora.

O garoto sorriu, despreocupado e jovem demais.

– Tipo uma *Derry and Tom*?

Whit segurou o queixo do garoto e refletiu sobre a gíria *cockney* para bomba.

– É. Tipo uma *Derry and Tom*.

Ele soltou Brixton e se voltou para Hattie, agarrando sua mão e afastando-a da multidão.

– Venha.

Para longe do fogo.

– O quê? Por quê? – Ele não respondeu, puxando-a para uma passagem estreita entre uma taverna e uma loja de velas. Ela tentou puxar a mão, mas ele a segurou com mais força. – Aonde você está me levando? O que dez horas quer dizer?

Whit não diminuiu a marcha.

– Nas noites em que não vamos descarregar o navio, a guarda muda às dez.

A compreensão veio, rápida e dolorosa.

– Tem o dobro de homens no navio – ela concluiu.

Ele grunhiu.

– Ah, meu Deus, Whit! É culpa minha. Eu afastei os estivadores. Caso contrário, isso não teria acontecido.

– Ou nós teríamos duas dúzias de mortos em vez do número que temos agora – ele respondeu sem se virar.

Hattie parou, cravando os calcanhares nos paralelepípedos.

– Nós temos que voltar.

Ele lhe deu as costas.

– Não. – Indiscutível.

Ela endireitou os ombros.

– Eu sou a responsável pelo que aconteceu aqui esta noite. Eu vou ajudar. Eu *posso* ajudar.

Ele praguejou baixo e olhou para o céu.

– Você não vai voltar lá. Houve uma explosão grande o bastante para destruir um cargueiro. Tem um porão cheio de gelo e contrabando em chamas e Ewan já disse que estava disposto a machucar você para me atingir.

– Ele não vai me machucar com as docas cheias de gente! – Ela exclamou. – Me deixe consertar isso!

– A culpa aqui não é sua, Hattie – ele disse. – Você vai para casa.

– É claro que a culpa não é minha! – Ela gritou. – Você acha que não sei disso? Mas este também é o meu mundo. Este também é o meu território! Se você está preocupado, eu fico preocupada. Se você vai ficar lá, eu também vou. E deixe Ewan vir. Vamos enfrentá-lo juntos. *Juntos*.

Ele lhe deu as costas, levantando a mão para chamar um carro de aluguel.

— Não vamos fazer nada disso. Não quero você perto dele. Ele vai querer machucar você para me atingir. E não vou permitir isso.

— Por quê?

— Porque eu tirei dele a única coisa com que Ewan se importava.

— O quê? O que pode ser mais valioso do que os irmãos dele? — Ela pensou no ocorrido nas docas. — Mais importante do que a vida dos homens e mulheres que trabalham para vocês?

— O quê, não. Quem.

A compreensão veio rápida e certeira.

— *Grace*.

— Garota esperta — ele disse, a voz suave.

O carro parou perto deles, os cavalos bufando. O condutor olhou com nervosismo para o brilho alaranjado sobre os telhados, depois para as facas presas ao peito de Whit.

— Tudo certo, milorde?

— Vai ficar melhor quando você a levar para longe daqui — Whit grunhiu enquanto abria a porta.

— Não — ela disse, furiosa. — Não vou deixar você aqui para enfrentar um inferno e um louco e o que mais aparecer.

Ele a encarou, então, um sorrisinho nos lábios.

— Você pretende lutar minhas batalhas por mim, amor?

Ela sacudiu a cabeça.

— Nunca *por* você. Mas ao seu lado.

O sorriso cresceu.

— Sempre a minha guerreira.

Mas ele não permitiria. Ele a colocaria na carruagem para depois enfrentar uma luta que poderia destruí-lo. Ou coisa pior.

— Não faça isso — ela pediu. — Acredite em mim. *Acredite em nós. Você não tem que me proteger.*

As palavras pareceram destravá-lo, enchendo-o de determinação. Tornando-o mais alto, mais forte. Endurecendo-o.

— Mas eu tenho. É o que eu preciso fazer. Você me perguntou, uma vez, por que eu carrego dois relógios — ele disse, rápido e severo, como se estivesse lhe passando instruções para chegar a um lugar difícil demais. E talvez estivesse mesmo. — Eu nunca me atraso. Nunca me atraso porque cheguei tarde demais para salvar minha mãe. Ela estava morta quando eu cheguei, morta pela epidemia da vez que devastou o cortiço naquela semana. Morta e solitária. E eu não pude protegê-la.

– Ah, não! – Hattie exclamou baixo, estendendo a mão para ele, seus dedos roçando as tiras de couro que o envolviam. As armas que ele mantinha perto de si.

– Mas eu posso proteger você – ele continuou. – Eu posso proteger você para sempre. Eu posso manter você longe do meu irmão. E posso manter você longe disso tudo.

– Mas isso faz parte! – Ela disse. – Faz parte do mundo que eu quero. Parte da vida que eu quero. *Com você.* – Ela meneou a cabeça. – Você não consegue ver? Eu prefiro uma noite com você do que a vida inteira sozinha.

– Não. – Ele meneou a cabeça. – Eu nunca vou colocar você em perigo.

– Não é você que decide. – Lágrimas afloraram, de raiva e frustração. – Eu decido.

– Maldição, não se trata mais do Ano da Hattie, mas da sua vida! Da minha sanidade! – Ele fechou os olhos. – Por favor, entre na droga da carruagem. Agora!

Ela estreitou os olhos.

– Me faça entrar.

E ele fez, homem cruel, levantando-a do chão como se fosse um saco de cereal, jogando-a no veículo. Aproveitando que estava desequilibrada para fechar a porta sem que ela conseguisse impedi-lo.

Ela ouviu-o bater com a mão na lateral da carruagem pouco antes de as rodas começarem a girar. Indignação e fúria vieram quando Hattie se sentou e olhou pela janela, quase não conseguindo distinguir a silhueta de Whit correndo de volta às docas. De volta ao perigo. Ela bateu no teto da carruagem.

– Pare esta carruagem agora mesmo!

– Não posso! – Foi a resposta abafada do condutor. – O homem me deu uma libra para levar milady a Mayfair!

– Uma libra para me raptar, você quer dizer?

– Se eu estivesse sequestrando milady, não estaria levando-a para a Praça Berkeley.

Ela nem morava na Praça Berkeley, mas isso não importava.

– Eu pago para você parar.

Hesitação.

– Acho que o que tava acontecendo nas docas não era pra você, querida!

Então, o condutor da carruagem decidiria o que era certo e errado.

– *Argh!* Homens! – Hattie esmurrou o teto da carruagem. Ela não precisava da proteção desse estranho nem do homem que tinha acabado de jogá-la na carruagem. Droga! Não foi Hattie que jogou Whit para *fora* de uma carruagem algumas noites atrás? – Droga, droga – ela gritou, aproximando-se da porta, assistindo aos prédios passando. Ela nunca tinha se sentido tão inútil como naqueles momentos em que a carruagem se afastava rapidamente das docas, onde Whit e seus homens enfrentavam água e fogo.

Seu lugar era lá. Com ele. Ao lado dele.

Case comigo. Junte-se a mim.

Será que ele acreditava, honestamente, que, se Hattie tivesse aceitado sua proposta, ela não estaria ao lado dele? Ele não via que ser uma esposa significava ser uma parceira? Ser uma igual? Whit não sabia que, se fosse dividir sua vida com Hattie, ela quereria tudo? Até as partes perigosas?

Em especial as partes perigosas.

A carruagem desacelerou e ela espiou pela janela. Estavam se aproximando de uma série de tavernas onde as pessoas aglomeravam-se nas ruas, impedindo maior velocidade. Essa era a chance dela.

A carruagem diminuiu de velocidade, quase parando, e Hattie viu uma curva se aproximando. Ela inspirou fundo e abriu a porta, fechou os olhos e pulou.

Ela caiu, mas um negro corpulento, com um chapéu de aba larga e uma barba volumosa, aparou-a.

– Eita! Jesus Cristo, garota! Que diabo deu em você? – Então... – Peraí! Você é a garota Sedley. Que contratou os estiva esta noite.

Ela anuiu, endireitando-se e fazendo meia-volta para retornar às docas.

– Hattie Sedley – ela disse e o homem sorriu.

– Isso é que é colhão! Enfrentando os Bastardos!

– Enfrentando, não – ela retrucou. – *Ajudando*. Eu só precisava chamar a atenção deles.

O homem riu com vontade.

– Você é a mulher do Beast, então?

– Se ele tiver juízo – ela disse por sobre o ombro, já se afastando, voltando para as docas o mais rápido que podia.

Ela ziguezagueou pelas ruas e travessas do bairro até voltar para o ponto em que Whit a tinha colocado na carruagem. Dobrando uma esquina, ela passou por uma multidão que tinha se reunido do lado de fora de um bar popular numa extremidade das docas. De caneco na mão, cada homem possuía uma teoria para o que tinha acontecido a cerca de cem metros.

– Ouvi dizer que os Bastardos tão brigando entre si. Beast não gosta da noiva de Devil. – Que grande bobagem!

– Não é nada disso. Ouvi dizer que outro grupo quer ficar com o negócio do gelo. – Hattie quase riu dessa, como se o comércio de água congelada fosse competitivo a ponto de envolver explosivos.

– Deve ter algo a ver com a Sedley pagando para os estivadores não trabalharem esta noite. É muita coincidência. Nenhum estiva se machuca quando uma merda de bomba afunda a carga dos Bastardo.

– A maré está baixa – veio uma resposta. – Não vai afundar nada. O gelo vai escorregar do porão e derreter no rio.

– O inverno vai chegar mais cedo este ano. – Seguiu-se uma gargalhada estrondosa.

Hattie revirou os olhos, sem paciência para os palhaços e fofoqueiros que não sabiam de nada, mas pareciam se divertir com suas suposições. Ela olhou para um dos observadores mais quietos.

– Algum ferido?

– Levaram três homens para o médico dos Bastardos no Garden. Beast não deixou o açougueiro das docas tocar neles.

Claro que não! Whit preferiria que lhe cortassem o braço a deixar que um carniceiro com avental ensanguentado e uma serra cega cuidasse de seus homens. Hattie aumentou o ritmo, ansiosa para encontrá-lo. Ela viu o navio, então, iluminado pelas chamas que ainda queimavam, mas sob certo controle, combatido por uma fileira de homens que trabalhavam em sincronia, pegando água do rio com baldes para extinguir o incêndio que ameaçava todo o porto. Os homens moviam-se rapidamente, com regularidade, como se já tivessem feito isso dezenas de vezes. Ou mais.

E tinham feito mesmo. As docas já tinham recebido incontáveis navios com pólvora e rifles, e alguns pegaram fogo. Confiante no trabalho daqueles homens, ela seguiu em frente, em direção ao navio que queimava. Ao homem que amava.

– Lady Henrietta?

Ela se virou para o som de seu nome e viu um homem alto e bonito sair da escuridão de um umbral. O reconhecimento foi instantâneo. Era o Duque de Marwick. Qualquer solteirona da sociedade com um mínimo de amor-próprio o reconheceria, mesmo com a barba por fazer e os olhos ensandecidos. Nem por um momento Hattie acreditou que aquele duque estaria apenas passeando tarde da noite pelas docas de Londres, não importava o quão louco a sociedade acreditasse que ele fosse.

Fúria subiu à garganta dela e Hattie enfiou a mão no bolso, sentindo ali sua faca, pesada e quente.

– Ewan.

Os olhos do duque demonstraram surpresa.

– Ele falou de mim para a lady?

– Ele me disse que tinha um terceiro irmão que era um monstro. – Ela apertou a mão no cabo da faca. – Você se encaixa na descrição.

Um grito veio da doca, atraindo o olhar dela, e dois homens passaram correndo, sem prestar atenção no casal que conversava no escuro.

– Tem seu dedo aí – ela disse, voltando sua atenção para Ewan.

– É – ele confirmou, sem qualquer emoção.

– E não basta? Três homens na enfermaria? Outra carga destruída? Agora você pensa em fazer o quê? Me pegar?

– Será?

– Não é o que você faz? Ameaçar seus irmãos, o ganha-pão e o futuro deles?

– Você é o futuro de Saviour?

A força do vento aumentou e as saias de Hattie ondularam ao redor dela. Seu cabelo se soltou dos grampos.

– Quero ser – ela disse, sem qualquer tristeza nas palavras. Apenas fúria. – Passei boa parte da minha vida lutando pelas coisas que eu desejo. Pelas coisas que eu mereço. E agora vou lutar pelo *meu* futuro e você vai ameaçar isso também. Por quê? – Ela fez uma pausa, observando-o. – Alguma vingança barata.

Ele deu um passo na direção dela, seus olhos âmbar, ao mesmo tempo tão familiares e tão estranhos, chispando.

– Minha vingança não tem nada de barata. Eles tiraram tudo de mim.

Hattie olhou com desprezo para Ewan.

– Eles não tiraram nada de você. Construíram um reino do nada, um mundo de gente boa que conhece a bondade e a generosidade dos seus irmãos. A lealdade deles. Uma lealdade com a qual você só pode sonhar. E você... – Ela cuspiu as palavras. – Você está tentando tirar tudo deles. E não vou deixar.

– Você não vai deixar? – Ele repetiu, surpreso.

O vento bateu as saias em suas pernas e ela se empertigou.

– Não vou. Whit passou a vida preocupado com o que poderia acontecer quando você viesse atrás dele. Mas a verdade é que *você* deveria se preocupar. Porque se fizer mal a eles, esses homens bons, de bom coração e espírito forte, *eu* é que vou atrás de você. E nós não temos uma história que possa garantir a sua segurança.

– Saviour sempre viveu como se o nome fosse seu destino – ele disse, com uma risadinha. – E aqui está você, protegendo-o. Como um anjo da guarda.

– Acho que você vai descobrir que sou mais uma guerreira do que um anjo da guarda. – Ela tirou a faca do bolso e deu um passo na direção daquele homem horrível. – Está na hora de você ir, Ewan.

Ele baixou os olhos para a lâmina e enfiou a mão no bolso de seu casaco, também sacando sua faca. Não. A faca não era dele, mas de Whit. A que estava faltando, como tinha reparado antes. Ela levantou os olhos para o duque, inimigo deles, e medo a agitou por dentro. Mesmo assim, a fúria venceu.

– Isso não pertence a você.

– Pertence a você? – Ele a virou na mão, oferecendo o cabo a Hattie. Ela estendeu a mão e a pegou. Ewan a soltou. – Quem sabe você não é uma dádiva para todos nós?

Ela ouviu esperança nas palavras. Uma súplica. Algo mais.

– Estou vendo por que ele ama você.

Naquele momento, Hattie percebeu que Whit a amava. E ela não iria embora das docas até ouvir isso dele. E aquele homem a estava atrapalhando.

– Então você entende por que não posso deixar que tire isso dele.

– Esta noite... – Ele olhou para as docas, para além dos navios vazios, fitando o imenso cargueiro que era descarregado – ...Isso... Nada disso importa para eles.

Ela meneou a cabeça.

– Você mostrou isso para eles. Dinheiro não traz poder. O título não traz força. E nada disso, nada disso traz felicidade.

– Não como o amor.

As palavras trouxeram uma verdade clara e triste, e se tivessem sido ditas por qualquer outra pessoa, Hattie teria sofrido por compaixão. Mas aquele homem tinha passado uma vida ameaçando o homem que ela amava e ele poderia ir se danar.

– Você duvida da minha disposição de enfiar uma faca em você se vier atrás dele de novo?

– Não.

– Da minha capacidade de fazer isso? – Ela estava com muita vontade de fazer.

– Eu disse para ele desistir de você – Ewan respondeu. – Ameacei tirar você dele, se não desistisse.

A confissão foi inesperada e, de algum modo, absolutamente óbvia. Estava claro que Whit tinha tentado afastá-la. Ele teria feito qualquer coisa para protegê-la. *Seu salvador.* Ela estreitou o olhar.

– Bem, foi um erro de cálculo.
Ele aquiesceu.
– Ele nunca aceitaria isso.
– Não. – Ela negou com a cabeça. – *Eu* nunca aceitaria. Você não é um fantasma do passado para mim. E não está no meu futuro. Não tenho medo de você. E nunca vou desistir dele.
Silêncio se impôs entre eles. Então...
– Você me lembra dela.
Grace.
– Pelo que eu soube, isso é um grande elogio.
– Ele falou dela para você?
– É claro – ela respondeu com delicadeza. – É a irmã dele.
Algo mudou em Ewan com isso, algo que Hattie não soube explicar, mas que pareceu acalmá-lo.
– Ela era irmã deles – Ewan disse. – Mas era meu coração. – Os olhos dele procuraram os dela e, naquelas profundezas enlouquecidas, Hattie viu uma tristeza dolorosa. – Ele teve uma vida com ela e, agora, tem uma vida com você. Eu não tenho nada.
– Você escolheu o nada.
Ewan encarou as docas, o olhar sem foco.
– Eu escolhi... *ela.*
Hattie não respondeu. Não era necessário. Ele estava perdido em pensamentos. Em *lembranças.* Após um longo momento, ele a fitou. Seus olhos âmbar tão parecidos com os de Whit, mas tão desprovidos da paixão de Whit.
– Acabou – ele disse.
Hattie soltou um suspiro longo. Uma sensação de alívio a inundou.
– Você não virá atrás dele de novo.
– Eu pensei que saberia... – Ele disse, e foi parando de falar. Então, repetiu, a voz mais dura que antes. Mais sofrida. – Acabou.
O Duque de Marwick lhe deu as costas e foi embora, desaparecendo como se nunca tivesse passado por ali. Ela o observou se afastar, acompanhando seus movimentos até ele ser engolido pela noite e não conseguir mais vê-lo.
Hattie se virou para as docas, guardando no bolso a faca que tinha na mão, e foi na direção do navio onde homens trabalhavam sem parar para resgatar o que pudessem da carga do navio condenado. Homens que, ela sabia, sempre ficariam ao lado de Whit e Devil, os Bastardos Impiedosos.
Ela admirou a longa fila de homens trabalhando, carregando gelo e mercadorias, e, ao lado, a silhueta desenhada pelas chamas, empunhando

um gancho como se tivesse nascido com ele, seu líder. O homem que ela amava liderando suas tropas.

Uma única palavra lhe veio à mente enquanto admirava a silhueta forte e grande.

Meu.

Ele desapareceu, provavelmente descendo ao porão para recuperar mais carga dos destroços, e Hattie foi em sua direção, atravessando a doca longa e tumultuada até o navio, a cem metros de distância, mais decidida do que nunca.

Ela não queria os navios. Hattie queria Whit. Ela o queria, como queria esta vida, ao lado dele, na doca em chamas. Ela queria estar ao lado dele no navio que ardia. E se Whit não a quisesse ali, Hattie lutaria por ele, lembrando-o todos os dias de que ela não precisava de um protetor. Ela só precisava dele.

Hattie aumentou o ritmo, ansiosa para superar a distância entre eles e dizer exatamente isso para ele.

Hattie chegou ao atracadouro e andava perto da fileira de navios vazios quando ouviu o grito às suas costas. Virando-se, viu Ewan correndo em sua direção. Ela enfiou a mão no bolso e segurou o cabo de ônix da faca de Whit, imaginando o que seu inimigo ia fazer, preparada para enterrar a lâmina na coxa dele, em seu ombro ou em seu peito. Preparada para fazer o que fosse necessário.

Ele ainda não a tinha alcançado quando a segunda explosão aconteceu, despedaçando o navio atrás dela e fazendo os dois voarem.

Capítulo Vinte e Seis

O navio podia estar em chamas no convés superior, mas nos porões havia mais de setenta toneladas de gelo e mercadorias que ainda poderiam ser salvas, desde que os homens trabalhassem com rapidez.

Após se certificar de que Hattie fosse levada em segurança para longe das docas, Whit voltou ao navio. Nik chegou com a notícia de que Devil estava a caminho para avaliar os estragos, mas Whit sabia melhor do que ninguém que os danos do navio eram irreparáveis. O conteúdo, porém, era uma história diferente.

Depois de se informar sobre os homens enviados à enfermaria no cortiço, Whit pegou um pesado gancho de ferro e se pôs a trabalhar na fila de homens que atuavam em sincronia, erguendo caixas e passando-as de mão em mão, para salvarem o máximo de carga que conseguissem. Os homens tinham vindo rapidamente das tavernas ao longo das docas, se esquecendo de que Hattie tinha lhes pagado para não trabalharem nesta noite, cientes de que havia uma diferença entre um acordo feito por rivalidade e uma tragédia que exigia ajuda.

Quando, enfim, pôde avaliar os porões, Whit constatou que havia alguma perda. Vários engradados de conhaque tinham sido destruídos pelas reverberações da explosão, mas ele ficou impressionado com a segurança do compartimento de carga.

Ouviu a segunda explosão à distância, enquanto estava no porão, o som extraindo um palavrão dele. A notícia o alcançou com rapidez. Outro barco. Um dos vazios. Nada que exigisse sua atenção. Nesse momento, era esta carga que precisava dele e com urgência, antes que o gelo, cuidadosamente embarcado acondicionado em Oslo, no início da viagem, derretesse, o que dificultaria a distribuição do contrabando.

Os Bastardos transportavam seu contrabando dentro do gelo para não correrem o risco de serem descobertos, nem mesmo numa noite como essa, quando parecia que cada plano alternativo deveria ser colocado em ação.

Whit trabalhava no início da fila, decidindo, lenta e metodicamente, quais blocos seriam movidos, quais permaneceriam onde estavam e quais mercadorias seriam retiradas. Ele não permitiria que seus produtos, importados com muito cuidado e sem nenhum imposto, fossem danificados por excesso de ansiedade e velocidade.

Ele içou duas caixas de *bourbon* em rápida sequência, passando-as para a fila de homens, depois içou um bloco de gelo e mais outro. O homem trabalhando ao seu lado grunhiu por causa do peso do gelo.

– Estes estão limpos o suficiente para vender – Whit comentou sobre os blocos de gelo, levantando a voz para ter certeza de que Nik o ouviria de onde estava, no fundo dos porões. – E ali tem mais meia dúzia em boas condições, onde a explosão não chegou.

A norueguesa anuiu com a cabeça e, depois, sorriu na direção dele.

– Você vai querer vender estes?

– Não.

O sorriso dela aumentou.

– Você quer reservar estes para fazer geladinho de framboesa. Que amor!

As crianças de Covent Garden ganhavam doces quando havia gelo no porto. Whit não via motivo para isso mudar por causa do desastre desta noite.

– Diga-me, Nik – ele entoou quando ergueu outro bloco. – Lady Nora gosta de doces?

Os homens da fila riram da pergunta e riram mais quando Nik fez um gesto ofensivo com a mão. Whit riu e voltou ao trabalho, deixando o ritmo da fila acalmá-lo. E fazê-lo pensar em Hattie. Ele se perguntou se ela preferia geladinho de limão ou de framboesa; imaginou que sons ela faria quando lhe oferecesse o doce gelado. Quando derrubasse uma colherada entre os seios dela. Quanto tempo ele resistiria à vontade de limpar a pele dela com sua língua.

Ele grunhiu ao erguer um tonel de cerveja, passando-o adiante.

Eu quero tudo.

A voz doce e forte de Hattie exigindo tudo o que ela desejava. Tudo o que merecia. Insistindo que os dois fossem parceiros em condições iguais ou nada feito.

Cristo, era o que ele também queria!

Mas, nesta noite, o mundo dele quase a matou e ele não foi capaz de protegê-la. Ewan tinha vindo atrás deles, Whit não tinha dúvida de que seu irmão estava por trás da explosão, mas mesmo que os vigias o vissem e o encontrassem, as ameaças continuariam chegando. A ameaça era o mundo todo. E Whit sabia, sem dúvida, que, embora mal conseguisse conceber uma vida sem Hattie, ele não conseguiria viver sem que ela estivesse em segurança.

Ele estava certo em afastá-la. Em colocá-la na carruagem de aluguel.

Não faça isso. Acredite em mim.

Ele resistiu às palavras dela, que ainda ecoavam nele.

Você não precisa me proteger.

Claro que precisava. Era seu dever protegê-la.

– Beast!

O chamado veio de longe, de cima do porão, e ele não respondeu, pois não queria parar de trabalhar. O esforço de mover tonéis e caixas queimava seus músculos e afastava a dor de perder Hattie.

Devil pulou no porão atrás dele e abriu caminho pela fila de homens.

– Beast – ele repetiu, e foi aí que Whit percebeu o estranho tom grave na voz do irmão. Familiar. Preocupante.

Algo tinha acontecido. Algo de terrivelmente errado tinha acontecido.

Ele se virou para encarar Devil, o rosto magro do irmão todo anguloso sob a luz da lanterna, sombras projetadas pelas maçãs do rosto, os olhos focados mesmo no escuro. Devil estava em mangas de camisa, como Whit, mas não portava sua bengala-espada. A perda dela era como a perda de um membro e Whit reparou no mesmo instante. Ele parou de trabalhar e aprumou o corpo naquele espaço com teto baixo.

– O que aconteceu?

Um momento, então Devil meneou a cabeça.

Whit praguejou no escuro.

– Maldição! – Só podia ser má notícia relativa aos homens que ele tinha mandado para a enfermaria mais cedo. – Abraham? Mark? Robert?
– Todos estavam conscientes e nenhum deles tinha alguma ferida que Whit pudesse julgar fatal. – Alguém não sobreviveu? Quem? – Ele deu um passo na direção do irmão. – Vou destruir Londres tijolo por tijolo até encontrar Ewan. Ele vai morrer.

Nunca ficava mais fácil. Quantos rapazes eles tinham visto morrer? Uma dúzia? Vinte? Cem? Para alguém que crescia nas ruas de Covent Garden, a morte fazia parte da vida, como a violência e as doenças, mas nunca ficava mais fácil.

– Quem foi? – Ele perguntou de novo.

Devil meneou a cabeça, seus olhos refletindo algo terrível. Algo que Whit não compreendeu. O que era, então? O que mais poderia...

– Whit. – Devil não estava bravo. Não havia frustração em suas palavras, carregadas do sotaque do passado. Carregadas de tristeza. – Mano. É a Hattie.

Whit congelou, o olhar fixo no rosto de Devil. Tristeza. Medo, também. Medo do que poderia acontecer quando Whit compreendesse tudo. E algo mais: medo de que um dia aquilo pudesse acontecer com ele também.

E esse medo, marcado pelo alívio intenso de um homem que escapou de uma tragédia, trouxe a verdade. Whit desmoronou quando a compreensão o atingiu. A segunda explosão fez mais estrago que as outras.

Nik veio até ele, horror estampado no rosto pálido.

– Beast – ela disse com delicadeza. Algo totalmente estranho para Nik.

Ele deixou o gancho cair no chão, seu passo em direção a Devil foi o único movimento no porão. Ninguém mais se movia, ninguém trabalhava. Tudo parou, assim como o tempo. Como o coração dele.

– Não.

Devil anuiu com a cabeça.

– Os rapazes a encontraram nas docas, a cem metros daqui.

Whit olhou por sobre o ombro para Nik, que o observava de cenho franzido. Ele sacudiu a cabeça.

– Não é ela. Eu a coloquei numa carruagem.

Ele tinha pagado o condutor para levá-la a Mayfair.

Ele a mandou embora, pois não a queria ali. Correndo perigo.

Para protegê-la.

E Hattie tinha implorado que Whit a deixasse ficar. *Acredite em mim.*

– Ela voltou – o irmão disse. – A segunda explosão deve ter...

Whit enfiou a mão no bolso e passou o polegar no relógio ali dentro. Sua guerreira não teria esperado nem meio quarteirão antes de voltar, se ela quisesse estar ali.

E tinha conseguido voltar. Por ele.

Você saberia se ela morresse?

A pergunta de Ewan na noite em que ameaçou Hattie. Na noite em que ele prometeu tirá-la de Whit se este não desistisse dela.

Você saberia se ela morresse?

Ele saberia. Ele saberia que o mundo todo estava de cabeça para baixo. Ele saberia que a luz tinha se apagado. Ele saberia.

Ele sacudiu a cabeça. *Ele saberia.*

– Onde ela está?
– Os rapazes a levaram ao médico.
O médico.
– Eu tenho que ver Hattie. – Ele não podia chegar atrasado dessa vez. Devil anuiu.
– Sim, mas Whit...
Que se dane! Ele não a perderia. Não agora. Nem nunca.
– Não.
Não. O que quer que seu irmão estivesse tentando lhe dizer, Whit não ia ouvir. Ele já estava saindo do porão para ir até ela.

No alto dos telhados, acima das docas, a terceira Bastarda Impiedosa estava abaixada, observando seu irmão sair dos porões do navio em chamas após receber a notícia de que tinha perdido seu amor. Ela viu o medo em suas passadas e também a determinação; o modo como sua expressão assumiu um ar estoico, decidido, como se pudesse enfrentar a morte.

Como se fosse enfrentá-la, se isso pudesse salvar Hattie.

Ela o observou desembarcar no chão firme, sua mente se partindo assim como aconteceria com sua vida se Henrietta Sedley não sobrevivesse, em duas metades, como um mastro numa tempestade, antes e depois de Hattie.

Grace observava e sofria por Beast e pelo amor dele.

Ela sabia o que era perder a pessoa mais importante do mundo.

Ela sabia o quer era tê-la arrancada de si.

E ela sabia o que significava sobreviver a isso.

Mas estava farta de apenas sobreviver. E estava farta do garoto que tinha perdido, o garoto que todos tinham perdido, que brincava com eles para se divertir.

Ela se ergueu no telhado, o casaco longo ondulando atrás de si, o chapéu baixo na testa.

– Isso acaba agora – ela disse para a dupla de mulheres ao seu lado.
– Deveria ter acabado anos atrás.

Suas ajudantes permaneceram em silêncio, alertas, observando a cena nas docas, suas lâminas nas cintas. Grace apontou para a escuridão, para o vão de porta aonde o homem ferido tinha se arrastado para se esconder após a explosão. De onde ele tinha visto os vigias dos Bastardos recolherem Hattie.

– Tragam ele até mim!
Ele tinha esperado vinte anos por um fantasma.
Esta noite, à espera do Duque de Marwick chegaria ao fim.

Ela não acordou. Então, ele manteve a vigília.
Whit não se lembrava de como tinha chegado à enfermaria, nem do caminho que tinha seguido, nem se tinha ido a pé ou de carruagem. Não se lembrava de ter encontrado alguém no caminho, nem de como tinha entrado. Teria ele batido na porta ou a arrombado? Alguém o levou até ali? Até aquela cama num canto mal iluminado no salão principal do hospital do cortiço, onde uma vela solitária ardia numa mesa próxima e afastava a escuridão?
Não importava.
Nada disso importava, só ela.
Hattie, ainda inconsciente no leito, os olhos fechados, o peito mal subia e descia, como se vida e morte combatessem por ela. Vida, morte e Whit.
Ele não se lembrava de ver o médico. Não se lembrava de quaisquer palavras inúteis que poderia ter dito, alguma explicação para a falta de consciência dela. Alguma referência a um hematoma na cabeça. Algo sobre gelo e inchaço e os mistérios do cérebro humano.
Algo sobre trauma.
Trauma, Whit lembrou, enquanto olhava para ela, ao se ajoelhar ao lado da cama e pegar a mão fria de Hattie na sua, levando-a aos lábios para beijá-la, memorizando o peso dela. A sensação, a maciez.
Alguém lhe trouxe uma cadeira, mas ele não a usou. Whit nunca tinha pensado muito em Deus, mas sabia como era uma oração, e se ficar ajoelhado pudesse trazer Hattie de volta, ele ficaria assim para sempre. E ele rezou, naqueles momentos, beijando-lhe os nós dos dedos um por um, pedindo força para ela. Pedindo que os dedos dela conseguissem apertar os seus.
Ele rezou para Deus, sim, mas, principalmente, rezou para Hattie. E rezou em voz alta, usando todas as palavras que conseguia encontrar, como se dizê-las ajudasse a manter Hattie viva. Foi um pensamento maluco, mas era o único que povoava a cabeça de Whit, então, pela primeira vez na sua vida, ele falou sem pensar, sem saber quando conseguiria parar.
Porque ele falaria para sempre se isso significasse que a manteria ali, consigo.

Ajoelhado ao lado dela, olhando para o rosto lindo e perfeito, dourado à luz da vela, Whit contou todas as suas verdades para Hattie. E começou com a mais importante.

– Eu amo você. – Um arrependimento vibrou em todo o seu corpo, abrindo um espaço grande entre eles, e Whit agarrou a mão dela, recusando-se a desviar o olhar dela enquanto dizia: – Eu amo você e deveria ter dito isso antes. Eu deveria ter dito para você na noite da luta. – Ele engoliu em seco, buscando as palavras. – Eu deveria ter lhe dito antes, até, em Covent Garden, quando você ganhou do meu melhor jogador e encontrou a rainha.

Uma pausa e mais palavras vieram, arranhando-lhe a garganta.

– Mas, na verdade, fui *eu* que encontrei a rainha naquela noite. Eu encontrei você e deveria ter lhe dito que a amava. Eu deveria ter lhe dito como você é linda. Eu deveria ter lhe dito como seus olhos impossíveis e seu sorriso imenso, maravilhoso, acabam comigo. – Ele fechou os olhos e encostou a testa na mão dela. – Eu queria poder fazer você sorrir de novo, amor. Eu queria poder fazer você sorrir em todos os minutos de todas as horas de todos os dias pelo resto das nossas vidas, até você se cansar e eu tirar o sorriso de seus lábios com beijos. E eu queria muito que essa vida fosse tão longa que nós envelhecêssemos um ao lado do outro, em nossa casa, sempre tagarelando, com nossos filhos e netos indo e vindo e revirando os olhos pelo modo como eu nunca deixei de ser louco por você.

Ele perscrutou o rosto dela em busca de qualquer movimento, passando o olhar pelas maçãs cheias, pelo nariz comprido e pelas duas sobrancelhas, que, normalmente, subiam e desciam com seus sentimentos, um termômetro das emoções dela, agora, imóveis. Whit passou a mão pelo próprio rosto, pânico e angústia agitando-o.

– Meu irmão quase teve que morrer para perceber o quanto amava a esposa, mas isso... – Ele achou que não fosse suportar. – Eu morreria mil vezes para evitar isso. Eu trocaria de lugar com você num instante. O mundo não precisa de mim como precisa de você. Quem vai comprar todas as flores murchas do mercado no fim do dia? Quem vai manter a lealdade das docas de Londres como você? Quem vai... – Ele engoliu em seco, sentindo um grande nó na garganta. – Quem vai ensinar minhas filhas a dar um nó decente? – A voz dele falhou, então, e ele baixou a cabeça até a cama, sufocado pelo momento. – Cristo, Hattie! Por favor, não me deixe. Por favor, não vá.

Pessoas entraram e Whit mal percebeu. Devil e Felicity, primeiro, preocupadíssimos. Felicity logo se ajoelhou ao lado dele, pondo a mão

firme no braço de Whit. Ele não olhou para ela. Não conseguiria encarar a preocupação dela. Whit apenas fitou o rosto de Hattie e disse, em voz baixa:
– Ela está trancada aí dentro.
Os dedos de Felicity apertaram seu braço com força e certeza, mas ele ouviu as lágrimas em sua voz quando ela falou.
– Nenhuma fechadura é inviolável.
Mas Hattie não era um mecanismo de metal. Ela era de carne e osso e amor, e se Whit sabia alguma coisa, ele sabia que essas eram as coisas mais frágeis e que podiam sumir num instante.
Seu irmão se aproximou, colocando a mão em seu ombro.
– Nossos homens estão aí fora, de guarda. Vinte deles. Chegam mais a cada minuto.
Mantendo a vigília.
– Eles deveriam estar transportando a mercadoria.
– Deixe que eu me preocupo com isso. Eles têm que estar aqui. Com você.
– Eles nem a conhecem. – Ele se virou para o irmão. – *Você* não a conhece.
Os olhos de Devil se iluminaram.
– Eles conhecem *você*, Beast. Eles conhecem o homem que cuidou deles desde o começo. E não conseguem esperar para conhecer a mulher que ele ama. – Devil pigarreou. – Nem eu.
Whit desviou o olhar, voltando-se para Hattie, tomado de emoção.
– Eu a amo, mesmo.
A mão de Felicity o apertou com mais força.
Ela não disse *e você vai ficar com ela.*
Ela não disse *e amor é o bastante.*
Porque não era verdade. Não havia garantias.
– Eu vou dar a empresa para ela.
– É claro – disse Devil.
Ele não tirou os olhos da mão dela na sua, dos dedos nus de Hattie. Ele os levou aos lábios, beijando-os de novo, tentando convencê-la.
– Acorde, amor. Eu vou dar tudo para você. Vou lhe provar. Apenas acorde e me deixe amar você.
Silêncio seguiu-se às palavras sussurradas, estendendo-se por longos minutos até Devil falar.
– E quanto a você? Você vai se entregar a ela, também?
– Eu nunca serei de outra coisa que não seja dela.
Felicity, então, deu-lhe um beijo no ombro e se levantou. Devil se aproximou para ajudá-la a se levantar, pegando-a nos braços em seguida

e abraçando-a com firmeza, como se pudesse protegê-la de qualquer mal que afligia Hattie nesta noite. Whit procurou o olhar do irmão acima da cabeça de sua cunhada.

– Nunca a perca.

Segundos, minutos, horas depois, o tempo marcado apenas pela respiração curta de Hattie, a noite escura deu lugar ao sol deslumbrante e o quarto se revelou novamente, limpo e alegre. A mulher do médico entrava e saía, deixando comida que Whit não comia e chá para Felicity e Devil, cuja vigília se estendia às outras três vítimas do ataque, que sofreram fraturas reduzidas, tinham suas feridas tratadas, e a recuperação delas era esperada.

Hattie ainda dormia, a mão inerte na de Whit.

Whit ainda falava, a voz suave e constante, as palavras como uma maré.

A porta foi escancarada e Nora entrou, afobada, com Nik logo atrás, correndo até Hattie, parando ao lado de Whit, com lágrimas nos olhos.

– Hattie, não!

Um sentimento de culpa agitou Whit e se agravou com a angústia da amiga.

– Eu a mandei embora – ele confessou. – Tentei afastar Hattie daquilo.

Nora olhou para ele, um sorriso lacrimoso no rosto.

– Hattie nunca teria aceitado. Ela sabe o que quer e faz qualquer coisa para conseguir. Ela voltou para a batalha para lutar ao seu lado. Porque ela quer você. – Nora estendeu a mão para ele, colocando-a em seu rosto, áspero após um dia sem ser barbeado. – Ela voltou para você porque o ama.

Ama.

Whit agarrou-se ao tempo presente do verbo.

Nik voltou-se para Devil e forneceu o relatório mais recente.

– As explosões foram preparadas pelo vagabundo que trabalha com o jovem Sedley.

– Russell – Nora cuspiu o nome. – Um lixo.

– Nós o pegamos – Nik acrescentou. – Disse que Ewan pagou por uma das explosões. E que a segunda foi de graça.

– Eu vou falar com ele – disse Devil. Sua voz, uma ameaça fria.

– Eu gostaria de assistir – Nora disse, cedendo seu lugar ao médico que acabava de entrar.

Ele segurou o punho de Hattie, medindo seu pulso.

– Está forte e regular. – Ele olhou para Whit. – Ela pode sobreviver.

– Bom Deus! – Nora exclamou, chocada pelas palavras francas.

Whit praguejou e deu as costas para o médico.

– Se é tudo que você tem para oferecer, caia fora.

– Beast, deixe o homem trabalhar – interveio Devil. – Você sabe que ele é o melhor de Londres. Prefere que ele deixe Hattie para os médicos das docas?

– Eu nunca faria isso – disse o médico, encarando Whit, mostrando compreensão em seu olhar azul. – Eu já enfrentei coisas piores que você, Beast, e sobrevivi para contar a história. Isto é o que eu posso oferecer: não há fraturas. Nem hemorragia. Nenhum inchaço visível. Alguns arranhões e hematomas, mas nada pior do que o galo na cabeça.

Ele se virou, pegando um saco cheio de gelo de uma bandeja ao lado e colocando-o debaixo da cabeça de Hattie.

– Temos sorte por duas coisas: o pulso forte dela e um suprimento interminável de gelo. E eu prometo que vou fazer tudo o que puder para salvar sua mulher.

Minha mulher. Whit engoliu em seco, o nó em sua garganta pulsando de emoção.

– Obrigado.

O médico anuiu com a cabeça e foi até a porta, voltando-se antes de sair.

– Ah, eu quase esqueci! – Ele levou a mão ao cinto. – Isto estava no bolso dela, mas acredito que pertença a você.

Ônix e aço brilharam na luz.

Sua faca. A que estava faltando. De algum modo, em posse de Hattie. Whit olhou para Devil.

– Ewan.

O irmão arqueou uma das sobrancelhas escuras e se virou para Nik.

– Nenhum sinal dele?

– Nada. – Ela meneou a cabeça. – O que isso significa?

Whit voltou-se para Hattie.

– Significa que ela lutou por nós.

Sua guerreira.

Sua salvadora.

Ele deu um beijo na mão dela.

–Acorde, amor. Por favor.

– Vale mencionar – disse o médico – que alguns estudiosos acreditam que o paciente consegue ouvir quando se encontra nesse estado. Minha mulher me contou que você tem falado com ela. Sugiro que continue falando.

Ele deveria ter ficado constrangido, considerando a plateia, mas Whit teria ficado nu no meio do cortiço, à vista de todo mundo, se isso a fizesse acordar.

Então, ele continuou falando.

– Eu deveria ter dito como você é linda. Eu deveria ter dito isso mais. Deveria ter repetido até você esquecer o tempo em que não acreditava nisso.

Nora e Felicity fungaram atrás dele, mas Hattie continuou dormindo. Após o elogio, ele tentou comprá-la.

– Eu fui até a banca de vagens no mercado. Tem um pedido de vagens frescas esperando por você. Só precisa dizer que foi o Beast que te mandou lá.

– Isso não foi um pedido, Beast, foi uma ameaça – Devil disse de onde estava, apoiado na parede de trás, de guarda. – Hattie, a única razão que você precisa para acordar é fazer o Beast parar de ameaçar os vendedores do mercado por você. – Ele fez uma pausa. – E também porque eu gostaria de conhecer a mulher que fez meu irmão ir atrás de todos os vendedores de vagens.

Whit meneou a cabeça, mas não reclamou. Ele aceitaria qualquer coisa que a acordasse.

– Vou pedir ao meu confeiteiro para fazer mais balas de framboesa. E de outros sabores, também, que você gostar. Morango ou maçã. O que você quiser. Eu não sei qual é sua fruta favorita. – Ele olhou para Nora. – Qual é a fruta favorita dela?

Nora sacudiu a cabeça, lágrimas nos olhos.

– Não vou contar. – Ela ergueu a voz. – Acorde e diga você mesma para ele, Hattie.

Whit aquiesceu. Essa tinha sido boa. Ele queria ouvir da própria Hattie. Ele queria saber tudo a respeito dela e queria que viesse diretamente da fonte. Whit se voltou para ela, procurando algo mais.

E encontrando.

– Devil – ele disse, levantando a voz para que seu irmão pudesse ouvi-lo.

– Sim?

– Tem uma casa na Praça Berkeley. Ao lado da casa do Warnick. Está vazia.

– E? – Devil arqueou a sobrancelha.

– Compre. Ponha no nome dela.

Seu irmão não hesitou ao ouvir o pedido, apenas anuiu.

– Considere feito.

Whit estendeu a mão e passou as costas dos dedos na pele impossivelmente macia do rosto dela.

– Está vendo, amor? Vamos comprar a casa para você. Mas você tem que acordar para poder morar nela. E eu gostaria muito de morar lá com você. – Ele acariciou o cabelo dela. – O Ano da Hattie está ganhando corpo.

Ela se mexeu.

Foi um movimento mínimo. Um tremor atrás das pálpebras. Ele não teria notado se não estivesse tão concentrado nela. Ele se levantou, debruçando-se sobre ela.

– Hattie? – Ele se aproximou, pegando sua mão novamente, tentando não apertar forte demais. – Hattie. Por favor, amor.

Outro tremor.

– Isso. É isso, amor.

O clima no quarto mudou, todos se aproximaram, todos em suspense, exceto Whit, que continuou a falar.

– Você tem que abrir os olhos, Hattie. Seus olhos são os mais lindos. Eu já lhe disse? Nunca vi olhos como os seus, tão expressivos. E quando disse que me amava, quase me fez cair de joelhos. Não gostaria de uma chance de fazer isso de novo? Abra os olhos, meu amor. – Ele baixou a voz para um sussurro. – Abra os olhos para que eu possa lhe dizer o quanto eu amo você.

E ela abriu os olhos.

As pálpebras se abriram e o olhar dela focou no dele. Ainda que parecesse impossível, ela sorriu, como se não tivesse estado às portas da morte. E ela o pôs de joelhos outra vez, porque Whit percebeu que não tinha forças para se manter em pé.

Nora arfou de alegria e Nik saiu para ir chamar o médico. Hattie apertou a mão dele.

– Essa proposta foi muito tentadora – ela disse.

Ele riu das palavras, incapaz de impedir que as lágrimas rolassem por seu rosto.

– Eu fico muito feliz de ouvir isso.

Hattie levou a mão à cabeça dele, os dedos, ainda fracos, se enrolando no cabelo.

– Diga – ela sussurrou.

– Eu amo você, Henrietta Sedley.

O sorriso dela cresceu, as covinhas apareceram.

– Eu gosto disso.

Ele soltou uma risada.

– Eu também, agora que você está acordada para ouvir. – Ele fez uma pausa e, depois, olhou por cima do ombro para a porta. – Onde está a droga do médico?

Ela meneou a cabeça.

– Nada de médico. Nada ainda – ela disse. – Não antes de eu dizer isto: eu tinha decidido ser dona da minha vida; do meu corpo; da minha empresa; da minha casa; da minha fortuna; do meu futuro. Mas é tudo seu.

– Nós não precisamos nos casar – ele disse. – Você quer a empresa. É sua. Vou mandar fazer os papéis agora mesmo. A fortuna você vai fazer, sem dúvida, com sua mente aguçada e seu carisma. Fique com tudo para você. Mas, por favor – um tom de súplica marcou suas palavras –, me deixe fazer parte do seu futuro. Não como seu marido. Não como seu protetor. Como seu parceiro. Como seu igual. Como você quiser. Eu aceito o que você oferecer, desde que nós fiquemos juntos.

Ela meneou a cabeça, com uma pequena expressão de dor que o fez procurar o médico de novo.

– Não, Whit! Você não entendeu. Você é dono de tudo. De cada parte minha. E eu lhe dou tudo, de graça.

Ele beijou os dedos e depois os lábios dela, e as faces e a testa, voltando depois para a boca.

– Eu não tenho nada. Tudo que é meu, é seu. Não tenho nada que não seja dividido. Meus negócios, minha vida, meu mundo, meu coração. – Ela abriu um sorriso, pequeno, mas verdadeiro. – Eu sou sua protetora.

Ele fechou os olhos ao ouvir as palavras. Pelo prazer que elas lhe traziam.

– Sim. Cristo, sim!

– Diga outra vez.

E ele disse, baixo e doce nos lábios dela.

– Eu amo você.

O médico entrou e saiu, confirmando a recuperação dela, mas exigindo observação por diversos dias na enfermaria. Os visitantes saíram após se apresentarem devidamente, com beijos aliviados e promessas de visitá-la todos os dias. Momentos mais tarde, uma cacofonia de gritos alegres ecoou lá fora, balançando as janelas.

Na enfermaria, Hattie arregalou os olhos e ergueu a cabeça de onde descansava, no peito de Whit. No instante em que ficaram sozinhos, ele se deitou na cama ao seu lado, jurando não sair dali até ela poder fazer o mesmo.

– O que foi isso?

– O cortiço está comemorando a recuperação de sua lady.

Ela sorriu.

– Eu sou a lady deles?

— *Minha* lady.

— Meu Beast. — Uma pausa, então. — Me beije de novo.

Ele a beijou, primeiro, com delicadeza. Depois, quando ela o puxou para perto, mais intensamente. Quando ele enfim levantou a cabeça, Hattie suspirou.

— Diga outra vez — ela pediu.

— Eu amo você.

Um rubor tingiu as faces dela. Marca de sua satisfação e de sua saúde.

— Agora, me diga todas as outras coisas. Tudo o que você disse quando eu não podia ouvir.

E Beast se acomodou, com sua lady nos braços, feliz de passar o resto da vida fazendo exatamente isso.

Epílogo

Um ano depois.

Hattie estava ao timão do navio, observando sua cidade. O sol se punha sobre os telhados e toda Londres banhava-se no âmbar solar, o rio cintilando como ouro. Ela ouvia os gritos de homens e mulheres nas docas, tagarelando e rindo e chamando uns aos outros no fim da tarde com as docas cheias de vida. Meia dúzia de outros navios estavam atracados no porto, todos da Sedley-Whittington Shipping, cheios de estivadores carregando produtos. Tudo dentro da lei.

Mas este, não. Este navio silencioso só tinha Hattie.

Este navio pertencia aos Bastardos Impiedosos.

— Aí está você!

Hattie se voltou para as palavras graves, satisfeitas, e encontrou o marido atravessando o convés, o sobretudo ondulando atrás dele enquanto suas pernas longas e passadas certeiras cobriam as tábuas de carvalho. Hattie levantou a mão quando ele se aproximou da escada que subia até o lugar em que ela estava.

— Espere!

Ele parou no mesmo instante, olhando para ela com um sorriso nos lábios e uma pergunta nos olhos âmbar, que faiscavam no sol poente. O rosto dele estava bronzeado após um verão trabalhando nos navios e continuava lindo, de tirar o fôlego.

— O que foi?

— Eu gosto de ficar olhando para você – Hattie disse, sorrindo para ele.

O sorriso de Whit tornou-se sensual.

– Eu também gosto de ficar olhando para você, esposa. – Ele subiu dois degraus de cada vez, encontrando-a no convés elevado, tomando-a em seus braços. – E gosto de tocar em você, também. – Ele acariciou os braços dela por cima do vestido turquesa que Hattie usava. – Eu gosto deste belo vestido. – E levou a mão ao cabelo dela, prendendo uma mecha longa atrás da orelha. – Eu gosto dos seus olhos lindos. – Depois, colocou a mão possessivamente na barriga da esposa, redonda com o primeiro filho. – E eu gosto disto mais do que consigo dizer.

Ela corou com as palavras sensuais, com a lembrança de como ele tinha provado aquilo na noite anterior. Ela levantou o rosto e olhou em seus olhos.

– E o que você acha de me beijar?

Whit soltou um grunhido baixo, gutural, e mostrou para Hattie o quanto também gostava disso, com um beijo demorado e intenso, aprofundando-o até ela se perder, entregando-se a ele. Só então Whit interrompeu a carícia com outro beijo, doce e suave, e um terceiro, no rosto, e o último no cabelo enquanto a puxava para perto e inspirava seu aroma.

– Eu amo você – ele sussurrou, as palavras roubadas pelo vento antes que Hattie pudesse ouvi-las.

Mas Hattie as sentiu mesmo assim, aninhando-se no calor do marido.

– E aqui estou eu, como solicitado.

– Hum – ele fez, apertando-a junto a si. – No nosso navio.

Ela sorriu, virando o rosto para o peito dele, um toque de constrangimento acompanhando a compreensão. Whit tinha se recusado a permitir que esse navio, antes chamado *Siren*, integrasse a frota da Sedley-Whittington, insistindo, mais de uma vez, que o nível de pecado que a embarcação tinha abrigado tornava-a mais bem adequada aos Bastardos Impiedosos. Hattie revirou os olhos ao ouvir essa teoria até que ele rebatizou o navio de *Guerreira*. Então, ela gostou que a embarcação fosse empregada no negócio que Whit mantinha há mais tempo.

– Nik queria descarregá-la antes de a maré baixar, mas eu disse para ela que tinha outros planos para esta noite. – As palavras saíram baixas e sensuais, e Hattie estremeceu com a promessa que carregavam.

– Que tipo de planos? – Ela suspirou.

– O tipo de plano que termina com minha mulher nua sob as estrelas.

Hattie passou os braços ao redor do pescoço do marido e se enfiou no calor do casaco dele.

– Bem, é o meu aniversário.

– É mesmo. – Whit se inclinou e a beijou, mordiscando o lábio inferior. – Eu estava pensando mais em um Ano-Novo.

– Estamos em setembro. – Ela arqueou uma sobrancelha.

– Ah, mas o Ano da Hattie está completo. E você realizou cada um dos itens, não? – Ele a estreitou nos braços e sussurrou na orelha dela. – Corpo.

Hattie suspirou quando ele mordeu sua orelha e, depois, desceu beijando a lateral do pescoço. Pôs as mãos nos ombros dele para manter o equilíbrio.

– Você se saiu muito bem me ajudando nessa parte.

– Eu estou pensando se não deveríamos voltar a esse item – ele disse, fazendo-a andar para trás e erguendo-a para sentá-la na mureta do navio, segurando-a com firmeza e encaixando-se entre suas coxas, pressionando-a bem ali.

– Eu acho que isso pode ser providenciado. – Ela riu quando Whit beijou a curva de sua orelha. – O que mais?

– Empresa e fortuna – ele grunhiu.

– Ah, eu me saí muito bem nisso! Me casei com um homem rico que tem tino para os negócios.

Outro grunhido.

– Acredito que eu é que me casei com uma mulher rica com tino para a coisa.

Hattie mal tinha saído da enfermaria, após os ataques de Ewan nas docas, quando Whit arrumou uma licença especial de casamento. Este foi celebrado na igreja de Covent Garden, com lanternas, música, comida e geladinho de limão e doces de framboesa para todos que quisessem.

Depois disso, Hattie e Saviour Whittington criaram uma empresa de navegação que rivalizava com qualquer outra coisa que a cidade já tinha visto, empregando todos os homens capazes de Covent Garden e das docas, ganhando a admiração e a inveja da maioria dos aristocratas de Londres e de todos os empresários.

– Alguém poderia dizer até que a Sedley-Whittington poderia ter transformado os Bastardos Impiedosos em cavalheiros respeitáveis – Whit disse, beijando o pescoço de Hattie.

– Hum – ela fez. – Ainda bem que isso nunca se tornou realidade. – Ela sorriu, a covinha em sua bochecha direita aparecendo. Whit a beijou, descendo uma de suas manzorras até a barriga dela, onde seu filho crescia, saudável e forte. E desperto. Sentindo o toque do pai, o bebê chutou, e Whit arregalou os olhos, abrindo-os mais ainda quando Hattie falou. – Ela está se preparando para ser uma Bastarda Impiedosa.

– Lar – ele disse, a voz suave, após uma risada perfeita.

– Você é meu lar. – Ela o encarou.

A resposta ganhou um beijo, longo e persistente, até Hattie ficar pendurada nele, desejando que estivessem em qualquer lugar que não ali, de qualquer modo, menos vestidos.

Mas Whit não tinha terminado de falar.

– E então? O que vem em seguida? Como vamos coroar seu primeiro Ano da Hattie, um sucesso divertidíssimo?

Ela meneou a cabeça.

– Não foi um sucesso, você sabe. Pelo menos não divertidíssimo.

– O que isso quer dizer?

– Que ficou faltando um item na minha lista. – Ela o puxou para perto, o sol sumindo atrás de Londres, a escuridão caindo sobre as docas, envolvendo-os em nada além de um no outro. – Você quer me ajudar com isso?

– Qualquer coisa – ele sussurrou, mantendo o olhar no dela. – É só dizer.

Ela agarrou as lapelas do casaco dele e o puxou para mais perto.

– O futuro.

– É seu desde o começo – ele grunhiu, baixo e sensual.

Agradecimentos

Quando concebi o universo dos Bastardos Impiedosos, eu não tinha ideia de que me apaixonaria tão completamente por Covent Garden e pelas docas de Londres. Devo a tantos por seu tempo e conhecimento! Eu não teria conseguido escrever a história de Whit e Hattie sem a extensa coleção do Museum of London, em especial sem a pesquisa antropológica *Vida e trabalho do povo de Londres*, de Charles Booth, e as equipes incrivelmente capazes do Museum of the London Docklands e do Covent Garden Area Trust, além das exposições permanentes do Foundling Museum.

Tenho muita sorte de escrever com o apoio obstinado da brilhante Carrie Feron e de toda a equipe da Avon Books, incluindo Liate Stehlik, Asanté Simons, Angela Craft, Pam Jaffee e Kayleigh Webb. Eleanor Mickuki faz eu parecer melhor escritora do que sou, e a imensa paciência de Brittani DiMare é uma tremenda dádiva.

Whit e Hattie nunca teriam chegado a estas páginas sem uma série de mulheres muito mais inteligentes do que eu. Louisa Edwards, Carrie Ryan, Sophie Jordan, Sierra Simone e Tessa Gratton, e a preciosa amizade de Jennifer Prokop e Kate Clayborn.

Para Eva Moore, Cheryl Tappe e todas as filiadas ao OSRBC: como prometido, uma heroína de olhos violeta. Espero que ela seja uma valiosa adição ao cânone.

E para Eric, o herói silencioso que habita o meu coração, obrigada por sempre saber quando eu preciso de suas palavras.

Este livro foi composto com tipografia Electra Std e impresso
em papel Off-White 80 g/m² na Formato Artes Gráficas.